Gordon Lang
EhrenSache

Vom gleichen Autor:

Die Polen Verprügeln, Bd. 1 u. 2
Das Perestrojanische Pferd

(Auf Englisch):

The Carnoustie Effect
For Führer, Folk and Fatherland
The Giftie
The Half Sister
The Nazi Gene
Parcel o' Rogues

Umschlaggestaltung von Douglas Alexander

EHRENSACHE

Er wollte mehr tun
als nur seine Pflicht

Gordon Lang
EhrenSache
Ursprünglich auf Englisch herausgegeben unter dem Titel
For Führer, Folk and Fatherland
©Konflikt-Bücher Europa 2014
Alle Rechte vorbehalten
ISBN: 978-0-9928623-0-5
Druck in South Carolina, USA, 2014

Der vorliegende Roman basiert auf wahren geschichtlichen Begebenheiten. Worte und Taten sowjetischer Führer werden getreu wiedergegeben anhand der amtlichen Protokolle ihrer deutschen Gesprächspartner. Erfunden ist lediglich die Vorstellung, daß von 1917 bis 1944 der gleiche Offizier an Verhandlungen mit den Sowjets beteiligt war. In Wirklichkeit stand keine einzige Person vom Anfang bis zum Ende mit dem Kreml in Verbindung. Die streng geheimgehaltene Beziehung wurde von einer ganzen Reihe von Militärs, Diplomaten und Politikern gepflegt.

Die Familie Erlenbach, die Albrechts, Erika und ihre Mutter sowie Marion und ihre Familie sind frei erfunden. So auch sind Dr. Armbrecht, Oberst Lüdershausen, Major Otto, Alexei Fyodorow, Preiß, Steinegger und Erlenbachs Regimentskameraden. Alle übrigen genannten Personen, von Baron von Romberg bis hin zu Bootsmann Kurockin, haben tatsächlich gelebt. Die militärische, diplomatische und politische Verschwörung geschah genauso, wie sie dargestellt wird. Gesprächsnotizen und weitere zu der Zeit entstandene Unterlagen überlebten den Krieg, und können in Regierungsarchiven eingesehen werden.

Und ja, nach Rußland geflohene Kommunisten wurden tatsächlich… Aber nein. Besser, Ihnen die Lektüre nicht zu verderben.

Claus

IN DEM Augenblick, als die Kugel seine Lunge durchbohrte, spürte Claus keinen Schmerz, sondern es war ihm, als wäre er direkt in die Puffer einer Eisenbahnlokomotive hineingelaufen.

Noch ein taumelnder Halbschritt, dann stürzte Claus nach vorne aufs Gesicht. Warum, wunderte er sich, berührt meine Nase den Erdboden? Und warum rennen all diese Füße an mir vorbei? Laut war es auch. Er hörte ein Peng, Peng, Peng! und irgendwelche dumpferen, schwereren Laute. Was war es nur, woran ihn der Krach erinnerte?

Mit einem Mal wurde ihm schwindelig. Claus fragte sich, ob er ohnmächtig werden würde. Möglicherweise war er schon ohnmächtig gewesen, und lediglich die Rufe „Sani!, Sani!" hatten ihn wieder zu Bewußtsein gebracht. Jetzt wurde er hochgehoben. Er lag auf einem harten, flachen Brett, wurde rauf und runter, nach links und rechts geschaukelt, während man ihn im Zickzackkurs über einen unebenen Boden trug. Die Bewegung war es, welche den Schmerz auslöste. Freilich mußten die Schmerzen irgendwann einsetzen, nun aber taten sie es sofort. Sein Rücken fing an zu brennen. Claus fühlte sich, als steckte ein glühend heißer Nagel in seinem Innern.

Ein dumpfer Aufschlag. Die Bewegungen hörten auf, die Schmerzen nicht. Die beiden Bahrenträger brüllten dem Verbandstationsheini das Wort „Lunge" zu, hoben eine leere Tragebahre auf und liefen sofort wieder los, um den nächsten armen Teufel hereinzuholen.

Der Schmerz brachte Claus zu einem klaren Bewußtsein, mit dem auch die Erinnerungen wiederkamen. Den ganzen Vormittag hatten die Tommies ihnen zu schaffen gemacht. Wie Wahnsinnige hatten diese Hochländer angegriffen. Die einzige Möglichkeit, sie zu stoppen, war sie beinahe auszuradieren gewesen.

Dann war man selbst an der Reihe, es den Tommies zu geben. Fast eine Stunde lang verharrte seine Kompanie mit eingezogenen Köpfen, während Mörsergranaten die britischen Kräfte in Fetzen rissen. Seine Männer schwiegen, doch Claus konnte erkennen, daß manche beteten.

7

Dann das Signal. Claus hatte an der Spitze vielleicht sechzig Meter geschafft, bevor sich die Lee-Enfield-Kugel durch seine Rippen bohrte.

Mehrmals hatte Claus bereits verwundete Kameraden auf Verbandsstationen besucht, zweimal war er zu spät eingetroffen. Er wußte sehr gut, wie schwer das Personal überlastet war. Es überraschte ihn daher, daß bereits nach nur etwa zehn Minuten ein Sanitäter an seiner Seite erschien. In der Zwischenzeit waren nur zwei von den Männern in seiner Nähe gestorben.

Claus war bemüht, nicht allzu viel Notiz von seinen Mitpatienten zu nehmen. Ihm war klar, daß es fast alle wesentlich schwerer erwischt hatte als ihn. Statt sie zu beobachten, lag er mit geschlossenen Augen da, versuchte, seine Schmerzen zu ignorieren, und hörte sich die Schlachtfeldsymphonie an. Interessant, daß sich Gewehrschüsse von dem Maschinengewehrgeknatter nie völlig übertönen ließen. Mörserschüsse hingegen, die den Boden erschütterten, hatten trotz ihrer Wucht keine Chance, gehört zu werden. Überraschenderweise war es aber möglich, zwischendurch eine Handgranate auszumachen – oder war das Selbsttäuschung?

Der Sani, wie man einen Sanitäter zu nennen pflegte, rollte Claus auf die Seite und hielt ihn dort, während ein Stabsarzt einen raschen Blick auf die Wunde in seinem Rücken warf. Der Arzt nickte, und ging zu einem anderen Verwundeten weiter.

Der Arzt hatte hingeschaut, die größere Wunde in seinem Rücken zur Kenntnis genommen und sofort gewußt, daß die Kugel nicht mehr drinnen war. Das war wenigstens etwas. In diesem verdammten Krieg hatte man rund um die Uhr schon mehr als genug zu tun, ohne daß man noch eine weitere schwierige Operation vornehmen mußte, um eine Kugel zu entfernen. Ein sauberer Lungendurchschuß könnte von allein heilen. Wenn der junge Leutnant nicht anfing, Blut hoch zu würgen, dann würde er durchkommen und im Nu wieder einsatzfähig sein. Bis morgen früh würden sie es wissen. Wenn der Mann dann noch leben würde, könnte er ins Feldlazarett verlegt werden, und wahrscheinlich mehr oder weniger sofort zwecks schneller Genesung nach Hause verschifft werden. Der Glückspilz.

In der Tat hatte Claus Glück. Man schrieb 1916. Heutzutage konnte die Medizin wahre Wunder vollbringen. Was das Zeug auch war, womit der Sani seinen Rücken einrieb, es brannte wie Feuer. Dafür, daß er es gerade so fertigbrachte, einen Schmerzensschrei zu unterdrücken, war Claus dankbar. Selbst durch den Schmerz konnte er erkennen, daß die Hände, die ihm den Verband anlegten, geübt und geschickt waren. Der Sani drehte ihn um und begann, seine Brustwunde zu reinigen. Dies war eine wesentlich einfachere Aufgabe, hier legte er den Verband im Nu an. Einschußwunden waren stets sauber, meistens bluteten sie wenig. Es war das Austrittsloch, das entstand, als die Kugel sich den Weg aus dem Rücken schlug, welches üblicherweise den größeren Schaden verursachte. Dies alles wußte Claus sehr wohl, schließlich hatte er genug Austrittswunden gesehen, bei Freunden wie auch beim Feind, den Toten und den noch Lebenden.

Mitsamt Blut, Dreck und Löchern war seine Jacke vom Sanitäter fortgetragen worden. Nun fischte der Sani das Soldbuch seines Patienten aus einer Tasche hervor, und schrieb sich dessen Personalien ab. Leutnant Claus-Dieter von Erlenbach. Zweifellos würde seine Familie bei der Nachricht erleichtert sein, daß er nur verwundet sei. Wußte der Teufel, es könnte ja noch viel schlimmer sein. Und beim nächsten Mal würde es das wohl auch.

Die Wunde des Leutnants war sauber, man spritzte ihm etwas ein, um den Schmerz zu lindern, und tags darauf wurde er hinter die Linie versetzt. Schon eine Woche später saß Claus in einem Zug Richtung Deutschland. So schnell erholte man sich zwar nicht von einem Lungendurchschuß, die Frontlazarette aber waren überfüllt und überfordert. Wenn sich ein Mann durch die Behandlung eines zivilen Arztes zuhause erholen konnte, so gab es keinen Grund, die Überlastungen der Fronteinrichtungen noch weiter zu verschlimmern.

Sämtliche Wagen des Krankentransportzuges waren mit Verwundeten überfüllt. Unter den Mitreisenden in Clausens Abteil waren zwei Amputierte. Arme Schweine! Sie hatten gar keine Chance mehr, den Kampf wieder aufzunehmen.

Er selbst konnte von Glück reden. Ein paar Wochen ausruhen, dann würde er wieder auf den Beinen sein, in der Lage, seine Rolle in Deutschlands Ringen wieder aufzunehmen.

Die große Zahl an Verwundeten und Verkrüppelten einzuladen, nahm einige Stunden in Anspruch. Schließlich mußten sie von einer ganzen Reihe verschiedener Feld- und Kriegslazarette hergebracht werden. Es war nicht zu erwarten, daß alle zum gleichen Zeitpunkt eintreffen würden.

Claus war müde. Noch bevor sich der Zug in Bewegung setzte, war er nahe daran, auf seinem Sitz einzuschlafen. Sobald sie in Richtung Osten zu rollen begannen, nickte er ein. Als er aufwachte, erschreckte es ihn sogar, daß das Gedonner der großen Geschütze merklich leiser geworden war.

Warum schämte sich Claus, daß er das Schlachtfeld verließ, wieso empfand er Schuld, weil er nicht gestorben war, wo doch so viele andere ihr Leben gelassen hatten und weitere noch sterben würden? Zwar wußte er, daß er glücklich sein sollte, eigentlich freute er sich bei dem Gedanken, seine Familie wieder zu sehen, dennoch hing eine Wolke über Claus und seinem Glück. Jetzt mußten seine Kameraden die ganze Last tragen. Töricht, sich deswegen zu schämen, das wußte er, weil er ja nichts dafür konnte. Und dennoch…

Die schwere Artillerie konnte man jetzt kaum noch hören. Zu beiden Seiten sah Claus friedliche Äcker, Feldfrüchte, die vor der Ernte standen. Vieh. Vogelscharen. Vögel! An der Front sah man nie welche. Seit früher Kindheit hatte Claus Freude am Vogelgesang gehabt, monatelang aber hatte er ihn nun nicht mehr gehört.

Ausgerechnet kurz vor der Grenze Deutschlands bog der Zug auf ein Abstellgleis ein und kam zum Stehen. Es war ärgerlich, knapp außerhalb der Heimat noch eine Stunde lang warten zu müssen. Endlich rollte aus der entgegengesetzten Richtung ein von zwei Lokomotiven gezogener, langer Truppentransport an ihnen vorbei. Daß dieser Zug Priorität hatte, war einleuchtend, schließlich brachte er deutsche Soldaten an die Front, die meisten davon fuhren wohl zum ersten Mal in den Krieg. Es war natürlich eine dringendere Aufgabe, frische Männer in die Schlacht zu werfen, als die Verwundeten nach Hause zu bringen.

Nach Hause! Dies war mehr, als er erwartet hatte, soviel mehr, als unzählige seiner Kameraden jemals erleben würden.

Noch bevor sich sein Zug mit einem Ruck wieder nach vorne zu mühen begann, um endlich über die Grenze ins Vaterland zu rollen, hatte ein starker Regen eingesetzt. Der Regen blieb erbarmungslos, bis sie Koblenz erreichten, wo die wenigen Ambulanten, darunter Claus, den Zug verlassen durften, um ihre Reisen allein fortzusetzen. Claus wünschte seinen Mitreisenden Glück und trat freudig auf den Bahnsteig.

Bei strömenden Regen ist ein Bahnhof ein trüber Ort, Claus aber war wieder auf deutschem Boden, und das war alles, was ihm wichtig war. Die Wunde in seinem Rücken machte ihm Schwierigkeiten, der Verband mußte gewechselt werden. Doch darüber dachte er kaum nach. Vielmehr widmete er alle seine Gedanken dem Zug, den er in einer knappen halben Stunde besteigen und der ihn die ganze Strecke bis nach Hause bringen würde, ohne daß er noch einmal umsteigen mußte. Nunmehr ungeduldig geworden, trat Claus diese letzte Etappe seiner Reise mit wachsender Freude an. Mit einem Mal wurde er müde, sehr müde. Er war kurz davor, sitzend in Schlaf zu fallen, als sich die Landschaft in jene württembergischen Berge und Wälder verwandelte, deren Linie er allein aus dem Gedächtnis hätte zeichnen können. Ihr bloßer Anblick wischte jegliche Müdigkeit beiseite. Dies war die Landschaft, in der seine frühesten Erinnerungen spielten. Dort war der Neckar, und dort, dort auf seiner Erhebung, solide und einladend durch den Regenschleier, stand Falkenstein, das Gut der Erlenbachs. Hinter ihm die Wälder, in denen Claus das Schießen gelernt hatte, darunter die Rebstockreihen, ordentlich und dunkel im Regen, zu jeder Seite die Felder, welche er bis zur Abenddämmerung zu bewandern gepflegt hatte. Vermutlich gab es hier keinen Baum, auf den er nicht irgendwann einmal versucht hatte, zu klettern.

Der Zug verlangsamte sich. Claus war bleich, das wußte er, hatte viel abgenommen und fühlte sich schwach. Dennoch hielt er sich ordnungsgemäß aufrecht, als der Zug hielt, und bemühte sich, mit seiner gewohnten Zügigkeit auszusteigen. Dort auf dem Bahnsteig stand seine Mutter, die er keinen Augenblick täuschen konnte. So nahe sie aber auch den Tränen stand, sie unterdrückte sie gekonnt. In der Öffentlichkeit zeigten Erlenbachs keine Gefühle. Dort stand auch seine Schwester Inge, zwei Jahre jünger als Claus und mit achtzehn plötzlich eine Schönheit, welche wohl alle Köpfe verdrehte. Knapp über ein Jahr war es her, seit Claus seine Schwester zuletzt gesehen hatte, und während dieser kurzen Zeit war sie aufgeblüht.

Sein Vater, Staatssekretär im Auswärtigen Amt, wartete nicht mit den anderen am Bahnhof. Fast das ganze Jahr über hielten ihn seine Pflichten in Berlin, wo die Erlenbachs eine Villa hatten. Dennoch hoffte man, Erlenbach Senior würde es bald schaffen, aus Berlin herzukommen. Die Familie verbrachte möglichst viel vom Jahr in Falkenstein. Es stand auch außer Frage, daß für Claus eine Genesung auf dem Lande das Beste wäre.

11

An der Front war das Leben schon schwer genug, die veränderten Verhältnisse in der Heimat aber überraschten und erschreckten Claus. Schließlich hatte er sich das Leben zu Hause so vorgestellt, wie es immer gewesen war. Stattdessen schienen Sparsamkeit und Wirtschaftlichkeit die neue Lebensweise zu bestimmen.

Schon in seiner Kindheit hatte Claus gelernt, das Familienauto zu fahren. In den letzten Monaten vor seinem Eintritt in das Heer hatte er Stunden damit verbracht, so schnell er nur konnte, durch die Kurven der Straßen auf Gut Falkenstein zu fahren. In ruhigen Augenblicken an der Front hatte er oft genüßlich an diesen aufregenden Nervenkitzel gedacht. Während der Heimfahrt im Zug hatte er schon begonnen, sich auf schnelles Fahren über württembergische Landstraßen zu freuen. Durch die britische Seeblockade aber war Deutschlands Öleinfuhr inzwischen derart beeinträchtigt, daß unnötiges ziviles Autofahren nicht mehr zu rechtfertigen war.

Nun wartete kein Auto darauf, sie die etwa fünf Kilometer nach Hause zu bringen. Vor dem Bahnhof wartete seines Vaters Gutsverwalter, Schaub, der heutzutage fast alles in Falkenstein besorgte, mit einer geschlossenen Pferdekutsche auf Claus. Es erinnerte Claus an alte Zeiten, zu dritt hinter einem Pferd zu sitzen, dem Klappern der Hufe zuzuhören und dem Wegschnipsen der Regentropfen von Schaubs Peitsche zuzuschauen.

Um vier Menschen bergaufwärts zu ziehen, hätte man normalerweise ein Zweigespann eingesetzt. Sie konnten aber von Glück sagen, meinte seine Mutter, daß sie überhaupt noch ein Pferd halten konnten. Dieser Tage erledigte dieses eine zurückgebliebene Tier alles auf dem Gut, vom Pflügen bis zum Transport der landwirtschaftlichen Erzeugnisse in die Stadt. Der Bedarf des Heeres an Pferden war schier endlos. Nicht nur war fast jedes Tier bereits requiriert worden, auch der Hafer zu deren Verpflegung wurde von den Behörden abgeholt, sobald er geerntet wurde.

Es gehörte zu den Eigenschaften Falkensteins, daß man bei der Anfahrt nach und nach verschiedene Teile des Hauses durch die Bäume hindurch zu sehen bekam. Das ganze Bild wurde erst dann sichtbar, wenn man die letzte Kurve umrundet hatte. Für Claus schien der uralte Steinbau mit seinen Türmen und verbleiten Fenstern so widerstandsfähig und unzerstörbar wie das Vaterland selbst. Sie beide zu erhalten war, wofür Claus kämpfte.

12

Die Hälfte des Vorkriegspersonals war fort, nun mußte der unermüdliche Schaub viele der Aufgaben übernehmen, die einst die Pflichten anderer gewesen waren. Allerdings wirkten sich die Kürzungen im Haushalt nicht allzu gravierend aus, da viele der Räumlichkeiten nunmehr für die Dauer des Krieges geschlossen blieben. Nachdem sich der Krieg in die Länge zu ziehen begonnen und sich die Lebensmitteleinteilungen bemerkbar gemacht hatten, wurden letztlich auch die Empfänge zu gesellschaftlichen Anlässen eingestellt.

Durch die Reise, stellte Claus fest, war sein Rücken steif geworden. Er schlief bis zum Nachmittag des nächsten Tages in seinem alten Bett. Soviel Schlaf hatte seit zwei Jahren nicht mehr bekommen, nicht seit seinem Einrücken in den Krieg.

Im Laufe der nächsten Tage kamen sie ihn alle besuchen, die Nachbarn und alten Freunde, manche mit kleinen Geschenken. Zwei Cousinen kamen, die alles über seine Verwundung wissen wollten, bei aufgezogenem Grammophon tanzte Claus ein wenig mit jeder.

Besuche waren ermüdend, jede Nacht empfand es Claus als Erleichterung, sich auf sein altes Zimmer zurückzuziehen und sofort in tiefen Schlaf zu fallen. Oft träumte er von der Front, das Sterben enger Freunde erlebte er aufs Neue, der Tod anderer kam immer wieder hinzu.

Der Hausarzt seiner Familie, Dr. Armbrecht, kam regelmäßig, um die Wunden des Leutnants zu behandeln. „Sie heilen schneller als jeder andere, den ich je gesehen habe," versicherte er Claus. Beide Wunden, vorne und hinten, verheilten schnell, zudem war die wiederkehrende Kraft seines Patienten ein Anzeichen, daß sich auch die Lunge gut erholte.

Sein Vater kam für nur eine Nacht und unterhielt sich vom Abendessen bis zum Schlafengehen mit seinem Sohn. Am Morgen darauf fuhr er gleich nach dem Frühstück nach Berlin zurück.

Zwei Tage später begann die Traubenernte bei einem Sonnenschein, der die Berghänge in ein sanftes Gold tauchte. Als Junge hatte Claus nicht nur Freude daran gehabt, die Früchte abzuschneiden, sondern auch, sie in schweren Holzbütten zur Weinpresse herunterzutragen. Natürlich hatten die Gutsleute dafür gesorgt, daß der Bub niemals zu viel zu tragen hatte, dennoch hatte Claus es stets genossen, für ein paar Tage im Jahr die Rolle eines

Arbeiters zu spielen. Nun erinnerte er sich daran, wie sehr er diese Beschäftigung in den letzten Vorkriegsjahren vermißt hatte, als sein Vater in der deutschen Botschaft in Sankt Petersburg war und die Familie ihn dorthin begleitet hatte.

Falkenstein hatte stets seinen eigenen Winzer gehabt und seine eigenen Jahrgänge selbst abgefüllt. Seinen Vorfahren hatte der Falkensteiner Trollinger sehr viel Geld eingebracht, und jeder, der eine Flasche Falkensteiner Spätlese in die Hand bekommen konnte, war zu beneiden. Inzwischen war der Winzer aber in den Krieg gezogen und 1914 an der Marne gefallen. Nun kamen Falkensteiner Trauben zur Winzergenossenschaft, um zusammen mit der Ernte sämtlicher Weinberge der Gegend gepreßt zu werden. Unter dem Namen des Dorfes würde der diesjährige Wein in Flaschen eingefüllt und etikettiert werden. So enttäuschend dies auch war, für Claus war es doch längst nicht so frustrierend wie Dr. Armbrechts Verbot, die schweren Holzbütten die Hänge herunterzutragen. Claus war sich durchaus darüber im Klaren, daß er nichts unternehmen durfte, was seine Heilung behindern könnte. Es war seine Pflicht, dafür zu sorgen, daß er so schnell wie möglich zur Front zurückkehrte. Alles andere wäre schier verantwortungslos. Dem Erlenbacher Gut aber mangelte es an Arbeitskräften. Auf den Hängen halfen alle Dorfbewohner mit. Ihr gemeinsamer Kraftaufwand würde die Lese in kürzester Zeit einbringen. Claus trieb sich unter den Erntehelfern herum, hier und da faßte er auch mit an, um ohne Überanstrengung ein wenig zu helfen. Der herbstliche Sonnenschein war seiner Genesung förderlich, davon war er überzeugt. Inzwischen konnte er auch fast schon wieder normal atmen.

Seine Mutter weihte ihn erst in die Neuigkeit ein, nachdem die 1916er Lese eingebracht worden war. Die hiesigen Trauben waren alle gepreßt worden, und die Gärung hatte begonnen, als sie ihm eröffnete: „Das werden die Letzten sein, Claus. Wir werden die Rebstöcke herausheben müssen, um Gemüse anzubauen."

Es war indiskutabel. Man konnte von Glück sagen, daß der Weinberg überhaupt noch so lange erhalten geblieben war, da doch alle Grundnahrungsmittel wie Fleisch, Brot, Mehl, Fette und sogar Kartoffeln längst eingeteilt waren. Bereits im Frühjahr war es wegen Mangels an Lebensmitteln zu heftigen Protesten auf den Straßen gekommen. Das neue Lebensmittelamt hatte große Schwierigkeiten, dafür zu sorgen, daß jeder die ihm theoretisch zustehenden Einteilungen auch tatsächlich erhielt.

Die Falkensteiner Weinberge um des Reiches willen zu opfern, das war nichts. Andere brachten höhere Opfer. Wichtig war allein, daß das deutsche Volk die Kämpfe sicher überstand und den Sieg errang. Nachher würde man dann neue Rebstöcke anbauen. Einige Jahre würde es zwar dauern, bevor diese einen Ertrag einbrächten, doch was hatte das schon zu sagen? Der Wein war lediglich ein weiteres Opfer des Krieges unter vielen anderen und weit davon entfernt, das bedauernswerteste zu sein.

Das Telegramm traf ein, während Schaub dabei war, das Arbeitsschema zum Abbau der Weinberge zu erklären. Leutnant von Erlenbach, Claus, wurde zwecks medizinischer Untersuchung zur Infanteriekaserne in Pforzheim bestellt. Sobald er seine Uniform anzog, vermochte Claus sein wiedergewonnenes Gewicht sowohl zu spüren als auch zu sehen. Irgendwie schien ihn allein der Anblick des grauen Stoffes um seine Brust schon zu stärken. Während er sich versicherte, daß sein Koppelschloß genau mittig und die Mütze peinlich gerade saß, blickte ihm aus dem Spiegel ein athletischer junger Mann mittlerer Stärke entgegen, ein Antlitz mit hell leuchtenden, blauen Augen, eine Nase, welche die Kunst fertigbrachte, gerade zu sein, ohne dabei spitz zu wirken, und jener Teint, der üblicherweise als frisch bezeichnet wird. Von seinem rötlichbraunen Haar war dank der militärischen Frisur nichts zu sehen.

In einiger Aufregung fuhr Claus nach Pforzheim. Gewiß würde es nicht mehr lange dauern, bis man ihn wieder nach Frankreich zurückfahren ließe. Sobald er nach dieser Untersuchung wieder nach Hause käme, würde er eines seiner Gewehre mit in den Falkensteiner Forst nehmen und etwas Wild schießen. Zwar machte ihm die Jagd weit weniger Spaß als schnelles Autofahren, aber die Schießübung würde ihn zumindest wieder in Form bringen.

Hätte es sich nicht um eine Einrichtung des deutschen Heeres gehandelt, hätte Claus das Bild innerhalb der Pforzheimer Kaserne für das reinste Chaos gehalten. Selbstverständlich aber war es das nicht. Das deutsche Heer erlaubte sich kein Chaos. Die gleichzeitige Ausübung intensiver, fast frenetischer, vielseitiger Betätigungen war das Ergebnis von System und folgerichtiger Planung. Die Infanterie auszubilden, war eine unaufhörliche Aufgabe. Alle sechs Wochen kam eine Vielzahl junger Zivilisten herein, während reihenweise durchtrainierte und schneidige Soldaten mit Tornister und Gewehr im gleichen Rhythmus hinaus zum Bahnhof marschierten, wo sie in Züge einstiegen, die sie in Richtung Front brachten.

Der Bedarf an Soldaten war ungeheuer. Deutschland kämpfte in Belgien und Frankreich, gegen Italiener in den Alpen und gegen Russen und Rumänen im Osten. Während ihrer sechswöchigen Ausbildung lernten die Rekruten marschieren, Befehle sofort ausführen, Gewehre handhaben, laden, schießen und instandhalten, durch Schlamm kriechen, Zelte aufstellen, Latrinen ausheben und mit dem Bajonett kämpfen. Sie lernten, Karten zu lesen, Kompasse zu benutzen, Offiziere der verschiedensten Dienstgrade an deren Rangabzeichen sofort zu erkennen und diese korrekt anzusprechen. Sie lernten die richtige Weise, eine Meldung zu machen und sich bei nächtlicher Dunkelheit im Gelände zurechtzufinden. Dies alles lernten sie und noch viel mehr. Wenn sie es gelernt hatten, machten sie Gefechtsübungen. Dann hielt man sie für fähig, alles auszuhalten, was ihnen die Front bescheren würde.

Als Claus die Kaserne betrat, erhielt er von den Torposten die Ehrenbezeigung und fand sich sofort von vertrauten Geräuschen umgeben. Einige Feldwebel exerzierten verschiedene Trupps. Andere führten Leibesübungen durch, an Seilen wurde hinaufgeklettert, es wurde schnell gelaufen und über Hindernisse gesprungen. Bajonette wurden aufgepflanzt, aufgehängte, mit Stroh gefüllte Säcke durchbohrt. Von den Schießständen her hörte man gelegentlich Schüsse.

Der ältere Stabsarzt machte den Eindruck, überlastet zu sein. Aus den Unterlagen stellte er das Datum der Verwundung fest und zog seine Lippen zusammen. „Schon?," murmelte er.

Claus mußte Stufen rauf- und runterlaufen, in ein Rohr hineinblasen, um eine Säule Quecksilber anzuheben, und er atmete bei angelegtem Stethoskop tief ein und aus und zeigte, wie lange er den Atem anhalten konnte. Seine Maße wurden festgehalten, und man wog ihn.

Als sich der Stabsarzt den Unterlagen zuwandte, um seinen Befund einzutragen, waren in seinem Verhalten Befriedigung und Resignation gleichermaßen festzustellen. „Herr Leutnant, Sie haben sich erstaunlich rasch erholt. Ich nehme an, man wird Sie ziemlich bald zur Front zurückschicken."

16

„Das hoffe ich."

Der Stabsarzt war darin geübt, sowohl Verwunderung als auch Mitleid aus seinem Blick herauszuhalten. Er hatte schon viel zu viel gesehen.

Frontverwendungsfähig. Das war alles, was Claus wichtig war. Nun galt es, das Eintreffen weiterer Befehle abzuwarten.

Ohne Zweifel machte sich seine Mutter Sorgen, auf absurde Weise wünschte sie sogar ihrem Sohn eine schlimmere Wunde, damit er länger zuhause bliebe – am liebsten bis zum Kriegsende. Freilich ließ sie sich diese Sorge weder durch Wort noch Gebärde anmerken. Eine solche Reife hatte Inge noch nicht erreicht. Sie sagte ihrem Bruder rundheraus, sie wünschte, daß er nicht nach Frankreich zurückführe. Claus lachte und gab ihr zur Antwort, kleine Mädchen würden hiervon nichts verstehen. Im gleichen Augenblick aber, als er dies sagte, nahm er Inges Gesicht und Figur wahr, und wußte, daß sie kein kleines Mädchen mehr war.

Während der nächsten Tage war seine Jagdbeute mit der Schrotflinte beachtlich. Rebhühner und Waldschnepfen fielen ihm zum Opfer, die Vorratskammer zuhause bereicherte er um ein Dutzend Hasen. Anstrengungen ermüdeten ihn nicht mehr, den ganzen Tag bewanderte er nun Feld und Wald mit seiner Flinte und zwei Hunden.

Inzwischen war Claus derart ungeduldig geworden, daß er, als seine Befehle eintrafen, den amtlichen Umschlag aufriß, ohne sich erst die Mühe zu machen, einen Brieföffner in die Hand zu nehmen. Er las den Inhalt, erstarrte, las die Zeilen noch einmal durch. Nein, er hatte sich nicht geirrt. Leutnant von Erlenbach, Claus, wurde in zwei Tagen zum Kriegsministerium in Berlin bestellt. Einen Posten am Schreibtisch? Unmöglich, daß man so etwas mit ihm vorhatte. Es mußte sich um einen Irrtum handeln.

Doch wenn es kein Fehler war, warum wurde er dann zum Ministerium bestellt? Claus war ein Frontsoldat mit zwei Jahren Kampferfahrung, an der Front wurden versierte Männer dringend gebraucht. Frisch von einer hastigen Ausbildung wurden hunderttausende kampfunerprobte Rekruten direkt in die Frontlinien geführt. Um das Beste aus diesen jungen Menschen herauszuholen, möglichst viele von ihnen zu erhalten, ihre Fähigkeiten am wirksamsten einzusetzen, mußten sie von Offizieren und

Unteroffizieren geführt werden, die schon alles durchgemacht hatten, von Männern, die wußten, was sie taten. Einen wie ihn an einen Schreibtisch zu binden, wäre schiere Personalverschwendung. Wußte Gott, es waren bereits genug Offiziere gefallen.

Hinzu kam, daß Claus Württemberger war und Württemberg, wie auch Sachsen und Bayern, sein eigenes Kriegsministerium hatte. Gewiß stimmte es, daß die preußische Einrichtung seit Kriegsbeginn effektiv zum kaiserlichen Kriegsministerium für das gesamte Reich geworden war, doch warum wurde Claus nach Berlin bestellt, statt nach Stuttgart ins württembergische Ministerium? Den ganzen Tag grübelte Claus darüber nach. Am nächsten Morgen fuhr er mit dem Zug nach Berlin. Die Nacht würde er in Haus Schwaben verbringen, dem Berliner Familiensitz, um gleich in der Früh in der Wilhelmstraße erscheinen zu können.

Als Claus und Inge noch klein waren, war die Villa in dem erhobenen Viertel Charlottenburg ein fideles Heim gewesen. Heute Abend, allein mit seinem Vater speisend, kam Claus die einst gemütliche Atmosphäre leblos vor. Sollte er bis zum Kriegsende hier bleiben und jeden Morgen ins Kriegsministerium gehen, während sein Vater zum Auswärtigen Amt fuhr? Dann müßte er sich jedes Mal, wenn er an seine Frontkameraden dachte, wie ein Drückeberger vorkommen.

Sein Vater, hochgewachsen und schlank, mit einem dunklen, dicken Schnurrbart, hatte niemals mit seiner Familie über seine Arbeit gesprochen, was er auch jetzt nicht tat. Er stellte seinem Sohn auch keine Fragen bezüglich der Front. Freilich hatte ihm Claus den Grund seines Berlinbesuches erklärt, seine Verwirrung dargelegt und seine Überzeugung betont, daß es sich um einen Irrtum handeln müsse. Sein Vater aber enthielt sich jeden Kommentars. Sie sprachen lediglich im Allgemeinen über den Krieg. Bevor sie zu Bett gingen, hatten sie allerdings eine Flasche Courvoisier-Cognac geleert.

Von des Kaisers und Preußens Kriegsministerium hatte Claus stets den Eindruck, es würde Festigkeit und Macht ausstrahlen. An dem einschüchternden Bau, welcher ein ganzes Stück der Wilhelmstraße für sich beanspruchte, war er hunderte Male vorbeigelaufen oder gefahren. Zum ersten Mal ging er nun dort hinein.

Ein Feldwebel nannte Claus die Nummer eines Büros in einem oberen Stockwerk, welches zu erreichen ganze fünf Minuten dauerte.

18

Über breite Treppen führte der Weg, über Gänge mit dicken Teppichen und über andere mit Fliesenböden. Viele der Türen, an denen Claus vorbei ging, waren mit keiner Nummer versehen. Sein Ziel erwies sich lediglich als ein Vorzimmer, in welchem Besucher von einem Gefreiten aufgefordert wurden, sich zu setzen, während sie auf eine Audienz warteten.

Claus trug die neue Uniform, die er sich gleich nach seiner Heimkehr bestellt hatte. Kerzengerade saß er auf einem Stuhl mit Holzlehne und sagte sich, daß er niemals den Rest des Krieges in einem solchen Bürogebäude verbringen könnte, und sei es auch noch so imponierend. Sicher mußte das Ganze ein Fehler sein. Wenn er älter wäre, lange nachdem der Krieg gewonnen und er General war, oder zumindest Oberst, dann konnte es für ihn einen Posten bei der Planung und Organisation der Verteidigung seines Vaterlandes geben. Aber gerade jetzt?

Ein plötzliches Läuten machte seinen Überlegungen ein Ende. „Bitte, Herr Leutnant. Sie dürfen jetzt hineingehen."

Der Gefreite erhob sich und machte eine Tür auf, die in ein angrenzendes, gut eingerichtetes Zimmer führte.

Als Claus sich ihm näherte, stand ein großer, dunkelhaariger Hauptmann mit gepflegtem Schnurrbart von seinem Schreibtisch auf und kam ihm entgegen. Claus war erleichtert, einen Mann zu sehen, der etwa in seinem eigenen Alter war, ein Offizier, der, wie er selbst auch, das Eiserne Kreuz I. Klasse trug. Auch dieser Mann hatte an der Front gekämpft und würde sein Bedürfnis verstehen, an die Front zurückzukehren. Wenn dieser der Offizier war, der die Abkommandierungen vornahm, anstelle eines alten, in seinen Ideen festgefahrenen Mannes, dann würde Claus sicherlich gelingen, sich aus einem Schreibtischposten herauszureden. Der Hauptmann reichte ihm die Hand und stellte sich vor. „Albrecht. Ich gratuliere zu Ihrer Genesung, Erlenbach."

„Danke, ich bin durchaus kampffähig, Herr Hauptmann. Ich bin stark genug, um noch heute Richtung Front zu starten."

Albrecht lächelte. „Sie sind zu Oberst Lüdershausen bestellt. Wir müssen sofort hineingehen."

Erst als der Hauptmann sich umdrehte, war seine Behinderung zu erkennen. Er ging zwar fehlerfrei, aber beim Drehen mußte er mit Beinen und Leib gleichzeitig auf dem Absatz rotieren. Was seine

Verwundung auch gewesen sein mochte, sie hemmte das Drehen des Oberkörpers. So einer bin ich aber nicht, dachte sich Claus. Ich habe es nicht nötig, hier im Ministerium zu sitzen. Ich bin kampftauglich.

Albrecht führte Claus in ein drittes Zimmer hinein, geräumig, mit hohen Fenstern und einem prächtigen Schreibtisch aus Mahagoni. Hinter dem Schreibtisch saß ein solide gebauter Mann – es wäre unangebracht, ihn dick zu nennen – der gerade einige Notizen am Rande eines Berichtes machte. Kurzgeschnittenes, graues Haar, Alter schwer zu erraten, möglicherweise Mitte fünfzig. Am gesamten Aussehen des Oberst war zu erkennen, daß er jemand war, mit dem nicht gut Kirschen essen war. In vorschriftsmäßiger Entfernung zum Schreibtisch stand Claus stramm, die Augen auf einen Punkt sechzig Zentimeter oberhalb des Kopfes des Oberst geheftet.

„Es gibt nichts als erstklassige Berichte über Sie, Leutnant." Der Oberst hatte mit dem Schreiben aufgehört. „Eisernes Kreuz I. Klasse, weil Sie unter schwerem britischen Feuer trotz eigener Verwundung hinausgekrochen sind, um Ihren Kompaniechef zu retten. Seitdem sind Sie ein zweites Mal verwundet worden und sind nun wieder frontverwendungsfähig. Erlenbach, an der Front haben Sie sich bewährt, und das Reich braucht Sie nun woanders. Sie sprechen Französisch." Eine Frage war das nicht. „Französisch, Englisch und Russisch auch, sehe ich. Das russische ist außergewöhnlich, aber wie ich sehe, verbrachten Sie sechs Jahre in Rußland, während Ihr Vater in unserer Sankt Petersburger Botschaft war. Sie gingen dort zur Schule'. Der Oberst blickte von der vor ihm offenliegenden Akte auf. „Erlenbach, Sie gehen nach Bern als Stellvertretender Militärattaché. Ihr Regiment ist darüber in Kenntnis gesetzt worden, heute in einer Woche werden Sie sich bei unserer Botschaft in Bern melden. Mit sofortiger Wirkung werden Sie zum Oberleutnant befördert. Machen Sie es gut, Erlenbach. Ich bin mir sicher, daß Ihre Dienste für das Reich wertvoll sein werden. Hauptmann Albrecht wird Ihnen Ihre Papiere ausstellen."

Damit war die Sache erledigt. Nicht einmal eine Minute hatte es gedauert, und schon befand sich Claus wieder in Albrechts Büro. „Cognac, Oberleutnant?" Schon machte der Hauptmann eine Flasche auf. „Neben Ihrer neuen Zuweisung müssen wir auch auf Ihre Beförderung trinken."

Bern? Stellvertretender Militärattaché? Das alles mutete unwirklich an. Claus nahm das ihm angebotene Glas und versuchte, seine Gedanken zu sortieren. Auch Albrecht hob sein Glas an und schlug die Hacken zusammen. „Gratuliere, Oberleutnant."

„Danke, Herr Hauptmann."

Gemeinsam leerten sie ihre Gläser.

„Das ist gar nicht, was ich erwartete," sagte Claus. „Ich wollte zu meinem Regiment zurück."

Albrecht schlug ihm auf die Schulter. „Machen Sie sich keine Sorgen. Ihren Anteil an der Front haben Sie ja schon geleistet, nun werden Sie dem Vaterland in anderer Eigenschaft dienen. Wissen Sie, das ist eine Auszeichnung. Nicht jeder kann solche Dinge handhaben. Sie sind für diese Aufgabe sorgfältig ausgesucht worden.". Ausgesucht? „Es ist zwar nicht die übliche Weise, solche Angelegenheiten zu regeln," gab Albrecht zu. „Wir sind aber im Krieg und müssen oft das Verfahren verkürzen. Vergessen Sie nicht, daß Sie lediglich Stellvertreter sein werden. Das bedeutet etwa Mädchen für alles. Eine vorübergehende Zuweisung."

Claus meinte, für die Angelegenheit eine Erklärung zu wissen, doch als er seinen Vater am Abend damit konfrontierte, stritt dieser sie beleidigt ab. Gewiß war sein Vater in der Lage, zu erfahren, wenn eine Botschaft um die Zuweisung eines Offiziers bat, aber nein, an alte Freunde war er nicht herangetreten, um Claus an einer Rückkehr zur Front zu hindern. Es war glaubwürdig, denn Claus kannte seinen Vater. Ohne Zweifel fanden solche Abmachungen statt, aber niemals in tausend Jahren würde sein eigener Vater seine Familie vor die dem Reich gebührende Pflicht stellen. Hinzu kam, daß sein Vater ihn niemals angelogen hatte, von seiner Kindheit an hatte er auf jede Frage eine offene Antwort gegeben. Es war undenkbar, daß er seinen Sohn jetzt anlog.

„Ich bin genauso überrascht wie du," protestierte sein Vater. „Keiner hat mich deinetwegen angesprochen, keiner hat irgendwelche Fragen gestellt. Das Kriegsministerium hat sich aufgrund deiner Verdienste für dich entschieden."

„Verdienste! Du redest so, als ob das eine Belohnung wäre. Eine Bestrafung ist es! Mich mitten im Krieg in einen neutralen Staat zu schicken, ist eine Strafe. Ich will zurück zur Front, wo ich auch hingehöre."

„Du willst, sagst du? Seit wann stellt ein deutscher Offizier das in den Vordergrund, was er will?" Es war unbestreitbar, das wußte Claus. Im Krieg konnte man keine Zuweisung ablehnen, das käme einer Fahnenflucht gleich. „Hast du schon mal daran gedacht," fragte sein Vater, „daß dies eine Vorzugszuweisung ist? Die Schweiz ist wichtig. Die Schweizer brauchen wir als Kanal zu unseren Feinden – und ja, auch während eines Krieges wird die Diplomatie weitergeführt, genauso wie im Frieden. Denk darüber nur ein bißchen nach, dann wirst du einsehen, daß die Diplomatie im Krieg noch wichtiger ist als im Frieden. Ich zweifle nicht daran, daß du dem Reich in der Schweiz einen wesentlich größeren Dienst erweisen kannst als an der Front. Ich denke, du wirst überrascht sein zu erfahren, wie viel nützliche Arbeit es für dich geben wird. Davon abgesehen tun wir unsere Pflicht dort, wo wir hingeschickt werden." Das war allerdings wahr, dies war ja auch das Wesen des Preußentums. Und auch, wenn Württemberger keine Preußen waren, war es jetzt, da ein auf allen Seiten von Feinden umgebenes Deutschland um sein nacktes Überleben kämpfen mußte, wichtig, daß das gesamte Reich, nicht nur Preußen, diesem Kodex gehorchte.

Doch nützliche Arbeit in der Schweiz? Das schien für Claus ein Widerspruch in sich zu sein. Einen Trost gab es wenigstens: Auf jeden Fall war es besser, als in Berlin zu weilen. Solange seine Kameraden noch an der Front blieben, wäre für Claus jede Art gesellschaftlichen Lebens in der Hauptstadt nichts als Verrat an ihnen.

Claus hatte seine Befehle und sein Beglaubigungsschreiben für die Schweiz. Ihm standen noch fünf Tage Genesungsurlaub zu, die er mit seiner Mutter und Inge verbringen würde. „Deine Mutter tut besser daran, vorläufig dort zu bleiben, wo sie ist,", meinte sein Vater. „Wie die Dinge liegen, ist es für sie zwecklos, nach Berlin zu fahren. Hier ist alles viel zu hektisch, bei all diesem Kriegsverkehr macht es gar keinen Spaß, unterwegs zu sein. Keiner hat Zeit. Es wird deiner Mutter besser bekommen, sich so lange wie möglich auszuruhen und das anständige Wetter auf dem Lande zu genießen. Inge auch." Ohne Frage hatte sein Vater recht. Auch Claus war sich nicht sicher, ob Berlin zur Zeit genießbar war. Nichts als verbissene Eile auf den überfüllten Straßen und müde aussehende Zivilisten.

Früh am nächsten Morgen verließ Claus die Hauptstadt. Wie er erwartet hatte, waren durch die Transportbedürfnisse des Militärs sämtliche Eisenbahnfahrpläne durcheinandergeraten. Erst spät am Abend stieg er am kleinen Bahnhof neben dem Neckar aus dem Zug. Trotz ihrer Fähigkeit, Gefühle gut zu verbergen, vermochte seine Mutter ihre Erleichterung darüber nicht zu verhehlen, daß Claus doch nicht zur Front zurückkehren würde. Claus mußte sie glauben lassen, daß sich auch er auf seine neue Zuweisung freute. Innerlich fiel es ihm jedoch schwer, seine Schuldgefühle zu unterdrücken. Dabei war das Schlimme, daß er sich tatsächlich völlig erholt und seine ganze Kraft wiedererlangt hatte. Er fühlte sich stark wie nie zuvor. Nur durch viel Bewegung und Rührigkeit vermochte er sein schlechtes Gewissen zu lindern. An jedem jener letzten Tage marschierte er mit Gewehr und Hund in die Landschaft hinaus. Was er schoß, war unwichtig. Hauptsache, er schoß.

Bei seiner Abfahrt in die Schweiz glich der Abschied von seiner Mutter und Inge am Bahnhof eher einem Ferienbeginn. Claus hatte viele tränenerfüllte Szenen auf Bahnsteigen miterlebt. Alles ganz verständlich, wenn die Leute nicht wußten, ob der Abschied möglicherweise für immer sein würde. Seine eigene Zuweisung jedoch war ein Garant, den Krieg zu überleben.

Es mag meine Mutter und Inge glücklich machen, überlegte sich Claus, als sich der Zug in Bewegung setzte, doch ist es für mich eine Last, die ich zeit meines Lebens mit mir herumtragen werde. Der Großteil Europas trägt Waffen und ich bin unterwegs zu einer Insel des Friedens und der Normalität, selbst wenn sie eine ist, die von kriegführenden Nachbarn umgeben ist. Daß Claus in Zivil reiste, machte alles nur noch schlimmer für ihn. Nun hatte er zwar Diplomatenstatus, doch ohne Uniform kam er sich umso mehr wie ein Drückeberger vor. Zivil war aber Vorschrift, die Schweiz ließ keine Kombattanten einreisen. Auf dem Höhepunkt des Krieges betrachteten nicht nur die Schweizer, sondern auch die Deutschen mit Argwohn, wer ihr Territorium betrat oder verließ. An dem kleinen deutschen Grenzbahnhof Gottmadingen waren die Kontrollen verständlicherweise streng, nicht weniger konsequent aber waren sie auch in Thayngen, dem ersten Halt auf schweizerischer Seite. Gepäck unterlag einer besonders strengen Kontrolle.

Auch wenn er ihm eigentlich mißfiel, brachte Claus sein Diplomatenstatus doch Vorteile ein. Obwohl er Soldat eines kriegführenden Landes war, erfolgte seine Einreise in die Schweiz ohne Belästigung, von den ärgerlichsten Formalitäten wurde er durch seine Beglaubigung befreit. Nur das lange Warten auf die Abfahrt des schweizerischen Zuges ärgerte ihn. Rund 230 Reisende mußten überprüft werden, bevor Dampf in die Zylinder hereingelassen wurde und die Reise in das Herz der Schweiz begann.

Bern war zwar bunt, doch im Vergleich zu Berlin nüchtern. Seinen Bewohnern bot es nichts von der Unterhaltung und Fröhlichkeit, welche zu Friedenszeiten die deutsche Hauptstadt kennzeichnete, eher spiegelte es das Wesen seiner Menschen wieder: fleißig, umsichtig, sogar etwas introvertiert. Trotzdem sagte Claus die herrschende Atmosphäre des Tatendrangs zu, sowohl innerhalb der Botschaft als auch draußen in der Stadt. Sein Vater hatte recht. Es gab viel Arbeit für ihn. Das Botschaftspersonal aller kriegführenden Länder, wie auch das der Amerikaner, mußte in Bern wohl einen größeren Umfang an diplomatischem Verkehr bearbeiten als die Kollegen in anderen Ländern. Bern war voller Gerüchte und Spekulationen.

Innerhalb einer Woche hatte Claus begonnen, die Herausforderungen seiner neuen Aufgaben zu genießen. Er vertiefte sich in Berichten, die er analysieren, zusammenfassen und weiterleiten sollte. Seine Arbeit konnte sich doch noch als nützlicher Dienst für das Reich erweisen. Es kam nicht allein darauf an, Berichte zu sammeln und weiterzuleiten, wichtig war die Analyse, die Entscheidung darüber, was authentisch war, was nichts als Vernebelung, Irrtum oder reine Fantasie.

Nach drei Wochen begannen seine Schuldgefühle darüber, daß er nicht zur Front zurückgekehrt war, zu verebben. Deutschlands Gesandter, Baron Gisbert von Romberg, war nicht nur aufmerksam und rücksichtsvoll, er war dem gesamten Botschaftspersonal gegenüber auch entgegenkommend. Claus mochte den Botschafter, und vor Jahresende hatte er sich auf seinem Posten eingewöhnt. Gewissensbisse spürte er nunmehr nur, wenn er die von den Fronten eintreffenden Gefallenenlisten las.

Verschwörung

ERLENBACH, Sie sprechen Russisch, nicht wahr?" Die Frage des Botschafters kam unerwartet.

„Jawohl, Exzellenz."

„Hier in Bern leben einige Russen im Exil, die wir unter die Lupe nehmen sollten. Revolutionäre, Feinde des Zaren. Am…," Romberg hob ein Papier von seinem Schreibtisch und überflog es, „…22. dieses Monats wird einer von der Bande in Zürich vor schweizerischen Arbeitern einen Vortrag halten. Sie sind unser einziger Russischsprecher und wir brauchen Sie dort. Es handelt sich um eine öffentliche Versammlung, zweifellos um den Versuch, hier eine Revolution anzuzetteln. Wir brauchen einen vollständigen Bericht über diese Kerle, welchen Kalibers sie sind, wie viele sie zählen, über welche Mittel sie verfügen, wer hinter ihnen steht, irgendwelche Hinweise darauf, welche Schäden sie hier in der Schweiz anzurichten vermögen, und so weiter." Es war keine militärische Angelegenheit. Man schickte ihn dorthin, weil man jemanden brauchte, der Russisch sprach.

Doch auf der Versammlung würde doch wohl nicht Russisch gesprochen, oder? „Selbstverständlich nicht", bestätigte Romberg. „Zwecklos, schweizerische Arbeiter auf Russisch anzusprechen. Der wichtigste Mann, ein Kerl namens Ulyanow, wird Deutsch reden. Er wird aber nicht allein dorthin gehen. Es ist gut möglich, daß Sie etwas aufschnappen, was zwischen ihm und seinen Begleitern vorgeht. Es ist zwar ein Weitschuß, doch der Versuch lohnt dennoch."

Es war also zumindest in gewissem Sinne eine Art Feindkontakt. Allerdings ein uninteressanter. Eine kalte Januarnacht, eine schäbige Halle, ein paar Dutzend militante Handwerker, Phrasen, die für Claus nur leeres Gerede ohne jeden praktischen Sinn waren. Nie zuvor hatte Claus einen Aufrührer am Werk miterlebt, noch war er je in der Nähe militanter Proletarier gewesen. Er dachte sich, daß er gut darauf verzichten konnte, dieses Erlebnis zu wiederholen.

Der Versuch, eine Revolution zu entfachen, hatte der Botschafter gesagt. Doch an diesem geschwätzigen Abend fand Claus keinen Grund zu der Befürchtung, daß schweizerische Arbeiter sich aufbäumen und versuchen würden, die Ordnung in ihrem Land umzustürzen. Selbst der russische Redner, der kahlwerdende und bärtige Mann Uljanow, erkannte an, daß jegliche revolutionären Aspirationen verfrüht wären. „Wir älteren Männer", gab er zu, „werden wohl die entscheidenden Kämpfe der kommenden Revolution nicht mehr erleben."

In dem Bericht, den er über dieses Ereignis verfasste, hielt Claus sein Urteil über die angehenden Revoluzzer aus Rußland fest: „Nichts Gefährliches." Am Rande notierte er, daß Uljanow seinen Zuhörern unter dem Decknamen „Lenin" vorgestellt worden war.

Nur sieben Wochen später wurde die russische Regierung gestürzt und drei Tage darauf dankte Zar Nikolaus II. ab. Diese Entwicklungen verfolgten Claus und das gesamte Botschaftspersonal mit fast fieberhaftem Interesse. Es hatte den Anschein, als würde das kriegsmüde Rußland, dessen Soldaten bereits in erheblichem Ausmaß desertierten und dessen Kriegsmarine schon meuterte, bald Frieden anstreben. Eine solche Entwicklung würde wertvolle deutsche und österreichische Kräfte von der Ostfront für einen entscheidenden Vorstoß im Westen befreien. Dies wäre der Wendepunkt, den Deutschland brauchte.

Die neue russische Regierung unter Alexander Kerensky war aber nicht gewillt, Deutschland diesen Gefallen zu tun. Kerensky tat seine Entschlossenheit kund, den Krieg fortzusetzen. Entlang der gesamten Ostfront kämpften russische Truppen weiter.

Das Personal der britischen und französischen Botschaften triumphierte. Zufällig erblickte Claus zwei französische Attachés, beide deutlich angeheitert und in gegenseitig schulterklopfender Stimmung, wie sie ein Restaurant in der Berner Stadtmitte betraten. Dieses Restaurant wurde von deutschen Diplomaten gemieden. Briten, Franzosen und Russen hatten ihre Stammlokale, Deutsche und Österreicher die ihren.

Dann traten die Vereinigten Staaten in den Krieg gegen Deutschland ein. Es konnte nur noch eine Frage von wenigen Monaten sein, bevor die ersten amerikanischen Truppen die westlichen Schlachtfelder erreichen würden. Deutscherseits war nun eine massive Anstrengung nötig, wollte man noch vorher den Sieg erringen.

Auf diese neue Bedrohung reagierte des Kaisers Generalstab mit einem fantasievollen Streich. Auf der Berner Botschaft trafen Geheimbefehle ein. Erneut wurde Claus zum Botschafter bestellt. „Erlenbach, Sie werden mich bei einer empfindlichen Mission begleiten. Wir müssen mit Ihrem russischen Revoluzzer-Freund Kontakt aufnehmen, dem, der sich des Decknamens Lenin bedient."

Claus würde den Kerl keinen Freund nennen. Schließlich handelte es sich um einen feindlichen Ausländer, noch dazu um einen, der seit zehn Jahren auf der Flucht vor den Machthabern seiner Heimat war. Obschon Claus ihn im Januar gestehen gehört hatte, daß er nicht lange genug zu leben erwarte, um eine Revolution zu erleben, war Lenin seit der Abdankung des Zaren von einer Art Wahn befallen. Er fieberte danach, nach Rußland zurückzukehren, fand aber seinen Weg dorthin durch feindliches Territorium versperrt. „Seitdem wir die Nachricht von der Revolution erhielten, hat er nicht geschlafen", vertraute die Ehefrau Lenins an. „Alle erdenklichen Pläne hat er gemacht. Zunächst wollte er fliegen, dann wurde ihm klar, daß dies nicht ginge, und nun überlegt er, sich mit einer Perücke zu tarnen, um über Frankreich, Großbritannien und die Nord- und Ostsee nach Rußland zurückzukehren. Doch fürchtet er, entweder unterwegs verhaftet zu werden, oder daß sein Schiff von einem deutschen U-Boot torpediert wird."

„Machen Sie sich keine Sorgen mehr", versicherte der Botschafter Lenin. „Wir werden schon bald einen Weg finden, um Sie nach Hause zu schaffen."

Das deutsche Angebot war einfach: Deutschland würde Lenin bei der Heimreise und der Machtergreifung helfen, wenn er als Gegenleistung Rußland aus dem Krieg herausnähme.

Die nächsten Tage waren genauso hektisch wie manche, die Claus an der Front erlebt hatte. Zwar hätte er es nicht für möglich gehalten, aber er mußte tatsächlich feststellen, daß man genauso wie mit Schußwaffen auch mittels Papier für sein Vaterland kämpfen konnte.

Schon eine Woche nach dem Kriegseintritt der Amerikaner stieg Claus zusammen mit Lenin und einer Gruppe von seinen Kumpanen in Zürich in einen Zug. Claus hielt die Bande um Lenin für den komischsten Haufen, den er jemals erlebt hatte. Wildaussehend, die Hälfte verwahrlost, kein einziger vernünftig gekleidet. Ein paar Frauen, sogar einige Kinder. Eine der Gestalten, die seine

Aufmerksamkeit auf sich zog, war ein rundgesichtiger Kerl mit dickem gekräuselten Haar und einer noch dickeren Brille. Diese Figur, die sich als sehr redselig erwies, hieß Karl Sobelsohn. Sobald der Zug unterwegs war, zündete Sobelsohn eine verbogene Rauchpfeife von der Sorte an, die in den Abbildungen zu den Sherlock-Holmes-Geschichten zu sehen waren. Wenigstens, sagte sich Claus, ließ das Rauchen den Mann zwischenzeitlich schweigen.

Mit Erreichen der deutschen Grenze rollte der Zug langsam die letzten Meter in das Reich hinein und hielt dann sofort an dem kleinen Bahnhof Gottmadingen an. Hier wurden die Ankömmlinge um Lenin auf kühle, aber korrekte Weise von zwei Offizieren begrüßt, denen Claus noch nicht begegnet, auf deren Anwesenheit er jedoch vorbereitet worden war. Auf dem einzigen Bahnsteig der deutschen Grenzstation stiegen die Reisenden aus, in dem Wartezimmer dritter Klasse wurden ihre Papiere möglichst rasch überprüft. Auf die Gruppe wartete ein Sonderzug, der sich lediglich aus einem Personenwagen und einem Gepäckwagen zusammensetzte. Als alle eingestiegen waren, besetzten die begleitenden Offizieren ein mit Holzsitzen ausgerüstetes Abteil dritter Klasse am Wagenende. Eine mit Kreide auf dem Boden des Korridors gezogene Linie trennte diesen Eskortenbereich vom Hauptteil des Wagens und dessen Insassen. Mitglieder der leninschen Gruppe durften diese Linie nicht überschreiten. Von den vier Wagentüren wurden drei verschlossen und verplombt. Lediglich die vierte Tür, welche dem Abteil der Offiziere gegenüber situiert und daher auf „deutscher" Seite der weißen Bodenlinie war, blieb unverschlossen.

Solange zwischen Deutschland und Rußland noch Kriegszustand herrschte, galten die Reisenden als feindliche Ausländer, die bei Erreichung deutschen Territoriums normalerweise zu internieren gewesen wären. Auf erfinderische Weise überwand Deutschlands Generalstab dieses Hindernis, indem er die russischen Revolutionäre durch das Reich in einem verplombten Zug reisen ließ und diesem Zug den Status einer fahrbaren Botschaft verlieh. Hierdurch wurde der Wagen allein für die Dauer dieser Fahrt zu unantastbarem russischem Territorium. Unterwegs sollten die in ihrem Wagen eingeschlossenen Reisenden keinen Kontakt zu Deutschen haben.

Der Generalstab maß diesen russischen Emigranten so große Bedeutung bei, daß in Halle an der Saale der persönliche Zug keines anderen als des deutschen Thronfolgers, Kronprinz Wilhelm, zwei

Stunden lang aufgehalten wurde, um Lenins fahrbare Botschaft durchfahren zu lassen. In Berlin blieb der Sonderzug beinahe vierundzwanzig Stunden lang stehen. Hier wurde das theoretische Kontaktverbot zu Deutschen ignoriert. Ein Generalstabsoffizier in Zivil – dessen Namen erfuhr Claus nie – besuchte den Zug, um den weiteren Verlauf des Unternehmens zu besprechen. Bevor Lenin dann endlich weiterdampfte, wußte der heimkehrende Revoluzzer schon, daß er nach Ankunft in Rußland massive deutsche Unterstützung erhalten würde: in der Tat mehr als vierzig Millionen Goldmark.

Sollte es sich als notwendig erweisen, war der Generalstab bereit, Lenin und seine Mitreisenden durch die Kampflinien der Ostfront nach Rußland hineinzuschmuggeln. Aus auf der Hand liegenden Gründen der Sicherheit und Einfachheit wollte man aber erst einen anderen Weg versuchen. Von Berlin fuhr Lenins verplombter Zug weiter nach Saßnitz, wo die heimkehrenden Emigranten an Bord der Fähre *Königin Viktoria* gingen. Bestimmungshafen: das schwedische Trelleborg. Ginge nun alles glatt, so wäre damit die Aufgabe der deutschen Eskorte erledigt. Offen blieb nur noch die Frage, ob die Schweden die Russen in ihr Land einreisen lassen würden. Lenins Gruppe sollte die Eisenbahnfahrt durch Schweden und Finnland direkt zu der inzwischen in Petrograd umbenannten russischen Hauptstadt, früher Sankt Petersburg, unternehmen. Nur wenn ihnen die Behörden im neutralen Schweden die Durchreise verweigern sollten, würden die Reisenden nach Deutschland zurückkehren, um dann die geheime und gefährliche Reise über das Schlachtfeld mitten durch zwei gegeneinander kämpfende Armeen zu wagen. Die Schweden machten jedoch keine Schwierigkeiten, wodurch sich ein solch gewagter Versuch erübrigte.

Sieben Tage, nachdem er in Zürich abgefahren war, saß Claus wieder an seinem Berner Schreibtisch. Derweil traf Lenin in Petrograd mit seinen Anhängern ein, um am dortigen Bahnhof von einer überlauten Versammlung revolutionärer Marinesoldaten empfangen zu werden.

Nun da sich so viel ereignete, war Claus es leid, in seinem Büro gefangen zu sein, nicht nur weit weg von den Frontgefechten, sondern ebenfalls von dem weiteren Verschwörungsverlauf. Was trieben wohl Lenin und sein Gesindel, jetzt, da sie sich wieder auf ihrem Heimatboden befanden?

Mittlerweile sagten Claus geheime Aktionen im Hintergrund zu, er war regelrecht auf den Geschmack gekommen. Der Zufall hatte ihm die Möglichkeit beschert, eine große Verschwörung mitzuerleben, eine Verschwörung, die, wenn sie erfolgreich verlaufen sollte, Geschichte schreiben würde. Diese Erfahrung hatte in Claus einen neuartigen Appetit geweckt, der ihn nun rastlos machte. Die Diplomatie seines Vaters hatte ihn nie interessiert, ihm kam sie viel zu zahm vor. Wie jeder gesunde junge Mann wollte Claus Taten vollbringen. Wenn sich jetzt die Gelegenheit bieten sollte, zu seinem Regiment an der Front zurückzukehren, würde er diese sofort ergreifen. Dennoch…

Er schlenderte durch die Straßen Berns, sah sich die hellerleuchteten Cafés und die Kaufhäuser an, blieb manchmal vor den ausgestellten Lebensmitteln stehen, die, wie er wußte, die Menschen zuhause nicht mehr erhalten konnten, ging ab und zu durch die Parkanlagen spazieren oder saß eine zeitlang unter den Bäumen. Egal, was er auch tat, dauernd fragte er sich, was sich wohl gerade in Rußland abspielte.

Lenin hatte große Summen deutschen Geldes erhalten, und dieses Geld war es, das ihn und seine Partei nun über Wasser hielt. Praktisch die erste Handlung Lenins nach seiner Heimkehr nach Rußland war die Anschaffung einer neuen Druckerpresse für seine Parteizeitung. Sofort wurden zehn neue Verlage gegründet, und bald erschienen mit deutscher Finanzierung wöchentlich etwa 1.500.000 Exemplare revolutionärer Zeitschriften. Die von diesen stets wiederholte Forderung an die Soldaten Rußlands lautete: Bajonettiert Eure Offiziere, geht nach Hause, macht Schluß mit dem Krieg!

Im Oktober erstürmte Lenins Rote Garde den Winterpalast Petrograds, wo die demokratisch gewählte Regierung Rußlands versammelt saß. Verstärkt wurden die Roten Gardisten durch Meuterer der Armee und Kriegsmarine. Insgesamt wurde der Palast von etwa 7.000 bewaffneten Männern erstürmt. Geschützt wurde die Sitzung der Regierungsmitglieder lediglich durch ein Frauenbataillon und einige jungen Kadetten. Mühelos beseitigten die roten Truppen diese fragile Verteidigung und die legitimierte Regierung Rußlands wurde verhaftet. Lediglich Kerensky selbst, der nicht anwesend war, entkam und konnte ins Exil fliehen. Solcher Art war der bewaffnete Handstreich, den Kommunisten unter der irreführenden Bezeichnung „Oktoberrevolution" in die Geschichte eingehen ließen. In deutschen diplomatischen und militärischen Kreisen löste die Nachricht zwar allgemeine Freude aus, dennoch wies Botschafter Romberg darauf hin, daß diese keine völkische Revolution von der Art gewesen war, mit der man vielleicht sympathisieren könnte. Lenins Staatsstreich war nichts als der gewaltsame Umsturz einer demokratisch legitimierten Regierung mit der widergesetzlichen Verhaftung und Entführung gewählter Volksvertreter. Die eigentliche russische Revolution hatte sieben Monate vorher stattgefunden, als der Zar zum Abdanken gezwungen und eine demokratische Regierung eingerichtet worden war. An jenen Handlungen hatten Lenins Kommunisten aber keinen Anteil gehabt. Für das russische Volk sollte die glückliche Periode einer jungen Demokratie kaum länger als ein halbes Jahr dauern, bevor sie ihm nun durch Gewalt entrissen worden war. Dennoch entsprach die neu entstandene Lage in Rußland deutschen Wünschen, also hielt man die Füße still. Lenin hatte bereits 11.566.122 Mark ausgegeben, am Tag nach seinem Gewaltstreich gab für ihn das Berliner Finanzministerium weitere 15.000.000 Mark frei.

Nun mußte Lenin seine Besoldung dadurch verdienen, daß er Rußland aus dem Krieg herausnähme, damit die an der Ostfront eingesetzten vierundvierzig deutschen Divisionen für eine letzte Offensive im Westen freigestellt werden könnten. Am 6. Dezember gingen die Kampfhandlungen im Osten zu Ende. Deutschland stand es nun frei, eine Million Mann quer durch Europa zu versetzen. Nebenbei konnte es von der Ukraine Getreide bekommen, um fünfzig Millionen unter den Auswirkungen der britischen Seeblockade leidende Deutsche zu ernähren.

Die Befriedigung über diesen erfolgreichen Ausgang der Eingebung des Generalstabes währte jedoch nicht lange. Deutschlands Offensive im Westen stockte nach fünfzehn Tagen, von der Ostfront versetzte Verstärkungen wurden von Alliierter Seite mit 1.473.190 frischen, erstklassig ausgerüsteten, amerikanischen Truppen mehr als ausgeglichen. Deutschland hatte seine letzte Karte gespielt. Das Oberkommando empfahl dringend Waffenstillstandsverhandlungen, um „eine Katastrophe zu vermeiden.‟

Claus konnte es nicht glauben. War denn alles umsonst gewesen? Häberle, dessen Kopf und rechtes Bein durch die Granate, die ihn zerfetzte, in die Äste eines Baumes hinaufgeschleudert worden waren und von dort aus einem bestimmten Winkel wie eine das Bein hochschlagende Cancantänzerin aussahen? Daß die weiteren Überreste Häberles nie gefunden wurden, daß man nach drei Tagen diese beiden Teile während einer Kampfpause herunterbrachte und zwecks Begrabung zusammen einwickelte?

Die ganz dicken Freunde Ingelfinger und Haberkern, die sich bei Kriegsausbuch freiwillig zum Regiment gemeldet hatten und beide durch die gleiche Maschinengewehrgarbe Seite an Seite praktisch entzweigesägt wurden?

Das Gehirn und das Blut, das über sein eigenes Gesicht spritzte, als ein Scharfschütze den oberen Teil von Lehmanns Schädel wegnahm, während Claus sich noch mit ihm unterhielt?

Der stets heitere Müller, der jederzeit jedem zu helfen bereit war – vollständig verschwunden, als eine Granate dort landete, wo er gerade stand? Daß man nicht einmal Müllers Koppelschloß fand?

Dr. Grau, der ernsthafte junge Akademiker, dessen Kopf durch ein Mörsergeschoß sauber abgetrennt wurde, während er nach vorne ging? Der unerklärlicherweise einen Augenblick, bevor er zusammensackte, aufrecht stehenblieb wie eine Marionette, deren Fäden durchschnitten wurden?

Erxner, draußen in einem Granattrichter mit einem französischen Bajonett im Leibe, der vor dem Sterben eine Stunde lang kreischte, während sie alle durch Scharfschützen auf der Stelle festgenagelt waren und ihren Kameraden nicht erreichen konnten?

Die Tausenden, die Claus gesehen hatte, die Millionen, die er nicht gesehen hatte, die von den Menschen zuhause erlittenen Entbehrungen, das Aufbrauchen von nationalem Reichtum und Mitteln, die einfallsreiche Erfindung des verplombten Zuges?

Daß dies alles umsonst gewesen sein sollte, war unmöglich.

An die britische Kugel durch seine eigene Lunge dachte Claus nicht einmal. Das zählte nicht. Augenblicklich würde er jetzt sein Leben hingeben – wer würde dies nicht tun? – wenn es den Ausgang des Krieges auf den Kopf stellen würde.

Gerade zwölf Monate, nachdem Lenin an die Macht gekommen war, machten nun auch Deutschland und Österreich-Ungarn Revolution und militärische Katastrophe durch. Aus den beiden Monarchien wurden Republiken. Mit Uljanow alias Lenin hatte der deutsche Generalstab ein geistreiches und teures Wagnis unternommen, doch schließlich hatte dann auch dieses Wagnis Deutschland nicht geholfen. Im Gegenteil, es war Deutschlands Generalstab gewesen, der Lenin gerettet hatte, einen gesuchten Flüchtling, der sich bereits damit abgefunden hatte, die Erfüllung seiner Träume niemals zu erleben.

Claus mochte Lenin nicht, weder in Zürich noch im Zug fand er ihn im Geringsten sympathisch. Für ihn schien Lenin eine beinahe unmenschliche Kälte auszustrahlen. Nun bestätigten die seinen Schreibtisch erreichenden Berichte diesen Eindruck. Lenins Sowjetrußland sollte despotischer werden als das alte Regime, seine Geheimpolizei, die Tscheka, gnadenloser und allgegenwärtiger als ihre zaristische Vorgängerin, die Ochrana. Ein Claus erreichendes Handbuch für Tscheka-Mitglieder lehrte, daß Menschen nicht etwa wegen etwas hinzurichten waren, was sie getan hatten, sondern allein deswegen, was sie waren: „Wir führen keinen Krieg gegen einzelne Menschen, wir vernichten die Bourgeoisie als Klasse. Sucht nicht nach Dokumenten und Beweisen darüber, was der Beschuldigte getan oder gesagt hat. Die erste Frage, die man ihm zu stellen hat, muß darauf gerichtet sein, welcher Klasse er angehört, wie seine Herkunft, seine Erziehung, seine Ausbildung, sein Beruf sind." Besonders schockiert hatte Claus eine auf seinem Schreibtisch gelandete amtliche Bekanntmachung Grigori Zinowiews. Claus hatte deutliche Erinnerungen an Zinowiew, der mit Lenin zusammen im verplombten Zug gefahren war. Nun nannte Zinowiew eine Zahl für die Massenvernichtung durch die Tscheka: „Von den hundert Millionen Menschen Rußlands unter den Sowjets müssen wir neunzig Millionen für unsere Sache gewinnen. Was die Übrigen betrifft, so haben wir ihnen nichts zu sagen. Sie sind auszurotten."

Claus hatte nicht vergessen, was er in seiner Kindheit in einem Roman einer englischen Dame gelesen hatte: Diese Geschichte handelte von einem deutschen Grafen, der einen künstlichen Menschen schuf – mit dem Ergebnis, daß seine Schöpfung zum Mörder wurde und schließlich seinen Erschaffer selbst umbrachte. Nun schien auch Deutschland wie jener fiktive Graf Frankenstein ahnungslos ein Ungeheuer in die Welt gesetzt zu haben.

Kaum aufmunternder waren die Nachrichten, die Claus aus Deutschland erreichten. Akuter Lebensmittelmangel war eine bedeutende Ursache für die deutsche Revolution gewesen, nun setzten die Alliierten trotz Waffenstillstand ihre Blockade fort.

Hunderttausende von der Front heimkehrende Soldaten fanden Lebensbedingungen für ihre Familien vor, die weitaus schlimmer waren, als sie sich hätten vorstellen können. Deutschlands neue provisorische Regierung hatte alle Hände voll zu tun, die Ordnung aufrechtzuerhalten und die Lebensmittelversorgung zu bewerkstelligen.

Auf der Berner Botschaft hatten Deutschlands Verwandlung in eine Republik und das Ende der Feindseligkeiten zu keinen Personaländerungen geführt. Claus fing an, sich darüber Gedanken zu machen, wie seine Aufgaben wohl zu Friedenszeiten aussehen mochten.

„Ihr Vater", meinte der Botschafter eines Januarmorgens zu Claus, „dürfte wohl bald zu Verhandlungen mit den Alliierten fahren." Daran hatte Claus gar nicht gedacht, doch ja, wahrscheinlich war es so. Der Waffenstillstand hatte lediglich den Kampfhandlungen ein Ende gesetzt, es waren noch keine Friedensbedingungen vereinbart worden. Diese mußten noch ausgehandelt werden. In seiner Eigenschaft als einer der führenden Männer im Auswärtigen Amt war es sicher, daß sein Vater an den Verhandlungen als rechte Hand der Hauptvertreter Deutschlands teilnehmen würde. „Die Alliierten sind dabei, sich in Versailles zu versammeln", sagte ihm der Gesandte, „also scheint es sicher zu sein, daß dies der Ort ist, wo die Verhandlungen geführt werden."

Bald, sagte sich Claus, werde ich einen jener peinlichst akkurat handgeschriebenen Briefe meines Vaters mit der Nachricht erhalten, daß er nach Frankreich führe.

Aber selbst an dem Tag, an dem die Führer der westlichen Alliierten ihre Sitzungen in Versailles eröffneten, war von seinem Vater noch kein Wort eingetroffen. Sein Vater war nicht nach Frankreich gefahren. Es war gar keine deutsche Delegation eingeladen worden.

Bald war klar, daß die Versailler Konferenz nicht Friedensverhandlungen zwischen den Kriegführenden auf beiden Seiten dienen sollte, sondern lediglich Beratungen unter den Alliierten, um die Bedingungen auszuarbeiten, welche sie Deutschland aufzuerlegen trachteten. Erst im Mai wurde eine deutsche Delegation vorgeladen, deren Mitglieder nun erwarteten, mit britischen, französischen, italienischen und US-amerikanischen Vertretern zusammenzusitzen. Sie würden sich die Forderungen der

Alliierten anhören, ihre Gegenvorschläge aufbringen und das Verhandeln könnte beginnen.

„Nichts dergleichen", erzählte ihm sein Vater später. „Es gab gar keine Verhandlungen. Wir kamen nicht einmal mit den Alliierten zusammen. Es war unerhört. Man behandelte uns, als hätten wir keinen Waffenstillstand unterzeichnet, sondern eine bedingungslose Kapitulation."

Die Alliierten hatten die Friedensbedingungen ausgearbeitet, welche sie dem Reich aufzwingen würden und deutsche Vertreter lediglich zu dem Zweck vorgeladen, diese in Empfang zu nehmen. Am 16. Juni wurde den Deutschen der 248 Seiten umfassende, fertige Friedensvertrag als Ultimatum präsentiert. Gleichzeitig gab der französische Premierminister Georges Clemenceau bekannt, daß Kriegshandlungen wieder aufgenommen würden, sollten die Bedingungen nicht in ihrer Gesamtheit akzeptiert werden.

An der Spitze der deutschen Delegierten ließ sich Graf Ulrich von Brockdorff-Rantzau nicht einschüchtern. Ein Unterzeichnen lehnte er schlichtweg ab.

Am 20. Juni ging an Marschall Ferdinand Foch, Oberbefehlshaber der Alliierten Streitkräfte, der Befehl ein, am Abend des 23. in Deutschland einzumarschieren, sollten die Friedensbedingungen bis dahin nicht unterzeichnet sein.

Am Sonntag, dem 22., veröffentlichte die Pariser Zeitung *Excelsior* unter der ominösen Überschrift „Wenn Deutschland nicht unterzeichnet..." eine bedrohliche Landkarte, auf welcher der Aufmarsch Alliierter Streitkräfte entlang Deutschlands Grenzen aufgezeichnet war. Pfeile stellten die Richtung einer Invasion des Reiches dar, abgebildet wurde ein Luftschiff im Flug auf Berlin.

„Sollte die Weimarer Regierung unsere Friedensbedingungen nicht unterzeichnen", schrieb *Excelsior*, „werden Dienstag früh die Armeen der Entente eine Offensive über den Rhein eröffnen. Ein Kavallerieschleier wird die vorrückende Infanterie decken, die durch Panzerbataillonen und massive Artillerie geschützt wird. Luftschiffe und vor allem gigantische Flugzeugverbände werden die feindlichen Städte angreifen."

Clemenceau hatte den Deutschen ein Angebot gemacht, welches sie nicht ablehnen konnten.

Hastig wurde eine frische deutsche Delegation von Berlin hingeschickt. Sie hatte auf Anweisung zu unterschreiben. Diesmal war Erlenbach Senior, der Brockdorffs Haltung unterstützt hatte, nicht dabei.

Im Kriege selbst waren mehr als eine Dreiviertelmillion Deutsche an Hunger gestorben, dank der Verlängerung der Alliierten Blockade ging nun das Hungersterben weiter. Jetzt wurde Deutschland, dessen Kranke, Alte und Säuglinge noch immer täglich in großen Zahlen verhungerten, aufgefordert, neben anderen Tieren auch 140.000 Milchkühe, 40.000 Kälber, 4.000 Stiere, 30.000 Mutterschafe, 1.200 Widder, 10.000 Ziegen und 15.000 Säue an die Alliierten auszuliefern.

Für alle Kriegsschäden und Verluste der Alliierten mußte die junge deutsche Republik Reparationen zahlen: eine bis dato unbekannte Summe, deren Höhe irgendwann in der Zukunft festgelegt werden würde. Die Alliierten behielten sich das Recht vor, künftig nach Belieben Waren und Materialien von Deutschland zu fordern.

Deutschland wurde gezwungen, Provinzen, die dreizehn Prozent seines Territoriums ausmachten, an fünf seiner Nachbarländer abzutreten. Plötzlich fanden sich 7.325.000 Deutsche unter fremde Herrschaft gestellt. Die größten Schwierigkeiten wurden durch die Abtretung eines sich nördlich bis zur Ostsee erstreckenden Landstreifens an Polen verursacht, durch die der sogenannte Polnische Korridor entstand. Durch ihn wurde Ostpreußen vom Hauptgebiet des Reiches abgetrennt.

Eine Reihe aufgezwungener militärischer Bedingungen folgte dem Zweck, Deutschland bei einem Angriff durch seine Nachbarn schutzlos ausgeliefert zu sehen. Deutschland wurde sowohl verboten, U-Boote, Flugzeuge – einschließlich Luftschiffe – Flugzeug- abwehrwaffen, Kampfpanzer und sonstige gepanzerte Fahrzeuge, Panzerabwehrkanonen, Giftgase und schwere Artillerie zu fertigen, als auch sie zu besitzen. Das Heer mußte auf 100.000 Mann reduziert werden, die Kriegsmarine auf 15.000. Das Heer sollte als landesinterne Polizeimacht dienen, mehr nicht. Deutschland wurde nicht erlaubt, Waffen, militärische Ausrüstung oder Munition ein- oder auszuführen. Die Ausrüstung der neuen Rumpfstreitkräfte wurde bis ins letzte Detail vorgeschrieben, ihre Anfertigung nur in bestimmten, genehmigten Werken und Werkstätten unter der Aufsicht einer Alliierten Kontrollkommission erlaubt.

Dies alles rechtfertigte man mit der Behauptung einer deutschen Alleinschuld am Ausbruch des Krieges.

„Was sie uns in Versailles angetan haben", sprach sich sein Vater Claus gegenüber aus, „hätten wir nach Napoleon auch Frankreich antun können, das wäre durchaus gerechtfertigt gewesen nach all den Kriegen und Leiden, die französischer Ehrgeiz mehr als tausend Jahre hindurch über dem Kontinent verbreitet hat. Wir hätten französisches Territorium seinen Nachbarn zusprechen können, wir hätten versuchen können, Frankreich das Blut auszusaugen, seine Armee hätten wir bis auf einen lächerlichen, kleinen Restbestand reduzieren können, das wäre ein durchaus angemessener Versuch gewesen, die Franzosen daran zu hindern, jemals wieder gegen ihre Nachbarn Krieg führen zu können. Dies haben wir Frankreich aber nicht angetan, weil wir ja nicht dumm sind. Hätten wir es getan, was wäre dann geschehen? In fünfundzwanzig Jahren wäre Frankreich wieder auf den Beinen gewesen, und nicht nur auf den Beinen, sondern darüber hinaus noch mit Streitkräften ausgerüstet, die darauf brennen würden, sich zu rächen." Niemals hatte Claus seinen Vater lautstark erlebt, nicht einmal dem begriffsstutzigsten Bediensteten gegenüber, jetzt aber war er nahe daran, zu donnern. „Also, die Herren dürfte es nicht überraschen, wenn auch andere Leute auf solche Weise reagieren. Jetzt ist es Ehrensache für jeden Mann, diese Ungerechtigkeit aus der Welt zu schaffen."

Was die Erlenbachs nicht wußten, war, daß die strengen Versailler Bedingungen sogar auf Alliierter Seite auf massive Kritik stießen. Er könne sich kaum „eine wahrscheinlichere Ursache für einen neuen Krieg" vorstellen, erklärte der britische Premierminister David Lloyd George zu dem Raub deutscher Territorien und Menschen und deren Abtretung an andere Völker.

„Meines Erachtens", warnte Lloyd George, „muß der Vorschlag der Polnischen Kommission, 2.100.000 Deutsche unter die Herrschaft eines Volkes zu stellen, welches niemals zuvor in seiner Geschichte die Fähigkeit erwiesen hat, sich selbst zu regieren, über kurz oder lang zu einem neuen Krieg in Osteuropa führen." Auf Lloyd Georges ernsthafte Bitte, wie unparteiische Schiedsrichter zu handeln, die alle Leidenschaften des Krieges vergessen hätten, wurde nicht gehört.

Wenigstens erfuhr Claus, wie der amerikanische Präsident Woodrow Wilson die Konferenz mit Abscheu verließ, und ferner, daß der Volkswirtschaftler John Maynard Keynes aus Protest gegen die strafende Höhe der Reparationszahlungen, die man Deutschland abzuverlangen beabsichtigte, als Mitglied der britischen Delegation in Versailles zurückgetreten war.

Was er allerdings nicht erfuhr, war, wie der Alliierte Oberbefehlshaber, Marschall Ferdinand Foch, im Juni 1919 auf die Deutschland diktierte Strafe reagierte: „Das ist kein Frieden", warnte Foch. „Das ist ein Waffenstillstand auf zwanzig Jahre."

Amor

DAS Mädchen war blond, blauäugig und fast so hochgewachsen wie er selbst. Claus merkte, daß er der blonden Schönheit folgte, ohne dazu einen bewußten Entschluß gefaßt zu haben. Er kam sich fast wie ein Roboter oder ein hilfloser Gegenstand vor, der im Kielwasser eines großen Schiffes mitgezogen wird.

Das Krankenhauspersonal entschuldigte sich. Akuter Kräftemangel und eine Überlastung an Bettenbesetzung hätten den Tagesverlauf gänzlich durcheinandergebracht. Einige Patienten wurden noch von Ärzten untersucht, Krankenschwestern beschäftigten sich mit Verbänden und sonstigen Pflegetätigkeiten, auf mancher Station stand sogar die Raumreinigung noch aus. Allen tat es sehr leid, doch während der nächsten Stunde konnten keine Besucher auf die Stationen gelassen werden. Wenn man es vorzöge, zu warten, statt später noch einmal zu kommen, könne man auf den Stühlen und Bänken auf den Fluren Platz nehmen. In einer Ecke stand sogar ein Tischchen mit vier Holzstühlen, und diese Ecke war es, worauf das Mädchen zusteuerte. Ein Ehepaar mittleren Alters nahm sich zwei von den Sitzen, den Dritten zog Claus für das Mädchen heraus. Das dankende Lächeln, womit er hierfür belohnt wurde, schien Claus das allerschönste, das er je gesehen hatte. Ihm wurde leicht schwindelig.

Wie im Traum nahm sich Claus den letzten Sitz, worauf das Ehepaar sofort mit ihm und dem Mädchen zu plaudern begann. Selbstverständlich sympathisiere man mit dem überforderten Personal, wie das Paar aber hoffte, würde man nicht zu lange hier herumsitzen müssen. Heutzutage hätte es den Anschein, als würde es mehr Kranke geben als während des Krieges.

Hierfür gab das Mädchen der Alliiertenblockade die Schuld. Diese hätte man sofort beim Waffenstillstand aufheben müssen. Das Mädchen selbst war hier, um eine durch Lebensmittelmangel schwer erkrankte, ältere Tante zu besuchen. Gewiß war der Gegensatz zwischen den Lebensbedingungen im Reich und jenen im schweizerischen Land des Füllhorns gewaltig.

Es war ein heißer Mittsommertag gewesen, an dem die Befehle für Claus eintrafen. Inzwischen war er zwei Jahre in Bern und hoffte, zu seinem Regiment zurückzukehren. Stattdessen wurde er ohne Angabe seiner neuen Kompetenzen dem Kriegsministerium in Berlin zugewiesen. Allerdings hieß es nicht länger Kriegsministerium, daraus war nunmehr das Reichswehrministerium geworden. Schon wieder eine Schreibtischstellung. Etwas Trost bestand in seiner gleichzeitigen Beförderung zum Hauptmann. Doch wie allen Soldaten wäre es Claus lieber gewesen, seine Beförderung auf dem Schlachtfeld verdient zu haben. Die Zuweisung nach Bern hatte ihn vielleicht um diese Möglichkeit gebracht, doch er durfte nicht an sich selbst denken. Noch stand ihm eine Aufgabe bevor. Diese hieß, das Reich hinsichtlich der Versailler Verwundungen wieder aufzurichten. Im Gegensatz zu so vielen seiner Freunde lebte Claus noch. Immerhin hatte er dadurch die Möglichkeit, dem Reich weiter zu dienen. Nicht aber in der Wilhelmstraße. Das Ministerium hatte man nicht nur umbenannt, man hatte es auch einige Straßen weiter vom Herz des Regierungsviertels entfernt in die Bendlerstraße verlegt.

„Für meinen Teil tut es mir leid, Sie zu verlieren“, versicherte ihm Baron Romberg beim Abschiedshändedruck. „Sie haben hier ausgezeichnete Arbeit geleistet, aber das Heer weiß wohl am besten, wo Sie einzusetzen sind. Vor dem Reich steht ein wahrer Berg von Arbeit, und ich weiß, daß Sie ihm wertvolle Dienste leisten werden. Viel Glück und leben Sie wohl.“

Hatte er sich doch so lange nach einer Rückkehr zum Regimentsdienst gesehnt, so überraschte es Claus nun doch, daß ihm das Verlassen der Botschaft so schwerfiel. Er war Romberg inzwischen sehr zugetan, vom Tag seiner Ankunft an hatte ihn der ältere Herr auf gütige Weise behandelt. „Ja“, bestätigte sein Vater auf der Berliner Villa, „Romberg ist einer von der wirklich altmodischen Sorte. Sein Händchen für Menschen kommt von seinem Fingerspitzengefühl.“

Nun befand sich Claus in einem Magdeburger Krankenhaus, um einen beidseitig beinamputierten Frontkameraden zu besuchen.

„Sie wissen, daß man Deutschlands Gesamtvermögen im Ausland beschlagnahmt hat?“, fragte das Mädchen. „Wissen Sie, was das bedeutet? Allein die Patentrechte sind Milliarden wert. Dies ist eine zusätzliche Strafe, eine verborgene, die über die bekanntgegebenen sogenannten Reparationen hinausgeht. Niemand weiß, wie viel das deutsche Vermögen im Ausland wert ist, die Alliierten aber verteilen es unter sich. Das sind die reinsten Blutsauger." Claus war das mit den Patentrechten bis dato gar nicht aufgefallen. Es war auch deutlich zu erkennen, daß das ihm gegenüber sitzende Ehepaar ebenfalls nicht daran gedacht hatte. Bedurfte es etwa eines jungen Mädchens, um anderen die Augen zu öffnen?

Ebenso sehr brachten die Österreich auferlegten Friedens-bedingungen das Mädchen auf. Claus war erstaunt. Welche Mädchen redeten denn so? Während sich die Unterhaltung allerdings um Politik drehte, blieb er selbst schweigsam. Die Politik war ihm zuwider. Er betrachtete es als Unglück, daß seine Pflichten sowie einige Verbindungen seiner Familie ihn dazu gezwungen hatten, mit manchem Politiker in Kontakt zu treten. Er mochte keinen, dem er bisher begegnet war, und mied Gelegenheiten, mehr von der Sorte kennenzulernen. Statt selbst zu reden, zog Claus es also vor, dem Mädchen zu lauschen und zugleich ihr Antlitz zu betrachten. Diese junge Schönheit äußerte sich vernünftig, man sah ihr deutlich an, daß sie außerordentlich intelligent und besser informiert als die Masse des Volkes war. Während er ihr bewundernd zuhörte und sie ansah, vergaß Claus das Krankenhaus, nahm von seiner Umgebung keine Notiz, sah nicht einmal mehr die anderen beiden am Tisch Sitzenden.

„Sie dürfen jetzt reingehen." Eine kräftig gebaute Schwester mit dem Anflug eines Schnurrbarts schritt den Flur entlang. Menschen standen auf, ließen Bemerkungen fallen und eilten zu den verschiedenen Stationen. Alles geschah so schnell, daß Claus keine Zeit hatte, richtig zu reagieren. Auf dem Schlachtfeld kamen seine Gedanken und Bewegungen blitzschnell. Angesichts dieser Schönheit aber brachte er nichts anderes fertig, als sich wie eine unbeholfene Holzpuppe zu benehmen, die keinen Ton herauszubringen vermochte. Er sprang auf, zog der jungen Frau ihren Stuhl zurück und startete mit ihr wieder dem Flur entlang. Bevor Claus auch nur ein Wort eingefallen war, erreichten sie schon die Tür zur Station, auf der die Tante des Mädchens lag. Wieder das schöne Lächeln, ein „Auf Wiedersehen", und schon war das Mädchen durch die Schwingtüren verschwunden. Einige Augenblicke lang stand Claus wie betäubt da. Bei seiner Suche nach der Amputiertenstation verirrte er sich zweimal.

Sobald die Besuchszeit zu Ende ging, nahm Claus die Hand seines Kameraden, wünschte ihm alles Gute, versprach, wiederzukommen, und eilte den Haupttüren des Krankenhauses zu.

Besucher verließen das Gebäude allein, zu zweit und in Familiengruppen. Hatte das Mädchen schon vor ihm den Ausgang erreicht? Die junge Frau war ziemlich hochgewachsen, und mußte verhältnismäßig leicht auszumachen sein. Auf der Straße spähte Claus in beide Richtungen. Das Mädchen war nicht zu sehen.

Claus hatte sich eines der ersten nach dem Krieg von Daimler produzierten Autos gekauft, ein Cabrio mit der Bezeichnung Mercedes Sport. Geparkt hatte er den Wagen auf der Straße unweit der doppelten Eingangstüren. Nun stieg er in den ledernen Fahrersitz. Bestürzt sah Claus zu, wie der das Krankenhaus verlassende Besucherstrom verebbte. Das Mädchen war zu schnell gewesen. Die Chancen standen nicht gut, doch er hatte nichts zu verlieren. Claus ließ den Motor an und fuhr hastig los, erst die Straße hinunter, dann rund um die gesamte Fläche des Krankenhauses. Das Mädchen mußte nun schon weiter weg sein. Nachdem er das Areal umrundet hatte, weitete er seine Suche aus. Systematisch durchsuchte er nun alle in der Umgebung liegenden Straßen, er fuhr durch Wohngegenden, durch Geschäftsviertel, durch Industriegebiet. Das Mädchen war unauffindbar.

Bevor er den Wagen zum Stillstand brachte, hatte Claus jede Verkehrsstraße, jede Nebenstraße, jede Hintergasse in einem Umkreis von anderthalb Kilometern um das Krankenhaus gründlich befahren. Nun saß er regungslos hinter dem Steuer und überlegte. Das Mädchen war ihm entwischt. Er würde es niemals wieder sehen.

Während er nach Berlin zurückfuhr, fühlte sich Claus so elend wie niemals zuvor in seinem Leben. Es war schlimmer, weitaus schlimmer, als eine Kugel in der Lunge. Wenigstens heilte sich der Körper von alleine, da brauchte man nur darauf zu warten. Doch würde ihm kein Abwarten jenes Mädchen wiederbringen, diese Schönheit, von der er vor ihrem Verschwinden nicht gewußt hatte, wie wichtig sie ihm war. Während er sie angestarrt und zugehört hatte, war ihm dämlicherweise nicht der Gedanke gekommen, daß jene Momente zu Ende gehen würden. Nun waren sie, wie das Mädchen, fort.

Daß Claus in unerträglichem Maße unglücklich war, machte sich an seiner Fahrweise bemerkbar. Normalerweise genoß er die rasante Bewegung in vollem Maße und warf den offenen Mercedes mit Elan von einer Kurve zur anderen. Nun aber fuhr er eigentlich nicht mehr, nicht in dem Sinne, wie er das Fahren verstand. Nun saß er einfach nur da, er beherrschte die Maschine nicht mehr aktiv, sondern ließ sich schlichtweg tragen. Die Fahrt nach Berlin dauerte eine Stunde länger als nötig.

Eigentlich war es töricht. Heute früh hatte er noch nichts von der Existenz dieses Mädchens geahnt. Weniger als eine Stunde hatten sie nebeneinander gesessen, sie hatten nur wenige Worte gewechselt. Jetzt aber, da das Geschöpf gegangen war, kam es ihm vor, als wäre ein lebenswichtiger Teil aus ihm herausgerissen worden.

Die ganze Heimfahrt hindurch machte sich Claus Vorwürfe. Wie konnte er so dämlich gewesen sein, nichts gesagt, keine Anstalten gemacht zu haben, damit sie sich wieder treffen könnten? Es war eine einmalige Gelegenheit gewesen, und er hatte sie verpaßt. Seine Schwester Inge hatte geheiratet und auf der Hochzeit hatten ihn seine Cousinen geneckt: „Wann heiratest denn du, Claus?" Die einzige Antwort, die er darauf gegeben hatte, war ein Lachen gewesen. Heiraten war ihm gar nicht in den Sinn gekommen, hierfür war er zu sehr mit seinem Dienst für das Vaterland beschäftigt gewesen. Nun waren seine Gedanken durch die Begegnung mit dem Mädchen völlig aus den Fugen geraten.

Claus wußte sich nicht anders zu helfen, als sich weiterhin in die Arbeit zu vertiefen. Wußte der Himmel, davon gab es ja genug. Was Claus unmittelbar beschäftigte, war die Frage, ob es für ihn in einem Heer, welches bald auf 100.000 Mann reduziert werden mußte, noch einen Platz geben würde. Freilich könnte er sich der Verwaltung von Falkenstein widmen. Nun galt es, das Gut wieder auf die Beine zu stellen. Neue Rebstöcke mußten angebaut werden, die ersten vier oder fünf Jahre würden sie brauchen, um ein Wurzelsystem zu entwickeln. Vor Mitte der zwanziger Jahre würde es nicht einmal Blüten geben, geschweige denn Trauben. Der Wiederaufbau des Gutshofes würde eine faszinierende Herausforderung darstellen.

Doch Claus plagten andere Sorgen. Nicht nur durfte Deutschland keine Panzer oder Flugzeuge besitzen, sondern auch keine Panzer- oder Flugzeugabwehrkanonen. Die unverkennbare Absicht von Versailles war es, Deutschland wehrlos zu machen und es seinen räuberischen Nachbarn auszuliefern, sobald diese sich zu einem Angriff entschließen würden. Na, man würde sehen. Wie sein Vater schon sagte, es war Ehrensache für jeden Mann, dieses Ziel der Alliierten zunichte zu machen. Die Franzosen und Polen konnten ihm gestohlen bleiben!

Was Claus persönlich in Sachen Versailles tun konnte, vermochte er sich noch nicht vorzustellen. Als Erstes mußte er seinen Befehlen folgen und sich in der Bendlerstraße bei einem Major Otto melden. Der Major erwies sich als untersetzter, vergnügter Mann mit außerordentlich leuchtenden Augen, einem dunklen, nach oben abgewinkeltem Schnurrbart nach kaiserlichem Muster und einem respektlosen Humor. „Sie kennen einige dieser Russen", waren praktisch Ottos erste Worte, wobei Claus sich nicht sicher war, ob es sich um eine Feststellung oder eine Frage handelte. „Unsere Abteilung fungiert als eine Art Filter, wir trennen das, was an den Nachrichtendienst weitergeleitet wird, von dem, was zu Major Schleichers politischer Abteilung kommt. Ich fürchte, Sie werden wohl Mädchen für alles sein. Meistens wird Ihre Aufgabe darin bestehen, diese ganzen Berichte aus Rußland durchzulesen. Morgen aber erwartet Sie ein ganz besonderer Genuß. Sie werden einem Ihrer alten Freunde wieder begegnen."

Ottos oftmals frivole Haltung täuschte. Im Geiste war er alles andere als leichtfertig. „Ich brauche Sie nicht zu warnen, Erlenbach, daß Ihre Aufgabe wie alles andere in dieser Abteilung höchst geheim ist. Wir leben in komischen Zeiten, wobei das, was wir hier anstellen, wohl unorthodox ist. Doch wären Sie mir niemals zugewiesen worden, wenn Sie nicht bereits bewiesen hätten, daß Sie die empfindlichsten Angelegenheiten mit äußerster Diskretion ausführen können."

Am nächsten Morgen, Punkt neun Uhr, verließen die beiden Männer gemeinsam das Reichswehrministerium und ließen sich auf den hinteren Sitzplätzen eines wartenden grauen Benz-Cabriolets nieder. Man brauchte eine Dreiviertelstunde, um die Villa in Grunewald zu erreichen. Hier lag das teuerste Wohnviertel im ganzen Reich, in dem strenge Vorschriften dafür sorgten, daß jedes Haus lediglich einen Bruchteil seines Grundstücks einnahm, damit die Umgebung ein einziger Wald blieb. Max Reinhardt hatte in Grunewald gewohnt, der Physiker Max Planck war hier zuhause. Hier wohnte auch der Inhaber des Elektrogiganten AEG, Walther Rathenau, der im Kriege für Deutschlands Rohstoffversorgung verantwortlich gewesen war und übermenschliche Anstrengungen auf sich genommen hatte, um den Zusammenbruch seines Landes zu verhindern.

Während der Fahrer die Wagentür zum Ausstieg seiner Passagiere aufhielt, erblickte Claus das Wasser eines Sees. Welcher von den Seen Grunewalds es war, wußte er nicht. Auch erfuhr er niemals, wessen Haus es war, das sie jetzt betraten.

Ein großer Mann, dessen Erscheinungsbild auf einen Polizisten in Zivil schließen ließ, führte die beiden Offiziere in das Gebäude hinein und einen breiten, mit Holzboden ausgelegten Flur entlang. Vor einer schweren Eichenholztür hielt er an, klopfte an das dunkle Holz, machte die Tür auf und trat zur Seite, während die Besucher eintraten. Der in Zivil gekleidete Polizist, falls er einer war, machte die Tür hinter den beiden zu und blieb selbst draußen. Es war ein großes, komfortables Zimmer mit dicken Vorlegern, schweren Eichenholzmöbeln und reichlich lederbezogenen Sitzgelegenheiten. Ein Fenster im Panoramaformat ließ eine Terrasse und makellose Gärten erblicken, und dahinter die Wälder, denen Grunewald seinen Namen verdankte. Nur eine Person war in dem Zimmer, Claus erkannte ihn anhand der dickglasigen Brille und der Sherlock-Holmes-Pfeife, an der er saugte.

Otto strahlte Claus an wie einer, der eine Überraschungsfeier veranstaltet. „Sie kennen ja Karl Radek." Claus kannte Karl Sobelsohn. Den Namen Radek hatte er nie gehört. Vermutlich auch ein Deckname, wie Lenin. Während der Zugfahrt von Zürich war Sobelsohn der Witzbold der Gruppe gewesen. Das lag zwei Jahre zurück, aber im Gedächtnis konnte Claus noch immer das überlaute Gelächter hören, das aus dem Abteil herausbrüllte, in welchem Sobelsohn den Alleinunterhalter gespielt hatte.

Nun mußte Claus mitspielen, den Mann Radek nennen. Der Russe, der sich an ihn erinnerte, war als offizieller sowjetischer Delegierter bei der Gründungsversammlung der Kommunistischen Partei Deutschlands in Berlin eingetroffen. Nun genoß er anscheinend amtlichen Schutz, während er eine Reihe wichtiger Besucher empfing.

„Enver Pasha war hier, nicht wahr, Karl?" fragte Otto auf seine joviale Art.

Radek war es recht, dies zu bestätigen. „Er war einer der Ersten." Der türkische General und ehemalige Kriegsminister Enver Pasha war der Motor hinter dem Bündnis seines Landes mit Deutschland und ein Architekt der osmanischen Verfassung gewesen. Was könnte ein solcher Mann mit einem Bolschewiken zu schaffen haben?

45

Es wurde deutlich, daß sich Radek in dieser Villa wie zuhause fühlte, genauso deutlich war aber auch, daß er hier nicht hineinpaßte. Gastgeberisch lächelte er die beiden Soldaten an, während diese sich ihm gegenüber in Sesseln niederließen.

Ein paar einleitende Bemerkungen und Fragen auf beiden Seiten, dann kam Radek zum Thema. „Ihre Feinde sind unsere Feinde, das wissen Sie. Deutsches Land haben sie Euch weggenommen und den Polen gegeben. Sie wollen Deutschland wehrlos machen, es zu ihrem Vasall machen, mit ihm anstellen, was immer sie wollen. Sie haben Truppen nach Aserbaidschan und Sibirien geschickt, um Rußland wieder unter die Romanows zu stellen. Sie wollen dem sozialen Fortschritt in Rußland ein Ende setzen und ganz Asien beherrschen. Die gleichen Leute. Die Welt regieren sie schon lange genug. Es ist höchste Zeit, ihnen den Garaus zu machen."

„Wir werden Ihnen nicht widersprechen", entgegnete Otto.

„Was unsere beiden Länder falsch gemacht haben" – Radek wurde etwas erregter – „war, einander zu bekämpfen. Nun, das können wir wiedergutmachen. Müssen es wiedergutmachen. Gemeinsam werden das neue Deutschland und das neue Rußland diese Schlächter von Versailles auf ihre Plätze verweisen."

„Und wie genau soll das vonstattengehen?"

„Das erste, was wir erkennen müssen, ist, daß wir die gleichen Interessen haben. Deutschland kann den neuen polnischen Staat nicht dulden, und wir können ihn ganz bestimmt nicht ertragen. Sie leiden wegen der Alliierten, wie auch wir ihretwegen leiden. Wir beide müssen wiederaufbauen. Für uns beide ist es nötig, wirtschaftlich stark zu sein."

„Soldaten wissen nichts von Wirtschaft."

„Es gibt aber genug Leute, die es tun. Rathenau ist hier gewesen, wissen Sie."

„Nein, das wußte ich nicht."

„Ohne Widerstand wird sich Rathenau den Versailler Bedingungen nicht beugen. Er weiß schon, was zu tun ist. Er ist bereits dabei, eine Mission der deutschen Industrie nach Rußland zu organisieren." Großer Gott, dachte sich Claus. Ein Mann wie Rathenau war bereit, mit dieser Halsabschneiderbande zusammenzuarbeiten! „Sie fährt demnächst. Rathenaus Firma, natürlich, und Professor Junkers. Ein ganzer Haufen."

„Mit welchem Ziel?"

„Handel. Sie brauchen ihn. Wir brauchen ihn. Unsere Industrien müssen wieder auf die Beine gebracht werden. Ihre Industrie muß wiederauferstehen. Junkers hat man verboten, Flugzeuge zu bauen. Er plant, sie in Rußland zu bauen."

Noch eine Stunde hörten sich die beiden Offiziere Radeks Polemik gegen „unsere gemeinsamen Feinde, die Sieger von Versailles" an.

Kein Zweifel, seine Argumente hatten Hand und Fuß. Deutschland, zu Unrecht der alleinigen Verantwortung für den Krieg beschuldigt, war zum Geächteten geworden, zu einem überführten Verbrecher unter den Völkern. Hierin stand das Reich nicht mehr allein da. Seit dem Sichtbarwerden der bolschewistischen Brutalität war nun auch das junge Sowjetrußland geächtet. Einen weiteren Rückschlag erlitt Rußlands Sache durch Lenins Aussage, die bolschewistische Machtergreifung wäre nichts anderes gewesen als der erste Schritt zur Weltrevolution. Dies mußte in Verbindung mit dem gesehen werden, was er schon im März des vorangegangenen Jahres gesagt hatte, als er dem Kongreß der Kommunistischen Partei Rußlands die Anweisung gab, Arbeiter auf „den neuen Krieg" vorzubereiten und dafür zu sorgen, daß sie täglich mindestens eine Stunde im Kämpfen ausgebildet wurden. Von dem „neuen Krieg" zu reden, während damals der alte noch voll im Gange war! Kein Wunder, daß Großbritannien, Frankreich, die Vereinigten Staaten und Japan Truppen zur Unterstützung „weißrussischer" Kräfte geschickt hatten, die mit dem Ziel kämpften, das bolschewistische Regime zu stürzen.

„Wissen Sie, wo er den Namen Radek her hat?", fragte Otto während der Rückfahrt ins Ministerium. „Keine Ahnung." Der Major lächelte verschmitzt. „Aus der Sozialdemokratischen Partei der Ukraine wurde er wegen Geldunterschlagung rausgeschmissen. Anscheinend gibt es in irgendeinem Dialekt der Ukraine das Wort Kradek, was so viel wie Dieb bedeutet. Er scheint auf den Namen stolz gewesen zu sein, denn er fing an, unter dem Pseudonym K. Radek für kommunistische Zeitschriften zu schreiben. Karl heißt er sowieso, also wurde er K. Radek anstelle von K. Sobelsohn." Das amüsierte Claus. Der Name paßte zu dem Kerl. Alle aus der Bande in

Lenins Zug hatten wie Verbrecher ausgesehen, und wie sie sich nun, da sie an der Macht waren, verhielten, bestätigte diesen Eindruck. Dennoch mußte Claus zugeben, daß dieser Radek jetzt etwas anständiger aussah als damals im Zug. Eigentlich war es beschmutzend, mit solchen Leuten zu tun haben zu müssen. Wenn die Interessen des Reiches es aber erforderten, führte kein Weg daran vorbei. Soldaten mußten sich oft in den Dreck legen, schließlich war Pflicht ja Pflicht.

Bald hatte sich Claus im Ministerium eingelebt und fand Gefallen an seiner Arbeit. Auf seinem Tisch landeten Zeitschriften und amtliche Dokumente jeder Art aus Rußland, zusammen mit einem endlosen Fluß maschinen- und handgeschriebener Berichte über die dortigen Ereignisse. Diese Nachrichten entsprangen den unterschiedlichsten Quellen, deren Verläßlichkeit oft zu wünschen übrig ließ. Darüber zu entscheiden, was Hand und Fuß hatte und was Fantasie war, das Akkurate vom Übertriebenen oder Irreführenden zu trennen – diese Aufgabe fand Claus faszinierend.

„Aha! Der russische Experte!" Diese Worte begrüßten Claus, als er eines Morgens im Flur des Ministeriums an einem anderen Offizier vorbeiging.

Claus hielt an. Irgendwoher kannte er den Mann. Groß, dunkelhaarig, kurzgeschnittener Schnurrbart. „Albrecht!"

„Erlenbach, wie geht es Ihnen?" Der Händedruck war herzlich, und ja, Albrecht war noch immer die rechte Hand von Oberst Lüdershausen.

„Aber Sie, Sie haben sich wirklich gut geschlagen", sagte er zu Claus. „Dem Generalstab hat es imponiert, wie Sie Lenin und die anderen behandelt haben."

Gar nicht habe ich sie behandelt, dachte sich Claus. „Alles, was ich tat", protestierte er, „war, Sie zu begleiten."

Albrecht schlug ihm auf die Schulter. „Seien Sie nicht bescheiden, Erlenbach. Ich habe die Berichte gesehen. Und wie gefällt Ihnen Ihr neuer Posten?"

Einige Minuten lang unterhielten sich die beiden über ihre Aussichten in einem 100.000-Mann-Heer, in welchem nur 4.000 Offiziere zugelassen wurden. „Ich habe verdammtes Glück, überhaupt noch dabei zu sein", gestand Albrecht. „Das verdanke ich wahrscheinlich dem Oberst. Ich war mir sicher, daß man die ärztlichen Unterlagen auf der Suche nach Leuten durchkämmen würde, die man auf die Abschußliste setzen könnte."

Eine zufällige Bemerkung über einen gefallenen Kameraden zeigte den beiden, daß sie gemeinsame Freunde hatten. Bevor sie auseinandergingen, schlug Albrecht vor: „Lassen Sie uns doch irgendwann mal zusammen einen trinken." Am gleichen Abend setzten sie dieses Vorhaben in die Tat um. Albrecht stellte sich als außerordentlich angenehme Gesellschaft heraus, und beide stellten fest, daß sie gut zueinander paßten. Es wurde zu ihrer Gewohnheit, ein- oder zweimal die Woche nach Feierabend ein Glas Wein oder Cognac trinken zu gehen. Ab und zu aßen sie auch gemeinsam.

An den Wochenenden ging Claus oft in die Schorfheide auf Jagd. Albrecht, der mit Vorname Rolf hieß, war Familienvater, so oft es aber seine häuslichen Pflichten erlaubten, begleitete er Claus auf die Jagd. Im offenen Mercedes fuhren sie in der Morgendämmerung mit Gewehren, Munition und Äsern los. Meistens kehrten sie nicht vor Einbruch der Dunkelheit nach Berlin zurück und brachten dabei mehr Beute mit, als ihre beiden Haushalte verbrauchen konnten. Bald gewöhnten sich Nachbarn und Kameraden daran, montags Geschenke für ihre Lebensmittelkammer zu erhalten.

Durch diese Freundschaft wurde Claus zu einem regelmäßigen Besucher bei den Albrechts. Julia, die Ehefrau seines Kameraden, war eine kleine Dunkelhaarige mit leuchtenden Augen und von hoher Intelligenz. Ihr war es zu verdanken, daß sich Claus bei Albrechts wohler fühlte als daheim in Haus Schwaben, wenn die einzige Gesellschaft dort sein Vater war. Hinzu kam, daß Julia Themen, die außerhalb des Militärischen lagen, mit bedeutend größerem Wissen als Claus oder ihr Ehemann zu erörtern vermochte.

Gegen Ende des Jahres 1919 erschien in Berlin ein zweiter alter Kollege Lenins. Vor dem Krieg hatte Viktor Kopp, Mitglied der Tscheka, Lenins Wiener Exil mit ihm geteilt. Nun war er mit dem amtlichen Auftrag aus Moskau angereist, über die gegenseitige Rückführung von Kriegsgefangenen zu verhandeln. Man schrieb den 15. April 1920. Kopp betrat das Außenministerium in der Hoffnung, bei Deutschlands neuem Minister des Äußeren, Adolf Köster, vorzusprechen. Am Empfang erfuhr er, daß der Minister nicht zugegen war. Intern wurde telefoniert. „Baron von Maltzan wird Sie empfangen. Er leitet die Ostabteilung." Fünf Minuten später saß

Kopp in Maltzans Büro. Den Minister, so trug er vor, müsse er dringend sprechen, um den künftigen Verlauf deutsch-russischer Verhältnisse zu erörtern. Maltzan, den man aufgrund seiner Vornamen Adolf Georg Otto ‚Ago" nannte, schlug eine Besprechung Anfang der nächsten Woche vor.

Doch Kopp wollte nicht so lange warten. „Wissen Sie", fragte er Maltzan, „ob die Möglichkeit besteht, eine Kombination zwischen dem deutschen Heer und der Roten Armee zwecks gemeinsamer Bekämpfung Polens zu konstruieren?" Der Waffenstillstand galt seit nicht einmal achtzehn Monaten, und schon redete Kopp über weitere militärische Abenteuer! Erst zwei Wochen zuvor, am 31. März, war das deutsche Heer auf nur 100.000 Mann reduziert worden, den in Versailles diktierten Maximalbestand.

Maltzan war Diplomat, wußte aber zu beißen. „Darf ich Sie daran erinnern", fragte er Kopp, „daß wir den spärlichen Rest unseres Heeres brauchen, um die Ordnung im eigenen Lande aufrechtzuerhalten? Davon abgesehen macht die große Propaganda, welche Ihre Regierung durch Funksprüche, Flugschriften und die Beschimpfung des Reichsoberhaupts als Henkersknecht hier systematisch ausübt, eine derartige Verständigung völlig illusorisch, meinen Sie nicht auch?"

Maltzan hatte getroffen. Kopp wurde verlegen. „Sie müssen verstehen", entschuldigte er sich, „daß unsere Propaganda an eine kräftige Sprache gewöhnt ist. Derartige Entgleisungen sollte man nicht auf die Goldwaage legen."

Zehn Tage, nachdem Kopp seine Fühler nach Maltzan ausgestreckt hatte, wurde die Frage eines Krieges gegen Polen entschieden. Polnische Truppen griffen das westliche Rußland an. Noch einmal sprach Kopp im Auswärtigen Amt vor. „Was wir wollen", erklärte er Maltzan, „ist eine gemeinsame Grenze mit dem Reich südlich von Litauen ungefähr in der Höhe von Bialystok. Der Polnische Korridor muß fallen. Ich weiß, daß Eure Hände durch den Versailler Frieden gebunden sind, und Ihr in dieser Frage keine Initiative ergreifen könnt. Rußland dagegen steht es frei, von Polen weitgehende Konzessionen zu erlangen. Auch die oberschlesische Frage werden wir zugunsten Deutschlands lösen."

„Sie meinen, Rußland würde Oberschlesien dem Reich wiedergeben?"

„Selbstverständlich."

Es erwies sich als leeres Gerede. Wenige Wochen später waren es die polnischen Streitkräfte unter dem Befehl des französischen Generals Maxime Weygand, die siegreich hervorgingen. Otto wurde höhnisch. „Die Rote Armee ist einfach nicht gut genug. Und da erwarten sie, daß wir unsere Hand für sie ins Feuer legen und uns mit ihnen zusammentun."

Obschon es das erste Mal war, daß Claus die drahtige, sehr aufrechte Gestalt erblickte, welche an jenem Julitag die Eingangshalle des Ministeriums kreuzte, wußte er sofort, wer sie war. In Zeitschriften veröffentliche Fotografien hatten ganz Deutschland vertraut gemacht mit den steinharten Gesichtszügen, dem gepflegten silbernen Schnurrbart, dem Monokel und dem auf unergründliche Weisheit schließenden Blick. Dies war Generaloberst Hans von Seeckt, der als Stabschef der 11. Armee derart geglänzt hatte, daß er an Deutschlands Verbündete ausgeliehen wurde, zunächst an das österreichische Heer, dann an das türkische. Nun war er Oberbefehlshaber von Deutschlands Rumpfarmee. Um seinen Hals trug Seeckt die höchste Auszeichnung des kaiserlichen Deutschland, den Pour le Mérite, im Volksmund den „Blauen Max." Seinem Aussehen nach der Inbegriff des entsagenden und unbiegsamen preußischen Militaristen, war Seeckt in Wirklichkeit ein fantasievoller Zukunftsdenker, der selbst sehr viel jüngere Männer noch an innovativem Geist übertraf. Im tiefsten Herzen ebenso viel Philosoph wie Soldat, hielt Seeckt die Geisteswissenschaften für den wichtigsten Bestandteil der Jugenderziehung. Jeder kannte die Geschichte, – war sie wahr? – wonach Seeckt und der britische Feldmarschall Lord Kitchener selbst während des Krieges Weihnachtsgrüße ausgetauscht hätten. Einige Jahre vor den Kampfhandlungen waren sich die beiden begegnet, und Seeckt glaubte an Ritterlichkeit. Auch Kitchener hielt viel davon. Vor seinem Tod im Jahre 1916 hatte der britische Oberbefehlshaber seine Absicht kundgetan, sich nach Ende der Kampfhandlungen für einen Frieden der Aussöhnung einzusetzen. Sicherlich würden die Politiker, meinte Kitchener Lord Derby gegenüber, einen schlechten Frieden schließen.

Inzwischen hatte man diesen schlechten Frieden. Das Wichtigste war nun, meinte Seeckt, zu handeln. Nicht zu handeln, wäre tödlich. Vielleicht, so hoffte Seeckt – und dabei gab er zu, daß die

Wahrscheinlichkeit gering war – würden sich die europäischen Völker in Zukunft Zeit für ruhige Überlegungen lassen, „bevor der eine dem anderen an die Gurgel fährt." Wenn nicht, dann müßte man auf alles vorbereitet sein. Die größte Versuchung zum Krieg, glaubte er, war ein wehrloser Nachbar. In einem war sich der Oberbefehlshaber jedenfalls sicher: Deutschland mußte sich aus Feindseligkeiten jeder Art heraushalten. Die höchst geheime Denkschrift, welche der Generaloberst an jenem Tag zu Ende verfaßte, trug die Überschrift „Deutschlands nächste politische Aufgaben". Darin vertrat Seeckt die Auffassung, Zusammenarbeit mit Rußland würde nicht nur die beste Möglichkeit bieten, den Versailler Frieden zu stürzen, auch würde sie dazu beitragen, inländischen Revolutionsversuchen zuvorzukommen. Zudem legte er der Regierung soziale Reformen nahe, darunter eine Revision des Bodenrechts, die Gründung von Betriebsräten und Verstaatlichung der Kohle- und Eisenindustrien. Den Bolschewisten den Wind aus den Segeln zu nehmen, war seine Devise. Und vor allem handeln, die treibende Kraft hinter den Ereignissen werden, nicht das Objekt der Handlungen und der Willkür anderer.

Was die Außenpolitik betraf, so waren Seeckts Warnungen deutlich genug: Niemals etwas unternehmen, was Großbritannien und Frankreich zu einer Kriegserklärung veranlassen könnte, sowie unter keinen Umständen gegen Rußland marschieren.

Gewiß würde keine deutsche Regierung jemals derart unvernünftig handeln, auch nur gegen eine dieser goldenen Regeln zu verstoßen, geschweige denn gegen beide.

Avus

ES waren drei: Hasse, Niedermayer und Lieth-Thomsen. An jenem Septemberabend trafen sie vereinzelt ein. Drei Berufsoffiziere, die einen Kameraden in seinem Haus besuchten. Alles ganz gewöhnlich. Es würde kein Aufsehen erregen, selbst wenn es jemand merken sollte.

General Paul von Hasse war Seeckts Stellvertreter. Während des Krieges hatte Major Oskar von Niedermayer in Persien subversive Unternehmungen gegen die Briten bei dem Versuch, einen gemeinsamen Vorstoß deutscher und türkischer Armeen bis nach Indien vorzubereiten, inszeniert. Nach dem Waffenstillstand mußte Oberst Hermann von der Lieth-Thomsen als Befehlshaber der deutschen Luftstreitkräfte miterleben, wie Deutschlands Flugzeuge von den Alliierten beschlagnahmt wurden – das heißt, diejenigen, die nicht vor der Übergabe von ihren Besatzungen sabotiert wurden.

Das Haus in dem teuren Stadtteil war das Domizil von Major Kurt von Schleicher, dem Chef der politischen Abteilung im Reichswehrministerium. Wenn irgendwer den passenden Namen trug, so meinten manche hinter vorgehaltener Hand, dann er. Außer Zweifel stand, daß der Major der geborene Lobbyist war und die besten Verbindungen pflegte.

Schleichers vierter Besucher an jenem Abend war kein Soldat. Er war nicht einmal Deutscher. Der vierte Mann hieß Leonid Krassin, er war Vorsitzender des sowjetischen Verteidigungsrates und unter strenger Geheimhaltung nach Berlin gereist. Selbstverständlich wußte Radek von Krassins Anwesenheit, vor allen anderen wurde sie jedoch geheimgehalten. Radek war es, der diese Zusammenkunft zustandegebracht hatte. Daß sie überhaupt stattfand, war ein Hinweis dafür, daß die Verhandlungen nunmehr einen entscheidenden Punkt erreicht hatten.

Zu dieser Zusammenkunft war auch Claus eingeladen worden, trotzdem bekam er nicht einen einzigen der Ankömmlinge zu sehen. Er hörte die Autos, und das war alles. Was hier vor sich ging, war eine Beratung auf hoher Ebene. Claus hatte die Aufgabe, das Grundstück nach hinten und zu beiden Seiten zu sichern. Heute Abend mußte er den Polizisten spielen. Die eingrenzenden Hecken waren sowohl dicht als auch hoch, sie boten eine Auswahl an Schlupfwinkeln an, wo man in völliger Dunkelheit stehen und aufpassen konnte, ob sich jemand dem Haus näherte.

Zum ersten Mal seit dem Krieg trug Claus seine selbstladende Pistole des Typs P08. Nicht etwa, daß er oder sonst jemand damit rechnete, daß er von der Waffe Gebrauch machen müßte. Das Führen der Waffe war nichts mehr als eine vernünftige Vorsichtsmaßnahme. Wenn Claus Posten stehen sollte, dann wäre es leichtfertig, kein Mittel zur Hand zu haben, um mit einem eventuellen Eindringling fertig zu werden.

Was für die Männer in dem Haus auf der Tagesordnung stand, hatte sich sozusagen von selbst ergeben. Durch die Intervention fremder Streitkräfte in Rußland war der sowjetischen Führung deutlich geworden, welche Schwächen ihre gigantische Rote Armee aufwies. Tatsache war, daß die Kommunisten über enorme zahlenmäßige Stärke, aber geringes militärisches Können verfügten. Auf der anderen Seite war Deutschland reich an martialischem Talent, hatte aber weder Zugriff auf moderne Waffen noch die Möglichkeit, seine Truppen in den neuesten Schlachtfeldtaktiken zu schulen. Zu einer Zweckehe schien der Boden bereits vorhanden zu sein.

In Rußland weilten keine Aufseher der Kontrollkommission, die in jeder Fabrik und Werkstatt nach verbotener Waffenherstellung schnüffelten. Wenn also Deutsche die sowjetischen Waffenindustrien aufbauen würden, könnten Geschütze und Granaten für Deutschland in russischen Werken angefertigt werden. Danke, die Russen dürften zwar die Granaten herstellen, die Deutschen aber ziehen es vor, ihre Geschütze selbst zu bauen. Könnten sie das in Rußland tun? Außerdem will Junkers in Rußland Flugzeuge bauen, auch Panzer möchten wir dort fertigen. Kommt nach Moskau und sprecht mit unseren Leuten. Es war unwiderstehlich.

Claus brauchte seine Pistole nicht zu ziehen, er sah nicht einmal den Schatten eines Eindringlings. Krassin fuhr genauso unbemerkt nach Hause, wie er angereist war.

Begonnen hatte es zu Jahresbeginn. In jenem Winter 1921 lag dicker Frost auf den Fensterscheiben. Auf Claus' Schreibtisch stapelten sich frisch eingetroffene Berichte. Diese nach etwaigen Prioritätsstufen zu ordnen, war stets der erste Schritt. Claus machte sich an die Arbeit. Dann trat Major Otto zur Tür herein. Ohne zu

54

sprechen, stand er da und schaute Claus an. Dies war nicht Ottos übliche Verhaltensweise. Claus hielt inne. Wo blieb Otto, der stets Freundliche?

„Ich verliere dich, Claus."

Ach Gott! „Ich werde entlassen?"

„Du wirst versetzt. Eine neue Abteilung. Sondergruppe R. Oberst Nicolai."

Jeder wußte von Walther Nicolai. Während des Krieges war dieser Chef des Nachrichtendienstes gewesen.

„Was heißt Sondergruppe R?"

„Das weiß keiner. Und keiner darf es wissen. Wenn Nicolai im Spiel ist, wird alles noch strenger geheimgehalten als bei uns hier. Es handelt sich um eine neue vom Chef eingerichtete Abteilung, mehr weiß ich nicht."

Der Chef. Das war Seeckt.

„Wann sollte ich dorthin gehen?"

„Sofortige Wirkung, glaube ich. Befehle werden unterwegs sein."

Otto betrachtete die Papierberge auf Claus' Schreibtisch. „Am besten räumst du hier auf. Nicolai wird ganz scharf darauf sein, dich einzuweisen."

Schon wieder Abschiedsschmerz, wie beim Verlassen des Grafen Romberg. Den jovialen Otto hatte Claus gern. Andererseits war die Gelegenheit, mit dem berühmten Oberst Nicolai zusammen- zuarbeiten, der Traum von so manch jungem Offizier.

Am gleichen Morgen traf sein Versetzungsbefehl ein. Otto hatte recht. Sofortige Wirkung. Sondergruppe R wurde in Büroräumen eingerichtet, die von den benachbarten Abteilungen abgegrenzt wurden. An seine Mitarbeiter verteilte Nicolai zusätzliche Sonderausweise als Ergänzung zu den normalen Pässen, die nötig waren, um das Ministerium überhaupt zu betreten. Als Aufbewahrungsort für die Unterlagen der Gruppe diente ein geräumiger Stahltresor, Akten durften nur bei Bedarf und gegen Unterschrift entnommen und mußten danach wieder abgegeben werden.

„Unsere Aufgabe hier", erklärte Nicolai Claus, „ist die Abwicklung aller Verhandlungen, Transaktionen und die Zusammenarbeit mit Rußland." Das also war unter R zu verstehen. „Bisher haben viele Leute verstreut Verhandlungen geführt und Kontakte gepflegt, von jetzt an wird aber der gesamte Verkehr, und zwar in beiden Richtungen, über uns laufen. Es ist nicht nur unsere Pflicht, alles zu koordinieren und dafür zu sorgen, daß es keine unnötigen Wiederholungen gibt, sondern vor allem, für strengste Geheimhaltung zu sorgen. Nichts ist für die Öffentlichkeit, und da draußen gibt es schon zu viele lose Zungen." Nicolai drehte sich in seinem Stuhl und starrte aus dem Fenster. „Dieser Kerl Kopp, zum Beispiel. Zur Zeit ist er wieder in Moskau und unterhält sich mit Trotski." Im Nachrichtenspiel war Nicolai noch immer ein As. „Zehn zu eins taucht er bald wieder in Berlin auf, und wir wollen nicht, daß er das tut, was er das letzte Mal tat." Das war, mit höheren deutschen Offizieren darüber zu reden, erst Polen zu zerstören und danach über den Rhein zu ziehen. „Wenn Kopp eintrifft, werden diesmal wir seine Umtriebe regeln. Es wird keine wilden Gespräche mehr geben – mit niemandem."

Leon Trotski war Lenins Kriegsminister, er galt als Schöpfer der Roten Armee. Trotski brauchte Hilfe beim Wiederaufbau seiner Truppe. Somit tauchte Kopp bald, wie es Nicolai prophezeit hatte, wieder in Deutschland auf. Bis April hatte er schon Firmen ausfindig gemacht, die bereit waren, U-Boote, Geschütze und Flugzeuge für Rußland zu bauen. „Neben Junkers nun auch noch Blohm und Voss, Krupp und Albatros", sagte Nicolai. „Sie verstehen, was ich meine? Dieses Ding wird einfach weiterwachsen, es wird stets umfangreicher." Zuallererst war Nicolai ein Sicherheitsfanatiker. „Mit diesen Leuten können wir so viel reden, wie wir wollen, versuchen, ihnen Sicherheitsbewußtsein einzuhämmern, doch je größer die Zahl der Menschen, die daran beteiligt sind, desto größer das Risiko, daß jemand eine lose Zunge entwickelt."

„Geheimhaltung liegt aber auch in Rußlands Interesse", wandte Claus ein. „Die wollen ebenso wenig Ärger mit den Alliierten wie wir."

„Ich traue keinem Zivilisten. Wir können sie nicht unter Kontrolle halten wie unsere eigenen Leute. Es genügt ein einziger Mann, der einen über den Durst trinkt."

Auf der Suche nach Möglichkeiten, die in Versailles diktierten Beschränkungen zu umgehen, führte General Hasse eine militärische und industrielle Mission an, die nach Moskau reiste. Wie Hasse aber dort klar wurde, suchte der Chef des sowjetischen Generalstabes, General P.P. Lebedew, etwas völlig anderes. Wie vor ihm auch Kopp, brachte Lebedew das Thema Krieg gegen Polen auf. Hasse mußte ausweichen, genauso wie auch Maltzan dieser Frage ausgewichen war. Dennoch kehrte er nicht mit leeren Händen nach Berlin zurück.

Unter deutscher technischer Aufsicht sollten Granaten in sowjetischen Werken hergestellt werden. Krupp bereitete ein Unternehmen ähnlich dem von Junkers vor. Ein gemeinsames deutsch-sowjetisches Giftgaswerk wurde geplant.

Sondergruppe R sprang ins Leben. Ihr Name wurde zu Abteilung R vereinfacht, während Schleicher den Kanzler, Dr. Joseph Wirth, dazu brachte, ihr einen Geheimfonds in Höhe von 150 Millionen Mark zur Verfügung zu stellen.

„Wir brauchen eine Fassade", ordnete Nicolai an. Man schuf eine und nannte sie die Gesellschaft zur Förderung gewerblicher Unternehmungen, kurz GeFU. Ihre Funktion bestand darin, in Rußland jene in Versailles verbotenen Waffen zu entwickeln und herzustellen: Flugzeuge, Bomben, Panzer, schwere Artillerie, Giftgas, Panzer- und Flugzeugabwehrkanonen.

Mochten die 1120 Kontrolleure der Alliierten Kontrollkommission Deutschland auf der Suche nach Übertretungen der Friedensbedingungen auch noch so gründlich durchstreifen, seine Verstöße würde Deutschland tief in den Weiten Rußlands begehen, weit außerhalb der Reichweite spähender Augen.

Der Gedanke daran, Deutschlands Feinde hinters Licht zu führen, ließ bei Claus zwar eine gewisse grimmige Befriedigung aufkommen, dennoch war es der körperliche Einsatz, der ihm fehlte, und nach dem er sich sehnte.

Als er gerade sieben Jahre alt gewesen war, durfte Claus einen Onkel zu Motorradrennen am Rande Stuttgarts begleiten. Anblick und Geräusch der schnellsten Maschinen von NSU und Adler auf der Bergstrecke zum Schloß Solitude hatte Claus nicht vergessen, durch seine Jahre in Rußland aber hatte er nie wieder irgendein Motorsportereignis miterlebt. Nun war gerade im Südwesten Berlins eine etwa neunzehn Kilometer lange Rennsport- und Versuchsstrecke, die Avus, im Bau. An einem Septemberwochenende wurde diese Strecke mit zwei vollen Autorenntagen eingeweiht. An beiden Tagen fuhr Claus hin und wußte sofort, daß er die Passion gefunden hatte, die er benötigte. Für Claus bestand die ganze Faszination des Autofahrens in der Aufgabe, ein Auto so schnell wie möglich durch die Kurven zu werfen. Im Laufe des kommenden Winters würde er den Motor seines Mercedes Sport frisieren und den Wagen in Rennausführung versetzen lassen. Nächstes Jahr dann…

Andere Leute hatten weitaus ernsthaftere Pläne für das kommende Jahr. Am 8. Dezember führten sowjetische Militärs ihr erstes Gespräch mit Seeckt. Wie auch nicht anders zu erwarten, nutzten seine Besucher die Gelegenheit aus, um den Oberbefehlshaber in der Sache eines gemeinsamen Krieges gegen Polen auszusondieren. Seeckt weigerte sich aber, irgendwelche Verpflichtungen von Seiten Deutschlands einzugehen.

Im Januar 1922 hatte Radek eine Unterredung mit Seeckt, in der er das Thema Polen erneut auf den Tisch brachte. Noch einmal suchte Moskau eine feste Verpflichtung deutscher Unterstützung als Gegenleistung dafür, Deutschland Möglichkeiten zur Umgehung der Waffen- und sonstigen Verbote von Versailles zu verschaffen.

Im Februar machte Radek den konkreten Vorschlag, Deutschland und Rußland sollten im Frühjahr Polen angreifen. Innerhalb eines Zeitraumes von zweiundzwanzig Monaten hatten die Russen Deutschland nun mindestens fünfmal vorgeschlagen, gemeinschaftlich Krieg gegen Polen zu führen: von Kopp in Trotskis Namen, zweimal von Führern der Roten Armee und zweimal von Radek in Lenins Namen. Wenn dies so weiterginge, würde der Motorsport wie auch alles andere ein abruptes Ende nehmen.

Zwischenzeitlich löste das Familienleben, welches er bei Albrechts genoß, bei Claus Traurigkeit und Bedauern aus. Es erinnerte ihn an seine Torheit, die Schönheit im Krankenhaus aus seinem Leben verschwinden zu lassen. Mehr als einmal hatte ihn der Anblick eines Mädchens in der Ferne veranlaßt, in einem Feuer von Selbsttäuschung auf eine Wildfremde zuzulaufen, die doch lediglich eine oberflächliche Ähnlichkeit mit dem Mädchen besaß. Nachtrauern war zwecklos. Einmal aber, als sich Albrecht laut wunderte, ob es nicht Zeit wäre, daß Claus endlich heiratete, mußte

Julia seinen Gesichtsausdruck verstanden haben. Ihr Blick sagte Claus, daß sie verstand. Für seinen Teil begriff auch Claus, daß Julia schweigen würde.

Seine Gefühle, beinahe sein ganzes Wesen, vergrub Claus in seiner Arbeit. Diese forderte zwar viel von ihm, anders wollte er es aber auch nicht. Einst hätte er den bloßen Gedanken an einen Posten im Ministerium rundweg als totale Verschwendung jugendlicher Energie und Zeit abgelehnt. Inzwischen aber hatte er gelernt, den Wert der Aufgaben von Abteilung R zu schätzen, selbst derjenigen, die nichts Kämpferisches beinhalteten als Papier. Zum ersten Mal empfand er die Möglichkeit, Deutschlands Verteidigungsaussichten wiederaufbauen zu helfen, als Privileg.

Unter den subalternen Offizieren, denjenigen, die nicht die Verhandlungen, sondern die praktischen Arbeiten durchführten, war Claus der mit Abstand beste Russischsprecher. Er war ordentlich und befähigt, seine Anweisungen führte er ganz ohne Gehabe rasch und akkurat aus. Außerdem wirkten Claus' Sprechweise und Verhalten auf viele Russen vertrauenerweckend. Dadurch wurde er fast automatisch zu dem Mann, den sich Abteilung R für alle persönlichen Kontakte mit Besuchern aus Rußland aussuchte. Wenn sowjetische Beauftragte oder Männer der Roten Armee in Berlin erwartet wurden, schickte man Claus hin, um sie beim Eintreffen abzuholen und zu ihrem Ziel zu bringen.

Krupp schloß einen Vertrag ab, um eine Fabrik in Rostow-am-Don zu errichten. Junkers verlor keine Zeit beim Bau eines Werkes, in welchem insgeheim verbotene Flugzeuge gebaut werden sollten. Es war zwar Bewegung in die Sache gekommen, doch hatte je eine Armee, fragte sich Claus, unter solchen Bedingungen arbeiten müssen? Offiziere, die nach Rußland geschickt werden sollten, entließ man der Form halber vorher, und sie reisten in Zivil. Ins Reich zurückgekehrt, wurden diese Männer freilich wieder ins Heer aufgenommen. Diese Vorsichtsmaßnahmen ermöglichten es, die Deutschen als „eingeladene Beobachter", „Berater" oder einfach als „private Besucher" zu erklären, sollte ihre Anwesenheit auf einer militärischen Einrichtung Rußlands den westlichen Alliierten zur Kenntnis gelangen.

Industrielle und Militärs waren die Pioniere der deutsch-sowjetischen Zusammenarbeit. Im Frühjahr 1922 brachte der Vertrag von Rapallo endlich die Politiker ins Bild. Deutschland und Rußland tilgten einander gegenseitig ihre Schulden, und räumten einander nun den Status der „meistbegünstigten Nation" ein. Weltweit löste die Nachricht von diesem Vertrag einen Schock aus, fast alle Regierungen verurteilten ihn aufs Schärfste. Für zusätzlichen Brennstoff sorgte ein Bericht der Central News Agency, demzufolge die Deutschen triumphierend geäußert hätten, sie würden die Alliierten besiegen und ein neues Europa schaffen.

Die weltweite Reaktion auf den Rapallovertrag war schon heftig genug. Wie viel lauter noch wäre das Geschrei gewesen, fragte sich Claus, hätte die Welt mitgehört, als der sowjetische Präsident Georgi Tschitscherin seinen deutschen Gesprächspartnern gestand, nur aufgrund seiner gegen Polen gerichteten Aggressionspläne hätte es Rußland mit dem Vertragsabschluß eilig gehabt?

Nicht nur Abteilung R, sondern ganz Deutschland nahm das Unbehagen der Alliierten schlichtweg mit Befriedigung wahr. Überhaupt schien alles, was auch nur ein kleines Steinchen aus dem in Versailles errichteten Bau herausschlüge, einen kleinen Sieg für das Reich darzustellen.

Der Vertrag von Rapallo bedeutete die formale diplomatische Anerkennung des Sowjetstaates durch Deutschland. Dank der Einrichtung voller diplomatischer Beziehungen wurden nun die Verbindungen mit einem Schlag vereinfacht. Für Verhandlungen mußten nicht länger private Häuser benutzt werden.

Zum deutschen Botschafter in Moskau wurde Graf von Brockdorff-Rantzau ernannt, der Mann, der es abgelehnt hatte, den Versailler Frieden zu unterzeichnen. Jetzt, da Deutschland in Moskau eine Botschaft hatte, richtete Seeckt dort ein Büro ein, die Zentrale Moskau, kurz ZMo. Fortan würde die ZMo im Auftrag von Abteilung R sämtliche Verhandlungen mit den Russen durchführen. Claus war es, der den Verkehr koordinierte. Die Zusammenarbeit schritt voran, und mit einem Mal hatte Claus alle Hände voll zu tun.

Außerhalb des Dienstes im Ministerium beanspruchten der Umbau von seinem Mercedes und die Vorbereitungen auf sein erstes Rennen den größten Teil seiner Zeit. Für den Mechaniker, den sich Claus aussuchte, war die Aufgabe, aus dem Motor mehr Leistung herauszuholen, hauptsächlich eine Frage von erhöhter Verdichtung und schärferer Ventilsteuerung. Hinzu kamen Neueinstellungen an Zündung, Vergaser und Auspuff. Am Ende war Claus zufrieden mit der Leistung. Der nächste Schritt bestand darin, möglichst viel

Gewicht zu sparen. Aus Leichtmetall ließ Claus eine neue Gesamtkarosserie anfertigen. Drei Tage vor den nächsten Avusrennen war die Leichtmetallkarosserie immer noch nicht fertig. Claus wütete und hetzte. Am Nachmittag vor dem Rennen erschien die Karosserie endlich, erst spät in der Nacht wurde die letzte Schraube festgezogen.

Der Schlaf mied Claus. Um vier Uhr war er wieder auf den Beinen und wartete ungeduldig auf den Start.

Das Abwarten auf die neue Karosserie hatte sich gelohnt. Durch das Abkürzen des Hecks auf die Form eines Entenschwanzes war der Wagen merklich leichter geworden. Außerdem besaß er nunmehr einen niedrigeren Schwerpunkt. Er ließ sich wesentlich leichter durch die Kurven werfen, dennoch spielte dies gerade an der Avus eine geringere Rolle als Höchst- und Dauergeschwindigkeit. Schließlich bestand diese Strecke aus zwei langen, an beiden Enden durch 180-Grad-Kurven verbundenen geraden Strecken. Somit unterzog sie die Teilnehmer einer reinen Geschwindigkeitsprüfung.

Als Claus am Morgen des Rennens vom Fahrerlager auf die Strecke, hatte er ein Gefühl der Aufregung, das er seit seiner Feuerprobe auf dem Schlachtfeld nicht mehr gespürt hatte. Zum ersten Mal war er auf einer Rennstrecke, endlich dort, wo es keine Geschwindigkeitsbegrenzungen gab, keinen Gegenverkehr, keine Fahrzeuge, die aus Seitenstraßen auf ihn zuschossen, keine Haltegebote, keine Kreuzungen. Hier war er endlich völlig frei. Die einzigen Grenzen, die seiner Geschwindigkeit gesetzt waren, bestanden in den Parametern seines Könnens und den technischen Grenzen des Autos. Nun würde er wirklich fahren! Dies war es, wozu er geboren wurde.

Seine erste Lektion erhielt Claus, als er erfuhr, um wie viel schneller die wirklichen Hochleistungsautos waren als sein eigenes und die anderen seiner Klasse. Seinen Motor hatte Claus auf das Maximale aufgeschraubt, da schossen die tollsten Kerle in den schnellsten Autos mühelos und mit einem monumentalen Donnern von hinten an seinem Mercedes vorbei. Dennoch empfand er das Sausen um die Steilkurven mit Vollgas als den absoluten Himmel. Auch der größte Leistungsunterschied vermochte ihm nichts von der Freude und der Erregung zu nehmen. Dabei waren die Autos sowieso nach Motorengröße in Klassen eingeteilt.

Die schnellste Rundenzeit erzielte in einem Ungeheuer von Auto Fritz von Opel, Claus aber wurde die große Zufriedenheit zuteil, in seiner Klasse den fünften Platz zu belegen.

Eine Woche später fuhr Claus in freudiger Erwartung zu den Solitudenrennen in Württemberg. Ursprünglich waren in Solitude nur Zweiradrennen gefahren worden, zum ersten Mal wurden nun Autos auf der Strecke zugelassen. Solitude war es gewesen, wo Claus sein erstes Motorsportereignis miterlebt hatte, und er brannte darauf, sich gegen die schwierige Strecke zu messen.

Die Aufgabe war schwerer, als er erwartet hatte. Trotz strömenden Regens säumten etwa 50.000 Zuschauer die Strecke, ein Absagen des Ereignisses kam also nicht in Frage.

Zweimal fuhr Claus zu schnell und auf der falschen Linie in eine Kurve hinein und war deshalb auf hastiges, bei der klatschnassen Straße riskantes Bremsen angewiesen. Für ihn stellte dies seine zweite Lektion als Rennfahrer dar: Zunächst die richtige Linie durch eine Kurve herausfinden, die Linie, die einem erlaubt, schnellstmöglich in die darauffolgende Gerade zu brausen. Erst dann schneller fahren, wenn man diese Linie herausbekommen hat. Anfangs hatte Claus die Aufgabe verkehrtherum angefaßt. Trotzdem belegte er den vierten Platz. Claus hatte gezeigt, daß er den schleudernden Mercedes unter den schlimmsten Verhältnissen beherrschen konnte, ihn bis auf die Grenzen der Reifenhaftung forcieren konnte, wobei er mehrmals beinahe umgekippt wäre. Das Entscheidende war, daß er daraus lernte.

Einen Monat danach wurde in der Eifel eine neue, dreiunddreißig Kilometer lange Strecke mit sechsundachtzig Kurven eröffnet. Fünf Runden mußten gefahren werden. Beim Befahren der gleichen Straßen vor dem Rennen stellte Claus keine Unebenheiten fest, bei Renngeschwindigkeiten aber schienen sich diese aus dem nichts zu erheben. Was vorher wie eine glatte Oberfläche ausgesehen hatte, entpuppte sich im Rennen als eine monströse Achterbahn von Hügeln und Gefällen, welche die Absicht zu hegen schien, Autos in die Luft und von einer Seite zur anderen zu werfen.

Claus mußte ringen, nicht nur, um den Mercedes mit minimalem Tempoverlust durch die Kurven zu bringen, sondern auch, um den herumspringenden Wagen gerade und auf der Straße zu halten. Letztlich waren aber alle Fahrer den gleichen Verhältnissen ausgesetzt. Im Ziel konnte Claus sich darüber freuen, einen weiteren vierten Platz errungen zu haben.

Morgens darauf stellte Claus beim Aufwachen im Hotelzimmer fest, daß seine Arme und Schultern durch das Bekämpfen des Wagens über jene fünf Runden steif geworden waren und schmerzten. Es war, überlegte er sich, das Gegenstück jenes Muskelkaters, unter dem auch Lenden und Oberschenkel beim ersten Pferderitt nach langer Abstinenz litten.

Erst nachdem der Mercedes wieder in Straßenzustand versetzt worden war, konnte Claus die lange Strecke zur Reichshauptstadt zurückfahren. Einiges tat ihm noch weh, obendrein war er versteift, dennoch fuhr er mit einer Freude und einer Befriedigung, die ihm jegliches Unbehagen vertrieb. Inzwischen war Claus dem Motorsport total verfallen, ihm galt nun neben dem Dienst sein Hauptinteresse. Das Autorennen hatte die Jagd als seine Lieblingsbeschäftigung ersetzt, mittlerweile fuhr er kaum noch mit seinen Gewehren in die Schorfheide.

Was seine Pflichten im Ministerium betraf, so war das Organisieren von Reisen zu einem regelmäßigen Bestandteil seiner Arbeit geworden. Mehrere Missionen, die 1922 zwischen Deutschland und Rußland hin- und herfuhren, verlangten ihm wochenlange Arbeit und ein weiteres Sortiment an Schriftstücken ab. Als eine sowjetische, militärische Delegation in Deutschland eintraf, um die Fliegerei zu besprechen, wurde Claus als Dolmetscher hinzugezogen.

Im August wurde eine Vereinbarung geschlossen, welche den Umfang der militärischen Zusammenarbeit zwischen Deutschland und Rußland festlegte. Den Deutschen sollten Möglichkeiten eingeräumt werden, verbotene Waffen zu entwickeln, diese unter Kampfverhältnissen zu erproben, sowie taktische und Waffen-übungen durchzuführen. Vorgesehen waren die Fliegerei, der Kampf mit chemischen Mitteln und Übungen mit motorisierten Truppen. Für die benutzten Basen sollte Rußland eine Jahresmiete erhalten, dazu noch sollten die Russen an den technischen und taktischen Ergebnissen beteiligt werden.

Brockdorff verschlugen Wagnis und Umfang solcher Pläne die Sprache. Er sah darin eine Gefährdung deutscher Beziehungen zu Großbritannien und Frankreich. In seiner Antwort auf Brockdorffs Vorbehalte nahm Seeckt kein Blatt vor den Mund. Egal was

Deutschland täte, orakelte Seeckt, für die französische Politik sei alles gleichgültig. In jedem Fall sei Frankreichs Ziel die völlige Zerstörung Deutschlands – „pûr et simple".

Erika

WÄRE es kein so herrlicher Nachmittag gewesen, hätte sich Claus niemals dazu entschlossen, den Tiergarten zu besuchen.

Wenige Schritte von der Bendlerstraße entfernt war es schon, als hätte man die Stadt gänzlich verlassen. Zu beiden Seiten Grün, Sträucher und Bäume, und der Verkehrslärm drang nur noch gedämpft an die Ohren. Klassische Statuen verstärkten den Eindruck, daß man in eine zivilisiertere Welt hinübergetreten war als jene des zwanzigsten Jahrhunderts. In Augenblicken wie diesen mußte Claus sich bewußt bemühen, seinen zügigen Offiziersgang zu verlangsamen und seine Umgebung in Ruhe zu genießen.

Eigentlich war es merkwürdig. Seitdem er sie zum ersten Mal gesehen hatte, hatte ihn das Bild der Schönheit von dem Krankenhaus stets begleitet, auf Spaziergängen, abends zu Hause und bei seiner Arbeit im Ministerium. Er dachte an sie, während er auf den Schlaf wartete, bereits beim Aufwachen sah er ihr Gesicht. Gerade in diesem Augenblick aber dachte er ausnahmsweise nicht an sie. Als das Mädchen ihm nun entgegen kam, freute er sich über die Wiederkehr des vertrauten Traumes. Erst eine Sekunde später wurde ihm klar, daß dieses Bild Wirklichkeit war. Das Mädchen trug keinen Hut und es bestand kein Zweifel darüber, daß es das gleiche war.

Mitten im Schritt hielt Claus an. Er konnte es nicht glauben. Wahrscheinlich starrte er sie an. Die junge Frau sah ihn. Es war klar, daß auch sie sich erinnerte. „Guten Tag!" Sie hielt ihm ihre Hand hin. Wie ihm ihr Lächeln zeigte, war sie ebenso überrascht wie er. Davon erholte sie sich aber schneller als er. Ehe Claus richtig begriffen hatte, daß dies Wirklichkeit war, gingen die beiden Seite an Seite durch den Park. Nicht, daß die junge Frau die Initiative ergriffen hätte, nur hatte sich Claus automatisch zu ihr gesellt. Welchen Weg er vorher auch gegangen war, jetzt ging er diesen Weg nicht mehr, nun ging er mit ihr zusammen. Sofort entstand zwischen den beiden eine natürliche Intimität, eine spontane Wärme.

Mit erhobener Rute lief ihnen ein Eichhörnchen quer über den Weg, schoß einem Baumstamm hoch und verschwand im dicken Laub. Solche Erlebnisse waren es, welche Claus am Leben in Berlin schätzte. Es gab so viel Grünes, ein solcher Reichtum an Wasser und

Wald war innerhalb der Stadt zugänglich, selbst hier mitten im Regierungsviertel konnte man eine Kostprobe vom Land genießen. Die Hauptstadt bestand immerhin zu einem Viertel aus Wäldern und Seen. Die Freude des Mädchens an seiner Umgebung, an den Tieren und den Vögeln war genauso deutlich wie seine eigene.

Schon bevor sie sich unter einen gestreiften Sonnenschirm an einen kleinen runden Tisch vor ein Café setzten, hatte Claus ein Gefühl, als wäre das Mädchen stets Teil seines Lebens gewesen. Es lachte ungezwungen und besaß eine Offenheit und einen Grad an Intelligenz von einer Art, wie sie Claus unter den jungen Frauen seines Kreises noch nie erlebt hatte. Die einzige Ausnahme bildete sicherlich Julia Albrecht.

Beim Kaffee nahmen sie sich Zeit. „Ich dachte, Sie wohnten in Magdeburg, und ich würde Sie niemals wiedersehen." Oh nein. Sie war Berlinerin, Grundschullehrerin. Nach Magdeburg war sie damals gefahren, um ihre Tante zu besuchen. Während sich die beiden unterhielten, war diese Tante in ihren Armen gestorben. Dies also war der Grund, warum sie nach Ende der Besuchszeit das Krankenhaus nicht mit allen anderen verlassen hatte. In Magdeburg hatte Claus keine Uniform getragen, es überraschte sie aber gar nicht zu erfahren, daß er Offizier war. Überrascht wäre sie gewesen, hätte es sich herausgestellt, daß er keiner wäre. Aus hundert Metern Entfernung hatte sie es an seiner Haltung und Gang erkannt.

Sie hieß Erika Wolf. Erika. Claus wiederholte sich den Namen, als würde er ihn abschmecken, den Klang genießend wie ein Kind, das sich mit einer seltenen, köstlichen Süßigkeit soviel Zeit wie nur möglich läßt.

Sie unterhielten sich über Musik und Bücher und entdeckten, daß sie viele gemeinsame Ansichten und Interessen hatten. Erika wohnte mit ihrer Mutter im Arbeiterviertel Wedding. Ihr Vater war kriegsdienstuntauglich gewesen, kurz vor Kriegsende war er zuhause an der Zuckerkrankheit gestorben. Über den Tod ihres Vaters sprach Erika ohne Bitterkeit, sie erkannte, daß dieser unvermeidlich gewesen war. Selbst wenn es keine Blockade durch die Alliierten gegeben hätte, wäre der Verlauf seiner Krankheit sowieso nicht aufzuhalten gewesen.

Kriegsmaßnahmen standen auf dem einen Blatt, ihren Zorn hob sie für das Nachkriegshandeln der Alliierten auf. Von dem mörderischen Weiterführen der Blockade abgesehen, wie konnte man behaupten, Deutschland würde die Alleinschuld am Kriege tragen, wo doch der Ablauf der Ereignisse das Gegenteil bewies? Als Erstes hätten ja die Russen mobil gemacht, drei Millionen Mann hatten sie in Richtung Westen in Bewegung gesetzt, während Deutschland noch versuchte, eine diplomatische Lösung zu finden. Deutschland war nicht daran interessiert gewesen, sich in eine Auseinandersetzung zwischen Dritten einzumischen, da hätten sich auch die Russen raushalten müssen. Die Franzosen aber – na, was konnte man da anderes erwarten? Denen war jeder Vorwand, sich zu bekriegen, recht. Die letzten elfhundert Jahre, seit dem Tode Karls des Großen, versuchten sie schon, das Leben in ganz Europa zu bestimmen.

Keine Frau, die Claus kannte, selbst innerhalb seiner Familie, sprach mit Heftigkeit über solche Themen. Politik, insbesondere Außenpolitik, hielt man stets für Männersache. Frauen taten nichts, als sich zu fügen und aus den von Männern geschaffenen Umständen das Beste zu machen. Es war, als wären Krieg, Entbehrungen, Hunger, gewaltsamer Tod und verkrüppelnde Wunden Gottes Werke, Härteproben, die ausgehalten werden mußten, und die zu ändern außerhalb der Macht einer Frau stand. Im Gegensatz hierzu schien Erika nicht nur zu glauben, daß sich die Geschehnisse doch verändern ließen, sondern daß darüber hinaus auch sie zu deren Umlenkung beitragen könnte. Claus hatte nicht gewußt, daß es Mädchen dieser Art überhaupt gab.

Erst als er eine zweite Tasse Kaffee vorschlug, wurde Erika daran erinnert, wie lange sie schon dort saßen. Sie sprang auf. Längst wollte Erika zuhause sein, wo Schulhefte auf sie warteten. Noch heute Abend mußte sie diese vor dem morgigen Unterricht korrigieren. Claus eilte mit ihr aus dem Tiergarten zu seinem bis zum nächsten Rennen wieder in seinen normalen Straßenzustand versetzten Mercedes. Erika wollte am Ende ihrer Straße aussteigen. Sie tauschten ihre Adressen aus und versprachen, sich am Wochenende wieder zu treffen. Auf der Heimfahrt nach Charlottenburg wollte Claus laut in die Welt hinaus singen.

Von ihrem Zuhause wollte Erika nicht abgeholt werden, am Samstagnachmittag wollten sie sich im Romanischen Café treffen. Dieses stand im Geschäftszentrum der Stadt direkt neben der Kaiser-Wilhelm-Gedächtnis-Kirche. Zwanzig Minuten vor der abgesprochenen Zeit traf Claus ein, er nahm an einem kleinen Tisch

Platz, von dem aus er die Eingangstür beobachten konnte. Während er wartete, kamen Claus Zweifel. Zunächst war es lediglich die Ungeduld, daraus wurde Besorgnis, schließlich dann die Angst. Warum hatte Erika ihn nicht darum gebeten, zu der Adresse zu kommen, die sie ihm niedergeschrieben hatte? Warum hatte sie seinen Wagen überhaupt an einer Straßenecke verlassen, um dann um die Ecke zu verschwinden? Gewiß, damit er nicht sehen konnte, welches Haus sie in Wirklichkeit betrat. War die Adresse echt, die sie ihm gegeben hatte, oder eine fingierte? Womöglich war sie überhaupt nicht in ein Haus in jener Straße hineingegangen. Vielleicht wohnte sie in einem ganz anderen Stadtviertel. Er würde bis fünfzehn – nein, zehn – Minuten nach der vereinbarten Uhrzeit warten, dann würde er direkt zu dem Haus fahren, dessen Nummer sie ihm genannt hatte. Unter den Namen auf den Klingelschildern zu den Wohnungen würde es keinen Namen Wolf geben. Er wußte es. Er war sich dessen sicher.

Der Nachmittag war sonnig, die Stimmung in dem modisch eingerichteten Raum heiter, trotzdem versank Claus immer tiefer in Schwermut und Verzweiflung. Sein Mund wurde trocken. Sie würde nicht kommen. Sie würde nicht kommen.

Durch die Tür kam Erika herein und es war ihm, als wäre ein helles Licht eingeschaltet worden. Claus hätte in die Luft springen und vor Freude laut schreien können. Sie trug ein blaues Kleid aus irgendeinem leicht schillernden Stoff, um ihren Hals hing eine einfache Kette. Es war das Merkmal einer richtig erzogenen Frau, daß sie sich niemals zuviel Schmuck anlegte. Erikas Geschmack war, meinte Claus, die Vollkommenheit selbst.

Eine Tasse Zitronentee hatte er schon getrunken, nun bestellte Claus Kaffee und Kuchen für beide. Eine Stunde saßen sie und unterhielten sich. Mit jedem Wort bestätigte und vertiefte Erika seinen Eindruck, daß sie das gebildetste, das angenehmste, das engelhafteste Wesen der gesamten Welt war.

Ihr Treffen war hastig ausgemacht worden, ohne daß einer von beiden irgendeine Ahnung gehabt hatte, was sie eigentlich tun würden. Wollte Erika ins Theater? „Dann könnten wir uns nicht unterhalten. Es ist mir lieber, wir sind einfach beieinander." Also schlenderten sie den Kurfürstendamm mit seinen Geschäftshäusern und Theatern, seinen Cafés und seinen Bars entlang. Die Tische vor den Restaurants wurden durch gestreifte Markisen und große

Schirme vor dem starken Sonnenschein geschützt. Ganz Berlin schien unterwegs zu sein, das Zentrum war voller Menschen, für Claus aber war das Mädchen an seiner Seite die einzige existierende Person.

Sie besprachen hundert verschiedene Dinge, Bücher, die sie gelesen hatten und noch lesen wollten, das Theater und das, was Max Reinhardt in seinen grundbrechenden, spektakulären Inszenierungen erreicht hatte. Von Reinhardts Werken hatte Erika nur gelesen, sie selbst hatte noch keine gesehen. Claus aber hatte im November *Dantons Tod* besucht. Erika bat ihn, ihr alles darüber zu erzählen. Visuelle Effekte und Kostüme zu beschreiben, war jedoch nicht gerade seine Stärke, für Einzelheiten jener Art besaß er weder ein Auge noch das Erinnerungsvermögen. Er wußte lediglich, daß die Gesamtwirkung der Inszenierung und ihr Eindruck auf ihn ungeheuer gewesen waren. „Ich nehme dich mit in die allernächste Inszenierung von Reinhardt", versprach er.

„Wirst du das?" Erika drückte seinen Arm. Sie hatten sich die Hand gegeben, davon abgesehen aber war dies ihre erste physische Berührung. Sie war die natürlichste Sache der Welt.

„Aber selbstverständlich." Gemeinsam studierten sie die Aufführungstermine in der Zeitung. „Sag mir bloß, wann du hingehen willst." Zwischen ihnen war alles derart ungezwungen, und zwischen ihnen beiden war das Du entsprungen, ohne daß sie es eigentlich merkten.

Gegenüber dem Kranzlereck wurden sie von einer leichten, offenen Kutsche überholt, die von einem einzigen kastanienbraunen Pferd gezogen wurde. Im Herz der Großstadt wurden diese immer seltener. Freilich befanden sich auf den Straßen noch viele von Pferden gezogene Lieferwagen. Aber fast jeder, der sich die Unterhaltung von Pferd und Kutsche leisten konnte, hatte nun stattdessen ein Auto. Noch einmal griff Erika seinen Arm. „Oh Claus, ist das nicht schön?" Ihre Bewunderung galt dem Tier, nicht etwa der Kutsche. Erika selbst hatte niemals Gelegenheit zu reiten gehabt, liebte aber die Schönheit von Pferden. Claus überlegte sich, welche Freude es sein würde, sie das Reiten zu lehren, ebenso, wie ihr etwas über Weine beizubringen. Erika wußte nichts über Wein. Claus stellte sich vor, ihr den neuen Falkensteiner Weinberg vorzuführen, und in wenigen Jahren auch die Presse, die Gärung und das Abfüllen unter Falkensteiner Etiketten.

„Magst du Krimigeschichten?" Ja, Claus gab zu, Freude an ihnen zu haben, er hatte jedoch bisher nur wenige gelesen, darunter eine über einen Mann namens Sherlock Holmes, der eine Pfeife ähnlich dem von Karl Radek rauchte und dessen Denkvermögen ihm imponiert hatte.

„Nur eine?" Erika hatte jede bisher veröffentlichte Sherlock-Holmes-Geschichte gelesen. „Die anderen mußt du auch lesen. Es sind dutzende." Claus versprach, es zu tun.

Wie viele Kilometer waren sie wohl schon gegangen? Wie viele Stunden waren sie schon ineinander und im Gespräch vertieft, während sie lernten, wie viel sie gemeinsam hatten, was sie animierte, was sie ablehnten? Der Tag fing an, kälter zu werden. Plötzliche Sorge um Erika ergriff ihn. War ihr draußen zu kalt? Mußte sie schon nach Hause gehen? Nein. Sie gingen zu seinem abgestellten Wagen zurück, Claus fuhr sie zu einem ihm bekannten, ruhigen, italienischen Restaurant in der Nähe der Friedrichstraße. Für Erika war das Erlebnis offenbar neu. Die Auswahl an Gerichten faszinierte sie. Die beiden aßen langsam und ausgiebig.

Wie wunderbar, daß Claus mit dem Mädchen so weit zu Fuß gehen konnte, ohne irgendwelche Beschwerden zu hören. Zum Schluß schien sie sogar genauso frisch wie am Anfang. All die jungen Damen aus seinem Kreis behaupteten, nach knapp einem Kilometer müde zu sein. Was für eine erfrischende Abwechslung Erika bot! Sie würde sogar in der Lage sein, mit ihm über die Falkensteiner Felder zu spazieren.

Claus sagte die lose Vereinbarung ab, die er mit Albrecht getroffen hatte, am nächsten Tag auf die Jagd zu gehen. Stattdessen traf er sich wieder mit Erika. Sie besuchten das Pergamonmuseum mit seinen Schätzen aus der Antike, Teilen von Tempelfassaden, Torbögen und massiven Reliefs. Fasziniert standen die beiden vor König Priams Schatz, welcher Heinrich Schliemann aus Troja nach Hause mitgebracht hatte. Kelche aus massivem Gold, Silbervasen, eine herrliche goldene Schale, Arm- und Halsringe und Goldketten, manche mit Perlen bestückt. Ausbauarbeiten am Gebäude waren im Gange, da wunderte es Claus, daß es noch so viel geben konnte, das untergebracht werden mußte. Zu spät erkannten sie, daß sie zu wenig Zeit eingeräumt hatten, um einen kompletten Rundgang des Museums zu unternehmen. Um den Exponaten die Aufmerksamkeit zu schenken, die sie verdienten, wären einige Tage nötig.

Fortan trafen sich die beiden an jedem Wochenende. Lange Spaziergänge in Parkanlagen und durch die Forste Grunewalds waren ihre Lieblingsbeschäftigungen. Von Zeit zu Zeit gingen sie auf einem der Berliner Seen rudern. Das, was vom Sonnenschein des späten Herbstes noch blieb, nutzten sie voll aus. „Die Museen und Theater heben wir uns für den Winter auf", versprachen sie sich.

Sein Vater, das wußte Claus, hatte für das, was er die hohlköpfige Mädchenart nannte, nichts übrig. Diese war die Sorte, die ihm viel zu häufig unterkam. Daher würde er Erika, die durch und durch Geist und Vernunft war und offenbar einen starken Charakter besaß, ins Herz schließen. Claus würde sie nach Haus Schwaben einladen. Dann vielleicht eine Reise mit ihr nach Hause, nach Falkenstein… Sie kam ihm zuvor. „Meine Mutter fragt, ob du am nächsten Sonntag zur Teestunde zu uns kommen möchtest." Claus war überrascht, Erika aber lachte nur. „Natürlich will sie wissen, was das für ein Kerl ist, mit dem ich jeden Samstagnachmittag und Sonntag zusammen gewesen bin. Du könntest ja ganz unanständig sein."

Die Gegend, in der sie mit ihrer Mutter wohnte, war nicht der schlechteste Teil Weddings. Die Wohnung war sogar in einem der besseren Wohnhäuser, unweit der Seestraße, mit einer Bäckerei im Erdgeschoß. Sie war klein, kleiner als Claus erwartet hatte, aber vollkommen sauber und aufgeräumt.

Ein einziger Blick auf Erikas Mutter genügte, damit Claus wußte, daß diese Frau in jungen Jahren genauso schön gewesen sein mußte, wie es ihre Tochter jetzt war. Er erkannte auch, daß es nicht nur die Jahre waren, die derart auf sie eingewirkt hatten, sondern auch große Entbehrungen und harte Arbeit. Graue Haare ließen sich zwar nicht vermeiden, eingesunkene Wangen, tiefe Stirnfurchen und eine gestraffte, gelbliche Haut aber waren in den mittleren Jahren nicht unbedingt unausweichlich. Das Gleiche galt ebenfalls für den permanenten Ausdruck der Sorge, welchen die Frau im Gesicht trug. Es war klar, daß neben der Notwendigkeit, einen todkranken Ehemann zu pflegen und eine kleine Tochter großzuziehen, der Mangel der Kriegsjahre eine einst schöne Frau viele Jahre zu früh altern gelassen hatte.

„Frau Wolf, ich freue mich, Sie kennenzulernen." Claus war dankbar, daß er auf eine eher formelle Anrede verzichtet hatte. Die Augen, welche in seine hineinblickten, waren ängstlich, es waren die Augen einer Frau, die nicht daran gewohnt war, jemanden zuhause zu empfangen, der von außerhalb ihres eigenen Standes stammte. Claus erkannte die Notwendigkeit, für sofortige Ungezwungenheit zu sorgen.

Das Kleid der Frau war makellos, die grauen Haare tadellos geordnet, die Hände trotz wöchentlich fünfeinhalb Tagen an einer Fräsmaschine erstaunlich gut gepflegt. Die Hände waren es, die alles erkennen ließen. Dies war keine Frau, die sich nur deswegen mit ihrer Frisur Mühe gegeben und ein frisch gewaschenes und gebügeltes Kleid angezogen hatte, weil sie einen Besucher erwartete. Dies war eine Frau, die sich und ihr Zuhause stets tadellos pflegte.

Anständige Arbeiterschicht – war diese nicht das Rückgrat des deutschen Volkes? Claus war gewiß kein Snob. Er hatte zuviel von den Tugenden der Arbeiter auf Gut Falkenstein gesehen, um irgendwelche falschen Vorstellungen über deren Wesen und Wert zu hegen. Schließlich waren Fleiß und Arbeitsamkeit die Tugenden des Durchschnittsdeutschen. Auch an der Front hatte Claus mehr als einmal den Eindruck gewonnen, daß sich die „Besseren" von so manchem ungebildeten Mann sowohl in puncto Charakterstärke als auch bezüglich Einsatzbereitschaft eine Scheibe hätten abschneiden können.

Das Essen war erstklassig. Anfangs schien es, als würde Frau Wolf die ganze Zeit damit verbringen, Claus und Erika zu bedienen. Dem setzten sie sofort ein Ende. „Aber Sie müssen sich zu uns gesellen, Frau Wolf." – „Ja, setz dich, Mutter."

Ob Erika wohl wußte, daß Claus alles, was er konnte, dafür tun würde, daß sich ihre Mutter behaglich fühlte? Auf alle Fälle war das Eis schnell gebrochen. Von den Vorräten in Haus Schwaben hatte Claus seiner Gastgeberin eine Flasche Wein und etwas Leberwurst mitgebracht. Beides waren Falkensteiner Produkte, der Wein aus einem Vorkriegsjahrgang, aber nicht mehr als ein gewöhnlicher Trollinger. Er verschwieg allerdings, daß die Sachen von dem Gut seiner Familie stammten. Schließlich hätte es keinen Zweck, eine aufgrund des Besuches ohnehin eingeschüchterte Frau unnötigerweise fühlen zu lassen, daß die Kluft zwischen ihnen noch größer war, als die, die sie zweifelsfrei schon spürte.

Vor dem Abschied brachte es Claus fertig, seine Gastgeberin zum Lächeln zu bringen. Tief in diesem Lächeln erkannte er jene gleiche Schönheit, die in Erikas Lächeln ebenfalls zu sehen war. Wie traurig, überlegte er, daß diese Frau sich so selten ein Lächeln erlauben konnte.

„Meine Mutter sagte, ihr Herz hätte fürchterlich geklopft, als sie wußte, daß du kämest", erzählte ihm Erika am nächsten Samstag. „Du hast sie aber für dich gewonnen. Ich danke dir, Liebling." Sie hing an seinem Arm und streckte sich hin, um ihm einen sanften Kuß auf die Wange zu geben. Es war ihr erster.

Er faßte ihre Hand. „Schließlich bin ich kein Troll."

„Das weiß ich. Und das weiß sie jetzt auch, nur ist sie keine feinen Herren gewohnt."

„Dein Vater – er war kein Arbeiter, oder?" Erika hatte ihm erzählt, daß ihr Vater Pädagoge gewesen war.

„Trotzdem gehören wir unterschiedlichen Welten an, weißt du." Durch den Krieg hätten diese Welten zusammengeschmolzen werden müssen. „Deine Mutter – muß sie weiter in der Fabrik arbeiten?" Seine Frage entsprang nicht Klassenbewußtsein, sondern Sorge um die Gesundheit und Wohlbefinden der Frau.

„Ich fürchte, ja. Es fing im Krieg an, als mein Vater zu krank wurde, um arbeiten zu können, da wurden Frauen gerade für die Industrie gesucht."

„Freilich gab es damals keine andere Wahl, aber jetzt?"

„Claus, wir brauchen das Geld. Ich verdiene nicht genug."

„Aber gibt es nichts anderes, was sie tun könnte, was nicht so anstrengend wäre? Mit kürzeren Stunden vielleicht, wenn dies möglich ist."

„Du hast recht, Claus. Auch ich sehe, wie es sie belastet. Ich werde versuchen, sie dazu zu überreden, sich nach etwas Neuem umzusehen."

Es sah alles sehr vielversprechend aus. 1923 würde zum besten aller Jahre werden. Von neuen Rennstrecken war die Rede, von neuen Rennen, die veranstaltet werden würden. Noch einmal würde Claus beim Avusrennen starten, in Solitude, in der Eifel, überall, wo es Autorennen zu fahren gab. Der leichter gewordene und frisierte Mercedes hatte seine Probe bestanden, Claus hatte sein eigenes, angeborenes Können unter Beweis gestellt. Den Wagen konnte er mit einem Mindestverlust an Geschwindigkeit durch Kurven werfen, er vermochte mit Genauigkeit zu schätzen, – bisher ohne Fehler – wie weit er die Sache treiben konnte, ohne daß die Reifen ihre Haftung einbüßten und der Wagen umkippte.

Claus war entschlossen, besser als zuvor abzuschneiden. Im Laufe des Winters würden weitere Leistungsbesserungen am Wagen vorgenommen werden, 1923 würde er zu seinem bisher besten Rennjahr machen. Nach einem oder zwei weiteren Jahren würde es dann an der Zeit sein, ans Heiraten zu denken. Nur ein paar gute Jahre, mehr wünschte er sich nicht, dann würde er das Rennfahren aufgeben, um sich dem Familienleben zu widmen. Nachdem er schon eine Gattin und vermutlich auch Kinder hätte, wäre es Erika gegenüber ungerecht, weiterhin Autorennen zu fahren.

Was Erika betraf, so war Claus vollkommen betört, bis zur Irrationalität von ihr besessen. Er wußte es, und es machte ihm nichts aus. Erika hatte ihm eine Freude von solcher Tiefe gebracht, die er sich niemals hätte vorstellen können. Während seiner wachen Stunden dachte er fortwährend an sie, im Schlaf träumte er von ihr. Es war, als hätte er sie stets gekannt, als wäre sie seit seiner Geburt immer da gewesen. Der Gedanke mochte töricht sein, da Erika ja vier Jahre jünger war als er. Doch was machte schon Torheit aus? Das Einzige, das zählte, war, daß das Leben ohne Erika inzwischen undenkbar geworden war, glatt unvorstellbar.

Seine Mutter merkte Claus an, daß eine Veränderung mit ihm vonstattengegangen war, als er sie vor dem Solitudenrennen in Falkenstein besuchte. Unfehlbare, weibliche Intuition sagte ihr, daß das Glühen der Aufregung, das von ihrem Sohn ausging, nicht allein auf die Vorfreude auf das Rennen zurückzuführen war. Doch sagte sie nichts dazu und stellte auch keine Fragen. Claus würde das Mädchen schon zu seiner Familie mitbringen, wenn die Zeit dafür gekommen wäre.

Einen Monat später nahm er Erika mit nach Haus Schwaben, um sie mit seinem Vater bekanntzumachen. Wie er erwartet hatte, verstanden sich die beiden sehr gut, trotzdem benahm sich Erika überraschend ruhig. Sein Vater blieb verhältnismäßig nichtssagend. „Ein wunderschönes Mädchen und ein sehr vernünftiges", bemerkte er, ohne Claus auch nur eine der Fragen zu stellen, auf die dieser sich gefasst gemacht hatte.

Erst einige Monate später gestand Erika, durch die Umgebung in der Villa eingeschüchtert gewesen zu sein. Das war es also, was ihr natürliches Sprudeln gedämpft und sie daran gehindert hatte, auf seinen Vater den erwarteten Eindruck zu machen. Erika erklärte Claus offen, daß sie beinahe fassungslos geworden war, als sie den Unterschied zwischen ihren Ständen entdeckte. Oh ja, sie wußte schon, daß Claus Berufsoffizier war, als er ihr aber erzählt hatte, sein Vater wäre beim Auswärtigen Amt, hatte sie sich ihn als einfachen Sachbearbeiter vorgestellt, nicht als einen der führenden Männer. Was das Haus der Erlenbachs betraf, so hatte sie nicht mit der Größe der Villa gerechnet – Claus selbst hielt sie für bescheiden – noch daß sie am Tisch vom Hauspersonal bedient werden würde, als wären sie in einem Restaurant.

Na, daran würde sich Erika bald genug gewöhnen. Sie würde eine reizende Hausherrin abgeben, und sie würde auch Falkenstein zieren. Alle, die sie dort erlebten, würden glauben, sie wäre in jener Umgebung aufgewachsen.

In der Zwischenzeit gab es Rennen, die gefahren und hoffentlich auch gewonnen werden wollten.

Gleich im neuen Jahr bereiteten die Franzosen allen solchen Gedanken ein Ende. Die Reparationskommission stellte fest, daß Deutschland im vergangenen Jahr mit seinen Zahlungen in den Rückstand geraten war. Es hatte nur 98,4 Prozent der für 1922 verlangten Reparationen abgedeckt. Diesen geringen Rückstand nutzte Frankreich als Vorwand aus, das Ruhrgebiet mit 40.000 seiner Soldaten zu besetzen.

Großbritannien protestierte gegen diesen willkürlichen, aus einer derart trivialen Begründung heraus ausgeführten Schlag. London wies auf die enormen Zahlungen und Lieferungen hin, welche das Reich unter großen Schwierigkeiten bereits geleistet hatte.

Rußland erklärte seine Unterstützung für Deutschland, ließ aber auch die Gelegenheit nicht ungenutzt, Polen zu warnen, daß ein etwaiger Angriff auf Schlesien oder Ostpreußen als Schlag gegen den sowjetischen Staat gewertet werden würde. „Moskau", bemerkte Claus, „scheint irgendeinen Vorwand zu suchen, in Polen einzumarschieren."

„Sie verhalten sich", pflichtete ihm Nicolai bei, „als ob sie bereits eine feste militärische Allianz mit uns hätten."

Was das Verhalten der Franzosen betraf, sprachen die Tatsachen für sich: Insgesamt 133 Deutsche wurden von den Besatzungstruppen im Ruhrgebiet und Rheinland umgebracht. Weitere 180.000 wurden einfach aus ihren Wohnungen vertrieben und in nichtbesetzte Reichsgebiete verschleppt. Mehr als vier Jahre nach Kriegsende lebten nun 3.150.000 Deutsche unter der Besatzung durch eine bewaffnete Macht.

Diese Entwicklungen zwangen die Reichswehr zu einer wichtigen Schlußfolgerung: Die Beschaffung von Verteidigungsmitteln für Deutschland mußte schneller vorangetrieben werden. Das Ministerium gründete den sogenannten „Ruhrfonds". Die unter diesem Decknamen versteckten geheimen Gelder sollten Deutschlands Wiederbewaffnung beschleunigen. Sollten die Opfer eines Tages zurückschlagen, könnte sich ihre willkürliche Ruhrbesetzung für die Franzosen als bitteres Eigentor erweisen.

Falkenstein kämpfte schon hart, um wieder aus den roten Zahlen emporzuklettern, nun aber ließ die französische Besatzung die Reichsmark sofort zusammenbrechen. Vor dem Krieg hatte der Dollarkurs bei etwa vier Mark gelegen. Schon im Juni war nun ein Dollar 74.750 Mark wert, am 1. Juli 160.000 Mark, im August eine Million Mark und im November 4.210.500.000.000 Mark. Nun druckten zweiundsechzig Firmen rund um die Uhr Geldscheine. Es war zwecklos, Briefmarken kaufen zu wollen. Von einem Tag zum anderen hatten diese keinen Wert mehr, somit ließ man sie nicht mehr drucken. Briefe von Claus an seine Mutter mußten auf das Postamt gebracht werden, wo sie mit der Hand mit dem Tageswert versehen wurden. Eine Zeitschrift, deren Preis bereits im Juli 1.500 Mark erreicht hatte, kostete im Oktober 200.000 Mark und im November 50.000.000.000 Mark. Es konnte nicht verwundern, daß die Menschen, sobald sie ihren Lohn ausbezahlt bekamen, aus Furcht, daß die Währung in den nächsten Stunden noch weiter an Wert verlieren und ihr Geld nichts mehr wert sein könnte, direkt von der Arbeit in die nächstgelegenen Läden eilten. Geld trug man nicht länger in einem Portemonnaie, sondern in einer Aktentasche oder sogar in einem Korb. Über Nacht wurden Ersparnisse zu nichts.

Weder Erika noch ihre Mutter verließen zurzeit die Wohnung, ohne eine zusammengefaltete Einkaufstasche mitzunehmen. Lebensmittel, die noch bezahlbar waren, kaufte man nun grundsätzlich sofort. Morgen – oder sogar später am gleichen Tag – konnten diese schon nicht mehr erschwinglich sein.

Weder an der Avus noch in der Eifel war Geld vorhanden, um Rennen zu veranstalten. Die für 1923 vorgesehenen Termine wurden vom Kalender gestrichen. Bei Solitude aber gab man sich nicht geschlagen. Geschätzte 100.000 Zuschauer erschienen, 105 Autos starteten, und auf den Geraden erreichten neue Kompressormodelle von Mercedes weit über 160 Stundenkilometer. Claus fehlte einfach die Pferdestärke, um mitzumachen. Er war gezwungen, seinen Wagen immer schneller in die Kurven hineinzuwerfen, die Sache gänzlich bis zur Sicherheitsgrenze und manchmal noch weiter zu forcieren. Mehrere Male drohte der Mercedes von der Strecke zu schleudern, zweimal fing jenes Rollen an, welches die Vorstufe zum Kentern war. Es war, glaubte Claus, unmöglich, die Sache ohne Katastrophe noch weiter zu treiben. Trotzdem gelang es ihm nicht, einen höheren Platz als den sechsten zu belegen. Dies war, fand Claus, trotz des enttäuschenden Ausgangs seine bisher tollste Fahrleistung – doch was für ein Ringen gegen die schnelleren Kerle!

Es wurde deutlich, daß allem Frisieren zum Trotz sein Wagen nicht mehr konkurrenzfähig war. Claus würde einen der neuen Mercedes-Zweisitzer kaufen, die mit einem per Durchdrücken des Gaspedals einzuschaltenden Kompressor ausgerüstet waren. Dieses Modell ließe sich leicht auf Rennausführung umbauen und würde sich dabei noch zum täglichen Transportbedarf eignen. Wann aber würde er sich einen solchen Wagen leisten können? Buch zu führen und das Personal zu bezahlen, wurde in Falkenstein zunehmend sinnloser. In einem Schaufenster erblickte Claus ein Pfund Butter, welches mit einem Preis von 6.000.000.000.000 Mark versehen war. Hierdurch wurde ihm bewußt, was für ein Glück seine Familie hatte. Wenigstens hatten die Erlenbachs Produkte vom eigenen Gut, während Erika, ihrer Mutter und noch vielen Millionen Menschen mehr wieder der Hunger der Kriegsjahre drohte.

Auf den Straßen spiegelte sich schiere Hoffnungslosigkeit wieder. Graugesichtige Arbeiter lungerten gruppenweise an Straßenecken herum, hungrig, hilflos, zornig. Fast täglich inszenierten kommunistische Agitatoren Protestversammlungen. Bei einer Dienstreise in der Gegend um Hannover hatte Claus durch Zufall mit angesehen, wie Menschen ohne Lebensmittel auf Kartoffelacker gestürmt waren, um die grünen, unreifen und zum Teil giftigen Kartoffeln auszugraben. In einigen ländlichen Gegenden hatten diese Ereignisse dazu geführt, daß die Äcker unter Polizeischutz gestellt, die Kartoffeln geerntet und in Polizeikellern zwecks gerechter Verteilung an die Bevölkerung gelagert werden mußten.

Jede Woche brachte Claus den Wolfs einen Korb voll Lebensmittel. Wenn es nur möglich wäre, für jeden notleidenden Haushalt das Gleiche zu tun! Doch bald mußte Claus sich eingestehen, daß es demnächst selbst seine Möglichkeiten übersteigen würde, den Wolfs zu helfen. Bisher hatte die Zukunft Falkensteins für Claus und seinen Vater nur ein gelegentliches Unterhaltungsthema dargestellt, nun aber wurde sie abends zu ihrem Hauptgesprächsstoff. Nicht länger ging es um die Frage, wann der Gutshof wieder Gewinn abwerfen würde, sondern darum, ob Falkenstein überhaupt überleben würde.

Es wurde augenfällig, daß die Währung nunmehr bedeutungslos geworden war. Geld war nun nichts mehr als Ziffern auf einem Stück Papier. Nachdem Falkenstein der Familie Erlenbach Jahrhunderte hindurch als Familiensitz gedient hatte, würde es in den Händen einer Bank enden. Claus und seine Eltern würden den Rest ihrer Tage in ihrem Berliner Haus verbringen. Wenn sie dieses überhaupt noch halten konnten.

Glückseligkeit

DEN Namen Hjalmar Schacht hatte Claus noch nie gehört. Der Zeitungsbericht über die Ernennung Schachts zum Reichswährungskommissar sagte ihm nichts. Anders war es mit diesem Kerl Hitler. Mit großem Interesse und einigem Unverständnis las Claus alle Einzelheiten über die Ereignisse in München. Das waren Taten. Das war etwas, was Claus verstand.

Hitler hatte versucht, in Bayern die Macht an sich zu reißen. Reichswehrsoldaten hatten ihn daran gehindert, siebzehn Anhänger Hitlers wurden erschossen, weitere verwundet. Das stand im Zeichen von Seeckts Auffassung, derzufolge es die Aufgabe des Heeres war, die Nation und deren gesetzliche Regierung zu schützen. Seeckt hatte nicht gezögert, Truppen zur Niederschlagung kommunistischer Aufstände einzusetzen. Mit der gleichen Unparteilichkeit hatte er sie nun ebenfalls gegen die Nationalisten eingesetzt.

Was Claus dabei nicht verstehen konnte, war, daß sich Ludendorff, ehemals Stabschef des Heeres, Hitler angeschlossen hatte. Das war völlig falsch. Ein deutscher Offizier mischte sich nicht in die Politik ein. Natürlich durfte er Politikern beratend beistehen, unter Umständen war das sogar seine Pflicht. Er selber durfte aber nicht politisch aktiv werden. Hitler und Ludendorff würden vor Gericht kommen, und es war richtig so. In der Zwischenzeit war Schacht dabei, stille Wunder zu wirken.

Hjalmar Schacht war Direktor der Deutschen Nationalbank und Doktor der Philosophie. Auf nicht weniger als vier Universitäten hatte er studiert, um eine Analyse des „britischen Merkantilismus" aufzustellen. Zugleich verfügte er über ausgiebiges theoretisches Wissen und enorme praktische Erfahrung.

Um dem Albtraum der Inflation ein Ende zu setzen, rief der Finanzminister Dr. Schacht aus seiner Bank, verlieh ihm Sondervollmachten und ernannte ihn zum Reichswährungs-kommissar. Schacht schwang seinen Zauberstab, aus seinem Zylinderhut sprang die „Rentenmark" heraus, und mit der Rentenmark kam nun die Stabilität. Die Rentenmark hatte einen Dollarkurswert von 4,20 und, der Goldmark gleich, einen Wert von 1.000.000.000.000 Reichsmark. Die Goldmark, in welcher Reparationszahlungen zu leisten waren, unterlag nicht der Inflation des Papiergeldes. Sie besaß den wirklichen Wert von Gold, welches bis zum Kriege viele Währungen untermauert hatte.

Mitten in diesem finanziellen Chaos gewährte die Reichsregierung Rußland einen Handelskredit in Höhe von 75.000.000 Goldmark. Wenn es ein Land gab, das es sich eigentlich nicht leisten konnte, Kredite zu gewähren, sagte sich Claus, dann war das Deutschland. Wenn es ein Land gab, das selbst auf Kredite angewiesen war, so hieß dieses Land Deutschland! Dennoch gab sich Deutschland alle Mühe, trotz des ungeheuren Druckes der Reparationszahlungen und einer Inflation unvorstellbaren Ausmaßes den Russen zu helfen. „Wir schulden es ihnen", bemerkte Nicolai trocken, und es war tatsächlich der Fall, daß die Sowjetregierung der deutschen Wiederaufrüstung kräftig in die Puschen geholfen hatte.

Man vereinbarte, daß Junkers jährlich 300 Flugzeuge in Fili bauen sollte, von denen Rußland sechzig Stück nehmen würde. Die Russen würden die Rohstoffe und die Arbeitskräfte stellen, Deutschland die Maschinen und die Techniker.

Einen Rückschlag erlitt die Unternehmung durch den Amtsantritt Dr. Gustav Stresemanns als Reichskanzler. Stresemann machte augenblicklich deutlich, daß er keine militärische Kollaboration mit Rußland wünschte. Er war allenfalls bereit, wirtschaftliche Zusammenarbeit zu befürworten. Angesichts des Widerstandes von Seiten des neuen Kanzlers mußte Nicolai Wege finden, um die Kollaboration zu verbergen. Künftige Ausgaben tarnte er schlicht als rein wirtschaftliche Hilfe an Rußland.

In einem großen Agrargebiet im Süden Rußlands führten Kruppingenieure Versuche mit modernen landwirtschaftlichen Maschinen durch. Unvermeidlich aber war, daß man dort auch Artillerie und Munition herstellte. Während Krupps russisches „Werk S" Infanteriewaffen im Kaliber 30mm herstellte, entwickelte man gleichzeitig eine 10,5cm-Kanone, die über eine Schußweite von zwanzig Kilometern verfügte. Deutschlands Feuerkraft verstärkte sich.

Für ihren Teil waren die Russen bestrebt, deutlich zu machen, daß bei Bündnisfragen ideologische Gegensätze keine Rolle spielten. Alles, was zählte, war, daß die beiden Staaten die gleichen außenpolitischen Ziele verfolgten. Viktor Kopp hatte einst Maltzan gegenüber beteuert, die Sowjetpropaganda sei nicht ernst zu nehmen. Ähnliches konnte nun Brockdorff-Rantzau berichten. Bei einem

Treffen mit dem gesamten Außenpolitischen Kommissariat Rußlands betonte der überall anzutreffende Karl Radek Brockdorff gegenüber, daß „die Sowjetregierung gut mit einer deutschen reaktionären Regierung zusammenarbeiten" könnte. Hier warf der sowjetische Außenminister Georgi Tschitscherin ein: „Mussolini ist jetzt unser bester Freund." Der Faschistenführer Benito Mussolini, seit einem Jahr Diktator von Italien, machte mit den Kommunisten seines Landes kurzen Prozeß. Und er sollte nun des Kremls bester Freund sein? Ob die Sowjetführung wohl überhaupt an den Kommunismus glaubte?

Hinter den geschlossenen Türen von Abteilung R nahm die Arbeitslast zu. Nun reiste Oberst von der Lieth-Thomsen nach Rußland, um dort Flugschulen und Versuchseinrichtungen für neue deutsche Flugzeugkonstruktionen zu gründen. Bald darauf wurde mit dem Bau eines Flugplatzes bei Wiwupal, nahe Lipetzk, begonnen. Motorenprüfstände und Reparaturwerkstätten entsprangen, sowie ebenfalls ein Lazarett. Dieser Flugplatz sollte völlig autonom fungieren und von der Außenwelt vollständig abgeschirmt sein. Hier sollten deutsche Soldaten zu Fliegern ausgebildet werden.

Durch die Pensionierung von Oberst Nicolai fand sich Claus noch einmal von einem älteren Mentor getrennt. Claus mußte lernen, nicht allzu sehr an anderen Menschen zu hängen. Mit Ausnahme natürlich von Erika. Wie er meinte, war Claus dank Erika so glücklich, wie es überhaupt menschenmöglich war. An fast jedem Wochenende besuchte Claus die Wohnung in Wedding, meistens um mit Erika fortzugehen, manchmal aber nur, um dort mit ihr zu sitzen. Mehr als einmal half er Erika bei der Korrektur eines hohen Stapels Schulhefte. Selbst diese einfache Aufgabe bereitete ihm Freude. Allein neben Erika zu sein, war alles, was ihm in solchen Augenblicken wichtig war. Stunde um Stunde verbrachten die beiden in gegenseitiger Umarmung, und in diesen Momenten hatte Claus das Gefühl, er könnte ewig so bleiben und Erika bestaunen.

Ihr rechtschaffenes, offenes Gesicht war in seiner Rundheit fast kindlich, mit schillernden, weit auseinander stehenden Augen und einer Nase, welche an Niedlichkeit neue Maßstäbe zu setzen schien. Wenn das Mädchen lachte, runzelte sich diese Nase auf eine Art, die Claus einfach bezaubernd fand. Beim Lächeln geschah dies nicht, nur bei einem herzhaften Lachen.

Claus hätte nie gedacht, daß ein solches Glück überhaupt existieren könnte. Eine Wonne umschloß ihn, füllte seine Tage und seine Träume, ließ ihn auf einer Wolke der Bezauberung durch jeden Tag schweben. Am intensivsten umfaßte ihn diese Entzückung immer, wenn er sich gerade von Erika getrennt hatte. Nach Hause fahren hieß, in der Nachwirkung des Beisammenseins eine Liebe zu empfinden, die anschwoll und sich ausbreitete, bis sie die ganze Welt umfaßte. Er sah die Stadt, ihre großen und kleinen Häuser, ihre Lichter und ihre Wohnungen, und stellte sich hinter den Mauern und hinter den Fenstern die Menschen vor. Für alle spürte er eine Aufwallung des Erbarmens und der Zuneigung. Vielerorts gab es dort draußen traurige Menschen, auch einsame. Da wünschte Claus, wünschte sich mit ganzem Herzen, daß jedem das gleiche Glück zuteilwürde wie ihm. Jeder Mensch hatte das Recht auf jenen göttlichen Segen.

Die neue wirtschaftliche Stabilität – inzwischen war Falkensteins Zukunft gesichert – erlaubte Claus rechtzeitig zum Umbau und Einfahren auf die 1924er Rennsaison die Anschaffung eines der neuen zweisitzigen Kompressormodelle von Mercedes-Benz. Der mit der außergewöhnlichen Typenbezeichnung versehene 10/40/65 war von idealer Handlichkeit und eignete sich in überraschender Weise zum Schlendern durch den stets dicker werdenden Berliner Straßenverkehr. Gleichzeitig verlieh ihm sein Kompressor, wenn nötig, eine Leistungserhöhung von mehr als sechzig Prozent. Technisch stellte der Wagen einen erstaunlichen Fortschritt gegenüber allen konkurrierenden Autotypen dar. Es war das erste allgemein erhältliche Modell mit Kompressor, das erste, dessen Motor mit einer obenliegenden Nockenwelle ausgestattet, das erste, das mit einem auf allen vier Rädern synchronisierten Bremssystem ausgerüstet war. Wahrhaftig, die Technologie entwickelte sich in rasantem Tempo. Neben den auszufechtenden Rennen freute sich Claus auch noch auf die Aussicht, herauszubekommen, ob er schneller als der Zug von Berlin nach Falkenstein fahren konnte.

Als er dann zum ersten Mal den neuen Wagen zu seinem Familiensitz fuhr, geschah dies in relativ mäßigem Tempo. Claus war unterwegs zu den Solitude-Rennen und der Wagen war mit Ersatzteilen und Werkzeug vollgestopft. Als sollte das gräßliche Wetter der vorigen Veranstaltung ausgeglichen werden, wurde der Solitude diesmal glühende Hitze gegönnt. Der neue Mercedes flog. Dank dem neuen Vierradbremssystem konnte Claus vor einer Kurve mit dem Bremsen bis zum letztmöglichen Augenblick warten. Er fing an, eine Technik zu entwickeln, wobei er beim gleichzeitigen Herunterschalten durch die Gänge erst spät bremste, um dann in der Kurve von dem Punkt an, an dem er in sie hineinbog, zu beschleunigen. Mit anderen Worten, das niedrigste Tempo erreichte er unmittelbar vor dem Anfang des Abbiegens. Bisher hatte Claus noch gebremst, wie die meisten Fahrer auch, während er schon halbwegs durch die Kurve war, den Gang hatte er erst an dieser Stelle heruntergeschaltet. Diese alte Fahrweise aber verhinderte ein glattes Beschleunigen aus den Kurven heraus. Durch das seitliche Schleudern, welches ein Bremsen in der Kurve zwischendurch auslöste, mußte der Fahrer eher zwei- oder sogar dreimal ansetzen, wodurch aus einem einfachen Bogen mehrere Segmente wurden. Dabei gingen oft kostbare Sekunden verloren.

Nun erlaubte Claus seine neue Technik, jede Kurve in einem einzigen glatten Bogen zu meistern, er fuhr nicht mehr rund um eine Kurve herum, sondern von Anfang an beschleunigend durch sie hindurch. So kam er aus jeder Kurve bedeutend schneller heraus als zuvor, und ihm gelang dadurch ein Vorsprung auf die darauffolgende Gerade. Auch ließ das Beschleunigen durch die gesamte Kurve den Wagen deutlich stabiler werden. Sein neuer Wagen und sein modifizierter Fahrstil wurden zu einem vollen Erfolg. Trotzdem befanden sich unter seinen Rivalen größere, erstaunlich schnelle Autos, also mußte sich Claus mit einem fünften Platz begnügen.

Bei dem auf zehn Runden verdoppelten Eifelrennen war der Dauerregen wieder da. Für Claus fing das Rennen schlecht an, auf der Startlinie würgte er seinen Motor ab. Dieser Rückschlag machte ihn aber nur umso entschlossener, sich nach vorne zu kämpfen, als er den Wagen dann endlich in Gang bekommen hatte. Mehr als fünf Stunden hindurch rang er mit dem Mercedes durch Stürme und Hagel. Die der Strecke säumenden soliden Objekte, die Mauer, die Bäume und die Häuser, vermochte Claus kaum zu sehen. Er merkte nicht einmal, wie eine für 3.000 Zuschauer gebaute Tribüne vom Wetter zerstört wurde. Belohnt wurde Claus mit einem zweiten Platz. Könnte er nur einmal einen einzigen Sieg erringen, einmal den ersten Platz belegen, bevor er den Motorsport aufgab und sich in das Eheleben zurückzog…

Freilich gab es auch Wochenenden ohne Rennen, dafür aber mit Ausflügen in die brandenburgische Landschaft. Claus nahm Erika in dem offenen weißen Wagen überall hin mit. Wenn die Landstraßen leer waren und er weit genug nach vorne freie Sicht hatte, gönnte sich Claus, das Gaspedal durchzudrücken und damit den Kompressor in Gang zu bringen. Die Motordrehzahlen schossen dann nach oben, die beiden wurden mit Wucht in die Ledersitze gedrückt, und die Landschaft rauschte in einem Farbengemisch vorbei. Diese Spurts dauerten nie länger als eine Minute, und selbstverständlich achtete Claus stets darauf, Erika nicht zu gefährden.

Auf einer geraden Linie zu rasen, war für Claus sowieso niemals der Sinn des Autofahrens. Seine ganze Freude daran bestand darin, so schnell, wie sich der Wagen forcieren ließ, durch die Kurven zu schießen, ohne zu kentern oder von der Straße zu fliegen. Die Grenzen des Möglichen zu erproben, das war für Claus das Aufregende. Aber wenn Erika auf dem Beifahrersitz saß, konnte er sich ein solches Vergnügen unmöglich erlauben. Wertvolles dabei zu haben bedeutete, alles zurückschrauben. Mit Erika an seiner Seite tastete er sich eher seinen Weg durch die Kurven. Dabei hatte er für diejenigen anderen Verkehrsteilnehmer nichts übrig, die auf Geraden so schnell rasten, wie sie ihre Motoren trugen, dann aber schon vor einfachen Kurven unnötigerweise bremsten. Geradenhelden nannte Claus solche, und für ihn würden sie niemals richtige Autofahrer werden. Auf einer Gerade konnte jeder schnell vorankommen.

Einmal fuhr er mit Erika zur Ostsee, wo sie am Strand spazieren gingen und nach Usedom hinüberblickten. Auf der Rückfahrt nach Berlin brachen die Wolken auf. Bevor Claus den Wagen zum Stehen gebracht, das Verdeck herausgeholt und montiert hatte, hing Erika das Haar schon in Strähnen herunter, ihr Baumwollkleid klebte an ihrem Körper und kleine Wassertropfen fielen ihr von Nase und Kinn herunter. Claus war darüber entsetzt, daß er den Regen nicht kommen gesehen und rechtzeitig gehandelt hatte, doch Erika lachte nur. „Ich bin nicht aus Zucker", versicherte sie ihm.

Im Laufe des Jahres fuhren sie fast überall in Brandenburg herum, besuchten seine Seen, seine Berge, seine Wälder. Sie schritten zwischen sich tief über Bäche neigenden Birken umher, entdeckten Quellen, die über farbenprächtige Kiesel liefen, und saßen beisammen auf Berghängen unterhalb von Regimenten dunkelgrüner Tannen.

Es bestand kein Zweifel, Erika war die bezauberndste Begleitung. Zusammen lachten die beiden viel. Sie schienen instinktiv zu wissen, was der andere dachte, fühlte oder brauchte. Manchmal saß Claus eine Stunde oder länger mit Erika in den Armen da, wobei keiner von beiden das Verlangen verspürte, zu sprechen. In anderen Augenblicken zeigte Erika die feurigste Leidenschaft, umklammerte ihn mit einer brennenden Heftigkeit, die ihn mit ihrer Grenzenlosigkeit wegfegte. Oder sie legte reine Zärtlichkeit an den Tag, streichelte sein Gesicht mit Fingerspitzen, die sanfter waren, als Claus sich hätte vorstellen können, küsste ihn wiederholt leicht auf Stirn, auf Nase, auf Wangen, Kehle, Kinn, selbst auf die Augenlider, und immer wieder mit anschwellender Not auf die Lippen. In ihren Aufmerksamkeiten hätte Erika nicht liebevoller sein können. Dennoch...

Es war merkwürdig. Trotz ihrer Leidenschaft konnte sich Claus des Eindrucks nicht erwehren, daß Erika sich irgendwie zurückhielt. Es war, als fürchtete sie, sich gänzlich zu ergeben, als würde sie etwas daran hindern, das zu äußern, was er ohne zu zögern beteuern würde: Ja, Liebling, ich gehöre dir ewig, bis auf das Ende meines Lebens, ohne Vorbehalt. Hatte irgendwann ein Mann Erika enttäuscht, in ihr einen – wie hieß es doch, wie nannte es jener Dr. Freud? – Komplex hervorgerufen? Wenn das arme Mädchen durch das schlechte Benehmen eines anderen vorsichtig geworden war, na, gewiß ließ sich dies mit der Zeit überwinden. Claus mußte Geduld zeigen, und am Ende würde alles gut ausgehen. Bis dahin galt es, das Mädchen nicht zu bedrängen.

Erika zeigte sich fasziniert, als sie erfuhr, daß Claus einige Schuljahre in Rußland verbracht hatte. „Hast du die Schriften von Alexandra Kollontai gelesen?", wollte sie wissen. Nein, er wußte nur wenig über sie, zum Beispiel, daß sie zur ersten Botschafterin der Welt ernannt wurde.

„Ja", bestätigte Erika. „In Norwegen. Und vorher war sie zur allerersten Ministerin in einer Regierung geworden. Ist das nicht wunderbar?" Claus war sich nicht sicher, was daran wunderbar sein könnte, Erika aber kannte keinen Zweifel. „Claus, siehst du es denn nicht? Die Industrialisierung hat die Welt verändert. Früher mußten Ehefrauen und Mütter zuhause bleiben, sie mußten Brot backen und alles Mögliche produzieren, Eingemachtes, Konserven, Butter, weiß der Himmel was noch. Heute werden diese Dinge in großen Produktionsstätten für uns angefertigt, wir brauchen nichts mehr tun, als sie zu kaufen. Die Familie produziert nicht mehr, sie verbraucht nur. Also hat eine Frau es nicht mehr nötig, zuhause zu bleiben, um all diese Aufgaben zu verrichten."

„Seit Jahrhunderten haben wir schon Bäcker", antwortete ihr Claus, „selbst in den kleinsten Dörfern. Ehefrauen mußten nicht immer das Brot der Familie backen."

„Gewiß, aber siehst du es nicht? Auch diese anderen Waren werden heute massenhaft produziert, was der Frau erlaubt, eine Rolle in der Gesellschaft zu spielen, genau wie jeder Mann. Das ist es, was uns Madame Kollontai gezeigt hat."

„Und was ist mit Kindererziehung?"

Zum ersten Mal, seitdem sie sich kannten, zeigte sich Erika ungeduldig. „Das muß eine Frau nicht dazu verurteilen, zuhause zu bleiben. Hattest du nicht eine Kindererzieherin?"

„Eine Gouvernante."

„Also, künftig wird jedes Kind eine Erzieherin oder eine Gouvernante haben. Es wird Kinderhorte geben, damit die Mütter ihre Rolle in der Gesellschaft erfüllen. Das alte Familienmodell ist überholt, Claus. Du hast es schon gesehen, durch den Krieg – Mütter, die das Haus verlassen mußten, um in Fabriken zu arbeiten. Wie meine Mutter. Für die Frau bedeutet dies eine verdreifachte Last: als Broterwerberin, Haushälterin und Kindererzieherin zugleich. Das geht nicht an. Das veraltete Konzept einer auf der Versklavung der Frau basierten, unlösbaren Ehe muß durch eine freie Gemeinschaft zweier gleichgesetzter Bürger ersetzt werden."

„Versklavung?"

„Ja doch. Keine konjugale Versklavung mehr. Stattdessen muß es eine freie und ehrliche Gemeinschaft zweier Menschen geben, für deren Kinder der Staat die Verantwortung übernimmt. Schließlich leben wir ja nun im zwanzigsten Jahrhundert."

Claus fehlte jegliches Verständnis. Er wußte zwar, seine Gefühle zu verbergen, doch die von Erika gebrauchten Worte bereiteten ihm regelrecht Bauchschmerzen. „Wenn... wenn wir verheiratet wären, würdest du wirklich wollen, daß unsere Kinder durch den Staat erzogen würden? Würdest du sie nicht selbst großziehen wollen?"

„Ich glaube nicht, daß ich je heiraten werde."

Es war wie ein Degen aus Eis durch sein Herz.

„Ich bin Lehrerin. Ich habe vor, Lehrerin zu bleiben. Die Gesellschaft hat es nicht nötig, daß ich zuhause bleibe. Es besteht keine Notwendigkeit, das zu tun, was frühere Generationen von Frauen zuhause taten. Der Gesellschaft nutze ich mehr als Pädagogin." Damit schien die Angelegenheit für Erika erledigt zu sein, während sie sich für Claus gerade erst auftat.

Von jetzt ab gab es für Claus nur noch Arbeit und wieder Arbeit. Im Tresor von Abteilung R häuften sich die Akten. Claus fand sich mit immer neuem Stoff konfrontiert. Die Vielfalt an Aufgaben, die nach Lösungen schrie, rettete ihn vor dem Kopfzerbrechen über Erikas eigenartige Ideen.

Auch die Autorennen an den Wochenenden lenkten ihn davon ab. Die Zahl der Veranstaltungen im Motorsportkalender wurde immer größer. Erikas Absage hatte ihm sozusagen einen Aufschub gewährt. Nun hatte er es nicht mehr eilig, mit dem Rennfahren aufzuhören.

Die Rennsaison 1925 sollte zu seiner bisher emsigsten werden. In Solitude, wo die Strecke auf eine Länge von zweiundzwanzig Kilometern umgebaut worden war, erschienen Bugattis, Lancias und neue, schnellere Mercedes-Modelle. Bis zu zehn Runden mußten gefahren werden, schwerer denn je mußte Claus hinter dem Lenkrad arbeiten, konnte aber keinen höheren Platz als den siebten erringen. In diesem Rennen wurde ihm seine vielleicht wichtigste Lektion erteilt: dem schnelleren Rivalen nicht zu dicht aufzufahren. Einer der neuen Mercedes-Boliden überholte ihn auf einer Gerade, beim Einfahren in die nächste Kurvenserie hängte Claus seinen eigenen Wagen ans Heck des schnelleren Autos. Das wurde beinahe zu seinem Untergang. Der andere Wagen besaß eine bessere Lenkung und bessere Bremsen. Claus folgte ihm mit gleicher Geschwindigkeit in die erste Kurve, konnte aber nicht auf die gleiche Weise lenken. Einseitig gingen seine Räder von der Straße und ließen Dreckspritzer in die Luft fliegen. Nur eine massive Anstrengung von Muskeln und Konzentration ließ Claus die Beherrschung des Wagens nicht verlieren. Durch die nächste und übernächste Kurve versuchte er das Gleiche, hängte sich dem Vordermann an – jedes Mal mit dem gleichen Ergebnis. Schließlich mußte Claus erkennen, daß er den schnelleren Wagen nicht daran hindern konnte, ihm davon zu fahren. Claus mußte sein eigenes Tempo finden, die maximale Geschwindigkeit, mit der er unfallfrei durch die Kurven fahren konnte. Was die Männer in den Werksmaschinen machten, mußte ihm egal sein. Dabei besaß der neue Rundkurs einige Kurven, bei deren Durchfahren mit Vollgas Claus eine unermeßliche Freude empfand. Dies war richtiges Leben!

Sein nächstes Rennen auf dem längeren Kurs in der Eifel ließ bei Claus wenig von diesem Hochgefühl aufkommen. Es forderte drei Menschenleben. Eines von den Unglücken geschah dicht hinter seinem Mercedes, während Claus mit Vollgas fuhr. Erst nach Ende des Rennens erfuhr er davon. Im Augenblick der Katastrophe nahm Claus nichts anderes war als die Straße unter seinen Reifen, den tosenden Fahrtwind in seinen Ohren und die Notwendigkeit, dicht vor der nächsten Kurve den Gang herunterzuschalten und zu bremsen.

Im Nachhinein überraschte es Claus, daß diese drei Todesfälle in ihm mehr Trauer auslösten als die tausenden, die er auf dem Schlachtfeld miterlebt hatte. Im Krieg hatte er gelernt, sich von dem zu distanzieren, was ja auch zu erwarten gewesen war. Vor dem Feind zu fallen, das war – konnte man sagen, etwas Natürliches? Nein, das schien nicht ganz richtig, doch schließlich gehörte der Tod zum Wesen des Krieges. Im Laufe einer sportlichen Unternehmung zu sterben – man fiel vom Pferd, stürzte beim Bergsteigen oder Skifahren ab – solche Tode schienen irgendwie tragischer als der Tod auf dem Schlachtfeld. Wie oft, fragte sich Claus nun, mußte man bei Automobilrennen mit Todesfällen rechnen?

Der Genuß hoher Geschwindigkeit war etwas ausgesprochen Sinnliches. Claus erkannte sein Verlangen nach dieser Art von Erregung und wußte, daß er ihr Sklave war. Auf den Gedanken, daß er irgendeiner anderen Art von Abhängigkeit verfallen würde – wie beispielsweise dem Alkohol oder dem Tabak –, würde er entsetzt reagieren und einen solchen Genuß sofort aufgeben. Die Vorstellung, daß überhaupt eine Sucht zu seinem Herrscher werden würde, hätte ihn aufs Tiefste schockiert. Claus war sowieso Nichtraucher, und seitdem er Rennfahrer geworden war, erlaubte er sich erst nach Abschluß der Rennsaison etwas Alkohol. Von Saisonschluß bis Neujahr konnte er sich ein Glas Wein oder Cognac genehmigen, wenn er danach wieder eine Zeit der strengen Abstinenz einleitete. Der Motorsport verlangte sowohl Konzentration als auch Hingabe. Claus war bereit, ihm beides zu geben.

Der Zusammenarbeit mit den Russen widmete er sich mit nicht weniger Leidenschaft. Führer der sowjetischen Kriegsmarine suchten

Hilfe beim Aufbau einer eigenen U-Boot-Waffe. Claus sorgte dafür, daß sie die Baupläne erhielten. Bevor Offiziere der deutschen Admiralität nach Rußland reisten, um sowjetische Marinebasen zu besuchen, hielt Claus es für angebracht, sie davor zu warnen, was sie dort wohl erwarten würde. „Sie hatten recht", bestätigten ihm die Seeleute nach ihrer Rückkehr. „Die Roten verloren keine Zeit, uns zu sagen, wie wir beide gemeinsam Krieg gegen Polen führen sollten." Die sowjetische Kriegsmarine bot nun an, im Interesse Deutschlands eine Blockade der Danziger Bucht durchzuführen, um Ostpreußen zu schützen.

Lieth-Thomsen brauchte Flugzeuge. Claus schickte einen Mann, um in den Niederlanden fünfzig Fokker D-XIII zu kaufen, die schnellsten Jagdflugzeuge der Welt. Während der Feindseligkeiten waren die Niederlande neutral geblieben, am Versailler Frieden waren sie nicht beteiligt. Trotzdem ging Claus kein Risiko ein. Seinem Gesandten gab er die Anweisung, Fokker zu erklären, die Maschinen würden für Südamerika gekauft.

Die Jagdflugzeuge gingen an die neue, geheime deutsche Flugschule bei Lipetzk, wo deutsche Flugzeugbauer ihre eigenen Maschinen entwickeln konnten. Bald sollten die D-XIIIs überholt werden. Abteilung R lagen eine ganze Reihe Pläne vor, obwohl Stresemanns feindliche Einstellung sie zu einer gewissen Zurückhaltung zwang. Selbst die Vorhaben, die sich bereits in einem fortgeschrittenen Stadium befanden, ließen sich nun nicht mehr in dem Tempo realisieren, das beiden Seiten vorschwebte.

Die Reichsregierung gewährte Rußland zwar einen zusätzlichen Kredit in Höhe von 300.000.000 Goldmark, in militärischen Angelegenheiten machte man von offizieller Seite her aber eine Vollbremsung. Deshalb war es jetzt genauso wichtig, die Unternehmungen vor Stresemann zu verbergen wie vor den westlichen Alliierten und deren Kontrollkommission.

In Deutschland übten „motorisierte" Einheiten Panzermanöver mit Attrappen aus Holz und Segeltuch, die auf dreirädrigen Untergestellen montiert waren und von Soldaten zu Fuß hin- und herbewegt wurden. Allerdings galt dieses Schauspiel den überall hinschauenden, mißtrauischen westlichen Alliierten. Mit richtigen Waffen geprobt wurde zweieinhalbtausend Kilometer östlich hie

rvon, bei Kasan an der Wolga, auf der geheimen Panzer- und Artillerieschule der Reichswehr. Diese Einrichtung trug den

Decknamen „Kama", hier waren deutsche Firmen auf einem „Versuchszentrum für schwere Fahrzeuge" aktiv. Bis zu dem Zeitpunkt, wo neue deutsche Panzer entwickelt werden sollten, stellte eine willige Rote Armee ihren deutschen Gästen zwei leichte sowjetische Panzertypen zur Verfügung. Nördlich von Saratow an der Wolga betrieben deutsche Fachleute eine illegale Giftgaskriegsschule mit Decknamen „Tomka". Für die Gasproduktion wurde eine gemeinsame deutsch-sowjetische Firma, die Bersol, in einem dünnbesiedelten Gebiet östlich des Urals gegründet.

Bei jeder dieser Unternehmungen hatte Claus das Gefühl, daß sie nicht nur die Alliierten überlisteten, sondern ebenfalls ihre eigene Regierung. Einem Offizier, für den Gehorsam ein Urinstinkt war, bereitete das einiges an Unbehagen. Die einzige Möglichkeit für Claus, sein Gewissen zu beruhigen, war, sich zu sagen, daß es ebenso die Aufgabe eines Soldaten war, sein Land vor den Irrtümern und den Vernachlässigungen seines eigenen Volkes zu schützen wie vor den Angriffen seiner Feinde von außen.

Dagegen hatten deutsche Kommunisten keine solchen Hemmungen. Erst wurde ihr Propagandazug mit dem Ziel, „die Ketten von Versailles" zu sprengen, wiederbelebt, dann ging die Partei noch einen Schritt weiter. Die nächste kommunistische Forderung lautete auf die „Vereinigung Österreichs mit dem Reich".

Ihre russischen Partner, überlegte sich Claus, hatten es wesentlich leichter. Jeder Schritt, den sie in der Kollaboration unternahmen, wurde vom Kreml gefördert. Deutsche Militärs hingegen wurden gezwungen, ohne das Wissen ihrer eigenen Regierung zu handeln.

Einen großen Schritt nach vorne nahm der Motorsport 1926 mit einer Veranstaltung auf der Avus, dem ersten Großen Preis von Deutschland. Die Erwartungen waren hoch, französische und italienische Fahrer hatten sich angemeldet und neue Mercedes-Autos würden starten, um den Bugattis, Alfa-Romeos und Talbots Konkurrenz zu machen.

Erika war mit Claus zu keinem der Rennen gefahren, die eine Fernreise erforderten. Solche Veranstaltungen hätten Übernachtungen unumgänglich gemacht, Claus aber lehnte grundsätzlich alles ab, was Erika kompromittieren könnte. So mancher Fahrer nahm seine Frau mit zu den Rennen, und selbstverständlich gab es um das Renngeschehen auch andere junge

Frauen, die mit keinem Fahrer vermählt waren. Claus aber benahm sich, als wären Autorennen die reinste Männersache. Bei der Avus lag die Sache anders. Für Einwohner von Berlin stellte ein Besuch der Avus nicht mehr als einen Tagesausflug dar. Am frühen Morgen des Renngeschehens konnte ihn Erika ins Fahrerlager begleiten und am selben Abend wieder zuhause sein.

Das Wetter war grauenhaft. Regenwasser überflutete die Piste. Die von jedem Rad hochgeworfenen Sprühwasserberge sorgten für minimale Sichtweite. Hinter einem anderen Wagen zu fahren, hieß, blind lenken zu müssen. Nur mit einem Abschnitt freier Strecke vor einem konnte man überhaupt etwas sehen, und selbst so war durch den Regen alles bis zur Unkenntlichkeit verschwommen. Hinzu kam, daß der Belag der Strecke in den Jahren seit der Inbetriebnahme bereits deutlich gelitten und Unebenheiten bekommen hatte.

Wie eine Rakete schoß Claus vor jedem anderen von der Startlinie weg. Doch auf der Avus mit ihren langen Geraden waren die schnelleren Motoren im Vorteil. Binnen der ersten zweihundert Meter schoß schon die erste der kräftigeren Werksmaschinen an ihm vorbei. Einer nach dem anderen donnerten die Fahrer vorbei, hinter sich massive, die Sicht raubende Wasserschwänze hochspritzend. Nachdem fünf von ihnen Claus überholt hatten, schien sich das Renngeschehen gewissermaßen einzupendeln. Als kein weiterer Wagen ein Überholmanöver wagte, wurde Claus von einer verbissenen Entschlossenheit erfaßt. Sechster. Wenn er nur in den Kurven keine Zeit verlöre, dürfte er wohl diesen Platz für sich verbuchen.

Mit Vollgas sauste Claus in die Steilkurve. Kompressor und Motor heulten zum Bersten, schneller konnte der Mercedes überhaupt nicht über den Boden schießen. Die Fahrtwind schrie in seinen Ohren. Claus rang um Sicht, suchte verbissen durch die Wasserschleier die richtige Fahrtlinie. Durch das Lenkrad spürte er mehr, als er durch die überforderten Augen ausmachen konnte. In eine grobe Bodenwelle stießen die Räder hinein, der Wagen hob sich von der Strecke und drehte sich in der Luft um. Einen Augenblick meinte Claus, er und der Wagen würden nun über den oberen Rand der Steilkurve abheben und in den wolkenverhangenen Himmel fliegen.

Es ging aber in die andere Richtung. Der Mercedes schoß nach unten, in den aufgeschwemmten Boden auf der Innenseite der

Strecke hinein. Der Bug vergrub sich im Schlamm, Claus aber wurde über die Windschutzscheibe und Motorhaube hinauskatapultiert. Himmel und Boden jagten sich zweimal im Kreis. Ein Elefant schien ihm mit Karacho und dem Einsatz seines gesamten Körpergewichts in den Hintern zu treten.

Claus blieb unverletzt. Daß er wie im Sitzen mit solcher Wucht auf den Boden gelandet war, hatte zwar seiner Wirbelsäule einen heftigen Stoß gegeben, da würde er einige Tage lang zweifellos steif sein, bei einem solchen Salto aber hätte er ebenso gut kopfunter auf den Boden landen und sich das Genick brechen können. Die Chancen hatten fünfzig-fünfzig gestanden, und Claus hatte Glück gehabt.

Von der Stelle, wo er gelandet war, konnte der Mercedes nicht sofort weggebracht werden. Während er zu Fuß zurück ins Fahrerlager ging, spürte Claus, wie die Steifheit einsetzte. Und obwohl seine beiden Knöchel bereits anzuschwellen begannen, würde er sich Erika gegenüber nichts anmerken lassen und sich stattdessen ein Lächeln abmühen.

Noch bevor Claus das Fahrerlager erreichte, schoß ein anderer Mercedes aus der Nordkurve und demolierte eine Rundenzähltafel und ein Zeitnehmerhäuschen. Neben dem Fahrer und dem Schildermaler an der Rundentafel starben auch zwei Studenten in dem Häuschen.

Im Fahrerlager begrüßte ihn Erika mit kreideweißem Gesicht, warf ihm ihre Arme um den Hals und hängte sich so fest an ihn, als könnte er ihr davonfliegen, wenn sie ihn nicht auf dem Boden festhielte. „Schon gut, Liebling", versicherte ihr Claus, dennoch hielt sich Erika an ihm beinahe eine Minute lang fest, während der Regen weiterhin auf sie beide herunterfiel. Von sechsundvierzig gestarteten Fahrern kamen nur siebzehn ins Ziel. Bis zum Schluß klammerte sich Erika fest an seinem Arm. Erst als Claus mit seinem Mechaniker zusammen losging, um seinen Wagen zurückzuholen, ließ sie ihn los. Es war alles nicht so schlimm, wie es hätte sein können. Der Mercedes hatte nur Karosserieschäden erlitten, die vor dem nächsten Rennen leicht auszubessern sein würden. Zum Glück waren Radaufhängung und Lenkung unbeschädigt. Darüber, daß der Wagen für weitere Einsätze überlebt hatte, freute sich Claus mächtig. Erika konnte und wollte seine Freude nicht verstehen. Ihr war allein wichtig, daß Claus durchgekommen war. Ein Auto war nichts, ein

Gebrauchsgegenstand, es war ersetzbar. Claus jedoch war nicht ersetzbar. Das Gleiche galt für jeden Menschen.

An jenem Abend hielten sich Claus und Erika in einer Umarmung fest, die versprach, kein Ende zu nehmen. Die beiden ließen sich nicht eher los, als sie einander nicht zwanzigmal die Tiefe und Haltbarkeit ihrer Liebe geschworen hatten. Erika drängte sich fester an Claus heran als je zuvor. Claus spürte, daß die Intensität ihrer Leidenschaft der Erleichterung darüber entsprungen war, daß er noch am Leben war. Erika küßte ihn auf die Lippen, einen raschen, dringenden Kuß, ließ eine Hand um seinen Kopf streichen und wand ihre Finger um sein Ohr. Claus schaute ihr in die Augen und erkannte, daß sie etwas ernstlich auf der Seele hatte. „Wieso", fragte Erika, „lernen wir die Dinge, die uns wichtig sind, erst dann schätzen, wenn wir sie verlieren? Oder wenn wir nahe daran kommen, sie zu verlieren?" Claus wußte keine Antwort, die er ihr geben konnte. Er küßte sie ausgiebig. Nicht flüchtig, wie sie ihn geküßt hatte, sondern lange anhaltend und mit unmißverständlicher Zärtlichkeit. Als er abbrach, streichelte Erika sein Gesicht. „Es ist dir wichtig, nicht wahr? Das Rennfahren, meine ich."

„Freilich. Wenn du es aber verlangst, gebe ich es auf." Während der Trainingsrunden an der Avus hatte Erika sein Gesicht gesehen, seinen Eifer vor dem Start, das ihn erfüllende Glühen, als er wieder hereinkam. „Nein, das wirst du nicht tun. Wenn du es meinetwegen aufgäbest, dann würdest du mir das stets verübeln."

„Liebling! Wie könnte ich dir je etwas verübeln?"

„Vielleicht nicht gleich, aber später, wenn wir älter sind, da könntest du dann zurückblicken und dich fragen, was du nicht erreicht hättest, wärest du nur weitergefahren. Du würdest mir dafür die Schuld geben, daß ich dich daran gehindert hätte."

„Sei doch nicht albern. Für dich würde ich alles auf der Welt tun, und das gerne, das weißt du doch."

Erika schüttelte den Kopf. „Du wirst das Rennfahren nicht aufgeben. Noch nicht. Du wirst es aufgeben, wenn du von dir aus dazu bereit bist, vorher nicht. Ich werde dich nicht bitten, etwas aufzugeben, was dir wichtig ist. Ich glaube nicht, daß jemand einem anderen Menschen je so etwas antun sollte. Was dir derart wichtig ist, ist ein Teil von dir." Dann küßte sie ihn so zärtlich, wie er sie zuvor geküßt hatte.

Es war auch wahr. Claus hatte es nicht erkannt, doch Erika schätzte die Lage richtig ein. War es lediglich weibliche Intuition oder Erikas außerordentliche Vernunft? Der Motorsport war inzwischen fester Bestandteil von Claus geworden. Dem Himmel sei dank, hatte sich Claus mehrmals gesagt, daß er im Zeitalter der Motoren zur Welt gekommen war. Was, fragte er sich, wäre in einem früheren Zeitalter seine Lieblingsbeschäftigung gewesen? Pferde, ganz klar. Mit Anlauf über Hürden zu springen, war ein Genuß seiner Jugend gewesen, doch bot ihm selbst das schnellste Galoppieren nicht einen Bruchteil jener Befriedigung, die ihm die hohen Geschwindigkeiten der Autorennen schenkten. Zu Pferd erlebte man eine wilde Aufregung, mit der sich Generationen von Erlenbachs hatten zufriedengeben müssen. Aber diese Erregung ließ sich nicht mal ansatzweise mit der vergleichen, die er empfand, wenn er sein Auto mit höchster Geschwindigkeit durch die Kurven warf und gerade noch der Katastrophe entging. Solche Augenblicke waren nervenaufreibend, und noch dazu erfuhr er eine ruhige, überlegene, innere Befriedigung, wenn es ihm gelang, den Wagen in scharfen Kurven genau auf Linie zu halten und die Strecke dadurch effektiv und mit einem Mindestverlust an Geschwindigkeit auszunutzen.

Gewiß wollte Claus das Rennfahren nicht aufgeben, doch würde er es ohne Zögern tun, wenn Erika dies wünschte. Was war denn schließlich die Liebe, wenn nicht die Bereitschaft, für andere Opfer zu bringen? Nicht nur der Motorsport, auch Erika war zu einem Teil seiner selbst geworden. Wenn er recht überlegte, kam Claus zu dem Schluß, daß zum Leben eines Mannes drei Grundelemente gehörten: seine Arbeit, seine Liebhabereien und sein Mädchen. Aus dem, was er bei anderen gesehen hatte, vermochte er zu erkennen, daß es leider Gottes Millionen gab, die in keinem der drei Punkte Glück hatten. Durchschnitt war vielleicht, in einem von diesen drei Lebensbereichen Zufriedenheit erreicht zu haben. Diejenigen, die schon in zwei Punkten ihr Glück gefunden hatten, waren wirklich selig. In allen dreien ein gesegneter Mensch zu sein – dies mutete wie die reinste Phantasie an. Unglaublicherweise war diese Phantasie für Claus aber Wirklichkeit.

Selbst in seiner Arbeit durfte er sich überglücklich nennen. Ihm war das unermeßliche Privileg zuteilgeworden, die Verteidigungs-möglichkeiten seines Heimatlandes verstärken zu helfen. Gab es etwas Edleres, dem sich ein Mann widmen konnte?

Claus hatte keine Zeit verloren, Erika den Albrechts vorzustellen, die meisten Wochenenden verbrachte nun das Viererblatt zusammen. Wie Claus hoffte, würde mit der Zeit die Häuslichkeit, welche bei Albrechts herrschte, Erikas Einstellung zur Ehe aufweichen. Die Albrechts hatten zwei kleine Kinder, mit denen Erika immer liebend gern spielte. Die Kinder beteten Erika an. Und Julia war erneut schwanger.

„Warum heiratest du denn das Mädchen nicht?", fragte Julia Claus eines Nachmittags, als Erika nicht anwesend war. In ihrem leicht tadelnden Ton lag die Andeutung, Claus würde es mit Erika gar nicht ernst meinen, als wolle er sie am Gängelband halten.

„Weiß der Himmel, ich habe sie oft genug gefragt. Sie will einfach nicht heiraten."

„Das ist doch absurd! Es ist doch offensichtlich, daß sie dich anhimmelt. Ich kenne sonst keine zwei Menschen, die derart gut zueinander passen."

„Ich weiß auch, daß wir zusammengehören, heiraten will sie aber nicht."

„Meinst du, sie will dich nicht heiraten, oder will sie schlechthin nicht heiraten?"

„Sie will überhaupt nicht heiraten. Sie nennt es konjugale Knechtschaft. Die Ehe sei altmodisch und nicht das Richtige für sie." Sein Unglück war Claus deutlich anzusehen. Julia berührte ihn am Arm, ihr Ton wurde sanft. „Laß mich mit ihr reden."

Am nächsten Morgen empfand Claus auf der Fahrt zur Bendlerstraße ein Gefühl des Glücks, wie er es seit Monaten nicht mehr erlebt hatte. Mit ihrer reichlichen Vernunft würde Julia Erika sicher dazu bringen, den Unsinn ihrer dämlichen Antiheirats-auffassung einzusehen. Erika ging mit den Kindern so liebevoll um, es war schier unvermeidlich, daß sie eines Tages das Verlangen spüren würde, ihre eigenen Kinder zu betreuen. Wenn es soweit wäre, mußte sie einsehen, daß die einzige Möglichkeit, diese richtig zu pflegen, im Rahmen einer herkömmlichen Ehe wäre. Dieses ganze Gerede von Kindererziehung durch den Staat, das würde sich als lächerlicher, unpraktikabler U

nsinn entpuppen. Um Himmels willen, Erika war ja alles andere als dumm, sie mußte es selbst einsehen. Das war nur eine jener albernen Ideen, die auf junge Leute eine Anziehungskraft ausübten. Mit den Jahren aber vermochten die reifer gewordenen Menschen sie als die Absurditäten zu erkennen, die sie auch waren. Es war nur eine Frage der Zeit, bis auch Erika ein Licht aufgehen würde.

Im Ministerium wurde die Arbeit zunehmend hektisch. Auf russischem Boden wurden in vier Produktionsstätten Granaten für Deutschland hergestellt. Allein im Jahre 1926 machte die an Abteilung R eingereichte Rechnung für in Rußland hergestellte Munition mehr als 150.000.000 Goldmark aus. Die GeFU wurde durch eine neue „Firma" ersetzt, das Wirtschaftskontor, kurz WiKo. So viel Betrieb erforderte wesentlich mehr als erfinderisch zusammengestellte Unterlagen. Ein sicherer Weg mußte gefunden werden, Geschütze, Granaten und andere „verbotene" Materialien von Rußland ins Reich zu überführen. Meistens wurden sie direkt von Leningrad in Kisten, welche laut Dokumentation „Maschinenteile" beinhalteten, zum deutschen Freihafen Stettin verfrachtet. Nach außen hin handelte es sich um Industriegüter, die unterwegs waren von einer WiKo-Zweigstelle in Rußland zum Firmensitz im Reich. Den gleichen Weg benutzte man ebenfalls für Materialien, die in der entgegengesetzten Richtung verschifft wurden. Besonders empfindliche Sendungen, oder welche, die aufgrund von Größe oder Form nicht getarnt über Stettin hereingebracht werden konnten, verschiffte man über den Ostseeweg zu anderen Häfen in von deutschen Offizieren bemannten kleinen Booten. Die bizarrste Lösung, welche Claus erfinden mußte, erfolgte dreimal, als die Leiche eines verunglückten deutschen Fliegers zur Beisetzung aus Lipetzk ins Reich gebracht werden mußte. Auch diese traurigen Ladungen kamen in als „Maschinenteilen" beschrifteten Kisten nach Deutschland.

Zu diesem Zeitpunkt standen der Reichswehr durch die Waffenlieferungen aus Rußland über den zugelassenen Rüstungsstand hinaus fünfundsiebzig schwere Kanonen, 600 Feldgeschütze, 400 Mörser, 12.000 Maschinengewehre und 350.000 Gewehre zur Verfügung. Die in geheimen Lagern vorhandenen Waffen reichten schon aus, um eine Armee von 300.000 Mann auszurüsten, das Dreifache also der genehmigten bestehenden Reichswehr. Aufsehern der Kontrollkommission gelang es nicht, diese geheimen Bestände zu entdecken. Abteilung R konnte mit sich zufrieden sein.

Nürburgring

SEINE persönlichen Angelegenheiten verliefen für Claus weniger erfreulich. Julia hatte sich zwar lange mit Erika über Claus, Verehelichung, Mutterschaft und alles weitere, was damit zusammenhing, ausgesprochen. Dennoch blieb Erika stur. Oh, sie liebte Claus, würde ihn bis zu ihrem Tode lieben, heiraten würde sie aber niemals. Es war keine Frage der Liebe, sondern des Prinzips. Die Ehe war überholt, an dem Weiterbestehen einer obsoleten Institution würde sich Erika nicht beteiligen. Irgendjemand mußte ja an seinen Überzeugungen festhalten. Wenn das niemand tat, würde es keinen Fortschritt geben. „Es hängt davon ab", erwiderte Julia, „was man unter Fortschritt versteht."

Julia versuchte, es Claus zu erklären: „Erika sieht sich als Pionier. Das ist Missionärseifer, Claus, sie ist den Ideen dieser Alexandra Kollontai verfallen. Gegenüber dieser Art von Fanatismus ist man machtlos. Alles, was du tun kannst, ist, dich damit abzufinden. Akzeptiere doch die Situation. Lebe mit ihr zusammen, doch je mehr du auf Ehe drängst, desto unnachgiebiger wird sie."

„Mit ihr zusammenleben? Ohne verheiratet zu sein? Ich könnte sie doch nicht bitten, das zu tun."

Julia streckte die Hand hinaus, berührte seinen Arm. „Oh Claus, du bist so altmodisch."

„Es ist mir egal, ob es altmodisch ist. Es ist das, was richtig ist. Wenn ich mit ihr zusammenleben würde, ohne sie geheiratet zu haben, käme ich mir vor, als ob ich sie nur ausnützen würde."

„Aber Claus, das wäre ihre Wahl, nicht deine."

Claus schüttelte den Kopf. „Ich könnte es nicht."

Julia kannte Claus zu gut, um ihm in der Sache weiter zu widersprechen. Koste es, was es wolle, Claus würde stets nur das tun, was mit seiner Vorstellung von Ehre vereinbar war. „Aber wer weiß?", tröstete ihn Julia. „Vielleicht wird sie es sich eines Tages doch anders überlegen, von sich aus, ohne daß du etwas sagst." Es schien wirklich die einzige Möglichkeit zu sein. Wie es ihm Julia riet, würde er sich weiterer Versuche enthalten, Erika zu überreden. Er würde einfach darauf warten, daß sie von allein zur Vernunft käme.

Doch wer war diese Alexandra Kollontai überhaupt, die solch verdammt törichte Ideen in Mädchenköpfe hineinsetzte? „Knechtschaft" hatte Erika die Ehe genannt, und „konjugale Versklavung". Hatte ihm seine eigene Mutter jemals den Eindruck vermittelt, sie wäre verknechtet oder eine Sklavin? Und Inge. Seit ihrer Verehelichung war seine Schwester so glücklich wie nur möglich. Man brauchte sie nur anzusehen. Claus wollte bloß wissen, mit welchem Recht diese Kollontai den Geist einer sonst normalen, gesunden und wunderbaren jungen Frau derart verdrehen durfte.

Claus dachte immerfort an Erika. Ob er dabei war, WiKo-Dokumente für eine Lieferung von „Maschinenteilen" anzufertigen, eine Geldüberweisung aus dem „Ruhrfonds" zu autorisieren oder die vorübergehende Entlassung von Offizieren vorzubereiten, die nach Rußland fuhren, ganz gleich, was er tat, aus dem Nichts kam ihm ihr Bild in den Sinn. Bei Abteilung R war jede Arbeit höchst geheim, sie forderte Sorgfalt und einen hohen Grad an Konzentration. Dennoch war das gleiche Bild immer irgendwo in seinem Bewußtsein, egal wie sehr er in seiner augenblicklichen Beschäftigung vertieft war. Nicht daß es ihn störte, das könnte es niemals. Eher bildete Erikas entzückendes Gesicht einen erwärmenden Hintergrund zu seinen Gedanken.

Inzwischen war aus Berlin eine flotte Hauptstadt geworden, die eine Vielfalt an Unterhaltungsmöglichkeiten bot. Neben seinen vierzig Theatern, drei Opern und zahllosen Konzertsälen florierten auch Nachtklubs und Cafés. Lichtspieltheater gab es viele, und Claus war es gelungen, Karten für die Uraufführung von Fritz Langs futuristischem Meisterwerk *Metropolis* in die Hand zu bekommen. Die verwunderlichen Bilder faszinierten ihn, doch wußte er nicht, was er von der Handlung halten sollte. Ihm war der Film sowieso viel zu lang. Erika aber war begeistert. Sie zog an seinem Arm. „Siehst du es denn nicht, Claus? Das sind wir. Er ist Industriellensohn und sie eine Arbeitertochter."

„Mein Vater ist kein Industrieller."

„Nein, der Sinn ist aber der gleiche. Sie kommen aus gegensätzlichen Gesellschaftsschichten, trotzdem kann die beiden nichts auseinanderhalten, weil sie sich lieben. Es liegt an dieser Liebe, daß sich die Klassen letztlich aussöhnen."

Claus leuchtete der Vergleich nicht ein. Was der Filmmacher mit seinem Streifen sagen wollte, blieb ihm ein Rätsel.

„Du bist so unmodern, Claus." Erika nahm sein Gesicht in ihren Hände und küßte seine Nasenspitze. „Doch zum Teil ist das auch der Grund, warum ich dich so sehr liebe."

Claus verstand die Welt nicht mehr. Inzwischen hatte er sich über Alexandra Kollontai informiert, und zu seinem Entsetzen hatte er entdeckt, daß die russische Diplomatin eine Befürworterin dessen war, was man die freie Liebe nannte. Und Erika war ihre Anhängerin! „Es ist schon gut", versicherte ihm Erika, als er sie mit diesem Thema konfrontierte. „Sie ist keine Pflicht." Als ihr bewußt wurde, wie ernst Claus die Sache nahm, schlang sie ihre Arme um seinen Nacken und küßte ihn mit anhaltender und steigender Leidenschaft. „Du bist es, Claus, den ich liebe, und du wirst es ewig sein. Es kann niemals einen anderen geben."

Dennoch wurde Claus jedes Mal wütend, wenn er an die Kollontai und ihre verdammten Ideen dachte, wie auch an Erikas Torheit, diese zu übernehmen. Diesen Zorn empfand er allerdings nur, solange sie getrennt waren. Sobald er Erika wiedersah, war ihm jegliche Mißstimmung unmöglich.

Heutzutage traf sich im Romanischen Café die Elite der literarischen und künstlerischen Welt, hieß es. Von Zeit zu Zeit gingen Claus und Erika dorthin, allerdings wegen der guten Kost, nicht um Berühmtheiten zu erspähen. Es ergab sich auch nie, daß sie jemanden dort sahen, dessen Gesicht sie als das einer berühmten Persönlichkeit erkannten. Vielleicht, spekulierte Erika, trafen sich die Künstler nur solange im Café, wie sie um Berühmtheit rangen. Hatten sie diese bereits erlangt, erübrigten sich solche Auftritte. Dann waren sie sich dafür zu fein.

Unter der Fülle von Veranstaltungen, welche die Reichshauptstadt zu bieten hatte, gab es auch noch Otto Klemperers Sonntagmorgenkonzerte in der Krolloper. Diesen wohnten die beiden so oft bei, wie es ging. Einmal besuchten sie das Nelsontheater am Kurfürstendamm, wo die schwarze amerikanische Tänzerin Josephine Baker zum großen Erfolg wurde. Da ganz Berlin von ihr begeistert zu sein schien, hatte man den Eindruck, selbst auch dorthin gehen zu müssen. Die Energie und schiere Athletik der Schau waren imponierend, Erika aber tat Miss Bakers Vorstellung enttäuscht als „Ausbeutung des Negers" ab. Claus fand das Ganze einfach zu primitiv, wie so vieles, das heutzutage für Kunst gehalten wurde. Die scheußlichsten Gemälde, denen ungefähr gleich, welche seine

Schulkameraden etwa im Alter von zehn Jahren geschmiert hatten, dazu Skulpturen, die jeder Form entbehrten. Der Schönheit hatte man den Rücken gekehrt, an ihrer Stelle zog man das Groteske vor. Wenn es aber nicht die Suche nach dem Schönen war, fragte sich Claus, was sollte dann überhaupt der Zweck von Kunst sein? Wie könnte die Menschheit ohne diese Suche überhaupt vorankommen?

Nun hatten die Albrechts ihr drittes Kind, einen Sohn, den sie auf den Namen Thomas tauften. Claus war erfreut, als man ihn darum bat, Pate zu werden. „Ich frage mich", bemerkte er zu Albrecht, „ob auch er Soldat wird."

Der bisher für die Eifelrennen benutzte Kurs, derjenige, auf welchem vor zwei Jahren drei Menschen gestorben waren, wurde 1927 durch einen neuen ersetzt. Um die alte, oben auf einem steilen Berg stehende Nürburg baute man einen extra hierfür angelegten Straßenring. Diese neunundzwanzig Kilometer lange Piste mit ihren 174 Kurven würde nicht leicht zu bezwingen sein. Aber was für eine Strecke! Welcher Gegensatz zu den bisher für die Eifelrennen gewählten Straßen! Die allerneueste Straßenbautechnik war eingesetzt worden, um die glatteste Oberfläche zu schaffen, die Claus je gesehen hatte. Hier würden die Rennen kein endloses Ringen gegen eine Maschine sein, die jeden Augenblick drohte, von der Piste abgeworfen zu werden. Eher würde die Strecke Geschwindigkeit, Lenkung und Ausdauer einer Prüfung unterziehen, wie es bei Automobilrennen auch sein sollte. Claus war voll Begeisterung für die schwere Strecke, doch gegenüber den neueren Werksautos vermochte er nicht weiter nach vorne zu ziehen als ins Mittelfeld. Trotzdem erwies sich dieses Rennen als sein bisher befriedigendstes und elektrisierendstes. Gleich ab dem Start befand er sich im Kampf gegen einen anderen Mercedes, dessen Leistung der seines eigenen Wagens glich. Für Claus und seinen Rivalen existierte nun das, was die anderen Fahrer taten, nicht mehr. Sie hatten ihr eigenes, privates Duell, bis zum letzten Tropfen kosteten sie es auch aus. Sich von Kurve zu Kurve werfend, riskierten sie alles bei dem Versuch, den anderen auszubremsen. Des Öfteren waren sie Seite an Seite, Rad an Rad, niemals trennten sie mehr als zwei Wagenlängen. Erst lag Claus vorne, dann der andere. Zum Schluß, aus einer verzweifelt befahrenen letzten Kurve kommend, lag Claus um die Länge seiner Motorhaube vorne, mehr nicht. Die beiden schlugen einander im Fahrerlager herzlich gratulierend auf die Schultern. Es war ihnen gleichgültig, daß die Werksautos von

Mercedes die führenden Plätze für sich besetzt hatten, diese zwei hatten den aufregendsten Nachmittag in ihren jungen Leben verbracht. Das Allerletzte aus ihren Autos zu holen, das war es, worum sie gerungen hatten. Und sie hatten es auch erreicht.

Nächstes Jahr, dessen war sich Claus bei der Fahrt nach Hause sicher, würde er den Nürburgring noch um ein ganzes Stück besser beherrschen. Wenn er nächstes Jahr noch fahren würde. Durch den rapiden Fortschritt der neueren Modelle mußte er sich eingestehen, daß sein Mercedes zunehmend überholt war. Würde es sich aber überhaupt lohnen, auf eine der jüngsten und entsprechend teuren Entwicklungen umzusteigen? Erika konnte ihre Einstellung zur Ehe jederzeit überdenken, und Claus würde dann an seiner Entscheidung festhalten, vom Autosport zurückzutreten.

In der Zwischenzeit sammelte er unersetzliche Erinnerungen und Erfahrungen. In Solitude schaffte es Claus, den dritten Platz bei einem verregneten Rennen zu belegen, welches von einem Bugatti gewonnen wurde. Das war eine Leistung, die einige Aufmerksamkeit erregte, da sich viele schnellere Autos unter den Konkurrenten befanden und Claus vor einigen echten Rennautos ins Ziel fuhr.

Zwei sowjetische Offiziere waren dem Reichswehrministerium bereits zugewiesen, nun kam ein dritter hinzu. Zu Abteilung R hatten sie keinen Zugang, sie hatten dort nichts zu suchen. Sie waren hier, um die Organisation eines Generalstabes zu erlernen. Alle drei sprachen Deutsch, waren aber freundlich genug, Claus des Öfteren Gelegenheit zu geben, sich mit ihnen auf Russisch zu unterhalten. Claus genoß ihre Gesellschaft, von Zeit zu Zeit aß er mit ihnen in einem russischen Restaurant in der Nähe des Alexanderplatzes. Dabei rief ihm nicht zuletzt der Borschtsch seine Sankt Petersburger Schultage in Erinnerung. Im Großen und Ganzen aber zog Claus es vor, solche gesellschaftlichen Abende nicht zu oft zu begehen. Seiner Vorstellung nach tranken russische Offiziere viel zu viel Wodka und wurden dann im angetrunkenen Zustand schnell laut. Da hatte Claus Angst vor losen Zungen. Die Russen klatschten ihm auf den Rücken, legten den Arm um ihn und nannten ihn „Towarischtsch Erlenbach". Die Bezeichnung Genosse konnte Claus nie ganz akzeptieren, trotzdem genoß er das Singen der russischen Volkslieder, die er als Schüler gelernt hatte. Insgesamt fand er das Benehmen dieser Männer nicht mit dem vereinbar, was von Generalstabsoffizieren eigentlich zu erwarten war.

Lenin war gestorben, zum unverfochtenen Alleinherrscher des riesigen sowjetischen Reiches war indes Josef Dschugaschwili geworden, der sich den Namen „Stalin" – der „Stählerne" – zugelegt hatte. Stalins Reich war zwar enorm, im Grunde aber nur noch Agrarstaat. Sofort schickte sich der neue Diktator an, Rußland in ein modernes Industrieland zu verwandeln, welches fähig sein würde, es mit den fortgeschrittensten Mächten auf der Erde aufzunehmen. Deutsche Ingenieure waren bereits dabei, sowjetische Industrien aus dem Nichts zu schaffen, und insbesondere auch diejenigen auszubauen, die der Waffenfertigung dienten. Lokomotiven, Kraftfahrzeuge, elektrisches Gerät und Maschinerie jeder Art gingen von deutschen Werken, um ein modernes Rußland auszurüsten. Als Gegenleistung lieferte Rußland an das Reich jene Waren, die ihm fehlten – insbesondere Öl, Mineralien und Getreide.

Bisher waren Claus' Aufgaben hauptsächlich Schreibarbeit, so manche Besprechung stand an, aber keine Reisen. Nun plante der Reichswehrstabschef, Generalmajor Werner von Blomberg, im August und September 1928 sämtliche deutschen Militäreinrichtungen in Rußland zu besuchen. Als Dolmetscher und Adjutant sollte Claus den General begleiten. Die Aussicht auf diese Reise versetzte Claus sofort in Aufregung. Rußland hatte er 1912 mit seiner Familie verlassen. Wie hatte sich das Land seitdem wohl verändert? Die Claus aus der Vorkriegszeit bekannten Ungleichheiten gab es laut den Bolschewiken nicht mehr. Berichten zufolge ging es dem Land dennoch insgesamt schlechter als unter dem Zaren. Claus hatte Blomberg bisher noch nicht kennengelernt, diesen hochgewachsenen Mann, dessen Freundlichkeit legendär war. Während Seeckt sich distanziert verhielt, zurückhaltend und schweigsam, sprudelte Blomberg vor Kongenialität. Es war schier unmöglich, diesen Mann nicht zu mögen.

Der Stabschef verbrachte vier Tage in Moskau, welches Claus trotz deutlicher Versuche der Gastgeber, die Stadt nur von seiner besten Seite zu zeigen, eher als deprimierendes Notstandsgebiet empfand, das genaue Gegenteil von dem Rußland, das er vor dem Krieg kennengelernt hatte.

Bei Blombergs Gesprächen mit Befehlshabern der Roten Armee teilte sich Claus die Dolmetscheraufgaben mit einem Russen. Das Ergebnis dieser Unterredungen war vorhersehbar. Sofort bei ihrer ersten Begegnung, bevor überhaupt irgendeines der auf der

Tagesordnung stehenden Themen zur Sprache gebracht wurde, eröffnete der sowjetische Verteidigungsminister, Marschall Klimenti Woroschilow, die Unterhaltung mit den Worten: „Nicht nur im Namen der Roten Armee, sondern auch im Namen der Regierung der Sowjetunion möchte ich erklären, daß im Falle eines polnischen Angriffs auf Deutschland Rußland zu jeder Hilfe bereit ist. Kann die Sowjetunion im Falle eines polnischen Angriffs auf Deutschland rechnen?"

Blomberg verschlug es den Atem. Er antwortete darauf, daß dies eine Angelegenheit der großen Politik war, wofür allein die politischen Stellen zuständig waren.

Hiermit gab sich Woroschilow nicht zufrieden. Er betonte, daß das für die Sowjetunion eine entscheidende Frage sei, und fragte nochmals, wie die Reichswehr sich dazu stelle. Gegebenenfalls könne die Reichswehr, so Woroschilow, auf russische Hilfe rechnen. In welcher Form diese Hilfe geleistet werden würde, brauche ja nicht erörtert zu werden. Darauf konnte ihm Blomberg nur die gleiche Antwort geben wie zuvor.

Nach dem Moskauer Aufenthalt besuchte Blomberg Kama, Tomka und die Fliegerschule bei Lipetzk. Währenddessen suchte Claus sowohl in Städten als auch auf dem Lande nach Zeichen von Änderungen und Besserungen. Er bemühte sich umsonst. Die Russen stellten ihnen Transportmittel zur Verfügung, die sie mit hohem Tempo und ohne Umwege direkt zu ihren Zielorten brachten. Claus hatte den Eindruck, daß ihre Gastgeber die Deutschen nur so viel sehen lassen wollten, wie sie sehen mußten oder wie man sie sehen zu lassen wünschte.

Bei Gomel wohnten die Besucher Luftmanövern, in der Nähe von Kiew den Herbstmanövern der Roten Armee bei. Hier war viel Imponierendes zu sehen, da vergaß Claus die negativen Eindrücke, die er aus Moskau mitgebracht hatte. Auf einem Übungsplatz bei Woronesch sah er mit Blomberg zu, wie deutsche Flieger mit russischer Artillerie zusammenarbeiteten. Aus der Luft wurde das Artilleriefeuer beobachtet und dirigiert, die Zusammenarbeit war erstklassig, die russischen Batterien schossen sehr gut.

Schon bevor sie nach Deutschland zurückkehrten, war klar zu erkennen, daß Blomberg von der Freundlichkeit, Herzlichkeit, Gastfreundschaft und allgemeinen Hilfsbereitschaft der Russen beinahe überwältigt war. Für seinen Teil wurden Claus' eigene

Eindrücke von der Sehnsucht nach einem Wiedersehen mit Erika überdeckt.

Das anständige Berlin schlief schon, als Claus endlich von der wolfschen Wohnung wegfuhr. Wäre es Wochenende, wären um diese Stunde verlegene Ehefrauen, die den Abend über vor nicht mehr als zwei kleinen Gläschen gesessen hatten, damit beschäftigt, ihre mehr als gut bedienten Männer zu stützen und heimwärts zu dirigieren. Dies aber war Montag. In wenigen Stunden würden die Wecker auch den tiefsten Schläfer zu Bewußtsein schrillen, ein weiterer Tag repetitiver Arbeit würde beginnen. In dieser Nacht waren die Gehsteige leer, der weiße Zweisitzer hatte die dunkle Straße für sich. Wie jedes Mal, wenn er Erika verließ, schwebte Claus in einem Himmel der Euphorie. Sein Fahren geschah automatisch, eine Aufgabe, die er im Unterbewußtsein bewältigte. Gedankenverloren bog er rechts in eine dunkle Seitenstraße ab. Der Dreispitzstern vorne auf seinem Mercedes streifte beim um die Ecke Schwenken an den schwarzen Häuserfronten entlang wie die Visiervorrichtung eines quergelenkten Feldgeschützes.

Allein Instinkt und Erfahrung waren es, mehr nicht, die Claus zur sofortigen Reaktion auf die Gestalt animierten, die aus einem Türrahmen am rechten Gehsteig erschien. Claus kannte jene geduckte Haltung, das gespannte Biegen der Knie, das zielgerichtete Vorwärtskrümmen der Schulter. Der Mann hob eine Pistole an, richtete sie auf eine andere Gestalt, die etwas weiter auf der gleichen Straßenseite ging. Schon während Claus die Bremsen durchtrat und den Schalthebel auf Leerlauf schob, begleitete ein kleiner orange-farbener Strahl den allzu vertrauten Knall.

Claus warf sich aus dem offenen Wagen in Richtung des Schützen, der sich beim Fahrzeuggeräusch drehte. Vorne auf dem Gehsteig war die zweite Gestalt zusammengebrochen, nun wurde die Pistole gegen den springenden Ankömmling gedreht. Claus warf sich auf den Mann, ein zweites Mal knallte die Pistole. Die beiden Männer gingen zu Boden, Claus oben, nach der Pistolenhand des anderen packend. Jetzt war sie allerdings keine Pistolenhand mehr. Beim Umdrehen hatte der Mann das Gleichgewicht verloren, war unter Claus' Gewicht wie ein Pappkarton zusammengeklappt. Seinen Halt an der Waffe hatte er verloren, die Pistole war mitten auf die Straße geflogen. Der Aufprall hatte dem Mann alle Luft aus den Lungen gepresst. Einen Augenblick lang fragte sich Claus, ob der schwere Sturz auf das Steinpflaster das Herz des Mannes zum Stillstand gebracht hatte. Erst als er anfing, den Ledergurt des Mannes von seiner Hose zu ziehen, um ihm die Hände hinter seinem Rücken zu binden, spürte Claus, daß er selbst eine Kugel in die Schulter bekommen hatte.

In Hausfenstern waren Lichter angegangen, mit beruhigender Eile erschien die Polizei. Der dritte Mann, der etwas weiter vorne angeschossen worden war, lebte trotz Kugel im Rücken noch. Eiligst wurde er ins Charité-Krankenhaus gebracht.

Auch Claus landete diese Nacht in einem Krankenhausbett. Diesmal hatte er nicht das Glück eines sauberen Durchschusses gehabt. Das Geschoß hatte zwei Knochen getroffen und war dort steckengeblieben. Die Operation, um die Kugel zu entfernen, wurde zwar professionell, konnte aber nicht eilig durchgeführt werden.

„Nun", sagte ihm der Chirurg, das entstellte und blutige Metallstück hochhaltend, „müssen Sie Geduld haben und sich stillhalten, während ihre Knochen wieder zusammenwachsen. Wir wollen doch nicht, daß Sie die Beweglichkeit in der Schulter verlieren, oder?"

Nein, das wollte Claus wahrhaftig nicht. Der Gedanke daran, aus Gesundheitsgründen aus dem Heer entlassen zu werden, war entsetzlich. Und zum Ausscheiden aufgrund einer Wunde gezwungen zu werden, die nicht auf dem Schlachtfeld erlitten worden war! Alles wegen irgendeines miserablen Verbrechers! Um jeden Preis mußte Claus wieder möglichst schnell gesund werden. Schulter, Oberarm und ein Teil der Brust waren vergipst, und ganz bestimmt würde er nichts tun, was das Heilverfahren beeinträchtigen könnte. Zum Glück aber war es nur seine linke Schulter, die verletzt war.

Als Claus vom Operationssaal kam, warteten schon zwei Polizisten in Zivil darauf, ihm Fragen zu stellen. Begleitet wurden die beiden von einem uniformierten Dritten. Nein, die Kugel dürfte er nicht als Andenken behalten. Sie war nun Beweisstück bei einem Fall von versuchtem Mord, der sogar noch zu einem Mordfall erweitert werden dürfte, wenn der andere, mit der gleichen Waffe verwundete Mann nicht überleben sollte. Zu dem, was er für eine einfache Angelegenheit hielt, machte Claus eine detaillierte Aussage. Nachdem die Kripobeamten ihm gedankt und ihn für seinen Einsatz gelobt hatten, fiel er in einen langen und traumlosen Schlaf.

Als er aufwachte, sah er, daß sein Vater in einem Stuhl dasaß und ihn mit seiner üblichen Leidenschaftslosigkeit beobachtete. „Deiner Mutter habe ich nichts davon erzählt", eröffnete sein Vater das Gespräch. „Freilich wird sie es irgendwann erfahren müssen. Es hat aber keinen Zweck, ihr Sorgen zu bereiten und sie nach Berlin eilen zu lassen, während du noch im Krankenhaus liegst. Wenn du wieder auf den Beinen bist, wirst du offenbar etwas Urlaub bekommen, dann kannst du zwecks Erholung nach Hause fahren. Ich finde es erst dann angebracht, ihr davon zu berichten, wenn sie schon sehen kann, daß du gut durchgekommen bist." Claus war sicher, daß sein Vater recht hatte. Mit „nach Hause" fahren meinte sein Vater allerdings „nach Falkenstein." Die Aussicht, sich auf dem Lande etwas auszuruhen, mußte sich Claus gestehen, war verlockend – bis auf den Gedanken, daß er dabei Erika zurücklassen würde.

Sie hatten nicht ausgemacht, sich vor dem Wochenende nochmal zu sehen. Mit etwas Glück würde er bis dahin aus dem Krankenhaus entlassen worden sein. Er hoffte, daß sie vorher von dem, was vorgefallen war, nichts erfahren würde. Erst wenn er wieder richtig angezogen und auf den Beinen wäre, würde er in der Lage sein, Leuten zu begegnen und die Sache herunterzuspielen.

Selbstverständlich war das Ministerium über den Grund seiner Abwesenheit informiert worden. Daher fürchtete Claus, daß, wenn auch mit den besten Absichten, Rolf Albrecht mit der Nachricht zu Erika fahren könnte. Freilich würde auch noch in den Zeitungen über die Schießerei berichtet werden, denkbar war, daß er dabei genannt werden könnte. Würde Erika den Bericht sehen? Auf jeden Fall könnte sie ins Krankenhaus eilen. Claus war es lieber, daß sie ihn in diesem Zustand nicht sehen und darum viel Aufhebens machen könnte.

Doch es war nicht Erika, die Claus besuchen kam, sondern drei Unbekannte in nüchterner Kleidung mit unifarbigen Krawatten. Noch mehr Polizisten? Zwei dieser Besucher, starkgebaute Männer, blieben schweigend stehen. Der dritte Mann, in einem grauen Anzug mit einem Schlapphut in der Hand, war es, der Claus die Hand gab, einen Stuhl dicht an das Bett heranzog, sich hinsetzte und das Gespräch führte.

Seinen Namen gab der Mann mit Himmler an. Claus sagte weder der Name etwas noch die Angabe, sein Besucher sei Chef der Schutzstaffel der NSDAP. Zur Erklärung eröffnete ihm Himmler, daß der Mann, der vor Claus auf der Straße angeschossen wurde, dieser Schutzstaffel angehörte. „Es ist sicher, Hauptmann, daß ohne Ihr Eingreifen der Schütze unseren Mann durch Kopfschuß erledigt hätte. Ihnen ist es zu verdanken, daß er noch lebt, die Ärzte meinen auch, daß er sich völlig erholen wird."

Claus schwieg. Er hatte es stets für ratsam empfunden, zu schweigen, wenn er nicht verstand, worum es ging. Durch Schweigen und sorgfältiges Zuhören war es immerhin möglich, die Lücken im Wissen aufzufüllen, ohne dabei die eigene Unwissenheit durchblicken zu lassen. Binnen drei Minuten verstand er, daß die Schutzstaffel, kurz SS genannt, jene Abteilung der National-sozialistischen Partei war, die für den Parteiführer, Adolf Hitler, die Leibwache stellte. Der Schütze, den Claus zur Strecke gebracht hatte, war Kommunist, gehörte dem Rotfrontkämpferbund an. Nun begriff Claus die Schießerei. Obschon er politische Entwicklungen ignorierte, bis auf diejenigen, die sich auf seine Pflichten beim Heer auswirkten, las er ja Zeitung. In Großstädten standen Schießereien zwischen Kommunisten und Nationalsozialisten auf der Tagesordnung. „Laßt sie einander ruhig umbringen", lautete dazu stets der Kommentar seines Vaters, und dieser Einstellung schloß sich Claus an.

„Die NSDAP steht in Ihrer Schuld", fuhr Himmler fort. „Der Führer" – so, lernte Claus nun, wurde Hitler von seinen Anhängern genannt – „wird bald nach Berlin reisen. Wenn die Rotfront nahe genug an ihn herantreten kann, wird sie ihn ermorden. Bis dahin versucht sie alles, um die SS zu schwächen. Hauptmann, bald wird die SS zur Kampfwaffe der Nationalsozialistischen Partei. Sie wird ein militärischer Orden nordischer Männer, die zu gegebener Zeit die Elite der Nation darstellen wird. In dieser Eigenschaft wird die SS Männer wie Sie brauchen. In meinem persönlichen Stab wartet eine Stelle auf einen Mann mit Ihrer Erfahrung und Ihrem erwiesenen Mut. Hauptmann, reichen Sie Ihre Demission ein, und kommen Sie zu mir ins SS-Hauptquartier."

Claus war platt. In solchen Augenblicken beneidete er die Raucher unter seinen Kameraden. Angesichts einer unangenehmen Frage konnte der Raucher stets dadurch Zeit zum Überlegen gewinnen, daß er vor dem Antworten erst einen Zug in die Länge zog. Er konnte sogar aus seinem Etui eine frische Zigarette nehmen, und sich beim Anzünden Zeit lassen. Claus hatte kein solches

Aufschubmittel zur Hand. Einige Sekunden lang starrte er Himmler lediglich an, studierte das bleiche Gesicht, den dünnen Schnurrbart, das etwas schwache Kinn, die blauen Augen hinter der kleinlinsigen Brille. „Es tut mir leid", war alles, was er zur Antwort hervorbringen konnte. „Ihre Einladung weiß ich zu schätzen, ich aber bin Soldat und muß dem Staate dienen. Ich kann unmöglich nur für eine Partei arbeiten."

„Ihre Entscheidung würdige ich, Hauptmann, genauso viel wie ich sie bedauere. Sie bestätigt das, woran ich nicht zweifele, daß Sie ein Mann von Ehre sind. Ich bin sicher, daß Sie sich falsch entschieden haben, denn" – Himmler erhob sich – „eines Tages werden Sie erkennen, daß die Nationalsozialistische Partei und das Deutsche Reich ein und dasselbe sind." Claus kam Himmlers Hand entgegen. „Im Namen des Führers und der SS danke ich Ihnen noch einmal für das, was Sie getan haben. Werden Sie rasch wieder gesund, und alles Gute für Ihre künftige Karriere."

Na, das war ein Blitz aus heiterem Himmel. Sofern er wußte, war Claus niemals zuvor einem Nazi begegnet. Die Sturmtruppen der Partei hatte er zwar bei ihren Straßenaufmärschen gesehen, jene braununiformierten SA-Männer, hatte Geschichten über ihre Pöbelhaftigkeit gehört und vieles von der Gewalttätigkeit zwischen ihnen und den Kommunisten gelesen. Dagegen war ihm die SS völlig neu. Claus wollte nichts mit irgendeiner Parteiarmee, ganz gleich welcher politischen Farbe, zu tun haben. Mit seiner Vorstellung der Rolle eines Soldaten ließ sich dieser bloße Gedanke überhaupt nicht vereinbaren. Dennoch hatte sich Himmler auffallend, ja sogar überraschend höflich benommen. Es war nicht zu leugnen, daß der Chef der SS die Milde selber abgab, er war die Antithese des politischen Straßenraufers.

Was der Kerl nicht begriff, war, daß Claus nicht absichtlich das Leben eines SS-Mannes gerettet hatte. Er hätte genauso gehandelt, hätte im umgekehrten Fall ein Nazi auf einen Kommunisten geschossen. In dem Augenblick des Handelns hatte sich Claus gar keine Gedanken gemacht, er reagierte aus reinem Instinkt. Als er dann später überhaupt erst darüber nachdachte, war er davon ausgegangen, daß der Vorfall Teil eines versuchten Raubüberfalls oder einer Auseinandersetzung zwischen Verbrechern gewesen war. Der Gedanke, daß es sich um eine politische Schießerei gehandelt haben könnte, war ihm überhaupt nicht gekommen.

Bis zum nächsten Morgen hatte Claus die Begegnung mit Himmler und dessen absurde Einladung aus seinen Gedanken vertrieben. Worauf er sich jetzt konzentrieren mußte, war, seine Ärzte davon zu überzeugen, daß er gesund genug war, um nach Hause entlassen zu werden.

Abends verschwand alles andere aus seinen Gedanken, als er Erika seinem Bett zueilend sah. „Liebling!" Wenigstens hieß es nicht ‚Oh, mein armer Liebling'. Claus hatte befürchtet, daß Erika, wenn sie ihn im bandagierten und vergipsten Zustand im Bett liegen sah, mit einem mütterlichen Ausbruch von Mitleid und Sorge über ihn herfallen würde. Wie hatte er sie nur so falsch einschätzen können? Selbstverständlich war Erika viel zu rational und klarköpfig, um sich auf solche Weise zu benehmen. Letztlich freute er sich doch, daß sie gekommen war. Erika lehnte sich über ihn, küßte ihn, nicht an der Stirn oder einer Wange, sondern voll auf die Lippen. Sie nahm seinen Kopf zwischen ihre Händen, seine Hand legte sich um ihren Rücken, die Schmerzen in seiner Schulter verschwanden.

Erika brach weg und griff sich den Stuhl, auf dem heute früh Himmler gesessen hatte, zog ihn direkt an das Bett heran, setzte sich so dicht neben Claus wie nur möglich und nahm seine rechte Hand in ihren beiden eigenen. Das Mädchen war Trost, das Mädchen war Ruhe, das Mädchen war die Vernunft selbst. Erst als Claus erwähnte, daß der Attentäter vom Rotfrontkämpferbund war, brach einen Augenblick lang ein Zeichen der Angst in Erikas Augen durch. „Es ist schon in Ordnung", versicherte ihr Claus. „er war kein guter Schütze." Das ganze Reich wußte von den Straßenschlachten zwischen Kommunisten und Nazis, der Gedanke, daß ein Unschuldiger in eine solche Meuchelmordschießerei geraten war, war aber natürlich alarmierend.

Erika saß bei ihm, hielt ihm die Hand, streichelte ihm von Zeit zu Zeit das Gesicht, bis schließlich ein Arzt erschien, um die verletzte Schulter zu untersuchen. Erneut küßte sie Claus auf die Lippen und ging.

„Ich kann ja gut verstehen, warum Sie es so eilig haben, entlassen zu werden", meinte der Arzt, dessen Augen auf die sich zurückziehende weibliche Gestalt gerichtet waren. „Vergessen Sie aber nicht, daß diese Knochen Ruhe brauchen, um zusammen-zuwachsen, und daß Sie währenddessen nichts tun dürfen, was zu deren Wiederauseinanderbrechen führen könnte." Da brauchst du dir keine Sorgen zu machen, dachte Claus. Neben der Notwendigkeit, beim Heer zu bleiben, gab es auch noch Lenkräder, die fest umklammert und gedreht werden mußten.

Fortan war Erika jeden Abend da. Auch die Albrechts kamen, und Kameraden aus Abteilung R. Von General Blomberg kam ein kurzer Brief, in dem der Stabschef Claus eine rasche Genesung wünschte. Eines Morgens erschien ein Mann von der Staatsanwaltschaft, der sich von Claus eine Aussage holte. Der angeschossene SS-Mann schwebte nicht länger in Lebensgefahr, die gegen den Rotfrontschützen erhobene Anklage würde aber auf etwas mehr lauten als auf Mordversuch. Es lag nämlich Beweismaterial aus laboratorischen Untersuchungen vor, welches den gleichen Mann mit zwei politischen Morden aus dem Vorjahr in Verbindung brachte. Der Anwalt ging. Claus fühlte sich todmüde, trotzdem versuchte er wie immer zu zeigen, wie stark er war. Vom zweiten Morgen an hatte Claus jeden Tag gefragt, wann er denn nach Hause entlassen werden könnte.

Die Eintrittswunde war überraschend schnell geheilt. Letztlich trat der gutgelaunte Arzt mit gespielter Resignation an sein Krankenbett: „In Ordnung, Hauptmann, anscheinend kann ich Sie nicht länger hier halten. Wenn ich's versuche, werden Sie mir nur das Leben zur Hölle machen." Das tägliche Drangsalieren hatte sich ausgezahlt. Am nächsten Morgen wurde Claus entlassen.

Obschon es ihn schmerzte, sich von Erika zu trennen, blieb Claus nur zwei Nächte in der Berliner Villa und fuhr dann mit der Bahn nach Württemberg. Nach seiner Ankunft in Falkenstein fand er es nun doch richtig, daß er gekommen war. Daß seine Mutter inzwischen merklich älter auszusehen begann, war für ihn ein harter Schlag. Noch hielt sie sich aufrecht, doch Claus bemerkte, welche Anstrengung sie das kostete. Nun rügte er sich dafür, daß er so lange in der Hauptstadt geblieben war. Künftig, versprach er sich, würde er mindestens zweimal im Jahr Falkenstein besuchen.

Es war die reinste Wonne, jene Äcker und Wälder noch einmal zu bewandern, die einen so wichtigen Teil seiner Kindheit gebildet hatten. Auch das Essen – meine Güte, ihm war es, als wäre er zurück in die Vorkriegsjahre versetzt worden. Aus Falkensteins Küchen erschienen Gerichte, die Claus seit Jahren nicht mehr gekostet hatte. In den Augen seiner Mutter geschah es viel zu früh, daß ihr Sohn den Zug für die Rückfahrt nach Berlin bestieg. Doch es war an der Zeit, den Gipsverband zu entfernen. Selbst der Eifer, mit dem Claus dieser Prozedur entgegensah, verblaßte angesichts der Leidenschaftlichkeit, die ihn beim Gedanken an das Wiedersehen mit Erika erfasste. Am Zoobahnhof wartete sie auf ihn. Die Warnungen, auf seine Knochen achtzugeben, vergaß er nun ganz.

Tags darauf kam der Gips herunter. Röntgenbilder bewiesen, daß die Knochen tadellos geheilt waren, Claus bereitete sich auf die Rückkehr zu seinen Pflichten vor. Von der Staatsanwaltschaft Preußens traf ein gelber Umschlag mit der amtlichen Bestätigung ein, daß Claus doch nicht als Zeuge vor Gericht erscheinen mußte. Dem Rotfrontschützen war es gelungen, sich in seiner Zelle zu erhängen.

Dadurch, daß sein Vater nun pensioniert wurde und sich auf Falkenstein zurückzog, änderte sich für Claus das tägliche Leben von Grund auf. Er wurde zum Hausherrn der Berliner Villa. Mit zunehmendem Alter wollten seine Eltern nun weniger Zeit in Berlin verbringen. Doch bei seinen Eltern mochte sich die Unbeschwertheit und das gesellschaftliche Leben der Vorkriegsjahre nicht mehr so recht einstellen, denn so viele der alten Familienfreunde aus Kaiserzeiten lebten nicht mehr. Die einstige Hochsaison der gesellschaftlichen Anlässe und Feierlichkeiten war nunmehr Teil einer verblassenden Erinnerung.

Bei seiner amtlichen Abschiedsfeier sprach Noch-Außenminister Stresemann seinem Vater Lob und Dank aus. Ein Leben voll selbstlosen Dienstes, erkannte Stresemann an, war den Interessen des Reiches gewidmet worden. Doch was nützte solches Engagement, fragte sich Claus, wenn Stresemann selbst und die anderen, die die Politik festlegten, zaghaft und phantasielos waren? Deutschlands Zukunft zu sichern, erforderte Kühnheit. In Claus' Augen brachte keiner der Politiker im Land diese Voraussetzung mit. Sie schienen sich damit zu begnügen, das Reich treiben und von dem Willen und der Willkür anderer hin- und herschieben zu lassen.

Claus stellte fest, daß er sich eingewöhnt hatte. Er führte nicht das Leben, das er sich vorgestellt hatte, als er zum Militär gegangen war, trotzdem spürte er, daß das, was er tat, für die Zukunft des Vaterlandes von Bedeutung war. Letztendlich war dies das Einzige, was wichtig war. Eines Tages, sagte sich Claus, würde er zum Dienst im Regiment zurückkehren. Dies war sein Polarstern, an den er sich klammern mußte. Allein zuhause kamen ihm jedoch Zweifel. Würde er für den aktiven Dienst zu alt sein, wenn sich die Notwendigkeit hierfür ergab?

Reparationszahlungen ohne Ende drohten, das Reich zu verkrüppeln. Im Juni 1929 stellte die Reparationskommission ein neues Zahlungsschema auf, wonach 1.707.000.000 Goldmark jährlich bis 1988 inklusiv zu zahlen wären. „Wie ich bisher über die Alliierten geschimpft habe", meinte Erika, „war gar nicht hart genug."

Deutschland war es nicht verboten, Maschinengewehre herzustellen oder zu besitzen. Untersagt war aber, Waffen irgendwelcher Art ein- oder auszuführen. Claus empfand es als besondere Freude, bei der Abwicklung eines Auftrags der Firma Rheinmetall-Börsig mitzuwirken, als diese in Wasserröhren versteckte Maschinengewehrrohre nach Rußland lieferte. Dieses illegale Geschäft war Teil eines gemeinsamen Großunternehmens, vervollständigt wurden die Waffen von den Russen.

Inzwischen sah Deutschlands Verteidigungsminister, General Wilhelm Groener, schon dem Ende der Kollaboration mit Rußland entgegen. Deutschlands 100.000 Soldaten waren bereits so gründlich ausgebildet, daß sie problemlos die Offiziere und Unteroffiziere eines neuen Massenheeres bilden konnten. Absolventen von Kama, Tomka und Lipetzk wurden nun selbst zu Ausbildern einer frischen Rekrutengeneration.

Im November 1930 gewann Groener einige seiner Kabinettskollegen für sein Vorhaben, nun endlich Schluß mit der Geheimhaltung zu machen und die Versailler Beschränkungen offen zu mißachten. Es würde das Ende von Lipetzk, Tomka, Kama, der WiKo und Abteilung R bedeuten. Wenn es soweit käme, wäre das Letzte, was Claus wollte, ein weiterer Posten im Ministerium. Er hatte seinen Anteil geleistet, sagte er sich, nun konnte man ihm die Zuweisung zurück zum Regimentsdienst nicht mehr verweigern.

Gegen Ende 1931 wurden ein Dutzend in Lipetzk entwickelter Jagdflugzeuge vom Typ Arado 65 von Rußland eingeflogen und auf Flugplätzen in Nürnberg, Berlin und Königsberg stationiert. Nachdem der Pilotenlehrgang vom Sommer 1932 abgeschlossen war, wurde die Lipetzker Flugschule geräumt. Die Russen behielten die inzwischen überholten Fokker D-XIIIs. Fortan würde die geheime Luftwaffe auf Heimatboden wachsen.

Und nächstes Jahr würde Claus bei allen Rennen einen Mercedes-Benz vom Typ SSKL fahren, einen Wagen, der mit einem Kompressormotor von sieben Liter Hubraum ausgerüstet war. In Italien hatte ein Exemplar des gleichen Modells ein Rennen gewonnen, das über eine Strecke von nicht weniger als ein tausend Meilen ausgetragen wurde, die Mille Miglia von 1931.

Optimismus

SCHAU dir das mal an. Einer der Chiffreurs hatte es." Man schrieb den 2. Januar 1933. Rolf Albrecht, inzwischen leicht ergraut, überreichte Claus ein Exemplar des *Berliner Lokal-Anzeigers*. Die Zeitung hatte er so zusammengefaltet, daß oben ein Artikel mit der Überschrift „Deutschland 1933 – ein Blick in die Sterne" zu sehen war.

Die Rußlandeinrichtungen von Abteilung R hatten ihren Zweck erfüllt und waren aufgelöst worden. In Kama hatte Krupp Panzer entwickelt, 300 Piloten waren in Lipetzk ausgebildet worden, auf die an geheimgehaltenen Orten schon Flugzeuge warteten. Inzwischen besaß die Reichswehr sowohl Panzerabwehrkanonen als auch neue Artilleriegeschütze. Nun beschäftigte sich Claus, wie er hoffte, mit seinen allerletzten Schreibtischaufgaben. Einem Regiment zugewiesen zu werden, das war es, was sich Claus für das neue Jahr erhoffte.

Für Claus war die vorangegangene Motorsportsaison sehr zufriedenstellend verlaufen. Der Mercedes SSKL war in permanente Rennausführung versetzt worden, bei sämtlichen Einsätzen hatte sich die Maschine vollends bewährt. Am Wagen war möglichst viel Gewicht eingespart worden, darüber hinaus hatte Claus erkannt, daß durch einen Schwerpunkt, der möglichst tief über dem Boden lag, eine bessere Straßenlage zu erreichen war. Das war allerdings nicht möglich, ohne den Wagen komplett umzubauen. Er hatte bei Mercedes sogleich entsprechende Vorschläge gemacht. Neue Autos, so hatte man ihm versichert, stünden schon auf der Agenda.

Für das kommende Jahr vermochte sich Claus einiges auszumalen. Seine Vorstellungen entsprangen seinen Erfahrungen. Ein Horoskop aber? Dies war eine Seite Albrechts, die Claus vorher nicht kennengelernt hatte. Er selbst hielt Horoskope für die Träumerei alberner Schulmädchen und bestimmt für nichts, dem man ernstlich Bedeutung beimessen sollte. Undenkbar, daß ein Stück von diesem faulen Zauber überhaupt etwas zu bedeuten hätte. Dieses Horoskop aber behandelte nicht die persönlichen Befindlichkeiten der Menschen, sondern die Aussichten für die Nation. Für Deutschland, so sagte es voraus, würde trotz der noch anhaltenden weltweiten Wirtschaftskrise „ein allgemeiner, vor allem wirtschaftlicher Aufschwung" einsetzen. Wie kam man nur auf so etwas? Claus hatte selber gesehen, wie ein Gastwirt am Kurfürstendamm Essen auf Teilzahlungen anbot. „Unerwartet günstige Umstände" – das Reich hatte doch die mit Abstand höchste Selbstmordquote Europas! „Alle stellaren Einflüsse weisen auf ein neues Deutschland hin", stand da, und: „So sehen wir doch deutlich, daß es wieder aufwärts geht, nachdem auch kluge und energische Männer an verantwortliche und maßgebende Posten kommen."

Claus runzelte die Stirn. „Wer", fragte er, „sollen diese klugen und energischen Männer sein?"

„Also, genügend Leute haben zu regieren versucht", erinnerte ihn sein Freund, „und keiner scheint Deutschland aus der Dauernot herausziehen zu können. Es wäre Zeit, jemand anderem die Chance zu geben. Wahrscheinlich wird es Hitler sein, oder, wenn die Lage noch schlimmer wird, die Kommunisten." Der Gedanke war entsetzlich. Zwischen Anfang 1919 und Ende 1932 hatte Deutschland nicht weniger als fünfzehn gewählte Regierungen gehabt. Das deutsche Volk benötigte Stabilität. Es litt erneut unter einer Inflationsrunde als Folge der 1929 ausgelösten weltweiten Wirtschaftsnot. Zwar wurde die Währung nicht derart entwertet wie 1923, seit 1929 war das Bruttosozialprodukt aber um vierzig Prozent gesunken. Viele Banken waren bankrott, und täglich gingen 10.000 Insolvenzerklärungen raus, 90.000 Zahlungsbefehle wurden erlassen. Gerichtsvollzieher beschlagnahmten zigtausend Gegenstände. Hungrige und frierende Leute stürmten Lebensmittelläden und Kohlenlager. Die Zahl der Arbeitslosen näherte sich sieben Millionen, dreiundzwanzig Millionen Deutsche lebten von Sozialzuschüssen.

Die Auswirkungen konnte Claus selbst sehen. Seine Besuche in Wedding gewährten ihm den Anblick loser Gruppen graugesichtiger Männer, Arbeiter ohne Arbeit, die an Straßenecken ihre Hoffnungslosigkeit und Erbitterung zur Schau trugen.

Schon seit sechs Monaten bildeten die Nazis die stärkste Fraktion im Reichstag, allerdings ohne über die absolute Mehrheit zu verfügen. Am 30. Januar aber konnte Hindenburg das Unvermeidliche nicht länger aufschieben. Er berief Hitler ins Kanzleramt.

Seit Viktor Kopps erstem Berliner Vorschlag zum Krieg gegen Polen waren fast dreizehn Jahre vergangen. Beinahe dreizehn Jahre hindurch hatte Moskau unaufhörlich versucht, Deutschland für einen Aggressionskrieg zu gewinnen. Eine deutsche Regierung nach der anderen hatte diesen Umwerbungen standgehalten. Reichswehr und Auswärtiges Amt wichen stets aus und hatten es vermieden, sich Moskau gegenüber festzulegen. Für den Kreml war der häufige Personalwechsel in den Ämtern des Kanzlers und Außenministers beunruhigend. Von der einen Regierung eingegangene Verpflichtungen mußten nicht unbedingt von ihrer Nachfolgerin eingehalten werden. Nun aber war Hitler Reichskanzler. Nicht nur Claus, sondern auch Abteilung R und das gesamte Ministerium beschäftigte die Frage, ob Stalin endlich einen willigen Spielpartner gefunden hatte.

An jenem Abend fand sich Claus auf der Straße von einer laut feiernden Menschenmenge umgeben. Kolonnenweise marschierten fackeltragende SA-Männer, Mitglieder der Sturmabteilung der Nazipartei, durch das Brandenburger Tor in das Regierungsviertel hinein, dann auf der Wilhelmstraße an der Reichskanzlei vorbei. Überall hockten auf Laternenmasten und Bäumen Jungen, die sich die besseren Zuschauerplätze ausgesucht hatten. Selbst die Fenster der französischen und japanischen Botschaften waren voller Zuschauer. Sprechchöre bildeten sich, es wurde laut und viel gesungen und gejubelt. In dieser Nacht brannten in der Reichskanzlei noch lange die Lichter.

In ungewöhnlich nachdenklicher Verfassung fuhr Claus nach Hause. Hitler, ein verwundeter und ausgezeichneter Frontsoldat, war durch die Armee in die Politik geführt worden. Als Gefreiter im Reichswehrkommando zu München erhielt Hitler 1919 den Auftrag, einer Versammlung der kleinen Deutschen Arbeiterpartei beizuwohnen und über deren Mitglieder, Ziele und Methoden zu berichten. Es war die gleiche Aufgabe, welche Claus erhalten hatte, als er zu Lenins Versammlung in Zürich befohlen worden war. Als dann Hitler infolge des Versailler Dekrets, das Heer auf 100.000 Mann zu reduzieren, zum 1. April 1920 entlassen wurde, wurde er zum Propagandaleiter dieser kleinen Partei. Von General Ritter von Epp, Befehlshaber der 7. Infanteriedivision, erhielt er ein Darlehen in Höhe von 60.000 Mark. Mit diesem Geld wurde der *Münchner Beobachter* erkauft und nach Umbenennung in den *Völkischen Beobachter* in das Hauptorgan der Partei verwandelt. Viele im Reichswehrministerium gaben an, den ehemaligen Gefreiten und seine Sturmtrupps zu verachten. Andere wiesen darauf hin, daß

Hitler einer von ihnen war, ein Reichswehrmann. Die Armee war es gewesen, die Hitler in die Politik geführt hatte, gewiß würde er nun für die Armee viel tun. „Auf jeden Fall besser als die Kommunisten", meinte Albrecht.

„Das ist keine Kunst", erwiderte Claus, „aber sehr viele Leute scheinen Hitler und die Nazis nicht zu mögen."

„Na, das kann ich verstehen, für uns sollte Hitler aber von Nutzen sein. Im Grunde seines Wesens ist er Reichswehrmann."

Claus war sich nicht so sicher. „Wie ich höre, scheinen diese SA-Kerle zu glauben, sie sollten eigentlich selbst die Armee bilden."

„Was?"

„Das habe ich gehört. Wie die Rote Armee. Ein politisches Instrument der regierenden Partei. Das würde bedeuten, daß wir abgeschafft würden. Oder in SA-Männer verwandelt."

„Um das zu ermöglichen", wandte Albrecht ein, „müßte die NSDAP erst die einzige Partei im Staat sein." Das wenigstens war beruhigend. Im Reich gab es rund vierzig Parteien.

Es begann am 23. März mit der Durchsetzung eines Ermächtigungsgesetzes im Reichstag, welches der neuen Regierung Notstandsvollmächte verlieh. Nun schickte sich Hitler an, sich wie Stalin zum alleinigen Diktator seines Landes zu machen. Zunächst wurde die Kommunistische Partei verboten, dann die Sozialdemokratische als eine „dem Staate und Volke feindliche Partei" aufgelöst. Bald zeigten die anderen Parteien, daß sie verstanden hatten. Eine nach der anderen fingen sie an, sich von allein aufzulösen. Schließlich wurde die Bildung neuer politischer Parteien sowie die Wiederbelebung älterer verboten. Nun waren die Nazis die alleinige Macht im Staate.

Für seinen Teil tat Stalin sein Bestes, Hindernisse aus Hitlers Weg zu räumen. Über die Komintern ließ er den Führer der Deutschen Kommunisten Partei, Ernst Thälmann, wegen „unrichtigen Verhaltens" absetzen. Thälmanns Sünde bestand darin, einen offenen Brief veröffentlicht zu haben, in welchem er Arbeiter aufrief, ein „Kampfbündnis gegen den Faschismus" zu gründen.

Oft hatte Claus das Gefühl gehabt, die Handlungen des Kremls hätten surreale, fast Alice-im-Wunderland-mäßige Züge. Nun, da der Kreml bei seinem Streben nach einem Militärbündnis mit dem Reich schon so weit vorangekommen war, sollte die Erreichung dieses Zieles von niemandem gefährdet werden. Litwinow, der sowjetische Außenminister, war bestrebt, Deutschlands Botschafter Dr. Herbert von Dirksen von der Unerheblichkeit ideologischer Gegensätze zu überzeugen. Dirksen gegenüber beschwerte er sich sogar, die nationalsozialistische Propaganda hätte bisher „keinen großen Unterschied zwischen Kommunismus und Sowjetregierung gemacht."

Da hatte man es amtlich. Der Kommunismus und die Politik des Kreml waren zweierlei. Wäre es ihnen zu Ohren gekommen, hätte dieses Geständnis die Genossen auf aller Welt zutiefst schockiert. Insbesondere deutsche Kommunisten – nunmehr vogelfrei, manche verhaftet, andere im Exil, weitere auf der Flucht oder im Versteck – hätte die Mitteilung des Kremls wohl umgeworfen, in welcher die Sowjetregierung ihre „Befriedigung" darüber zum Ausdruck brachte, daß Hitler gerade jene Notstandsbefugnisse erhalten hatte, mit welchen er in Deutschland nun den Kommunismus unterdrückte.

Generalleutnant Alfred von Bockelberg, Chef des Heereswaffenamtes, besuchte Rußland im Mai 1933 für drei Wochen. Dieser Besuch erfolgte auf Einladung von Bockelbergs russischen Amtskollegen, Marschall Mikhail Tuchatschewski. Noch einmal wurde Claus als begleitender Adjutant und Dolmetscher eines Generals eingespannt. Zum zweiten Mal kam er nun mit Woroschilow zusammen. Wie bei dem früheren Besuch Blombergs spielte der sowjetische Kriegsminister noch einmal das alte Lied. Es sei unerläßlich, daß ihre beiden Regierungen die gleichen außenpolitischen Ziele verfolgten. Alexander Jegoroff, Stabschef der Roten Armee, drückte seine Auffassung aus, der „kommende Krieg" würde „ein Krieg der Motoren und der Chemie" sein. Als Sieger hervorgehen würde der Staat, der in der Technik am weitesten fortgeschritten war und die meisten technischen Waffen ins Feld führen konnte. Tuchatschewski selbst betonte mehrfach, Deutschland sollte eine Flotte von 2.000 Bombenflugzeugen bauen, „um aus der schwierigen politischen Situation herauszukommen."

Zu Beginn der Rückfahrt nach Deutschland gab Claus der russische Kriegseifer sehr zu denken. Fortwährend mußte er an Tuchatschewskis Anregungen denken, sowie daran, daß Jegoroff nicht etwa die Worte „wenn es zum Kriege kommen sollte" verwendet, sondern direkt vom „kommenden Krieg" gesprochen

119

hatte. Offenbar war bei der sowjetischen Führung die Entscheidung bereits gefallen.

Doch wie einst vertrieb die Aussicht auf ein Wiedersehen mit Erika solch düstere Überlegungen bald gänzlich aus seinen Gedanken. Je näher man der deutschen Grenze herankam, desto intensiver drehten sich nun seine Gedanken um Erika und um das, was sie zusammen tun würden. Welch erstaunliches Glück war ihm doch beschieden worden! Erika war ausgesprochen sinnlich und die bezauberndste Gefährtin. Allein mit Erika zusammen zu sein, ließ Claus völlig entspannen, füllte ihn mit Wohlbehagen, verlieh ihm ungetrübte Glückseligkeit. Solange er bei Erika war, ungeachtet unter welchen Umständen, war die Welt völlig in Ordnung. Waren sie andererseits nicht beisammen, dann nützten auch die besten Voraussetzungen nichts. Ohne Erika konnte die Welt niemals richtig in Ordnung sein.

Es waren nun schon zehn Jahre und damit Zeit, Erikas alberne Zurückhaltung zu brechen. Sobald sie sich sahen, würde er ihr direkt sagen, daß sie nun endlich heiraten sollten. Und diesmal würde er keine Widerworte dulden. Erikas Mutter, das wußte er, würde auf seiner Seite stehen. Zehn Jahre waren ja eine absurd lange Wartezeit.

Als Claus in Haus Schwaben ankam, war es allerdings schon spät geworden. Nach Ankunft in Berlin war er zunächst ins Ministerium gefahren, um seine Notizen im Tresor von Abteilung R einzuschließen. Es war zu spät, um nach Wedding zu fahren, und Wolfs, wie fast jede andere Arbeiterfamilie auch, besaßen kein Telefon. Den Abend würde er damit verbringen, im Kopf schon mal die Argumente zu sortieren, mit denen er nun Erika umstimmen würde.

Nach dem Abendessen goß sich Claus einen Courvoisier-Cognac ein. Sein Heiratsantrag mußte Erika umwerfen. Wie oft hatte sie ihm versichert, sie würde niemals heiraten? Dies hat er niemals akzeptieren können, sicherlich war ihre Einstellung widernatürlich. Erikas Mutter arbeitete nicht mehr in der Fabrik, sie war nun Rentnerin. Claus würde ihr vorschlagen, nach der Heirat die Weddinger Wohnung aufzugeben und mit ihnen beiden in Haus Schwaben zusammenzuwohnen.

Claus war in ein anderes Berlin, ein anderes Deutschland zurückgekehrt. Wirtschaftlich ging es aufwärts, politisch gesehen waren die Zeichen eher zweideutig. Schon während der wenigen

Wochen, in denen Claus mit Bockelberg in Rußland war, hatte sich vieles ereignet. Gewerkschaften waren aufgelöst worden, das Vermögen der Gewerkschaftsbank beschlagnahmt und Gewerkschaftsführer verhaftet. Die Sozialdemokratische Partei, deren Vermögen ebenfalls beschlagnahmt worden war, hatte ihre Führer in die Sicherheit des Exils geschickt.

Die Werke von 130 Autoren, die den Nazis unliebsam waren, wurden auf einen Index gestellt. Vielen rief die öffentliche Verbrennung von verbotenen Büchern durch Hitlerjungen die Worte Heinrich Heines ins Gedächtnis: „Wo man Bücher verbrennt, verbrennt man schließlich auch Menschen."

In einer im Rundfunk übertragenen Rede hatte Hitler beteuert, daß Deutschland keinen Krieg mehr wollte. Andererseits aber hatte er gegenüber Sir John Fraser vom Londoner *Daily Telegraph* zugegeben, daß Deutschlands Zukunft „von seinen östlichen Grenzen" abhängen würde.

Die Arbeitslosigkeit war gesunken, insbesondere die Kraftfahrzeugindustrie stellte viele neue Arbeitskräfte ein. Unternehmungen wurden durch Steuernachlässe beim Kauf von neuen Maschinen zu Investitionen angeregt. Hitler hatte eine Stiftung für die Arbeitsunfallversicherung ins Leben gerufen, eine Milliarde Mark war für öffentliche Bauvorhaben vorgesehen, darunter den Bau von Wohnsiedlungen. Neue Gesetze zielten daraufhin, die Zukunft der Landwirtschaft zu sichern. Fast alle Bauern waren stark verschuldet, die neuen Maßnahmen sollten ihre Belastungen verringern und gewährleisten, daß ihre Höfe nicht in die Hände von Banken oder Geldverleihern fallen und aufgelöst würden.

Zwar blieb Falkenstein schuldenfrei, aber während der unvorstellbaren Inflation vor zehn Jahren war man dem drohenden Untergang nur sehr knapp entkommen.

Noch wußte Claus nichts von manchen dieser neuesten Entwicklungen. Nach seiner Reise war er müde, trotzdem wußte er, daß ihm das Einschlafen schwerfallen würde. Wach halten würden ihn die Erwartung des morgigen Wiedersehens mit Erika und die Wahl der richtigen Worte, mit denen er sie umstimmen würde.

Er entschloß sich, noch vor dem Schlafengehen nach der inzwischen eingegangenen Post zu sehen. Das Glas Courvoisier ging mit ihm in sein Arbeitszimmer, wo er mit einem Papiermesser ans

Werk ging. Einen Kontoauszug und die Rechnung eines Lebensmittellieferanten ignorierte er für heute. Anders einen Brief aus Falkenstein, welcher diesmal nicht von seiner Mutter, sondern von seinem Vater kam. Claus las ihn nicht nur mit Interesse, auch mit ausgesprochenem Vergnügen. Ihn amüsierte die Feststellung seines Vaters, er wäre als Rentner derart beschäftigt, daß er sich nun fragte, wie um Himmels willen er vorher je die Zeit gehabt hatte, überhaupt einem Beruf nachzugehen. Offenbar genoß der alte Junge sein jetziges Leben und fühlte sich wohler denn je. Auch seiner Mutter ging es trotz Alterserscheinungen gut, und Inge erwartete ihr drittes Kind. Die Verlängerung eines Zeitschriftenabonnements, eine Stromrechnung. Nichts, was Claus Bettlektüre nennen würde. Ein Umschlag war dabei, der keine Briefmarke trug, auch war kein Absender angegeben. Merkwürdig. Die Anschrift war maschinengeschrieben, der Brief aber, den Claus herausnahm, wies unverkennbar Erikas Handschrift auf. Die Anrede lautete auf „Mein Liebling". Nun wurmte es Claus, daß er seine Post nicht vorher schon geöffnet hatte. Stunden schon saß er hier im Haus, während diese teure Zuschrift von der Frau, die er über alles liebte, dort in Reichweite auf ihn wartete. Und er hatte es nicht gewußt.

„Daß Du diese Zeilen liest, bedeutet, daß ich in Rußland bin." Hatte er sich verlesen, oder war Erika durcheinandergekommen? Er war es, der in Rußland gewesen war, als sie dies niederschrieb. Den Anfang las er noch einmal durch. Ja, so lautete er. „Daß Du diese Zeilen liest, bedeutet, daß ich in Rußland bin. Diesen Brief gebe ich einem Freund, der versprochen hat, ihn dir zu liefern, sobald er Nachricht erhält, daß ich heil angekommen bin." Heil angekommen? „Ich bin Kommunistin. Wußtest Du das, Liebling? Manchmal glaubte ich, Du müßtest es wissen, nie aber hast Du etwas gesagt. Seit 1920 bin ich aktives Parteimitglied, da die Nazis aber die Partei nun verboten haben, ist vielen von uns angeraten worden, uns durch Emigrieren zu retten. Ich hasse den Gedanken, Deutschland zu verlassen, wie ich den Gedanken auch hasse, dich zu verlassen, aber Claus, weder ich noch meine Arbeit werden in Deutschland eine Zukunft haben, solange die Nazis an der Macht bleiben. Möge dies nicht lange sein! Dann werde ich zurückkehren können, und wir werden wieder beisammen sein. Ich liebe Dich, Claus. Ich habe Dich stets geliebt, und ich werde Dich bis ans Ende meiner Tage lieben. Es ist nichts als die Grausamkeit politischer Entwicklungen, die uns jetzt trennt. Vergiß aber niemals, mein Liebling, daß diese Trennung

122

keine ewige ist. In Rußland werden ich und meine Genossen arbeiten, um Deutschland von dem Schatten zu befreien, der es eingeholt hat. Bis dahin, mein teuerster Liebling, werde ich stets von Dir träumen und in meinen Gedanken immer bei Dir sein. Niemals, niemals vergiß dies, Liebling. Und noch eines. Wenn Du meine Mutter besuchst, sei bitte vorsichtig. Sicherlich werden die Nazis sie bewachen, um zu erfahren, wer ihre Kontakte sind. Sie hat nicht gewußt, daß ich in der Partei aktiv war. Ich habe ihr erst in der Nacht davon erzählt, als ich wegfuhr. Wie Du Dir vorstellen kannst, hat es sie sehr verstört, davon zu erfahren. Ich weiß, sie würde sich freuen, Dich zu sehen, Du mußt aber auch an Dich selbst denken. Du könntest Dich gefährden, und ach, mein Liebling, ich will, daß Du in Sicherheit bleibst. Leb für mich, wie auch ich für Dich leben werde, und wir werden uns in Freiheit wiedersehen. Meine innigste Liebe begleitet Dich, mein teuerster Liebling. Es küßt Dich tausendmal – Deine Erika."

Bei der ersten Lektüre konnte es Claus nicht begreifen. Konnte es sich um einen Scherz handeln? Aber nein, die Handschrift war zweifellos die Erikas. Er las das Ganze noch einmal durch, diesmal langsam, bewußt den Sinn eines jeden Wortes in sich aufsaugend. Als er damit fertig war, saß er eine volle halbe Stunde da, ohne sich zu rühren.

Irgendwann mußte er sich aufgerafft haben und zu Bett gegangen sein, später konnte er sich aber nicht daran erinnern. Als ihn am nächsten Morgen der Wecker zu Bewußtsein rief, spürte er eine überwältigende Leere, die er zu Beginn nicht verstehen konnte. Erst als Claus auf den Beinen war, fiel ihm der Brief ein. Die Erkenntnis erwischte ihn wie ein heftiger Schlag in die Magengrube. Einen Augenblick lang stand er regungslos da.

Seine lebenslange Gewohnheit soldatischen Benehmens war es, die ihn rettete. Pflichten gab es, die ausgeführt werden mußten. Trotz des Gefühls, von einer schweren Krankheit befallen zu sein, machte sich Claus automatisch für den Tag fertig. Wie üblich kam er einige Minuten zu früh im Ministerium an. Über alle russischen Gesprächspartner Bockelbergs wie auch über die besuchten Einrichtungen auf sowjetischem Gebiet hatte sich Claus genaue Notizen gemacht. Sämtliche Gespräche des Generals hatte er zusammengefaßt, nun dienten diese Notizen als sachlicher Rahmen für den von Bockelberg zusammengestellten Reisebericht. Nachdem er seine Tagespflichten erfüllt hatte, fuhr Claus direkt nach Wedding. Zur Hölle mit irgendwelcher Gefahr! Wenn jemand ihn beobachten sollte, dann dürfte dieser daraus machen, was er wollte. Er aber würde Erikas Mutter besuchen, und damit fertig.

Als er aus dem Zweisitzer stieg, stieß Claus beinahe mit Frau Wolf zusammen. Sie trug einen vollen Einkaufskorb und ging mit gesenktem Kopf den Gehsteig entlang. Noch bevor er wußte, was er tat, hatte Claus die Frau am Oberarm gefaßt. Sie sah sein Gesicht und sackte auf seiner Brust zusammen. Claus griff nach ihrem Einkaufskorb.

Zwei gemarterte Augen blickten zu ihm hinauf. „Nein. Komm nicht mit mir nach Hause. Es hat keinen Zweck, dich in Schwierigkeiten zu bringen."

„Unsinn!"

„Das ist kein Unsinn. Einer von Erikas Freunden hat mich gewarnt. Du kannst meinen Korb nehmen, wenn du willst, wir gehen aber nicht zu mir. Wir gehen in der anderen Richtung spazieren." Sie ließ keinen Einwand gelten, drehte sich einfach um und ging wieder in die Richtung, aus der sie zuvor gekommen war. Vielleicht hundert Meter waren die beiden gegangen, da gelangten sie an ein kleines Kaffeehaus. Claus steuerte die sichtlich betroffene Frau hinein. Hinten im Raum setzten sie sich an einem kleinen Tisch. Claus setzte sich mit dem Rücken zur Wand, so daß er jeden Passanten beobachten und feststellten konnte, ob sich jemand für die beiden zu interessieren schien. Während der Stunde, die sie dort saßen, sah er niemanden und nichts, was Grund zur Sorge wäre.

Verständlicherweise war Erikas Mutter den Tränen nah. Allzu leicht läßt sich eine solche Stimmung übertragen. Claus hatte sich stets für einen Meister der Selbstbeherrschung gehalten, doch trotz seiner besten Anstrengungen spürte er bald, wie auch seine eigenen Augen von heißer Nässe brannten.

Weniger verständlich als die Trauer war das Verlangen, das die Frau zu verspüren schien, sich für ihre Tochter zu entschuldigen. „Ich weiß gar nicht, warum sie es tat. Von mir hat sie diese Ideen nicht. Und auch nicht von ihrem Vater."

Es gab nur die eine Möglichkeit, der natürlichen Verzweiflung einer Mutter entgegenzutreten. „Frau Wolf, falls Erika in Gefahr war, so ist sie jetzt in Sicherheit. Das ist alles, was zählt. Dafür müssen wir dankbar sein."

„Ist sie in Sicherheit?"

„Aber selbstverständlich. Die Russen werden sich um sie kümmern. Sie werden sie als eine der Ihren betrachten. Auf jeden Fall besser, als hier im Gefängnis zu landen, oder?" Aber so leicht ließ sich Frau Wolf nicht überzeugen. Man konnte doch keinen ins Gefängnis stecken, nur weil er Kommunist war? Auf alle Fälle nicht für lange. Es sei denn, man hätte etwas wirklich Verbrecherisches angestellt, wie jener Holländer, der den Reichstag in Brand gesteckt hatte. Mit solchen Machenschaften hatte Erika nichts zu tun. Sie war lediglich die Anhängerin einer Idee, mehr nicht. Selbst wenn man sie verhaften würde, eine kurze Abwesenheit durch Einsperrung wäre doch besser, als sie niemals wieder zu sehen. Aus Rußland würde sie nie wiederkehren. Niemals.

„Frau Wolf, sie ist gesund und munter. Vergessen Sie dies nicht." Gesund und munter? Das wußte er doch selbst nicht mit Gewißheit. Einer derart besorgten Mutter mußte er aber etwas an Trost bieten. Schließlich hatte diese aufrichtige, fleißige Frau bereits ihren Mann verloren, und nun war auch ihr einziges Kind von ihr gegangen. Und ja, wahrscheinlich hatte sie recht. Vermutlich würde Erika niemals zurückkehren. Nun hatte die arme Frau gar niemanden. Was lag anderes vor ihr, als zu verwelken, um anschließend in trostloser Einsamkeit zu sterben, und das wahrscheinlich Jahre vor ihrer Zeit?

„Komm nicht zur Wohnung", bat sie ihn. „Wenn du mich erreichen willst, schreib an diese Frau. Sie ist absolut zuverlässig, total unpolitisch. Sie hat mit mir in der Fabrik gearbeitet, und wird jedes Schreiben weiterreichen." Die Anschrift, die ihm Frau Wolf reichte, war in dem Meyerischen Hof, einer jener massigen Wohnkasernen, denen Wedding seinen schlechten Ruf zu verdanken hatte. „Du kannst vorschlagen, wo und wann wir uns treffen – am besten weit weg von Wedding."

Trotz seiner Proteste, daß ihr der Korb zu schwer war, bestand die unglückliche Frau darauf, allein nach Hause zu gehen. Claus blieb noch eine Minute länger sitzen, dann begab auch er sich auf die Straße. Im Türrahmen blieb er einen Augenblick stehen, schaute in beiden Richtungen die Straße entlang und studierte die gegenüberliegenden Geschäftshäuser. Es war kein Beobachter zu sehen. Keiner folgte der bereits einhundert Meter weiter gebeugt gehenden Gestalt. In den Gebäudeeingängen war niemand postiert.

Betäubt fuhr Claus nach Hause. Wochenlang blieb er in diesem Zustand, wenig mehr als ein Automat. Erika eine Kommunistin! Sie hatte ihm nach seiner Rußlandreise mit Blomberg nicht eine einzige Frage gestellt, dabei mußte sie vor Neugier beinahe geplatzt sein. Das war wohl, nahm Claus an, was unter Parteidisziplin zu verstehen war. Geheimhaltung war etwas, was er durchaus verstand.

Jeden Morgen stand Claus auf, badete, rasierte sich, zog sich an und fuhr zur Bendlerstraße. Im Ministerium führte er seine Pflichten wie ein Schlafwandler aus. Nachts lag er bis in die frühen Morgenstunden wach, Erikas Gesicht vor Augen, ihre Stimme im Ohr. Immer wieder wurde er von dem bezaubernden Runzeln in ihrer Nase entzückt, wenn sie in seiner unauslöschlichen Erinnerung lachte. Oh Erika, Erika! Gerade in solchen Augenblicken, um drei, vier Uhr früh, am Tiefpunkt des menschlichen Widerstandes, kamen ihm die absurdesten Ideen. Den Dienst würde er quittieren, nach Rußland emigrieren, die sowjetischen Behörden würde er bitten, ihn wieder mit Erika zusammenzuführen. Den Rest ihrer Tage würden sie beisammen verbringen, genauso, wie es Erika gesagt hatte. Nur nicht in Deutschland.

Jeden Morgen wußte er dann, daß er all dies doch nicht tun könnte. Er war Soldat. Ein Soldat diente seinem Vaterland. Claus diente seinem Vaterland schon sein halbes Leben, er konnte ihm nun unmöglich den Rücken kehren. Sein persönliches Glück war nichts, die Zukunft seines Landes war alles.

Mit dem deutschen Entschluß, sich nicht an einer Wiederaufnahme von Giftgasherstellung zu beteiligen, war das letzte Unternehmen von Abteilung R in Rußland abgeschlossen. Dies brachte seine Gedanken weg von seinem Liebesleid hin zum Verlangen, in ein Regiment zurückversetzt zu werden.

Die letzte Handlung der historischen Kollaboration war eine Angelegenheit des Seekriegs. Auf Krupps Germaniawerft in Kiel war für die Rote Kriegsmarine ein U-Boot konstruiert worden, die Motoren kamen von der Schiffsmaschinenbau AG in Bremen. Das Boot war nun fertig, wurde an die russische Ostseeflotte übergeben und unter der Bezeichnung *S-13* in Dienst gestellt.

Die dem Reichswehrministerium zugeteilten russischen Offiziere kehrten wieder nach Hause. Vorher aber luden sie Claus zum Abendessen ein, tranken wiederholt auf sein Wohl, nannten ihn „unseren Genossen Claus Erlenbach" und schenkten ihm als Andenken an die Kollaboration eine geschnitzte Holztafel. Darauf eingeschnitten war eine Abbildung der mit den Worten „Made in Germany" versehenen *S-13*. Zu sehen war das U-Boot beim Abfeuern eines Torpedos auf ein Schiff namens *Versailles*. Das Opfer brach entzwei. Die russische Inschrift lautete „Zehn glorreiche Jahre sowjetisch-deutscher Kameradschaft". Diesmal trank Claus ausnahmsweise zuviel und ging zu spät nach Hause. Seine schriftliche Bitte um Versetzung zu einem Regiment hatte er an diesem Nachmittag eingereicht.

Die einige Wochen später ankommende Absage seiner Bitte verstimmte ihn weniger, als er erwartet hatte. Ohne Zweifel war er durch den Verlust von Erika noch taub vor Schmerz. Aus welchem Grund auch immer, seine Befehle nahm er mit Gleichgültigkeit entgegen. Er sollte beim Ministerium bleiben, wo sein neuer Verantwortungsbereich darin bestehen würde, die Berichte deutscher Militärattachés aus aller Welt zusammenzutragen und auszuwerten.

Diese neue Aufgabe brachte eine Beförderung zum Majorsrang und den Umzug in ein größeres Büro mit sich. Eigentlich war die Beförderung schon längst fällig gewesen, unter normalen Umständen wäre sie bereits vor Jahren erfolgt. Sie kam gerade jetzt, dies wußte er, um ihm im Umgang mit Botschaftspersonal, Offizieren der Admiralität und dergleichen eine gewisse Ranggleichheit zu verleihen.

Der Holztafel, die ihm die Russen geschenkt hatten, widmete er einen zentralen Platz an der Wand seiner neuen Umgebung. Jene Jahre der Zusammenarbeit mit den Russen, überlegte er sich, waren die wichtigsten seines Lebens gewesen. Wie sein Vater immer sagte, es war Ehrensache für jeden Mann, alles zu tun, was für die Überwindung deutscher Schutzlosigkeit nötig war. Claus empfand es nun als Privileg, daß man ihm erlaubt hatte, bei diesen Unternehmungen einen kleinen Teil beizutragen.

Zu Abteilung R hatte eine bescheidene Schreibstube gehört. Nun verfügte Claus über seinen eigenen Schreiber in einem Vorraum. Allerdings spiegelte sein neuer Status keinen erhöhten Ministeriumsetat wieder. Vorläufig würde die neue Regierung für die

Streitkräfte nicht mehr ausgeben als ihre Vorgängerin. Da bei Hitlers Amtsantritt beinahe sieben Millionen arbeitslos waren, floß weniger Geld in die Staatskasse hinein als zu jedem anderen Zeitpunkt seit Gründung der Republik. Firmen, die, statt Gewinne aufzuwerfen, Verluste zu verzeichnen hatten, zahlten keine Steuer. Selbstverständlich galt das Gleiche auch für die Arbeitslosen, die, statt Steuern zu zahlen, den Staat nur Geld kosteten. Die Arbeitslosenzahl war aber schon merklich gesunken. Die Regierungspolitik, Firmen zu Kapitaleinsatz und Einstellung von Arbeitskräften anzuregen, wurde zum sichtlichen Erfolg. Konnte in jener irrsinnigen Horoskopprognose einer florierenden Wirtschaft doch ein Fünkchen Wahrheit stecken?

Im Oktober gab Hitler den Austritt Deutschlands aus dem Völkerbund bekannt. Der Bund, so die allgemeine Meinung, war die reinste Zeitverschwendung. Für Deutschland hatte er nichts getan, er ließ auch nicht ahnen, daß er es jemals tun würde. Gegründet worden war die Organisation mit dem Versprechen einer allgemeinen Abrüstung, doch keiner der führenden Staaten hatte seither abgerüstet. Von Deutschland unter den Bedingungen des Waffenstillstandes von 1918 ausgelieferte Panzer und Artillerie waren nicht zerstört, sondern in die Arsenale seiner Feinde aufgenommen worden. Polen beispielsweise verfügte nun über deutsche Panzer, während Deutschland der Besitz von Panzerabwehrwaffen verboten war. Dabei hatten die Polen seit 1919 zweimal ihre Streitkräfte entlang der deutschen Grenzen mobilisiert. Nun aber fing das Reich an, sich wieder zu behaupten. Betrachtete man die Menschen im Ministerium, sah man beschleunigte Schritte, leuchtende Augen und jeder schien plötzlich zwei Zentimeter gewachsen zu sein.

Andere, vor allem im Ausland, sahen in Deutschlands Austritt aus dem Bund eine Warnung vor einem kommenden Krieg. Litwinow wiederum beeilte sich, Moskaus Unterstützung für die deutschen Handlungen zu bekräftigen.

In Falkenstein war die Lese von 1933 vollendet, die Gärung hatte begonnen. Unter dem neuen Regime war bereits ein Wirtschaftsaufschwung zu verzeichnen, zum ersten Mal seit zwanzig Jahren versprach man sich Wohlstand für den Gutshof.

Bei all seinen Rennen in diesem Sommer war Claus waghalsig gefahren, und er wußte auch sehr wohl, warum. Ohne Erika kümmerte ihn sein Kopf nicht. Was machte es schon, wenn er jetzt stürbe? Welchen Grund hatte er, überhaupt weiterzuleben? Jeder andere könnte die Aufgaben verrichten, die er beim Ministerium erledigte. Besser als der lebendige Tod ohne Erika war auf jeden Fall ein rascher Tod beim Genießen dessen, was ihm am meisten Freude machte. Schließlich war das Rennfahren das Einzige, was ihm an Glück noch übriggeblieben war.

Auf dem Nürburgring trieb er die Sache wahrhaftig zu weit. Am Anfang der Steilkurve des Karussells hatte er versucht, nicht nur einen, sondern nicht weniger als drei Wagen auf einmal zu überholen. Mit dem Bremsen wartete er absurd lange, tauchte auf der Innenseite an allen dreien vorbei. Für diese Kehre von 180 Grad fuhr er einfach zu schnell. Sein schwerer Mercedes schoß von der Innenseite der Piste nach oben. Mit voller Wucht mußte Claus bremsen. Beinahe geriet ihm der Wagen völlig aus der Kontrolle. Während er darum kämpfte, ihn auf der Straße zu halten, schossen all drei von ihm soeben überholten Autos an ihm vorbei, dann auch noch zwei weitere dazu. Claus wußte vorher, daß er den fünften Platz belegt hatte. Mit einem einzigen hitzköpfigen Zug hatte er sich auf den zweiten bringen wollen – mit dem Ergebnis, daß er stattdessen nun auf den siebten herabgesunken war.

Erst nach Saisonende war Claus in der Lage, diese Vorkommnisse der gebührenden Überlegung zu unterziehen. Reichlich dumm hatte er sich benommen. Sogar verbrecherisch dumm. Achtlosigkeit, was sein eigenes Leben betraf, stand auf einem Blatt, das Leben anderer zu gefährden auf einem ganz anderen. Gerade dies aber hatte er getan. Am Karussell hätte er eine große Karambolage verursachen und vier oder fünf andere Fahrer umbringen können. Diese Fahrer hatten auch Familien, Eltern, vielleicht Ehefrauen, womöglich auch Kinder. Den Tod anderer Menschen aufgrund seines persönlichen Elendsgefühls herbeizuführen, hätte er sich niemals verzeihen können. Künftig würde er verantwortungsvoller fahren.

Julia

DAß die Augen hinter dem Kneifer auf ihn gerichtet waren, stand außer Zweifel. Ihren Blick konnte Claus genauso deutlich spüren, als stünde der Mann direkt vor ihm und nicht auf der anderen Seite des Raumes. Was aber hatte Himmler hier zu suchen? Der heutige Abend war doch Angelegenheit des Heeres, ein Empfang anläßlich der Pensionierung eines führenden Generals. Gewiß waren auch einige Vertreter von Admiralität und Luftwaffe anwesend, der Anblick von Himmler mit zweien seiner Ordonnanzen aber war in dieser Umgebung neu. Sollte die SS nun etwa als salonfähig gelten?

Für Claus war die Anwesenheit Himmlers die zweite Überraschung des Abends. Die erste erfuhr er, als er von Generalmajor Walther von Brauchitsch angesprochen wurde, der Claus als Rennfahrer erkannt hatte und ihn über seine Pläne für die kommende Saison ausfragte. Beim Motorsport kannte sich der General einigermaßen aus, schließlich war sein Neffe Manfred einer der führenden Mercedes-Fahrer, von ihren regelmäßigen Begegnungen auf den Pisten her kannte Claus ihn gut.

Während dieses kurzen Gesprächs mit dem Onkel seines Rennkollegen wurde Claus bewußt, daß Augen auf ihm ruhten. Am Rande seines Sichtfeldes spürte er ein schwarzes Gebilde. Für seine kommenden Renneinsätze wünschte der General Claus Hals- und Beinbruch, dann wandte er sich ab und ging weiter. Claus trank seinen Sekt aus und drehte sich um – vorgeblich, um das leere Glas auf ein silbernes Tablett abzustellen. Die Bewegung erlaubte ihm, verstohlen durch den Raum zu blicken. Ja, bei der stillen, inmitten einer Gruppe ausgelassener Generäle stehenden und ihn musternden Gestalt handelte es sich in der Tat um Heinrich Himmler. Blomberg, aufgeräumt wie immer, schien die Gruppe zu unterhalten. Neben ihm war Walther von Reichenau zu erkennen, der den Eindruck erweckte, Verbindungsmann des Heeres zur Nazipartei geworden zu sein. War Reichenau für Himmlers Anwesenheit verantwortlich?

Kurz vor Ende des Empfangs trat eine von Himmlers Ordonnanzen auf Claus zu. Wie Claus auffiel, trug seine schwarze Uniform die Rangabzeichen eines Standartenführers, also einem Oberst gleich. „Major, Sie werden morgen früh, zehn Uhr, in der

Prinz-Albrecht-Straße vom Reichsführer erwartet. Der Reichswehrminister hat seine Zustimmung gegeben." Reichswehr- minister, das war Blomberg. War etwa seine Einwilligung nötig, bevor Ermittlungen gegen einen Offizier eingeleitet werden konnten?

Claus gab sich keinen Illusionen hin. Selbstverständlich waren SS und Gestapo im Bilde über seine langjährige Beziehung zu Erika, seine Ergebenheit gegenüber einer Frau, deren Aktivitäten, was diese auch immer gewesen sein mögen, zweifellos als Landesverrat zu werten waren. Zu Himmler selbst war Claus bestellt worden. Wenn Himmler ihn persönlich verhören sollte, war er offenbar als hochgradig verdächtig eingestuft worden. Man wußte, daß Erika in der Sowjetunion war, während er selbst eine empfindliche Stelle im Verteidigungsapparat des Reiches bekleidete. Der Verdacht gegen ihn mußte sich der SS geradezu aufdrängen. Was machte es schon aus, daß er selbst von Erikas politischer Überzeugung nichts gewußt hatte, geschweige denn von ihrem Tun? Wer würde ihm das glauben? Doch Claus' Entschluss stand fest. Er würde weder etwas gegen Erika sagen noch jegliche Kritik an ihr dulden. Ihr Tun konnte man mißbilligen – wußte der Teufel, wie gerne Claus selbst alles wieder ungeschehen machen würde. Dennoch war Erika, ungeachtet ihrer falschen Entscheidungen, der prächtigste Mensch, dem er je begegnet war. Nichts, aber absolut gar nichts, konnte jemals daran rütteln. Ihre Ansichten teilte Claus zwar nicht, er selbst war ja total unpolitisch. Ideologien und Dialektik sagten ihm nichts. Claus war Soldat und unterlag der Eidespflicht, den Staat zu verteidigen. Diese Pflicht würde er ausführen, egal, welche Regierung im Lande amtierte – ja, auch wenn sie eine kommunistische wäre. Gegebenenfalls würde er dies auch Himmler sagen.

Himmler in Uniform, Himmler hinter einem Mahagoni- schreibtisch, Himmler mit schwarzuniformierten SS-Posten vor seiner Tür und auf jedem Flur des Gebäudes – dies war ein anderer Himmler als der Besucher in schlichtem Zivil, der vor vier Jahren neben seinem Krankenbett gesessen hatte. Die ruhige Manier und behutsame Höflichkeit waren noch da, dennoch war des Mannes Autorität unübersehbar.

Noch vor einem Jahr lediglich Funktionär einer politischen Partei, war Himmler nun Oberhaupt eines staatlichen Organs und trug den Titel und Rang ‚Reichsführer SS'. Es war, als wäre mit einem einzigen Satz aus einem Feldwebel ein Generalfeldmarschall geworden.

Die Augen, die Claus im Krankenhaus durch jene kleinen Linsen betrachtet hatten, waren ohne Ausdruck. „Bitte nehmen Sie Platz, Major. Als Erstes sollte ich Ihnen zu Ihrer Beförderung gratulieren."

Höflichkeit konnte eine Maske sein. Wie hatte es doch Shakespeare ausgedrückt? „Kein Wissen gibts, der Seele Bildung im Gesicht zu lesen."

„Major, ich muß Sie darauf aufmerksam machen, daß sich Heydrich sehr für Sie interessiert. Jeden Tag haben Sie mit einer Einladung in Heydrichs Hauptquartier zu rechnen." Reinhard Heydrich war Himmlers Stellvertreter. Ihm unterstand der Sicherheitsdienst, allgemein SD genannt, welchen er nach Vorbild der sowjetischen Tscheka aufgebaut hatte.

Auf dem Schreibtisch vor Himmler lag ein Ordner. Wenn das meine Akte ist, fragte sich Claus, was steht darin wohl über Erika, das ich noch nicht weiß?

„Also, Major, Sie arbeiten nicht mehr allein mit den Russen. Jetzt bearbeiten Sie Nachrichten aus aller Welt." Nachrichten in dem Sinne waren es eigentlich nicht, Claus aber ließ die Bemerkung sein. „Sie waren Hilfsattaché, Sie sitzen mehr oder weniger im Herzen der Reichswehrverwaltung seit" – Himmler öffnete den vor ihm liegenden Ordner – „nunmehr vierzehn Jahren. Sie besitzen erstklassige Gesamterfahrung und haben mit vielen höheren Offizieren zusammengearbeitet." Die hellblauen Augen schienen Claus zu durchbohren. „Obschon Ihre engsten Verbindungen in Rußland sind."

Es gab nur eines, was Claus tun konnte. Himmler ohne auszuweichen direkt mit den Augen fixieren. „Es kommt darauf an", gab Claus zurück, „was man unter Verbindungen versteht."

„Also, Woroschilow sind Sie mehr als einmal begegnet. Radek auch und Tuchatschewski." Noch entbehrten die Augen jeden Ausdrucks, der Anflug eines Lächelns aber erschien um den Mund. „In Rußland, Major, kennen Sie auch andere Menschen, von denen ich erst jetzt erfahren habe." Claus antworte nicht, konnte nicht antworten. Er wartete, seine Augen auf diejenigen hinter dem Kneifer gerichtet. Himmler hob eine Hand, nahm den Kneifer ab und lehnte sich nach vorne. „Im Laufe der Jahre haben Sie sich viel

Fachwissen angeeignet – ich darf sagen, sehr wertvolles Fachwissen."

Ein kleines Tuch erschien – war es ein Taschentuch? Claus sah zu, während emsige Finger die Linsen des Kneifers polierten. Er wanderte wieder zurück auf die Nase. Der Reichsführer lächelte. „Major Erlenbach, einst habe ich Ihnen vorausgesagt, daß eines Tages die NSDAP und das Deutsche Reich eins sein würden. Diese Vereinigung, Major, hat sich nun vollzogen." Und wenn ich der Nazipartei nicht diene, so diene ich auch nicht Deutschland, dachte sich Claus. Ist es das, was er damit sagen will?

Der Reichsführer lächelte. Er war zwar ein schwaches Lächeln, aber dennoch ein Lächeln. „Wie ich Ihnen bereits sagte, hat Sie Heydrich ganz schön unter die Lupe genommen. Sie stehen sogar ganz oben auf seiner Liste." Nun ruhten Himmlers Augen lange auf den seinen. „Ich sollte hinzufügen, daß Sie auch auf meiner Liste recht weit oben stehen. Und ich habe nicht vergessen, was Sie mir damals sagten, als Sie mit einer Verwundung dalagen, welche Sie sich zuzogen, weil Sie einem meiner Männer das Leben retteten. Für Sie als Soldat kam es nicht in Frage, allein einer Partei zu dienen, Ihre Pflicht bestand darin, dem Reich zu dienen. Damals hätten Sie mir keine bessere oder ehrenhaftere Antwort geben können. Major, jetzt wiederhole ich mein Angebot von damals. Die SS bildet das Rückgrat des nationalsozialistischen Staates, sie braucht Männer mit Ihrem Wissen, Ihrer Erfahrung und Charakterstärke. Hier in meinem persönlichen Stab steht ein führender Posten für Sie frei. Mich persönlich würde es sehr freuen, wenn Sie ihn nun doch endlich besetzen würden."

Claus war sprachlos.

„Heydrich", erklärte ihm Himmler, „ist dabei, im Sicherheitsdienst eine Auslandsabteilung einzurichten. Da Sie Fachmann für das Ausland sind, stehen sie weit oben auf seiner Wunschliste. Er hat Sie einer durchgehenden Überprüfung unterzogen. Doch ich will Heydrich zuvorkommen. Die SS steht in Ihrer Schuld, und als Mitglied meines persönlichen Stabes stünden Sie außerhalb von Heydrichs Reichweite."

Es war nicht zu fassen. Sollte das alles gewesen sein, was Himmler wollte? Kein Verhör, keine Anklage, keine Verhaftung, kein Fragen über Erika? Die kühlen Augen ruhten solange auf Claus, bis er sich zum Sprechen durchringen konnte. „Reichsführer, Sie

134

überschätzen meine Fähigkeiten. Ich bin kein Kopf für Verwaltungsaufgaben, sondern lediglich ein gewöhnlicher Soldat. Daß ich im Ministerium bin, entspricht nicht meinen Wünschen. Nun, da die Armee aufgebaut werden soll, will ich zum Regimentsdienst zurückkehren. Schließlich bin ich dafür Soldat geworden, nicht, um an einem Schreibtisch zu sitzen. Mit allem Respekt, Reichsführer, wenn ich zu Ihnen käme, würde ich nichts tun, als einen Schreibtisch gegen einen anderen auszutauschen."

„Glauben Sie mir, Major, ich verstehe Sie voll und ganz. Während des Krieges ging es mir genauso. Ich brannte darauf, in den Kampf zu ziehen, und mußte lange gegen meine Eltern kämpfen, bevor sie zuließen, daß ich zum Kadetten wurde. Es ist aber eine Frage des Alters. Seitdem sind wir ja alle älter geworden, und am besten wird der Regimentsdienst den Jüngeren überlassen." Diesmal lächelte Himmler ein volles Lächeln. Er beugte sich leicht vor. „Ihr Bedürfnis nach körperlichem Einsatz werden Sie auch als SS-Offizier weiterhin an den Rennpisten befriedigen können. Sie brauchen nicht zu befürchten, daß Ihnen die hierfür notwendige Urlaubszeit nicht genehmigt wird. Hierauf haben Sie mein Wort." Wollte Himmler etwa, daß sich die SS bei den größeren Rennen eines Fahrers aus den eigenen Reihen rühmen durfte? Sollte Claus der SS als Aushängeschild dienen? „Auch muß mal gesagt werden", fuhr Himmler fort, „daß die Armee Sie für Ihre Jahre der Leistungen und Treue nicht gerade großzügig honoriert. Als Mitglied meines Stabes werden Sie mit sofortiger Wirkung befördert. Sie fangen mit dem Rang eines Standartenführers an. Später…"

„Reichsführer, es tut mir leid. Ich bin Reichswehrmann. Ich werde beim Heer bleiben und mich damit zufriedengeben, was kommt."

„Auch mir tut es leid, Major. Selbstverständlich aber achte ich Ihre Treue." Himmler stand auf und reichte Claus die Hand. „Die Armee kann sich glücklich wähnen, einen Mann wie Sie in ihren Reihen zu wissen. Hoffentlich läuft Ihre Karriere so, wie Sie es sich wünschen."

Das Ganze war unglaublich. Seine Verbindung zu Erika mußte ihn doch politisch diskreditieren. Wie konnte man ihn für die SS oder den SD in Erwägung ziehen? War es möglich, daß man doch nichts wußte? Diese Leute benahmen sich so, als wären sie allwissend, vielleicht aber waren sie in der Tat weniger ausgefuchst als sie dachten. Entweder wußte man nichts über das Verhältnis, oder man hielt es jetzt, da Erika außerhalb des Landes war, für ungefährlich. Sollten sie aber über das Verhältnis im Bilde sein, würden sie ihn logischerweise weiterhin im Auge behalten.

Na, sollte ein Stellenangebot von Heydrich eintreffen, würde ihm Claus die auf gleiche Weise antworten, auf die er Himmler seine Absage erteilt hatte. Vor lauter Erleichterung fing Claus auf dem Weg zum Ministerium an, innerlich zu lachen. Unerwartet gut gelaunt kam er in seinem Büro an. Aber das Angebot von Heydrich blieb aus.

Als an seinem Schreibtisch das Haustelefon läutete, wurde aus dem Vorzimmer gemeldet: „Major Albrecht."

„Schicken Sie ihn herein." Noch bevor die Tür des Vorzimmers aufging, war Claus von seinem Stuhl aufgestanden und eilte dem Freund mit ausgestrecktem Arm entgegen. Albrechts Anblick war befremdlich. Noch niemals hatte Claus seinen Kameraden fahl aussehend erlebt, und gewiß nicht erschüttert. Offensichtlich war Albrecht nun aber beides. Claus kam hinter seinem Schreibtisch hervor und griff nach Albrechts Hand. „Rolf! Was hast du?"

„Ich quittiere den Dienst."

„Du gehst in Rente? Ich denke, du machst noch vier Jahre."

„Ich kann nicht mehr warten."

„Aber warum? Setz dich. Trink was." Claus fischte den Cognac aus seinem Schrank und goß zwei Gläser ein. „Warum, um Himmels willen?"

Albrecht leerte sein Glas in einem Zug. Seine Augen erinnerten Claus an einen um Aufmerksamkeit bettelnden Spaniel. „Es ist Julia."

„Julia? Sie ist nicht krank, oder?"

„Nein. Ich gehe aber wegen Julia."

Es ergab keinen Sinn „Was hat Julia getan?"

„Es ist wegen nichts, was sie getan hat, sondern wegen dem, was sie ist."

Nun ergab es erst recht keinen Sinn. „Was meinst du mit dem, was sie ist?"

„Julia ist Jüdin."

„Aber Rolf, sie geht in die Kirche." An manchem Sonntag, wenn die beiden Männer nicht zur Jagd fuhren, waren sie alle gemeinsam zur Kirche gegangen, die Albrechts, Claus und Erika. Erika war eine taktvolle Nichtgläubige, die nur aus Höflichkeit mitgegangen war, Julia aber war eine eifrige Kirchengängerin.

„Sie ist Christin. Seit Generationen ist ihre Familie christlich. Das spielt aber keine Rolle. Sie ist eine Blutjüdin, und das ist alles, was zählt. Wie Mendelssohn." Obschon eine jüdische Familie, waren Mendelssohns Christen gewesen, jetzt aber war Mendelssohns Musik verboten. Doch welche Unterschiede bestanden zwischen seinen Werken und denen von beispielsweise Schubert oder sonst einem anderen Komponisten? Claus vermochte dieses Verbot nicht zu verstehen. Er hatte auch gehört, wie der Dirigent Furtwängler einen Protestbrief an Hitler geschrieben hatte. Oder war er an Goebbels gerichtet worden, war dieser jetzt nicht für die Künste verantwortlich?

Claus schenkte Rolf nach. Beamte, das wußte er, waren frühzeitig in Rente geschickt worden, wenn sie jüdisch waren. Selbst Lehrer. Es gehörte alles zum Programm der Naziregierung. Soeben war eine Anweisung eingetroffen, diese Politik auch auf die Streitkräfte zu erweitern.

„Du bist doch nicht jüdisch, Rolf, oder?"

„Nein, nur Julia."

Selbst wenn Albrecht jüdisch wäre, könnte man die Vorschrift nicht auf ihn anwenden. Frontsoldaten wurden davon nicht betroffen, und Albrecht hatte nicht nur an der Front gedient, er war auch verwundet worden. Bisher hatte Claus von keinem jüdischen Offizier erfahren, der dieser neuen Regelung zum Opfer gefallen war, doch kannte er ohnehin keine jüdischen Offiziere. Während des Krieges gab es derer viele, Claus kannte aber keine, die bis jetzt im Heer geblieben waren. Wie er vermutete, befanden sich irgendwo einige, welche Rolle aber sollten dabei Ehefrauen spielen?

„Aber warum mußt du denn dann gehen?"

„Eine Anweisung ist eingetroffen. Ein deutscher Offizier sollte sich von einer Frau trennen, die den Forderungen des Nationalsozialismus nicht entspricht. Mit anderen Worten, Julia verlassen oder meine Demission einreichen. Kannst du das glauben?" Die Zumutung war unerhört. Albrecht kippte seinen zweiten Cognac herunter. „Der Armee kann man keine Schuld geben. Ich werde nicht hinausgeworfen, gehe aber dennoch."

Würde man dann auch bald Beamte und Lehrer entlassen, die jüdische Ehefrauen hatten? „Was wirst du machen?"

„Keine Ahnung. Ich fahre nach Hause, um das Ganze mit Julia zu besprechen. Ich wollte noch nicht in Rente gehen, und jetzt erst recht nicht, wo doch alles besser wird." Ja, gerade Rolf war es gewesen, der sich von dem Aufschwung so viel versprochen hatte. Armer Albrecht! Claus empfand tiefes Mitleid für seinen Freund. Und die arme Julia! Er versprach, die Albrechts am Abend zu besuchen.

Nie war Claus der Gedanke gekommen, daß Julia jüdisch sein könnte. Und wenn? Was hätte das überhaupt zu sagen? Ein jeder Mann müßte sich mit einer Frau wie Julia glücklich schätzen und Rolf war ausgesprochen wertvoll für das Heer. Für Deutschland waren die beiden eine Bereicherung. Das Ganze ergab gar keinen Sinn.

Am Abend bei Albrechts fand Claus seinen Kameraden niedergeschlagen, Julia resigniert. „Ich habe Rolf gesagt, er soll das Beste daraus machen", erklärte Julia. „Ich bringe ihn schon dazu, sich damit abzufinden. Er wird seine Rente haben, und wir werden einen schönen, friedlichen Ruhestand genießen." Darauf tranken sie.

Früh am nächsten Morgen erreichte Claus der Telefonanruf. Im Schlaf war sein Vater gestorben. Es hatte keine Phase des Verfalls gegeben, keine Krankheit, kein Leiden. Das Herz hatte schon genug geleistet, und es hörte auf. Den Tod kannte Claus schon zur Genüge, dieser aber kam unerwartet. Erst als er seinen Vater im Sarg sah, fahl und dennoch mit seltsam jugendlichem Aussehen, vermochte er die Endgültigkeit dessen zu begreifen, was passiert war. Es gab vieles, was Claus seinem Vater verdankte. Sein Anstand und seine Moral stellten für ihn ein unschätzbares und unauslöschliches Vermächtnis dar. „Vergiß niemals", hatte ihn sein Vater gelehrt, „daß ohne die Wahrheit zu sagen und Versprechen einzuhalten, alle menschlichen Beziehungen auseinanderfallen und damit letztendlich die zivilisierte Gesellschaft schlechthin." Bei allem, was er unternahm, behielt Claus jene Worte im Sinn, mit welchen sein Vater einen Ehrenmann definierte: einer, der anderen kein Leid zufügt.

Ein Beileidstelegramm von Hitler traf ein. Der Reichsaußenminister, Baron Konstantin von Neurath, kam zum Begräbnis in Falkenstein. Reichswehrminister Blomberg schickte Claus einen handgeschriebenen Kondolenzbrief.

Claus kehrte mit frisch eingebrannten, lebhaften Bildern vor Augen nach Berlin zurück: Seine Mutter, würdig wie immer am Grab. Inge, die ihr Bestes tat, die Tränen zu unterdrücken, was ihr aber nicht ganz gelang.

Claus hatte Erika verloren. Er hatte seinen Vater verloren. Aber noch hatte er die Albrechts.

Auch die Autorennen hatte er noch. Seitdem er von der Waghalsigkeit der vorigen Saison abgerückt war, hatte Claus einige gute Platzierungen errungen. Zu einem zuverlässigen und verantwortungsvollen Fahrer hatte er sich inzwischen entwickelt, zu einem, der seine Maschinen schonte und als sicher und beständig galt. Seine Leistungen auf der Avus und am Nürburgring Anfang der 1934er Saison brachten ihm nun ein Angebot von Alfred Neubauer ein, einem ehemaligen Rennfahrer, der mehr oder weniger die Stelle eines Rennstalleiters für sich erfunden hatte und Chef der Werksmannschaft von Mercedes war. Dieser Posten erlaubte Neubauer, trotz der Tatsache, daß andere Fahrer schneller waren als er, beim Renngeschehen zu bleiben. Nun versprach Neubauer, Claus in die höheren Ränge des Motorsports zu verhelfen. Der letzte vor dem Weltkrieg stattgefundene Große Preis von Frankreich war von Mercedes gewonnen worden – und wie! 1914 belegte das Stuttgarter Werk die ersten drei Plätze. Nun, zwanzig Jahre darauf, meldete sich Mercedes noch einmal zu diesem Rennen. Es war an der Zeit, die Überlegenheit deutscher Ingenieurkünste noch einmal unter Beweis zu stellen. Nicht nur die nunmehr tiefer sitzenden Mercedes-Konstruktionen, auch die neuen Boliden der Auto-Union waren mit etwas ausgerüstet, was die Welt vorher nicht gesehen hatte: die einzelne Aufhängung aller vier Räder. Diese Autos würden auf der Straße sitzen wie keine anderen und dadurch würden ihre Fahrer sie umso schneller durch die Kurven jagen können. Claus wurde eingeladen, als Versuchs- und Ersatzfahrer in den Rennstall von Mercedes einzusteigen. Neubauer plante, zwei Wochen vor dem Großen Preis einige Autos nach Montlhèry mitzunehmen, um auf der schnellen Strecke intensive Versuchs- und Trainingsfahrten durchzuführen. Claus bekam für diesen Zeitraum direkt Urlaub bewilligt. Bei solchen Anlässen wurden einem niemals auch nur die geringsten Schwierigkeiten gemacht. Vielmehr spornte die Armee, wie die Mannschaften auch, ihre Offiziere an, sich am repräsentativen Sport zu beteiligen.

Dies würde das erste Mal sein, daß Claus auf einer Rennpiste außerhalb des Reiches fahren sollte, und dabei würde er über unglaubliche Pferdestärken verfügen. Er würde eine der stärksten Maschinen fahren, die bisher konstruiert worden waren.

Während er zu den Albrechts fuhr, um seinen Freunden von dieser Einladung zu berichten, wurde Claus beim Gedanken daran zunehmend aufgeregter. Die die Alleen Berlins säumenden Bäume zeigten ihre schönste Pracht. Es war einer jener warmen Junisonntage, die ihm die Reichshauptstadt wunderschön erscheinen ließen.

Seine Freunde fand er so melancholisch vor, wie er sie noch niemals erlebt hatte.

„Wir fahren nach Amerika." Zunächst dachte er, sie sprächen von einem Besuch. „Julia hat Verwandte in New York. Sie haben uns ein Zuhause angeboten. Es ist alles ein bißchen überstürzt, fürchte ich, der Vorschlag kam aus heiterem Himmel. Keiner von uns will wirklich gehen, Deutschland wird aber künftig kein Land mehr sein, in dem man Kinder aufwachsen lassen kann."

„Aber gerade jetzt ist die falsche Zeit, das Land zu verlassen. Endlich geht es uns wieder gut."

„Uns geht es nicht gut. Halbjüdische Kinder werden hier keine Zukunft haben. Julia will Deutschland genauso wenig verlassen wie ich, wir müssen aber an die Kinder denken. In allen Berufen werden Juden entlassen. Welche Zukunft hätten sie hier zu erwarten?"

„Dieser Unsinn kann aber doch nicht von Dauer sein."

„Und wenn doch?" Meistens war es unmöglich, Julia zu widersprechen, denn sie war grundsätzlich besser informiert als die beiden Männer. „Hast du das Programm der Nazi-Partei gelesen?" Weder Claus noch Rolf hatten es gelesen, nur Julia hatte sich intensiv damit beschäftigt. Sie las nun vor: „Artikel vier: *Staatsbürger kann nur sein, wer Volksgenosse ist. Volksgenosse kann nur sein, wer deutschen Blutes ist, ohne Rücksichtnahme auf Konfession. Kein Jude kann daher Volksgenosse sein.*"

140

„Aber du…"

„Warte noch. Es geht weiter. Artikel Fünf: *Wer nicht Staatsbürger ist, soll nur als Gast in Deutschland leben können und muß unter Fremdengesetzgebung stehen.* Das betrifft mich, und wenn man die Kinder auch als nicht deutschen Blutes ansieht, betrifft es die Kinder auch."

„Wie können eure Kinder denn Ausländer sein?"

„Na, wird man sie als deutschen Blutes betrachten? Was denkst du? Und Artikel sechs: *Das Recht, über Führung und Gesetze des Staates zu bestimmen, darf nur dem Staatsbürger zustehen. Daher fordern wir, daß jedes öffentliche Amt, gleichgültig welcher Art, nur durch Staatsbürger bekleidet werden darf.* Und unter Staatsbürgern, merke wohl, werden nur Menschen deutschen Blutes verstanden."

„Aber Julia, sicherlich ist das nicht ihr Ernst? Wann ist je eine politische Partei den Punkten ihres Programms treugeblieben?"

„Wenn sie die alleinige Partei im Staate war."

„Aber das ist doch gerade die Situation, in welcher sie es nicht mehr nötig hat, ihre Versprechen einzuhalten."

Julia schaute Claus auf eine Art an, die er vorher von ihr nicht erlebt hatte. „Hört sich für dich irgendeiner dieser Punkte wie ein Versprechen an? Nein, natürlich sind sie das nicht. Sie haben keine Wählerstimmen eingebracht. Das sind keine Versprechen, das sind Drohungen. Und kommt dir Hitler wie ein Mann vor, der nicht tut, was er sagt? Ich werde dir etwas sagen, etwas Komisches, ein Paradox, wenn du so willst. Meistens halten Demokraten nicht, was sie versprechen. Ich habe aber das Gefühl, daß Hitler, der alles andere als ein Demokrat ist, der erste Kanzler sein wird, der tatsächlich das ausführt, wozu er sich verpflichtet hat. Diese Punkte hat er in seinem Programm nicht aufgeführt, um Stimmen zu gewinnen, sondern weil er sie durchaus ernst meint."

Claus schaute von Julia zu ihrem Ehemann. „Ich fürchte, ich weiß nicht viel über das, was Hitler sagt."

„Und *Mein Kampf* hast du auch nicht gelesen, oder?"

„Nein, habe ich leider nicht." Jeder wußte von Hitlers Buch. Exemplare desselben waren überall zu sehen, in Bücherläden, auf Büroschreibtischen und selbst auf privaten Bücherregalen. Claus

141

aber kannte keinen, der so weit gegangen war, es zu lesen. „Ich hab's jetzt gelesen", sagte Julia, „und es ist erschreckend."

Albrecht hatte keine Zweifel. „Julia hat recht. Sieh mal, was man mir angetan hat. Die verlieren keine Zeit. Dem Heer ist Anweisung erteilt worden, sich gewisser Leute zu entledigen, und man tat es, selbst wenn es sich in meinem Fall nur um einen Wink mit dem Zaunpfahl handelte. Gewiß, ich hätte darauf bestehen können, zu bleiben. Was für eine Zukunft aber würde mich hier erwarten? Sie meinen es ernst, das kannst du aber glauben, und mit den Kindern können wir keine Risiken eingehen."

Julias Verwandte waren Hausbesitzer in New York. Sie hatten Albrecht Aussicht auf Arbeit geboten.

„Es ist aber nicht einfach, nach Amerika zu emigrieren, oder?" Wie immer wußte Julia alle Tatsachen. „Die Jahresquote für Einwanderer aus Deutschland beträgt 57.000, und die HIAS hat uns geholfen."

„Nie davon gehört, fürchte ich."

„Na, das ist verständlich. Die HIAS, die Hebrew Immigration Aid Society, ist in einer Zeit gegründet worden, als es in Rußland viele Pogrome gab, um Juden mit den Einwanderungsformalitäten nach Amerika zu helfen. In unserem Fall ist es natürlich eine große Hilfe, daß wir dort Verwandte haben. Ich habe uns gemeldet, und den Rest hat die HIAS erledigt. Jetzt brauchen wir nur noch unsere Angelegenheiten hier zu regeln."

Also stand Claus schon wieder eine Trennung von Menschen bevor, die ihm wichtig waren.

Nie zuvor hatte er Julia derart nachdenklich erlebt. „Die Leute, die hier bleiben, müßte man bedauern", bekannte sie nun. „Wie ich meine, kommen wir gerade rechtzeitig weg. Später wird es schwieriger sein. Weißt du, wie viele Juden es in Deutschland gibt? Mehr als eine halbe Million. Die Quote von 57.000 wird jedes Jahr erfüllt sein. Da werden viele arme Teufel verzweifelt nach Auswanderung streben, und es wird für sie einfach keinen Platz mehr geben."

„Ich kann einfach nicht glauben", wandte Claus ein, „daß alles so schlimm sein wird. Nicht jeder Jude wird auswandern wollen."

„Ich möchte es zwar auch nicht glauben, bin mir aber sicher, daß diese Regierung es ernst meint. Im eigenen Lande als Ausländer behandelt zu werden. Wenn du Kinder hättest, würdest du dieses Risiko eingehen?" Auf Julias konsequente Überlegungen konnte es keine Erwiderung geben. Claus konnte lediglich versprechen, die Albrechts in Amerika zu besuchen, nachdem sie sich dort einmal eingelebt hatten.

Schon wenige Wochen später begleitete Claus die Albrechts nach Wesermünde. Gerade an jenem Tag hätte er mit der Mannschaft von Mercedes in Montlhèry sein können, aber letztendlich hatte er Neubauer doch eine Absage erteilt. Es war die Chance seines Lebens gewesen, Rennen aber würde es noch viele geben, und schließlich hatte man nur einmal Freunde wie diese.

Am Pier der Norddeutschen Lloyd stand Rolf ernst und blaß da, Julia in Tränen. Zum Abschied umarmten sich die beiden Männer. Julia küßte Claus und hing an ihm, als wäre er die Verkörperung des Deutschlands, welches zu verlassen sie nicht ertragen konnte. Die Kinder dagegen zeigten sich unbekümmert. Für sie war die Einschiffung auf der *Bremen* mit ihren 51.600 Bruttoregistertonnen und elf Decks ein einziges Abenteuer. Schließlich hatte die *Bremen* bei ihrer Jungfernfahrt 1929 das Blaue Band für die schnellste Atlantikfahrt errungen.

Bei solchen Anlässen konnte man nie die richtigen Worte finden. Zum Schluß mußte man sich einfach abwenden. Obwohl der große Albrecht in Menschenmengen sonst nie zu übersehen war, wurden er und seine kleine Familiengruppe unter den mehr als 2.000 nach New York reisenden Passagieren rasch verschluckt.

Während die *Bremen* Richtung offenes Meer dampfte, schaute Claus solange zu, bis er seine Freunde an der Reling nicht mehr erkennen konnte. Mit einem Mal wußte er, wußte es mit absoluter Sicherheit, daß er die Albrechts niemals wiedersehen würde. Die Erkenntnis alarmierte ihn. Nicht das Wissen selbst, sondern die Tatsache, daß es ihm aus dem nichts gekommen und so gewiß war. Claus hatte niemals Vorahnungen oder andere Erfahrungen von der Sorte erlebt, die man metaphysisch nennt. Solch eine spontane Gewißheit fand er daher beunruhigend. Wie konnte jemand überhaupt etwas wissen, was sich noch nicht ereignet hatte? Trotzdem wußte er es, und das war ihm unheimlich.

Er fuhr mit einem Gefühl des Verlustes nach Berlin zurück, welches ihn insofern überraschte, als es ihm beinahe soviel Schmerz bereitete wie der Tod seines Vaters.

Es war alles eine solche Schande. Es bestand ja kein Zweifel darüber, daß das Reich nun dabei war, die durch Versailles herbeigeführte Erniedrigung und das Elend zu überwinden. Gewiß irrten sich seine Freunde. Wenn sie nur ausgeharrt hätten... Albrecht hatte seine Rente, keiner hungerte mehr, und diese Maßnahmen gegen die Juden, sicherlich waren sie nichts als vorübergehende Schritte bis zur Wiederaufrichtung des Reiches.

Doch wie konnte Claus der Entscheidung seiner Freunde widersprechen? Alle Eltern mußten die Zukunft ihrer Kinder stets in den Vordergrund stellen. Die Albrechts mußten wissen, was für ihre Kinder das Beste war, und im Gegensatz zu Claus hatten sie keinen uralten Familienbesitz, der sie im Reich hielt. Trotzdem bedeutete die Auswanderung von Menschen wie Albrechts einen Verlust für das Land. Nach dem, was Claus gehört hatte, waren einige seiner besten Köpfe schon emigriert. Wie sollte das dem allgemeinen Aufschwung förderlich sein?

Daß es weiter aufwärts ging, stand außer Frage. Die Arbeitslosigkeit fiel rasch, die grauen Gesichter, die Gruppen herumlungernder und entmutigter Männer waren nicht mehr auf den Straßen zu sehen. Emsigkeit und eine allgemeine Atmosphäre des Selbstvertrauens lagen in der Luft. Die Depression durch die anhaltende Arbeitslosigkeit schien zu schwinden. Hitler schien sowohl die Selbstachtung des Einzelnen als auch die der gesamten Nation wiederhergestellt zu haben. Für Ambitionierte ergaben sich neue Gelegenheiten. Für Claus aber gab es keine weitere Einladung, für Mercedes eine Werksmaschine zu fahren. Niemandem wurde die Möglichkeit geboten, Neubauer ein zweites Mal einen Korb zu erteilen. Schließlich gab es auch andere, jüngere Fahrer, die Jahre ihres Lebens für gerade diese Chance opfern würden, die Claus abgelehnt hatte.

Nicht einen Augenblick lang bereute Claus seine Entscheidung. Was ihm jahrelange Reue verursacht hätte, wäre, wenn er sich von den Albrechts bei deren Fahrt ins Exil nicht verabschiedet hätte. Sie hatten ihrer Heimat Lebewohl sagen müssen, möglicherweise für immer, und dieser Aufbruch war für sie gewiß ein schmerzhaftes Erlebnis gewesen. Seine Freunde in einem solchen Augenblick nicht unterstützt zu haben, nur um einer persönlichen Leidenschaft zu frönen, hätte Claus als reine Selbstsucht empfunden. Die Albrechts waren ganz besondere Freunde für ihn geworden, da war Treue grundlegend, gegenüber Freunden wie auch der Familie, dem Regiment, dem Heer und dem Vaterland. Nein, Montlhèry versäumt zu haben, war nicht wichtig. Es würde auch andere Rennen geben, viele sogar. Selbst wenn nicht, was machte das schon aus? Er hätte unmöglich die Albrechts allein nach Wesermünde fahren lassen können. Mochte Neubauer eben beleidigt sein, er war es freilich nicht gewohnt, Absagen zu erhalten. Im Motorsport war die Einladung, für Mercedes zu fahren, wie heiliggesprochen zu werden.

Bei den Rennen würde Claus weiter seinen SSKL fahren. Zwar war dieser weit davon entfernt, ein GP-Wagen zu sein, er befand sich aber inzwischen in permanenter Rennausführung und fuhr einige Stundenkilometer schneller als damals, als er neu war. Für seinen täglichen Transport fuhr Claus noch den älteren Zweisitzer mit Kompressor, den 10/40/65.

Im April 1935 räumte Hitler dem Kreml einen Handelskredit in Höhe von 200.000.000 Mark ein – den dritten, welche das kommunistische Regime von Berlin erhalten hatte. Schließlich besäße Deutschland ohne russische Hilfe keine der neuen Waffen, mit denen es jetzt in der Lage war, die Welt in Staunen und Schrecken zu versetzen.

Im Frühjahr wurde die Gründung der Luftwaffe bekanntgegeben. Einen guten Vorsprung hatte sie bereits, schon waren sechzehn Geschwader an deutschen Flugplätzen stationiert. Daraufhin führte Hitler die Wehrpflicht wieder ein, um die Heeresstärke auf 500.000 auszudehnen. Sie sollte von zehn auf sechsunddreißig Divisionen aufgebaut werden.

In Nürnberg staunten ausländische Militärattachés über die Zahl der gepanzerten Fahrzeuge, Kampfpanzer, Flugzeuge und Geschütze, die auf dem Parteitag der NSDAP 1935 vorgeführt wurden. Für die Masse des Publikums – im Ausland wie auch im Reich – war es Hitler, der die neue Wehrmacht rasch ins Leben gerufen hatte. Freilich konnten die Wenigsten wissen, in welchem Grad Deutschlands militärische Wiederauferstehung der willigen Unterstützung der Sowjetunion zu verdanken war.

Weniger bereit zeigte sich der Kreml, seinen eigenen Glaubensgenossen Hilfe zu leisten. Ein Aufstand einiger Militärs gegen Spaniens Volksfrontregierung führte im Juli 1936 zum Bürgerkrieg. Die Volksfront, zu der Spaniens Kommunisten gehörten, bat Stalin um Hilfe. Hiermit ließ er sich Zeit, Unterstützung schien er überhaupt nur widerwillig zu geben, wobei die Waffen, die er lieferte, nur gegen Barzahlung in Gold an die spanischen Genossen gingen.

Deutschland und Italien schickten Truppen, die auf Seite der von General Francisco Franco befehligten Aufständischen kämpften. Zugleich entsetzt und fasziniert schaute die Welt zu, wie zwei Ideologien – Erzfeinde, wie man meinte – einander durch Dritte bekämpften.

Nun versuchte Stalin verzweifelt, die Möglichkeit jener Allianz zu retten, die er schon so lange erstrebte. Er schickte den Botschafter David Kandelaki nach Berlin, einst Rußlands Gesandter in Norwegen, der als alter Schulfreund Stalins ausgegeben wurde. In Stalins Namen äußerte Kandelaki die Bitte um erneute Gespräche zu dem Zweck, engere Beziehungen zu Deutschland aufzubauen.

Claus erhielt den Auftrag, auf Kandelaki einzugehen. Die Geschichte des „alten Schulfreundes" durchschaute er sofort. Deutlich war, daß Kandelaki etwa zehn Jahre jünger war als Stalin. Claus ließ recherchieren. Er fand heraus, daß Kandelaki ein alter Tschekist war, der sich schon 1918 durch gnadenlose Grausamkeit einen Namen verdient hatte. So gesehen war er, dachte sich Claus, ein Mann aus der gleichen Schule wie Stalin.

Die ganze lächerliche Episode, schlußfolgerte Claus in seinem Bericht, sagte sehr viel über den Ernst aus, mit welchem Stalin seinem Ziel eines Militärbündnisses nachging.

Erfüllung

RUDERTE Claus auf dem Havelsee oder auf dem Tegelsee? Wo es auch war, es konnte es wohl kaum ein beglückenderes Erlebnis geben, als sich Claus gegenüber in die Kissen einzukuscheln, während der Sonnenschein sein Gesicht und seine Hände in sanftes, flüssiges Gold tauchte. Kein Anblick konnte vertrauenserweckender wirken als der seiner starken und grazilen Ruderschläge, während sie zwischen den Wasservögeln trieben oder in Ufernähe unter dem herunterhängenden Laub glitten. Oder sie saßen auf einem Nadelbett unter den großen Bäumen des Grunewalds beisammen, und er hielt sie ganz fest in seine Arme geschlossen, gemeinsam sahen sie träumend zu, wie durch die heruntersinkende Sonne die riesigen Schatten der Bäume immer schneller weiterrückten. In solchen Augenblicken – ach, würden sie nur ewig dauern! – fand sie sich in einem Kokon aus Wärme eingehüllt. Sie war erfüllt von diesen Momenten äußerster Verzückung.

Dann erwachte Erika, voll leeren Trübsinns und Hoffnungslosigkeit starrten die dürftigen Wände ihres Zimmers auf sie herab. Claus, Berlin und die Wärme würden verschwinden, als hätte jemand einen Schalter betätigt.

Sie konnte sich zwar zwingen, nicht bewußt an Claus zu denken. Niemals konnte sie aber die unterbewußten Sehnsüchte, die ihr im Schlaf kamen, kontrollieren. So entzückend diese Träume auch waren, nachher ließen sie die Wirklichkeit nur noch härter erscheinen. Es war töricht, in der Vergangenheit zu leben. Was zählte, war das Morgen. In den Händen des Genossen Stalin war die Zukunft gesichert, morgen würde alles besser sein, für jedermann.

Erika hatte nie vorgehabt, ihr Leben lang Grundschullehrerin zu bleiben. Irgendwann hätte sie einen Posten auf einer Oberschule angestrebt, am liebsten als Lehrerin für Schüler, die gerade vor dem Abitur standen. Dank der Sowjetunion hatte sie nun dieses Ziel erreicht. Man hatte ihr eine Wohnung zugeteilt – na, eigentlich war sie kaum mehr als eine Hundehütte von einem Zimmer – und sie auf einer Sonderschule für begabte Siebzehn- und Achtzehnjährige eingestellt. Hier brachte sie ihren Schülern fortgeschrittenes Deutsch bei. Diese Stellung, die Erika nun innehatte, war die Erfüllung ihrer

147

Träume. Diese elitären Ausbildungsstätten wären doch etwas, wovon sich die übrige Welt eine gehörige Scheibe abschneiden konnte. Erikas Ansicht nach lieferten sie den letzten Beweis für die Überlegenheit der sowjetischen Gesellschaft. Sie verkörperten ein Ideal, welches über den ganzen Erdball verbreitet werden sollte.

Es verstand sich, daß Erikas Schüler und Schülerinnen samt und sonders außergewöhnlich talentiert waren. Sonst wären sie überhaupt nicht auf dieser Schule. Unvermeidbar aber war, daß es stets welche gab, die auch über die anderen hinausragten, die selbst innerhalb dieser Elite eine innere Elite bildeten. Im Augenblick hatte Erika zwei von der Sorte, einen Jungen und ein Mädchen, die Goethe und Schiller und Heine lasen und diese Werke mit Erika mit einer Leichtigkeit und Gründlichkeit auf Deutsch besprachen, als wäre es ihre Muttersprache.

Während Erikas Unterrichtsstunden wurde grundsätzlich nur Deutsch gesprochen. Der Lehrplan war nicht begrenzt, was bedeutete, daß fast jedes Thema besprochen werden konnte. Erika lehrte die Literatur, Geographie und Geschichte der deutschsprechenden Länder, und regte zur Diskussion über diese Themen an. Auch über die Lehren des Marxismus-Leninismus wurde auf Deutsch diskutiert. *Das Kapital* von Karl Marx war ein Standardwerk, dieses zu lesen und seine Wahrheiten in lebhaften, tagelangen Sitzungen zu erörtern, war praktisch das Erste, was Erika von ihren Schülern verlangte.

Die Sowjetunion brauchte Menschen, die jedes Thema mit Leichtigkeit auf Deutsch besprechen konnten. In anderen Klassen fanden Unterrichtsstunden für fortgeschrittenes Englisch, Französisch, Spanisch und Italienisch statt. Erika begriff, daß diese Kurse nicht nur Teil eines ehrgeizigen Bildungssystems waren, sondern darüber hinaus dem Zweck dienten, Aktivisten für spezifische Aufgaben vorzubereiten. Ihre eigenen Schüler und Schülerinnen würden, so nahm Erika an, in wenigen Jahren „Illegale" in Deutschland, Österreich oder der Schweiz werden.

Von dem Bulgaren Georgi Dimitroff wußte ja jeder, der, ohne entdeckt zu werden, etliche Jahre in einer Potsdamer Wohnung verbracht und dabei subversive Tätigkeiten im Vorhitlerdeutschland koordiniert hatte. Nachdem er schließlich von der Gestapo verhaftet und wegen angeblicher Anstiftung des Reichstagbrandes vor Gericht gestellt worden war, war Dimitroff unter den Genossen zu einer

Legende geworden. Auch er hielt sich nun in Moskau auf, nachdem ihn die Nazis einfach abgeschoben hatten. Es wäre eine Ehre, wenn Erika einem jungen Kommunisten helfen könnte, jene Fähigkeiten zu entwickeln, die ihn zu einem zweiten Dimitroff machen würden, einem noch erfolgreicheren Dimitroff, einem, der vielleicht das Naziregime zum Sturz bringen würde.

Die Partei hatte sinnvoll gehandelt, als sie ihr den Rat gab, Deutschland zu verlassen. Die Arbeit, die sie hier verrichtete, war der Partei unvergleichbar wertvoller als überhaupt etwas, was sie zuhause hätte tun können. Man hatte ihr gesagt, aus Gründen ihrer eigenen Sicherheit sollte sie vor den Nazis fliehen. Doch was bedeutete schon ihre Sicherheit? Von Belang waren keine persönlichen Überlegungen, allein die Idee war wichtig.

Führende Mitglieder der Deutschen Kommunistischen Partei waren im vornehmen Moskauer Hotel Lux untergebracht. Seit ihrer Ankunft in Rußland hatte Erika keine dieser prominenten Persönlichkeiten mehr gesehen, dagegen standen Zusammenkünfte mit gewöhnlichen Flüchtlingen, wie sie selbst einer war, auf der Tagesordnung. Alle waren sie kameradschaftliche Genossen im großen Kampf, da war es Erika nur recht, mit diesen zusammenzuarbeiten.

Lediglich ein schmächtiger Pseudointellektueller namens Preiß war Erika unangenehm. Dieser Kerl, der niemals einen eigenen Gedanken oder eine eigene Initiative entwickelte, war ein Individuum von bläßlichem Teint mit krummer Haltung und geistlosen Augen hinter einer schwarzumrandeten Brille. Schon in Berlin war ihr dieser Preiß zu einer Plage geworden. Auf Parteisitzungen bemühte er sich stets, neben Erika zu sitzen, und versuchte dann bei jeder Gelegenheit, sie nach Hause zu begleiten. Fortwährend machte er absurde Vorschläge zur gemeinsamen Freizeitgestaltung und schien außerstande, zu begreifen, daß Erika bereits an einen anderen vergeben war. In Deutschland war es ihr ein Leichtes gewesen, Preiß abzuwehren. Nun aber schien der Narr zu glauben, daß ihr gemeinsames Exil ihn automatisch mit Erika zusammenbringen müßte. Kaum eine Woche verging, ohne daß Erika einen unliebsamen Besuch mitsamt unerwünschten sexuellen Annäherungsversuchen erdulden mußte. Wie Preiß beteuerte, war es widernatürlich, daß eine Frau allein lebe. „Sie brauchen jemanden", protestierte er.

Aber nicht Sie, schrie Erika fast. Trotz erzwungener Trennung blieb Erika dem Mann, den sie liebte, auf ewig treu ergeben. Sollte das Schicksal sie beide nicht wieder zusammenführen, ob in der Sowjetunion oder in einem befreiten Sowjetdeutschland, so würde sich Erika sowieso niemals anderweitig binden. Für sie konnte es unmöglich einen anderen geben.

Trotz ihrer Feindseligkeit gegenüber dem Regime, welchem Claus nun diente, kam Erika nicht umhin, seine bewundernswerten Stärken und seinen Charakter mit den Eigenschaften des wirkungslosen, jämmerlichen Preiß zu vergleichen.

Erika fragte sich, ob sie inzwischen so gut Russisch sprach wie Claus. Von seinen Schuljahren hatte er ihr erzählt, sie hatte ihn aber nie Russisch sprechen gehört. Jetzt, hoffte sie wenigstens, würde sie in diesem Punkt nicht mehr so sehr hinter Claus stehen. Um eine neue Sprache gründlich zu erlernen, dies wußte Erika sehr wohl, mußte man richtig darin eintauchen. Daß sie aber den ganzen Tag mit ihren Schülern Deutsch sprechen mußte, erschwerte ihr dies. Außerhalb der Schule sprach Erika soviel Russisch wie möglich, in Läden, in öffentlichen Transportmitteln und mit ihren Nachbarn. Dennoch war sie am Tagesende meistens zu ermüdet, um mehr zu tun als nach Hause zu fahren, Hefte zu korrigieren und sich ins Bett zu legen.

Mit der Zeit war es ihr dennoch geglückt, die Sprache zu meistern. Sie hatte sich gezwungen, die Artikel der *Prawda* und *Iswestja* durchzulesen. Lesen war stets leichter, als das Gesprochene zu verstehen. Es hatte lange Zeit gedauert, bevor sie jedes Wort der Rundfunknachrichten verstehen konnte. Man mußte seine Ohren erst an den Klang gewöhnen. Anfangs konnte sie eine Frage mit tadelloser Grammatik zusammenstellen, wie zum Beispiel: Würden Sie mir bitte sagen, von welchem Gleis der Zehn-Uhr-Zug nach Leningrad abfährt? Sie konnte die Frage fehlerfrei formulieren, doch die Antwort darauf zu verstehen, stand auf einem anderen Blatt.

In der Hoffnung, daß es ihr eine Hilfe sein würde, war Erika des Öfteren ins Kino gegangen. Anfangs war ihr das Tempo des Gesprochenen viel zu schnell, sie hatte es für hilfreicher gehalten, die alten Stummfilme des Sergei Eisenstein wie *Oktober* und *Schlachtschiff Potemkin* zu besuchen. Es half, den Dialog geschrieben zu sehen, dazu war jedes Mal eine Pause zwischen den Sätzen, die einem erlaubte, das vorher Gelesene erst zu verdauen.

Zwei gegen die Nazis gerichtete Werke von emigrierten deutschen Autoren waren in Rußland verfilmt worden. Erika hatte beide gesehen. Sowohl *Professor Mamlock* als auch *Die Oppenheims* behandelten den Antisemitismus des Hitlerregimes. Von beiden Streifen war Erika begeistert.

Nun war für sowjetische Kinos ein mit Spannung erwartetes Ereignis angesagt. In Amerika hatte der britische Schauspieler Charles Chaplin einen Film gedreht, in welchem er Hitler karikierte. Erika empfand die Nachricht von diesem Film mit Titel *Der große Diktator* als Zeichen dafür, daß die Außenwelt endlich im Begriff war, aufzuwachen und die Gefahren des Hitlerregimes zu erkennen. Diese Entwicklung war ermutigend, da sich bisher nur Kommunisten dem Nazidiktator widersetzt hatten. Erika freute sich auf die Aufführung dieses Films in Moskau.

Sie hatte sich zudem der Aufgabe gewidmet, Lenins Gesamtwerke in der Originalsprache zu lesen. Hierin hatte sie schon einen guten Anfang gemacht.

Nun mußte sie Claus nicht mehr um seine Sprachkenntnisse beneiden. Überhaupt hatte sie gelernt, nicht zu sehr an ihn zu denken. Erika mußte jene wilden Fantasien aufgeben, in denen Claus eines Tages aus Deutschland eintraf, um bei der großen Aufgabe, das sozialistische Paradies aufzubauen, sein Leben mit ihr zu verbringen. Solche Sehnsüchte, mit Claus zusammen zu sein und mit ihm Kinder zur Welt zu bringen, zu unterdrücken, gelang Erika nur dadurch, daß sie sich daran erinnerte, daß diese Kinder nicht von ihnen beiden, sondern vom Staat in einem Kinderhort erzogen werden würden. Obwohl Erika sich sagte, daß Erziehung und Bildung durch den Staat dem sozialistischen Ideal entsprachen, vermochte sie die Vorstellung doch nicht zu verkraften, die eigenen Kinder abgeben zu müssen. Um mit einem solchen Konflikt fertig zu werden, zwang sich Erika, entschieden und für immer alle solchen Gedanken von sich zu weisen. Sie mußte sich schulen, auch hierin die Parteilehre zu akzeptieren, genauso wie sie alles andere hingenommen hatte. Allerdings empfand sie es inzwischen als Erleichterung, daß die Möglichkeit einer Zukunft mit Kindern aktuell nicht in Frage kam, eine solche Zwickmühle konnte es für sie nun nicht mehr geben.

Claus aber hatte nur das alte zaristische Rußland gekannt. Würde er jetzt hierher kommen, dessen war sich Erika sicher, würde er ihre Begeisterung dafür teilen, daß hier eine Gesellschaft ohne

Ungleichheit und Unterdrückung im Aufbau war. Besonders stolz war Erika darauf, daß, während die anderen Mächte vor ihm kapitulierten, allein die Sowjetunion Hitler die Stirn bot.

Dann kam Stalins Rede auf dem Kongreß der Kommunistischen Partei vom März 1939. Nachdem Hitler der Anschluß Österreichs gelungen war und er das Abtreten des Sudetenlands an das Reich durchgesetzt hatte, waren Großbritannien und Frankreich wachsam geworden. Hierzu meinte nun Stalin auf dem Kongreß, daß die Westmächte versuchen würden, Deutschland in einen Krieg gegen Rußland zu treiben, „doch die Nazi-Führer haben ihnen die kalte Schulter gezeigt." Wie Stalin hinzufügte, könnte er „keinen ersichtlichen Grund" zu einem Konflikt mit Deutschland finden. Keinen ersichtlichen Grund für einen deutsch-sowjetischen Konflikt? Was zum Teufel hatten Erika und ihre Exilgenossen dann überhaupt in Sowjetrußland zu suchen, dem Land, welches sie als Weltzentrum des Widerstandes gegen Hitler betrachteten? Noch schlimmer war, daß Hitler Stalins Worte als grünes Licht für weitere Abenteuer verstanden zu haben schien. Nun marschierte er in die Rest-Tschechei ein, um sie zu besetzen.

Mit einem Sieg der francistischen Truppen endete der Spanische Bürgerkrieg. Stalin hatte die Unterstützung für Spaniens Volksfront schon eingestellt, selbst gegen Barzahlung würde er keine Waffen mehr liefern. Spanische Kommunisten, die zur militärischen Ausbildung nach Rußland gefahren waren, ließ man nicht in ihre Heimat zurückkehren. Sie verbrachten ihre letzten Tage in sibirischen Arbeitslagern.

In Berlin wurde Donnerstag, der 20. April 1939, zu einem denkwürdigen Tag. Unter den Gratulanten zu Hitlers fünfzigstem Geburtstag befand sich ein päpstlicher Nuntius. Nach dem persönlichen Empfang begann auf der neuen Ost-West-Achse die größte militärische Parade der deutschen Geschichte. Gerade einen Tag zuvor war diese prachtvolle Verkehrsstraße eröffnet worden, die sich mit der Champs-Élysées von Paris oder der Mall Londons vergleichen ließ. Vor der Technischen Hochschule war eine große Ehrentribüne errichtet worden, auf welcher der von seinen Gästen flankierte Reichskanzler Platz nahm. Dreieinhalb Stunden lang marschierten oder rollten sie vorbei, die Infanteristen und die Panzerverbände, die Artilleristen und die Nachrichteneinheiten, die Schiffsbesatzungen und das Luftwaffenpersonal.

Aus Anlaß des Führergeburtstags gab die *Berliner Illustrierte* ein Sonderheft heraus, Briefmarken mit Sonderstempeln waren zu kaufen. Für Claus aber wurde der Tag aus einem völlig anderen Grund wichtig. Heute traf sein Versetzungsbefehl ein. Nun sollte er endlich das Reichswehrministerium verlassen und zum Regimentsadjutanten werden. Er wurde einem neuen Verband der motorisierten Infanterie mit Standort in Ostpreußen zugewiesen. Endlich konnte er wieder ein richtiger Soldat sein! Und wenn er Himmlers Angebot angenommen hätte, hätte er diese Chance verpaßt.

Die Nationalsozialistische Partei und das Deutsche Reich, so hatte ihm Himmler prophezeit, würden ein und dasselbe werden. Scheinbar also hatte der Mann doch recht behalten. Claus hatte Himmlers Worte nicht wahrhaben wollen, und das, was er von SS und SA mitbekommen hatte, gefiel ihm nicht. Eigentlich sah er zuviel von ihnen, heute waren sie überall im Leben der Nation anzutreffen. Man konnte keine Straße mehr entlanglaufen, ohne jemandem in Parteiuniform zu begegnen.

Trotzdem – Volk und Reich blühten derart, wie konnte man da überhaupt Kritik an der Regierung üben? Lediglich die antijüdischen Maßnahmen waren es, die Claus anstößig fand, inzwischen aber hatte er gelernt, auch diese aus seinen Gedanken zu vertreiben. Politik ging ihn nichts an, während Briefe von den Albrechts bestätigten, wie glücklich sie sich in Amerika fühlten und wie sehr ihre Kinder dort florierten. Na, letztendlich hatte das Regime seinen Freunden wohl einen Gefallen getan. Eines Tages würde Claus tatsächlich nach New York fahren und die Familie besuchen.

Nun war Erika schon sechs Jahre fort, der Schmerz war verebbt. Es war zwar nicht zu erklären, Tatsache aber war, daß er Erikas Bild in seinem Gedächtnis nicht mehr mit der gewohnten Schärfe sah. Deswegen verfluchte er sich, als hätte er irgendwie Verrat begangen.

Nun aber verdrängte seine freudige Aufregung über die neue Dienstzuweisung den Rest seiner Sehnsüchte. Viel zu lange hatte ihm Erikas Bild vor dem inneren Auge geschwebt. Das Mädchen hatte ihn blind gemacht gegenüber allen anderen. Erst in diesen letzten Wochen hatte er sich endlich von seinen Träumen losgesagt, Erika durch irgendeinen Zufall erneut zu begegnen, vielleicht durch einen Auftrag, der ihn nach Rußland bringen und sie wieder zusammenführen würde.

Claus hatte sich mittlerweile mit seinem Junggesellenlos abgefunden. Sich in seine Arbeit zu vertiefen, hatte ihm durch jene schweren Jahre geholfen, als seine Besessenheit von dem Mädchen ihn in Stücke zu reißen drohte. Dann hatten sich die Entwicklungen in Deutschland so sehr beschleunigt, daß sie seine volle Aufmerksamkeit verlangten. Inzwischen blieb ihm wenig Zeit, seine Gedanken an das zu verschwenden, was hätte sein können oder was noch werden mochte.

Daß er Erika nun endlich nicht mehr hörig war, wußte Claus in dem Moment, als er zu seinem Wagen ging, ihn ansah und beim bloßen Anblick erkannte, daß es Zeit war, sich von ihm zu trennen. Die Technik war so schnell vorangeschritten, daß der zweisitzige Mercedes inzwischen längst überholt war, mit den neusten Modellen war er nicht mehr zu vergleichen. Aber war das war nicht der Grund, daß er sich des weißen Autos plötzlich entledigen wollte. Stets würde der Zweisitzer in seinen Erinnerungen mit Erika und den gemeinsam unternommenen Fahrten verbunden sein. Der Wagen stellte die letzte physische und gefühlsmäßige Verbindung zu seiner verlorenen Liebe dar. So früh wie möglich würde Claus ihn nun gegen einen neuen eintauschen.

Doch zuerst mußte sich Claus bei seinem neuen Regiment melden. Den Mercedes würde er nicht mitnehmen, mittlerweile konnte der Wagen in der Garage von Haus Schwaben stehenbleiben. Nach Ostpreußen fuhr er mit einem Schnellzug.

Am Zielbahnhof wurde er von einem Dienstfahrer des Regiments abgeholt. Während seiner Jahre im Reichswehrministerium hatte Claus mehrere Male dienstlich eine Kaserne besucht, wobei er seine Sehnsüchte nach dem Regimentsleben bewußt unterdrückt hatte. Diesmal stellte seine Ankunft an einem Regimentsstandort die Vollendung all seiner Träume und persönlichen Wünsche dar. Als der Dienstwagen durch das große Tor hineinfuhr, spürte er sowohl das Aufwallen eines Glücksgefühls als auch einen innerlichen Seufzer der Erfüllung.

Das Regiment, so erfuhr Claus gleich, sollte mit Schützenpanzern vom Typ SdKfz 251 ausgerüstet werden. Noch waren aber keine Exemplare dieses aus einem in Kama entwickelten Prototyp hervorgegangenen Fahrzeugs eingetroffen. Wie auch in der vorhitlerschen Zeit mußten noch Einsätze zu Fuß ausprobiert und geübt werden.

Fürs Erste hatte Claus als Regimentsadjutant alle Hände voll zu tun mit der Abwicklung der beim Aufstellen eines völlig neuen Regiments notwendigen Aufgaben. Die *S-13*-Denktafel, die ihm die Russen geschenkt hatten, hängte er diesmal nicht an die Bürowand, sondern stellte sie auf einen Ehrenplatz in seinem Quartier.

Die ostpreußische Landschaft mit ihren Birkenwäldern und Seen fand Claus reizvoll, und sofort fühlte er sich in diesem Teil des Reiches wohl. Einer von seinen neuen Regimentskameraden hatte Onkel und Tante, die auf ihrem Gut in der Nähe von Mohrungen wohnten. „Diese Ecke kennst du gar nicht, oder Erlenbach?", fragte dieser Kamerad Claus. „Sonntag besuche ich meine Verwandten. Komm mal mit. Die Umgebung gefällt dir sicher, die Leute auch. Bei denen ist gut essen, gute Jagdmöglichkeiten gibt's auch." Gleich bei Tagesanbruch fuhren die beiden Kameraden los. Claus wurde mit seinen Gastgebern bekanntgemacht, dann nahm ihn sein Kamerad zu einem schnellen Rundgang um das Gut mit.

Als die beiden das Haus verließen, erblickte Claus eine junge Frau, die gerade ein Zimmer am Ende eines Durchgangs verließ. Es war nicht mehr als ein flüchtiger Blick. Claus hielt nicht inne, wußte aber von diesem einen Augenblick an, daß er den Rest seines Lebens mit dieser Frau zusammen verbringen wollte. Würde sie noch da sein, wenn die beiden Männer ins Haus zurückkehrten, oder war sie eine Besucherin, die im Begriff war, zu gehen? Daß ausschließlich diese Frage seine Gedanken beschäftigte, lenkte Claus während des kurzen Rundgangs gänzlich ab. Als Erstes besuchten sie die Ställe, wo Claus auf Anhieb erkennen konnte, wie schön die Vollblutpferde des Guts waren. Freilich konnte dies nicht überraschen, schließlich war Ostpreußen gerade für die Güte seines Pferdebestandes bekannt.

Zwei Reittiere wurden ausgesucht und gesattelt, und die beiden Offiziere ritten los. Nach dem Mittagessen würden sie auf die Jagd gehen. Doch Claus fand diese Aussicht nun längst nicht mehr so verlockend. Er vermochte an nichts anderes mehr zu denken als an die junge Frau im Flur.

Als man sich zum Mittagstisch begab, war sie schon dort. Sein Kamerad stellte sie Claus als seine Cousine vor. Sie hieß Marion, war Ende zwanzig, blond und blauäugig. Ihre Eltern merkten sofort, daß die junge Frau von ihrem Gast angetan war und signalisierten ihr auch sogleich, daß sie ihn gutheißen würden. Sie lenkten die Unterhaltung so, daß ihre Tochter dazu angeregt wurde, Claus direkt anzusprechen. „Marion, erzähle Major Erlenbach von der Zeit, als du…"

Nach dem Essen legte sein Kamerad Claus einen Arm um die Schulter und lachte. „Das Erste, das sie mich fragten, war, ob du verheiratet bist."

Die Jagd sagten sie ab. Stattdessen verbrachte Claus den Nachmittag damit, sich mit Marion zu unterhalten. Das Mädchen hatte einen auffallenden Sinn für Humor, war belesen und wies eine Qualität auf, die Claus für wertvoller hielt als ihre hohe Intelligenz: ihre ausgeprägte Vernunft. Diese, wußte der Himmel, war selten genug. Hinzu kam aber noch etwas anderes. Claus fiel auf, daß Marion im Gegensatz zu den meisten jungen Frauen nicht von sich selbst sprach. Während der Unterhaltungsstoff so vieler, die Claus kannte, sich eher um ihre eigenen Bedürfnisse und Wünsche drehte, schien das Wort „ich" in Marions Wortschatz geradezu zu fehlen. Von den Problemen anderer sprach sie, und von Ideen. Claus fand dies die bewundernswerteste Eigenschaft, die er je an einem anderen Geschöpf entdeckt hatte.

Drei Wochen darauf verlobten sie sich. Marion war achtundzwanzig, fünfzehn Jahre jünger als Claus. Wieso sie nicht schon lange vorher weggeschnappt worden war, konnte sich Claus nicht erklären. Den jungen Männern in dieser Ecke Ostpreußens mußte, sagte er sich, etwas fehlen. „Ich habe hohe Ansprüche", neckte sie ihn. „Du bist der Erste, der diesen entspricht."

Claus konnte sein Glück nicht fassen. Wie hieß es doch in dem Operettenlied? *Der süße, goldige Traum, den man nur einmal lebt.* Nur einmal. Daran hatte Claus fest geglaubt. Nun aber wußte er es besser. Es war unfaßbar, es war einfach nicht zu begreifen, doch nun erlebte er diese unaussprechliche Wonne zum zweiten Mal. Sie würden noch vor Ende des Sommers heiraten.

Andernorts wurde eine Eheschließung ganz anderer Art geplant. Stalin entließ seinen langjährigen Außenminister, Maxim Litwinow, der Jude war, und ersetzte ihn durch den nichtjüdischen Wyatscheslaw Molotow. Moskaus Botschafter in Berlin, Astachow, tastete sich bei Hitlers Auswärtigem Amt mit dem Hinweis vor, daß der Amtsantritt Molotows eine besondere Bedeutung hatte – eine Bedeutung, welche sich zugunsten Deutschlands auswirken würde. Würden die beiden Regimes, fragte der Kreml, gleiche Ansichten bezüglich der Zukunft Polens vertreten?

Wie es schien, sollte dies der Fall sein. Bald traf am Berghof, Hitlers Berchtesgadener Haus, ein Telegramm aus Moskau ein. Der Kreml war bereit, einen deutschen Gesandten zu empfangen. Es gab eine Bedingung. Stalin bestand darauf, daß ein eventueller Pakt von einem geheimen Zusatzprotokoll begleitet werden müßte, welches die Interessensphären der beiden Staaten festlegen sollte. Ein Pakt würde nur dann Gültigkeit haben, wenn das Geheimprotokoll gleichzeitig unterschrieben würde. Molotow ließ den Paktentwurf nach Deutschland durchgeben. Noch einmal räumte Hitler dem Sowjetstaat einen Handelskredit ein. Es war der zweite, welcher das kommunistische Regime durch Hitler und der vierte, welchen es in einem Zeitraum von sechzehn Jahren von Deutschland erhalten hatte. Wie 1935 auch, war dieser Kredit 200.000.000 Mark wert. An das Reich sollte die Sowjetunion wertvolle Kriegsmaterialien im Wert von 180.000.000 Mark liefern, insbesondere Öl, Phosphate für Sprengstoffe, Platin, Nutzholz, Baumwolle und Viehfutter.

Joachim von Ribbentrop, der Neurath als Reichsaußenminister ersetzt hatte, flog nun nach Moskau, um den Pakt zu unterschreiben, mitsamt dem geheimen Zusatzprotokoll, auf das Stalin bestand. Das am 23. August von Molotow und Ribbentrop unterschriebene, geheime Protokoll wies Litauen Deutschland zu und teilte Polen entlang den Flüssen Narew, Weichsel und San entzwei. Lettland, Estland und Finnland wurden den Russen überlassen. Was Südosteuropa betraf, so brachte Moskau sein Interesse an der rumänischen Provinz Bessarabien zum Ausdruck. Trotz seiner Abhängigkeit von Öllieferungen aus Rumänien erklärte Deutschland „das völlige politische Desinteressement" an diesem Gebiet.

Im Laufe einer fröhlichen Feier nach der Ratifizierung ließ Stalin eine Tirade gegen Großbritannien vom Stapel. „Wenn die Briten die Welt regieren", so der Sowjetdiktator, „dann nur dank der Dummheit anderer Völker." Der Sekt floß.

Nach seiner Rückkehr in das Reich berichtete Ribbentrop dem Führer begeistert von seinem erstklassigen Empfang durch die neuen Verbündeten und seiner Verständigung mit ihnen. In Moskau hätte er sich genauso gefühlt wie unter alten Parteigenossen. Trotzdem – was hatte Hitler eigentlich vor? Für eine Kriegswirtschaft benötigte Deutschland Nickel, das von Finnland geliefert wurde, sowie vor allem Öl, wofür seine beiden Hauptquellen Rußland und Rumänien waren. Dessen ungeachtet hatte Stalin erreicht, daß Deutschland sein

„völliges Desinteressement" an einem strategisch wichtigen Gebiet in Rumänien erklärt und darüber hinaus Finnland ohne Widerrede der sowjetischen „Interessensphäre" zugewiesen hatte.

Es war noch nie ratsam gewesen, beim Unterzeichnen eines Vertrages Eile an den Tag zu legen.

Erika und die Hunderten von deutschen Emigranten in Rußland verstanden wegen der Annäherung der beiden Regimes die Welt nicht mehr. Allen verschlug die Nachricht den Atem. In einer Welt, die weitgehend ihre Bereitschaft gezeigt hatte, vor Hitler zu kapitulieren, versprachen sich die deutschen Genossen von der Sowjetunion die einzige Hoffnung, das verhaßte Naziregime zu zerstören. Daher schien der deutsch-sowjetische Pakt wie in einem surrealen Albtraum das ganze Universum auf den Kopf gestellt zu haben.

Von Moskau kam die Anweisung, überall in der Sowjetunion sämtliche Bücher, die antinazistisches Material enthielten, sofort nach der Paktunterzeichnung von Büchereiregalen zu entfernen. „Sofort" bedeutete sofort. Allerorts mußten Büchereiangestellte Sonderschichten einlegen, um sich noch in der gleichen Nacht, noch vor der morgigen Ladenöffnung, der unliebsamen Werke zu entledigen. Unverzüglich wurden die Filme *Professor Mamlock* und *Die Oppenheims* zurückgezogen.

Jetzt würde man den neuen Charlie-Chaplin-Streifen nicht mehr aufführen lassen. Der Gedanke schoß Erika durch den Kopf, und gleichzeitig überraschte und ärgerte er sie. Wo kam eine solch oberflächliche Überlegung her, und wie konnte sie nur so frivol sein, an etwas derart Unwichtiges zu denken, wo doch wesentlich bedeutendere Fragen im Raum standen? Presse und Rundfunk hatten berichtet, daß ein Nichtangriffspakt abgeschlossen worden war. Bedeutete dies, daß Sowjetrußland sich verpflichtet hatte, nicht einzugreifen, wenn Hitler seine imperialistische Expansion weitertriebe? Würde die Rote Armee nichts unternehmen, um der Verbrecherlaufbahn der Nazis ein Ende zu setzen?

Erikas Bedürfnis nach frischer Luft wurde überwältigend. Solange sie auf ihrem Zimmer blieb, würde sie außerstande sein, den Aufruhr in ihren Gedanken zu meistern. Gerade waren Schulferien, fast der gesamte Lehrkörper war aufs Land gefahren. Es gab niemanden in ihrer Reichweite, bei dem sie sich ihre Sorgen von der Seele reden konnte. Erika nahm ihren Mantel vom Haken.

Von den vielen Menschen auf Moskaus Straßen schienen alle anderen wenigstens ein Ziel zu haben. Je nach Alter und Gesundheit eilten sie oder kämpften sich durch, jeder mit einer klaren Absicht. Erika dagegen wanderte einfach planlos umher. Noch war das sozialistische Paradies nicht so weit fortgeschritten, daß überall Autos umherfuhren. Hier konnte Erika Straßen auf eine Weise überqueren, die in Berlin einfach selbstmörderisch gewesen wäre. Moskaus Alleen waren breit, seine Bauwerke schön. An irgendeinem normalen Tag des Spätsommers wäre es ein Vergnügen gewesen, durch die Straßen der Hauptstadt zu wandern. Heute aber waren Erikas Gedanken und Gefühle zu verworren, um daran Freude zu empfinden. Sie vermochte nichts, als nur immer weiter zu gehen.

Unzusammenhängende Gedanken jagten sich in endlosen Kreisen. Doch Erika mußte versuchen, eine logische Erklärung für die Handlungen des Kremls zu konstruieren. So sicher wie der Tod war ja die Unfehlbarkeit des Genossen Stalin. Dennoch reichten Erikas geistige Fähigkeiten nicht dazu aus, um das Geniale an seinem Vorgehen zu begreifen. Wie konnte eine Annäherung an Hitler, von allen Menschen auf der Welt ausgerechnet ihn, den Sozialismus weiterbringen? Erika mußte sich geschlagen geben, der zerebralen Überlegenheit des Väterchens Stalin war sie einfach nicht gewachsen.

Die Sonne verlor an Höhe, die Luft wurde kälter. Wie lange und wie weit war Erika schon gelaufen? Der Stadtteil, in dem sie sich befand, war ihr nicht bekannt.

Ehe Erika ihre Behausung wieder erreichte, war es schon dunkel geworden. Sie hatte Hunger, war müde und fröstelte, inzwischen aber waren ihre Gedanken einigermaßen geordnet. Sie wußte nun, was sie tun mußte. Es stand ihr nicht zu, die Handlungen der Parteiführung infragezustellen. Erika mußte Genosse Stalin alles überlassen. Da Genosse Stalin unfehlbar handelte, würde alles, was er unternahm, für die Zukunft der Menschheit über jeden Zweifel erhaben das Beste sein.

Am darauffolgenden Nachmittag stand Claus mit Marion vor dem Traualtar der Evangelischen Kirche in Mohrungen. Es war die gleiche Kirche, in welcher Marion getauft worden war.

Wie die meisten Württemberger war Claus katholisch erzogen worden. Ihm war der einfachere Gottesdienst der Lutheraner neu, doch hegte er keine ausgeprägten Ansichten über Religion. Claus war damit einverstanden, daß ihre Kinder, wenn sie welche bekämen, in Marions Glauben erzogen werden sollten. Bevor sie sich vermählen durften, mußten Claus und Marion zu Protokoll geben, daß sie reinen arischen Blutes waren. Claus rief das Verfahren den ganzen Schmerz der Albrechts in Erinnerung.

Trotz ihres Alters unternahm seine Mutter die lange Eisenbahnfahrt von Falkenstein, durch den Polnischen Korridor, um der Trauung ihres Sohnes beizuwohnen. Inge, ihr Ehemann und deren Kinder fuhren mit. Auf halber Strecke legten alle in der Berliner Villa eine Unterbrechung ein.

Claus war nur ein Urlaub von 48 Stunden genehmigt worden. Etwas war im Gange, und seine Flitterwochen mußten möglichst kurz sein. Claus hatte Glück, meinte sein Regimentskommandeur, überhaupt einen Urlaubsschein bekommen zu haben. „Geh jetzt, solange du noch kannst", legte er ihm nahe. Daraufhin verließ Claus die Kaserne etliche Stunden, bevor er die Kirche erreichen mußte.

Sie fuhren an die Ostsee. Das Wetter war herrlich, die See wies jenes Blau auf, die auf Postkarten bei Claus stets den Verdacht einer Retuschierung weckte. Sie unternahmen ausgedehnte Spaziergänge, saßen stundenlang am Strand, schwammen aber nicht.

„Deine Mutter ist ein liebes Herzchen", sagte Marion. „Und in ihrem Alter eine solche Fahrt zu unternehmen! Südwest bis Nordost des Reiches, da ist es kaum möglich, weiter zu fahren und dabei noch auf deutschem Boden zu sein. Wahrscheinlich war sie einfach so erleichtert, dich endlich vor dem Traualtar zu sehen. Sie muß geargwöhnt haben, daß niemals eine den Mut aufbringt, dich zu nehmen, und mußte einfach herkommen, um sich zu vergewissern, daß es wirklich wahr ist."

„Wollte wahrscheinlich sehen, was für eine Hexe mich in ihre Krallen bekommen hat."

Marions Neckereien waren ein Grund, warum sie ihm so lieb war. Sie hatte ihn wieder zum Lachen gebracht. Claus schien es, als hätte er seit Erikas Verschwinden kaum mehr gelächelt, und das war ja schon sechs Jahre her. Jetzt aber lächelte er viel. Und er lachte auch.

Marion hatte ihn wieder ins Leben gerufen. Nun hielt er sie fest, sie kuschelte sich an seine Brust und wollte alles über Falkenstein wissen. Davon hatte er ihr bisher nur wenig erzählt. Er zeigte ihr Bilder, beschrieb die Weinberge und die Äcker, die Wälder, die

Berge und das Haus. Eines Tages würde Marion dort Hausherrin sein, vielleicht aber würde sie es vorziehen, hauptsächlich in Berlin zu wohnen, auf dem halben Weg zu ihrer eigenen Familie?

Vorläufig würde Marion in Mohrungen bei ihren Eltern bleiben. Leicht ließ sich vom Regimentsstandort ihr Familienheim erreichen, und dort würde sie es bequemer haben als in den Verheiratetenunterkünften. Im Augenblick war das Leben beim Regiment zu hektisch.

Nach dem von General Guderian ausgearbeiteten Konzept war das Regiment Bestandteil einer Panzerdivision. Beim Vorstoß der Panzer sollte auch alle notwendige Unterstützung mitgeführt werden, eben auch die motorisierte Infanterie, Artillerie, Pioniere und Instandsetzungstruppen. Das Regiment sollte in den neuentwickelten Schützenpanzern, mit welchen man auf- und abgesessen kämpfen konnte, ausrücken.

An jenem Freitagmorgen, dem 1. September, war das gepanzerte SdKfz 251 noch nicht in ausreichenden Stückzahlen an das Heer geliefert worden. Beim Einmarsch in Polen mußte das Regiment auf Lastwagen hinter den Panzern fahren.

Der erste in diesem Feldzug abgefeuerte Schuß war eine um 4.45 Uhr von einem Sturzkampfflugzeug, einem Junkers Ju87, auf eine polnische Brücke abgeworfene Bombe. Die Ju87 war eine Weiterentwicklung der K47, eines zukunftsweisenden zweisitzigen Jagdbombers, welches von Junkers in Rußland gebaut und in Lipetzk ausprobiert worden war. Stukas – so die allgemeine Bezeichnung der Ju87 – sollten die Speerspitze des Blitzkrieges bilden, jener in den Weiten Rußlands ausgearbeiteten, erprobten und gemeisterten Taktik des Luftangriffs vor dem Vorwärtsstoß der Landstreitkräfte. Nun zahlten sich die Jahre der militärischen Kollaboration aus.

Auf die Rundfunknachrichten achtete Erika an jenem Morgen in ihrem Moskauer Zimmer gar nicht. Wie üblich wurde eine Produktionsstatistik in allen Einzelheiten zitiert. Unter der Führung der Kommunistischen Partei und den Eingebungen des Genossen Stalin hatte diese und jene Industrie enorme Fortschritte zu verzeichnen. Auch die Agrarwirtschaft florierte. Der Sieg des Sozialismus war gesichert. Bis ins letzte Detail wurden die Produktionszahlen durchgegeben und zum Schluß hatte der Sprecher noch eine Nachricht hinzuzufügen. Bei Tagesanbruch waren deutsche Streitkräfte in Polen einmarschiert. Hatte Erika richtig gehört? Offenbar nahmen amtliche sowjetische Stellen die deutsche Aggression nicht gerade ernst. Auch die Mehrheit des polnischen Volkes faßte den Einmarsch deutscher Truppen in ihre Heimat auf völlig verkehrte Weise auf. Die Stimmung Polens ließ keinen Zweifel aufkommen. An die Möglichkeit einer Niederlage dachte niemand.

Die Überheblichkeit der polnischen Führung hatte sie zu einer rein offensiven Planung veranlaßt. Polens Armeen waren ausschließlich für Vorstöße nach Deutschland hinein vorbereitet gewesen. Man hielt keine Reserven im Hinterland, es wurden auch keine Vorbereitungen getroffen, um nach Polen eindringende Truppen abzuwehren. Für die deutschen Armeen kam diese Fehlkalkulation der Polen wie gerufen.

Die Erfahrung, die Claus machte, war kennzeichnend. Die ersten drei Tage zäher Widerstand, dann nach erfolgtem Durchbruch nichts als eine rasche Jagd auf das, was von den polnischen Streitkräften noch übriggeblieben war. Panzer fegten jeden Restwiderstand weg. Verstreut in der Landschaft lagen Pferde, Wagen, Waffen, Munition und Ausrüstung jeder Art von den gesprengten polnischen Verbänden. Nur dank den dichten Forsten konnten sich viele polnische Soldaten überhaupt retten. Bereits am 4. September standen fliehende Polen mit dem Rücken zum Narew.

Claus fand das Ganze atemberaubend. Wie lange hatten sie im letzten Krieg gebraucht, um den Feind aus defensiven Stellungen zu treiben? Wie lange, um einen Fluß zu überqueren? Und zu welchem Preis an Menschenleben? Heute zerstörten ihre Panzer den Feind in Nullkommanichts. Wo Brücken gesprengt wurden, bauten ihre Pioniere schneller neue zum anderen Ufer hinüber, als Claus es je für möglich gehalten hatte. Kaum über dem Narew, waren sie auch schon unterwegs zum Bug. Zwischen den beiden Flüssen wurde den Landsern der Weg von Luftwaffenbombern erleichtert, die den Gegner im Voraus schwächten. Beim Weiterfahren fand das Regiment einen stark dezimierten Feind vor.

Bisher waren die aus Ostpreußen stammenden Verbände direkt nach Süden gestoßen. Jetzt bog man nach Südosten ab, entlang beiden Bugufern auf Brest-Litowsk zurasend.

Gemäß ihren Polen gegebenen Verpflichtungen erklärten erst Großbritannien und dann Frankreich Deutschland den Krieg. Auch diese Neuigkeit hob sich der Moskauer Rundfunk für das Ende seiner

Nachrichtensendung auf. Wie immer genoß eine den erstaunlichen Fortschritt sowjetischer Industrie und Landwirtschaft beweisende Statistik (mit Lob für den Genossen Stalin) den absoluten Vorrang.

Zwar brauchte Erika einen ganzen Tag, um alles zu Ende zu denken, schließlich aber hatte sie eine Erklärung für die ganze Angelegenheit parat. Selbstverständlich! Genosse Stalin hatte Hitler auf geniale Weise hereingelegt. Die sowjetische Neutralität hatte er Hitler garantiert, um diesen dazu zu verlocken, seinen Krieg zu eröffnen. Jetzt würde Deutschland auch gegen die Briten und Franzosen zu kämpfen haben. Die imperialistischen Mächte würden sich im Krieg verbrauchen, da würde die Sowjetunion als unbestrittener und alleiniger Sieger hervorgehen. Dadurch würde der Weg geöffnet, um die ganze Welt zu befreien und ihr den Segen des Kommunismus zu bringen. Niemals zuvor hatte Erika eine solche Aufwallung der Bewunderung, sogar der Zuneigung für den Genossen Stalin empfunden.

Eine Schlappe erfuhr ihre Euphorie erst mit dem Erscheinen von Preiß an ihrer Wohnungstür. Sein Gesicht war rot angelaufen, sein Verhalten übermäßig intim. Die Wirkung von Alkohol auf diese erbärmliche Gestalt verstärkte den Gegensatz zu der von Claus aufgewiesenen soldatischen Würde. In Deutschland war Preiß kein Trinker gewesen, inzwischen aber schien er der Flasche total verfallen zu sein. Einige Minuten lang versuchte Erika, mit ihm sachkundig den Krieg zu besprechen, ihm die meisterhafte Gesamtstrategie des Genossen Stalin zu erklären. Doch mit einem Mal faßte Preiß nach ihr, seine Finger krallenhaft nach ihren Brüsten greifend. Erika schlug ihm mit der flachen Hand so fest ins Gesicht, daß ihr die Finger schmerzten. Preiß verlor das Gleichgewicht. Die schwarzumrandete Brille flog ihm von der Nase. Wut und Schmerz brannten in den dunklen Augen, als ihm Erika die Brille in eine Tasche schob und den jämmerlichen Genossen kurzerhand durch die Wohnungstür hinausschubste. Dies, hoffte sie, würde das Allerletzte sein, das sie je vom Genossen Preiß sehen oder hören würde.

Schon am 8. September erreichten deutsche Einheiten die Hauptstadt Polens. Warschau bekam Claus nicht zu sehen, nicht einmal aus der Ferne. Weit östlich davon raste die Panzerdivision, deren Bestandteil sein Regiment war, an der Hauptstadt vorbei. Auf ernsthaften Widerstand stieß man nicht, zum größten Teil waren die Landesverteidiger umgangen worden.

Claus rückte mit seinem Regiment von Brest-Litowsk aus bereits weiter gen Osten, als dringende neue Befehle eintrafen. Die Rote Armee war dabei, in Polen einzumarschieren, um Rußlands Anteil an der Beute einzukassieren. Sämtliche deutschen Streitkräfte hätten sich hinter die Flüsse Weichsel, San und Narew zurückzuziehen. Dies war die Demarkationslinie, also mußte Claus nach Brest-Litowsk zurückkehren. Polnische Soldaten, denen die Flucht nach Rumänien oder Ungarn nicht geglückt war, strömten jetzt nach Westen. Bevor sie in russische Hand fielen, zogen sie es vor, in deutsche Gefangenschaft zu geraten.

Mehr als für die meisten seiner Regimentskameraden war für Claus die Ankunft sowjetischer Truppen an der Demarkationslinie ein aufregender, ja sogar ein freudiger Augenblick. Rußland hatte er schon in seiner Kindheit kennengelernt, zehn Jahre hatte er in enger Zusammenarbeit mit sowjetischen Offizieren verbracht. Dieses Treffen der beiden Armeen schien für Claus den Höhepunkt seines Lebens zu bilden. Ihm war, als ob alles, was er bisher getan hatte, nichts mehr gewesen war, als die Vorbereitung auf diesen Augenblick.

Zugleich waren die russischen Offiziere erstaunt und erfreut, einen Deutschen vorzufinden, der ihre Sprache beinahe so gut beherrschte, als sei er einer von ihnen. Noch einmal hieß es „Towarischtsch Erlenbach". Am Abend floß der Wodka. Vorher aber hielten Wochenschau- und Pressekameraleute die kameradschaftlichen Begegnungen deutscher und sowjetischer Soldaten fest, ohne daß dabei eine einzige Flasche zu sehen war.

Solidarität

ALLE waren sich einig, daß sich die polnischen Soldaten tapfer geschlagen hatten. Polens Niederlage war auf die deutliche technische Überlegenheit seines Feindes, die bezwingende Wirkung des Blitzkrieges und seine eigene Überheblichkeit zurückzuführen.

„Die britischen und französischen Imperialisten", schieb *Prawda*, „wollen diesen Krieg in einen Weltkrieg verwandeln. Sie wollen die ganze Menschheit in einem Meer von Leid und Opfern ertränken." In diesem Sinne sah die überwältigende Mehrheit des sowjetischen Volkes und schließlich auch Erika die Ereignisse an. *Prawda, Iswestja* und Rundfunk wiederholten dauernd, daß der Krieg ein imperialistischer Akt wäre, für den die Briten und Franzosen verantwortlich waren.

Nun hatte die Sowjetführung allen Grund, sich selbst auf die Schulter zu klopfen. Nach fast zwanzig Jahren hartnäckiger Bemühungen hatten die Männer im Kreml endlich einen Teil dessen geerntet, was sie stets gesät hatten. Das Ende Polens und die Schaffung einer gemeinsamen Grenze mit dem Reich war Wirklichkeit geworden. Dies war aber erst der Anfang. Rußland plante noch, die baltischen Staaten und Bessarabien einzunehmen, während Deutschland noch keine weiteren Territoriumsforderungen gestellt hatte.

Deutschland hatte der Sieg über Polen 10.572 Tote gekostet, weitere 3.304 galten als vermißt. Die Sowjetunion hatte 734 Gefallene zu beklagen. Trotz der größeren deutschen Leistungen und Opfer war Deutschlands Anteil an polnischem Boden kleiner als der sowjetische: 188.500 Quadratkilometer gegenüber 201.000. Bald sollte Stalin noch größere Gewinne einstreichen. Doch vorher erklärte er der Weltöffentlichkeit, ein starkes Deutschland sei „die absolute Vorbedingung für Frieden in Europa".

Für seinen Teil hielt auch Molotow einen Tadel für die Briten und Franzosen bereit. Es sei „verbrecherisch", rügte er seine westlichen Hörer, „einen Krieg unter dem Vorwand der Verteidigung der Demokratie zu führen, wenn er nichts anderes sei als ein Krieg zur Zerstörung des Nationalsozialismus." Laut Molotow konnte „die Ideologie Hitlerdeutschlands durch Krieg nicht zerstört werden."

Nun bestätigte Molotow schriftlich die sowjetische Bereitschaft, Deutschland mit allen Rohstoffen zu beliefern, die für seinen Krieg gegen die Westmächte notwendig waren.

Sofort nach seinem Kriegseintritt hatte Großbritannien gegen Deutschland eine Seeblockade verhängt. Da sie über die größte Kriegsflotte der Welt verfügten, versprachen sich die Briten, Deutschland innerhalb von sechs Monaten kampfunfähig machen zu können. Dank seines neuen Handelsabkommens mit Rußland aber, das ihm praktisch unbeschränkte Lieferungen sicherte, konnte sich Hitler über diese britischen Maßnahmen ein herzhaftes Lachen erlauben. Eine Seeblockade des Reiches war bedeutungslos geworden. Was Deutschland nicht aus Übersee einführen konnte, rollte ihm nun friedlich über die Eisenbahnschienen zu, die über das Gebiet führten, was bis vor kurzem noch Polen gewesen war.

Im Juli 1920 war Deutschland eine gemeinsame Grenze mit Rußland in Aussicht gestellt worden, „südlich Litauens ungefähr auf der Höhe von Bialystok." Entlang ebendieser Linie war nun eine deutsch-russische Grenze geschaffen worden. Fortan rollten lange Güterzüge ungehindert darüber. Sie brachten Lebensmittel und, bedeutender noch, die für Deutschlands Munitionsfertigung notwendigen Rohstoffe direkt in das neu ausgedehnte Reich.

Einst hatten die Sowjets es Deutschland ermöglicht, die militärischen Fesseln von Versailles zu überwinden, nun machten sie die sorgfältig ausgearbeitete britische Blockade zur Farce. Hitler hatte die Unterstützung, die er für seinen Krieg in Westeuropa brauchte.

Anders als Deutschlands Landser und Flieger hatten seine Seeleute zwischen den beiden Kriegen von sowjetischen Zusammenarbeitsangeboten wenig Gebrauch gemacht. Das holten sie nun nach. Als einziger ganzjährig eisfreier Hafen des Arktischen Ozeans sollte Murmansk in Hitlers Kriegsführung eine bedeutende Rolle spielen.

Der deutschen Kriegsmarine wurde die Gegend um Murmansk zur Verfügung gestellt, sie baute hier ihre Basis Nord. Nördlich von Murmansk, bei Polarnoje, wurde den Deutschen sogar eingeräumt, ihre eigene U-Boot-Basis zu bauen. Von hier aus konnten U-Boote zu Einsätzen gegen die britische Schiffahrt in den Nordatlantik hinausschlüpfen. In Rußlands hohem Norden genossen Hitlers U-Boote – wie alle anderen deutschen Schiffe auch – ihren eigenen

Zufluchtshafen, wo sie vor britischen Patrouillen sicher waren. Als Teilzahlung für diese Dienste schenkten die Deutschen ihren schweren Kreuzer *Lützow* der sowjetischen Kriegsmarine.

Was Hilfe für Hitlers Kriegführung anging, war für die Russen nichts zuviel verlangt. Nun boten sie der deutschen Kriegsmarine U-Boote für Angriffe auf die britische Schiffahrt an. Deutsche Fachleute aber lehnten dankend ab, für die vorgesehene Aufgabe taugten die sowjetischen Boote nicht.

Unter dem russischen Volk löste die sowjetische Invasion Finnlands Verwirrung aus. Bald nach dem Einmarsch im November wurde bekanntgegeben, daß in Finnland eine von den Sowjets geförderte „Volksregierung" eingerichtet worden war. Gut, sagte sich Erika, das bedeutet einen Staat weniger, nach dem die Imperialisten ihre Greifarme ausstrecken konnten. Ein Volk mehr, das nunmehr davor stand, durch den Segen des Sozialismus glücklich zu werden. Dann aber begannen sich vor den Moskauer Geschäften Brotschlangen zu bilden. Wenn es an Brot mangelte, bedeutete das nicht, daß irgendwas nicht stimmte? Warum sollten Lebensmittellieferungen an die Hauptstadt abgebrochen werden? Waren Rußlands Operationen in Finnland vielleicht ins Stocken geraten? Was war eigentlich aus dieser „Volksregierung" geworden?

Anscheinend war Finnlands gesetzliche Regierung doch noch im Amt und richtete nun einen Hilferuf an den Völkerbund in Genf. Der Bund unternahm nichts, was den Finnen helfen konnte, lediglich „verurteilte" er die UdSSR wegen ihrer Aggression. Am 14. Dezember wurde die Sowjetunion aus dem Völkerbund ausgestoßen. Dies war die letzte Handlung einer Organisation, die mit so vielen Hoffnungen für den Frieden gegründet worden war.

Moskau hatte lange von der Annexion Finnlands geträumt. Diese ließ sich aber nicht planmäßig durchführen. Mit nur drei Divisionen, nicht mehr als sechzig veralteten Panzern und knapp 100 Flugzeugen fügten die mutigen Finnen den rund dreißig einmarschierenden sowjetischen Divisionen schwere Verluste zu. Als spektakulärste Waffe Finnlands erwies sich die mit dem Schrei „Das für Molotow!" geworfene Benzinflasche. Bald nannte jeder diese Erfindung den „Molotowcocktail".

Weltweit ereiferten sich nun Kommunisten, Deutschlands Kriegsführung zu unterstützen. Britische Genossen veranstalteten einen „Volkskongreß" gegen Londons „imperialistischen Krieg".

Arbeiter wurden dazu aufgerufen, dem „ungerechten" Krieg auf marxistisch-leninistische Weise ein Ende zu setzen, also mittels Revolution. Belgische Kommunisten rangen verbissen gegen „die hartnäckigen Bestrebungen der britischen Regierung, Belgien in den Krieg hineinzuziehen". Ihre französischen Glaubensbrüder drohten mit Revolution, sollte ihre Regierung Hitlers Friedensangebote weiterhin ablehnen. Frankreichs Soldaten wurde dringend nahegelegt, „sich zusammenzuschließen, um die Regierung zu stürzen." Für die Truppe gedruckte Sonderzeitungen forderten die Poilus dazu auf, „das Schlachten zu beenden", mit den Deutschen zu „fraternisieren" und „dem Ganzen möglichst schnell ein Ende zu bereiten." Durch die kommunistische Sabotage französischer Kriegs-anstrengungen wurden zweihundert Geschützrohre der Panzer-abwehrausrüstung von vier französischen Infanteriedivisionen mutwillig unbrauchbar gemacht. Sie führte ebenfalls zur Explosion von Flugzeugen in der Luft. Diese Flugzeugverluste blieben solange rätselhaft, bis drei kommunistische Saboteure in den Farmanwerken auf frischer Tat ertappt wurden, wie sie Kraftstoffdüsen lockerten. Alle drei wurden standrechtlich erschossen.

Amerikanische Kommunisten protestierten gegen Waffen-lieferungen an Großbritannien und Frankreich. Durch Streiks brachten sie ein Drittel der amerikanischen Munitionsindustrie zum Stillstand. Bei einem Besuch in den USA wurden die Führer von Polens Exilregierung als „Agenten des britischen Imperialismus" denunziert, „die versuchen, die Vereinigten Staaten in den Krieg hineinzuziehen." Nicht immer fiel diese Saat auf steinernen Boden: Von den in Amerika wohnenden Polen hatte sich General Wladislaw Sikorski, Ministerpräsident der Exilpolen, mindestens 45.000 Freiwillige für eine in Schottland gegründete Freie Polnische Armee versprochen. Nur 722 meldeten sich.

Hitler hatte einige Freunde.

Ein erneutes, mit den Sowjets im Februar 1940 abgeschlossenes Handelsabkommen garantierte Deutschland weitere Lieferungen kriegswichtiger Materialien im Wert von 800 Millionen Reichsmark innerhalb eines Zeitraums von nur achtzehn Monaten – bei Weitem der bisher größte Umfang solcher Verträge. Wie bei früheren Abmachungen auch sollten hauptsächlich Öl, Getreide, Nutzholz und Munitionsrohstoffe geliefert werden. 100.000 Tonnen des zu liefernden Öls sollten aus hochwertigem Flugbenzin bestehen.

Diesmal ließ sich Stalin noch einen weiteren Kniff einfallen, um die britische Blockade zu umgehen. Er versprach, in Drittländern jene Rohstoffe einzukaufen, die Rußland aus eigener Produktion nicht liefern konnte und diese dann an das Reich weiterzuleiten.

Im Frühjahr 1940 wurden Claus und sein Regiment aus dem besetzten Polen abgezogen und zum ostpreußischen Standort zurückbefohlen. Acht Tage Urlaub folgten. Sie sollten zu acht Tagen ekstatischen Glücks werden. Seit sieben Monaten hatte Claus Marion nicht mehr gesehen. Irgendwie schien sie ihm noch jünger auszusehen als damals bei ihrem Abschied. Hand in Hand machten sie lange Spaziergänge, sie ritten, saßen nebeneinander und unternahmen nichts, wärmten sich einfach dadurch, daß sie beisammen waren.

„Wenn der Krieg vorbei ist, werde ich meine Demission einreichen.“

„Oh Claus!“

„Ich weiß, es ist doch das, was du dir wünschst. Es wird sowieso Zeit sein, in Ruhestand zu gehen, und eines Tages werde ich mich endlich Falkenstein zuwenden müssen.“

Auf den Urlaub folgte die Einschiffung. Nie hatte sich Claus vorgestellt, vor einem Feldzug auf See zu fahren. Innerhalb einer Woche aber befand sich sein Regiment an Bord eines kleinen Truppentransportschiffes mit Kurs auf Norwegen. Eine Vergnügungsreise war das nicht. Durch eine unglückliche Kombination dichten Nebels und peitschenden Regens war so gut wie nichts zu sehen. Sobald das Schiff ablegte, jagte ein Sturm den nächsten. Nur wenige der Regimentsmitglieder waren früher überhaupt auf See gewesen. Es schien auch unwahrscheinlich, daß viele von ihnen das Erlebnis zu wiederholen wünschen würden.

Wenn sie nur an der südlichsten Spitze Norwegens landen und dadurch die Dauer dieser Qual verkürzen könnten. Aber nein, das Regiment zählte zu den Verbänden, deren Ziel weiter nördlich war. Das Schiff fuhr weiter, weiter und immer weiter, an Stavanger vorbei, an Haugesund vorbei, an den Inseln der Westküste vorbei, an den herrlichsten Fjorden vorbei, die keiner an Bord sehen konnte.

Der Nebel war noch immer genauso dicht, als das Schiff endlich sein Tempo verlangsamte und seinen Kurs änderte. Es war 05.15 Uhr, und sie fuhren in den By-Fjord, um in Bergen an Land zu gehen. Die Küstenbatterien eröffneten das Feuer auf ihr Schiff. Da konnte man nur unter Deck kauern und darum beten, daß für die norwegischen Artilleristen die schlechte Sicht ein ebenso großes Hindernis war wie für ihre eigenen Matrosen.

Das Schiff wurde nicht getroffen. Ungehindert lief es den Hafen von Bergen an, bald befand sich die Stadt ohne Kampf in ihrer Hand. Die Küstenartillerie hatte aber zwei deutsche Eskortschiffe getroffen.

Erste Aufgabe der Landser war es, die Küstenbatterien einzunehmen. Danach gab es nur eines: die Ankunft eines britischen Expeditionskorps abzuwarten. Die Briten würden kommen, und es würde schwer sein. Das Regiment war von seiner Panzerdivision getrennt und mit einer Mindestausrüstung nach Norwegen verschifft worden. Man war nicht länger motorisiert und auch ohne schwere Waffen.

Noch weiter nördlich fanden sich durch die britische Seeblockade auch deutsche Fallschirmjäger isoliert, die bei Narvik ebenfalls ohne schwere Waffen gelandet waren. An den vor der Küste lauernden britischen Zerstörern und U-Booten kamen deutsche Versorgungs-schiffe nicht vorbei, einem einzigen nur gelang es, Norwegen zu erreichen.

Die *Jan Wellem* überlistete die britische Blockade durch die einfache Masche, von Norden her einzutreffen, also den abwartenden britischen Schiffen im Rücken. Sie war aus Murmansk gefahren, brachte Materialien von Rußland rund um das Nordkap und gelangte bis vor Narvik, noch bevor die Briten wußten, was passierte.

Basis Nord zahlte sich aus.

Beim Brotkauf in Moskau hörte Erika einen hinter ihr stehenden Mann, der in einem Ton der Bewunderung zu einem Nachbarn sagte: „Dieser Hitler, der gibt es den anglofranzösischen Imperialisten." – „Ja", antwortete ihm der andere, „mit denen wird er schon fertig."

War es denn die Möglichkeit? Bewunderung für Hitler auf den Moskauer Straßen? Doch die Stimmung war unverkennbar. In der Sowjetunion war Hitler zum Helden geworden. Eine drohende Invasion Norwegens durch die Briten war es gewesen, stand in Erikas Zeitung, die Deutschlands defensive Maßnahmen ausgelöst hatte. Deutschlands Unternehmungen in Norwegen waren notwendig, weil die britischen und französischen Imperialisten stets neue militärische Abenteuer wagten, um die Welt unter sich aufzuteilen.

Weitere „defensive Maßnahmen" gleicher Art wurden im Mai mit den deutschen Einmärschen in die Niederlande, Belgien, Luxemburg und Frankreich unternommen. Damit hatte Hitler gerade lange genug gewartet, daß Rußlands gegenseitige Beistandsverpflichtungen im Rahmen des französisch-sowjetischen Paktes ausgelaufen waren. Gerade acht Tage vor seinem Angriff war der Vertrag ausgelaufen. Deutschland brauchte sich nicht zu fürchten, daß Frankreich sowjetische Intervention erbitten würde.

Diesmal überschlug sich die sowjetische Reportage. Die Erfolge deutscher Waffen ernteten große Schlagzeilen. Zum ersten Mal sah Erika, wie Bürger an den Zeitungsständen Schlange standen, um sich die Abendzeitung, die *Wetschowka*, zu kaufen. Dies war wirklich etwas Neues. Normalerweise begnügte man sich mit nur einem Blatt, entweder einer Tages- oder einer Abendzeitung. Keiner kaufte sich am gleichen Tag zwei Zeitungen. Nun tat man es. Man wollte nicht vierundzwanzig Stunden auf die nächsten Berichte warten, man verlangte immer die allerneuesten Nachrichten, und zwar sofort.

Als Paris fiel, wurde überall gejubelt. „Fantastisch" und „wunderbar" waren die Worte auf jedermanns Lippen. „Die haben's den Franzosen gezeigt." Es war unbegreiflich. Trotz Versailles lagen Erikas Sympathien gänzlich auf Seiten der Briten und Franzosen. Eigentlich mußte doch jeder hoffen, daß die Westmächte siegen und das verhaßte Naziregime wegfegen würden. Dann könnte man damit anfangen, in Deutschland die gleiche Art einer fortschrittlichen Gesellschaft aufzubauen, die man hier in der Sowjetunion zu gestalten begonnen hatte. Dann würde Erika nach Deutschland zurückkehren. Würde Claus den Krieg wohl überlebt haben?

Im gleichen Augenblick beschäftigte die gleiche Frage auch Claus. Da infolge der britischen Blockade kein Nachschub durchdringen konnte, ließ er Inventur über den Munitionsbestand des Regiments machen, um festzustellen, wieviel Schuß jedem Mann zustand. Sie würden alles verschießen, was sie hatten, und dann… Würde er den Soldatentod finden, oder würde er den Rest des Krieges in einem britischen Kriegsgefangenenlager verbringen? Und wie lange würde das wohl sein? Na, sie würden ihr Bestes gegeben haben. Sie würden solange kämpfen, bis sie nicht mehr kämpfen konnten. Keiner konnte mehr tun. Es war die ehrenhafteste Weise, unterzugehen. Es kam jedoch gar nicht zum Kampf. Als klar wurde, daß Frankreich unmittelbar vor dem Untergang stand, wurden die britischen Truppen im Juni aus Norwegen abgezogen. Sein Regiment begann, sich von einer Kampfeinheit in eine Besatzungstruppe zu wandeln. Mit ihren Bergen, Fjorden und dunkelgrünen Wäldern bot seine Umgebung den größtmöglichen Gegensatz zu den Ebenen, über die das Regiment in Polen geschnellt war.

Für die Weiterführung des Krieges bedeutete die Beherrschung Skandinaviens, daß für Deutschland der unerläßliche Mineralerznachschub nunmehr gesichert war. Jetzt verfügte die Kriegsmarine über zweckdienlich liegende Häfen, die ein direktes Hinausfahren in den Nordatlantik ermöglichten. Die Luftwaffe hatte Basen gewonnen, die ihre Möglichkeiten sowohl für Beobachtungsflüge als auch für Kampfeinsätze erheblich vergrößerten. Damit waren britische Schiffe leichter zu orten und zu versenken. Von norwegischen Flugplätzen aus operierende Maschinen hatten jetzt die Häfen, Werften, Fabriken und Städte Schottlands und sogar Nordirlands in Reichweite. Für aus Deutschland oder den Niederlanden startende Flugzeuge wären sie unerreichbar gewesen.

Unter Anwendung der in Kama gelernten Blitzkriegstaktiken erreichten deutsche Landser in fünf Wochen das, was dem alten kaiserlichen Heer in mehr als vier Jahren nicht gelungen war: die totale Niederlage Frankreichs.

Und während die Welt voller Entsetzen auf diese unglaublichen Geschehnisse blickte, besetzte die Rote Armee ohne viel Aufsehen Litauen, Lettland und Estland. Angesichts des spektakulären deutschen Sieges fanden sich wenige – außer den unglückseligen baltischen Staaten selbst – die sich allzu sehr um deren Schicksal kümmerten. Für so viel Deckungsfeuer durch seinen Verbündeten konnte der Kreml durchaus dankbar sein. Nach den vollzogenen baltischen Besetzungen ließ Molotow Schulenburg kommen und drückte ihm „die wärmsten Glückwünsche der Sowjetregierung zu dem großartigen Erfolg der deutschen Wehrmacht" aus.

Als das einzige Volk, das sich Hitler und Mussolini noch widersetzte, begannen die Briten, sich auf die erwartete Invasion ihres Landes durch die siegreiche Wehrmacht vorzubereiten. Mitte Juni rief die Londoner Regierung Freiwillige zu einer Heimwehr auf, die bei der Landesverteidigung die reguläre Truppe unterstützen sollte. Bis zum Monatsende hatten sich hierfür nicht weniger als anderthalb Millionen Mann gemeldet – was beinahe dem Bestand des Kriegsheeres gleichkam.

Wie nicht anders zu erwarten, befanden sich die Handlanger Moskaus nicht unter diesen Freiwilligen. Von einem britischen Kommunisten, der im Spanischen Bürgerkrieg gegen die Truppen Francos gekämpft hatte, erbat man in seinem Heimatort Hinweise für die Panzerbekämpfung. Dieser aber lehnte mit der Begründung ab: „Den Krieg unterstützen wir noch nicht."

Einen „letzten Appell an die Vernunft" nannte Hitler seine im Juli zu den Briten ausgestreckten Friedensfühler. Mit ihrem üblichen Nachdruck wies die Londoner Regierung diesen Annäherungsversuch zurück. Weitere drei Wochen wartete Hitler in der vergeblichen Hoffnung, daß London doch noch zur besagten Vernunft kommen würde.

Stattdessen machten die Briten durch Luftangriffe auf Hamburg, einige weitere Städte, Kraftwerke in Köln und Dortmund, Eisenbahnanlagen in Hamm und Soest und den Dortmund-Ems-Kanal ihre Entschlossenheit deutlich, weiterzukämpfen.

Dem Himmel sei Dank, überlegte sich Claus, daß Ostpreußen außer Reichweite der britischen Luftwaffe lag. Vor allem jetzt. An diesem Morgen war mit der Feldpost ein Brief von Marion eingetroffen. Sie erwartete ein Kind. Wenn es ein Junge werden sollte, wäre dies wenigstens der Garant für einen Erben, der Falkenstein übernehmen konnte, sollte Claus den Krieg nicht überleben. Bis jetzt hatte Claus an ein persönliches Überleben nie gedacht, nun aber ließ ein Kind das Weiterleben bis zum Frieden wünschenswert erscheinen.

Mittlerweile hatten die Russen vorgeschlagen, in Kandalakscha eine zweite Basis für Deutschlands Kriegsmarine einzurichten. Da aber norwegische Häfen direkt an der Atlantikküste schon in deutscher Hand waren, erübrigte sich inzwischen diese Art sowjetischer Hilfe. Ende Juli 1940 wurde Basis Nord aufgelöst.

Nun, da Frankreich aus dem Krieg ausgeschieden war und nur die Briten weiterkämpften, ließ Molotow Schulenburg erneut zu sich kommen. Es wäre Zeit, sagte Molotow, die Frage Bessarabiens zu besprechen. Und, sagte Molotow, „der sowjetische Anspruch schließt auch die Bukowina ein." Sollten die Rumänen sich „einer friedlichen

Lösung" widersetzen, würde Rußland Gewalt anwenden. Wie würde sich dies auf Deutschlands Öllieferungen auswirken? Schließlich war Rumänien seine einzige wichtige Quelle außerhalb der Sowjetunion.

Hierauf wußte Molotow die Antwort. Und nicht nur auf diese Frage. Dem litauischen Außenminister versicherte er: „Dieser Krieg wird uns die Herrschaft über Europa einbringen."

Eine Musterkommunistin

GENOSSIN Wolf, Sie sind verhaftet."

Die dunkelbraunen Augen waren hart, der dünne Mund straff, das schwarze Haar kurz und fettig. Der Mann war etwas kleiner als Erika, sein Anzug aus Serge saß derart straff auf seinem stämmigen Körper, daß jeder Muskel hervorgehoben wurde – ganz so, als sollte allein sein Äußeres schon einschüchternd wirken. Hinter ihm sahen die beiden grünuniformierten NKWD-Soldaten Erika ohne Gesichtsausdruck an.

„Das muß ein Fehler sein."

„Kein Fehler. Sie sind Genossin Erika Wolf?"

„Jawohl."

„Kein Fehler." Der Mann schob Erika in die Wohnung zurück und folgte ihr hinein. Hinter ihm trat das bewaffnete und uniformierte Paar in den Türrahmen. „Sie werden auf Befehl des Obersten Direktorats für Staatssicherheit verhaftet."

Es war unmöglich. Erika hatte nichts Falsches getan, war die treueste Parteigenossin. „Aber wie lautet denn die Anklage?"

„Keine Fragen. Packen Sie einige Notwendigkeiten sofort ein und kommen Sie mit uns."

„Ich habe nichts Falsches getan."

„Nicht reden. Sie werden später reden, wenn Sie befragt werden. Nun packen Sie einige Sachen ein, oder wir nehmen Sie so mit, wie Sie sind." Einige Sachen einpacken. Das Erste, was Erika beim durch den Raum Blicken sah, war ihr Exemplar des leninschen Buches *Imperialismus, die höchste Stufe des Kapitalismus*. Das Werk hatte sie erst zu lesen begonnen, sie war gespannt darauf, es zu Ende zu lesen. Ohne nachzudenken, hob Erika das Buch auf.

„Keine Bücher, keine Papiere. Bringen Sie notwendige Kleidung und Toilettenartikel mit, mehr nicht."

Erika ließ das Buch sofort fallen. Auf dem Tisch neben ihm lag die Zeitung vom Vortag mit dem Artikel, in welchem die

Errungenschaften der deutschen Wehrmacht beim Sieg über die Kräfte des Imperialismus in Westeuropa hochgelobt wurden.

Neben dem Bett, einem Tisch und zwei Stühlen enthielt Erikas Zimmer nur einen schmalen Schrank und eine kleine Kommode. Unten im Schrank lag der Rucksack, in welchem sie bei der Flucht aus Deutschland wenige Habseligkeiten mitgebracht hatte. Jetzt nahm sie ihn heraus, stopfte Kleid, Pulli und Unterwäsche hinein, fügte diesen dann Haarbürste, Kamm und Zahnbürste bei. Dann zog sie sich an. Da die drei NKWD-Männer keine Anstalten machten, wegzusehen, zog Erika ihr Nachthemd nicht aus, sondern streifte ihre Kleidung einfach darüber.

„Dawai!" Mach schnell.

Noch bevor Erika die Situation richtig begriffen hatte, wurde sie an beiden Armen gefaßt und auf die Rückbank eines schwarzen Autos geschoben. Die beiden Uniformierten saßen ihr zu beiden Seiten, der Mann in Zivil mit den gebauschten Muskeln vorne neben dem Fahrer.

Mitten in der Nacht waren die Straßen leer. Gegen drei Uhr morgens, hatte Erika gehört, war die Zeit der Verhaftungen. Allerdings betraf dies nur Konterrevolutionäre und andere Verbrecher. Das konnte sie unmöglich betreffen. Es war ein Mißverständnis, und bald würde alles aufgeklärt werden.

Außerdem hatte Erika gehört, daß es ein Zeichen für eine bevorstehende Verhaftung war, wenn man den Gashahn in der Wohnung ohne Erfolg aufdrehte. In dem betreffenden Wohnblock stellte man nämlich das Gas vor der Verhaftung ab, um dem Verbrecher eine Möglichkeit zu entziehen, der Justiz zu entkommen.

Als es an der Tür gehämmert hatte, hatte Erika fest geschlafen. Kein Gasgerät war angeschaltet. Sie hatte keine Ahnung, wie spät es war und war mit schlaftrunkenem Kopf und getrübten Augen gerade so bis zur Tür gestolpert.

Fehler, Fehler, lächerlicher Fehler. Die Gedanken drehten sich in Erikas Kopf. An nichts anderes vermochte sie zu denken. Das Ganze war ein absurder Fehler.

Sie fuhren und fuhren. Im Sowjetparadies war die Straßenbeleuchtung spärlich. Die Scheinwerfer des Autos ließen gespensterhafte Lichter und Schatten auf- und abtanzen, einander ablösen, Gebäude erscheinen und sofort verschwinden. Wie im krasskontrastierten schwarzweißen Traum floß die ganze Umgebung vorbei. Erst jetzt fiel Erika auf, daß sie durch einen Moskauer Stadtteil fuhren, den sie noch nie zuvor gesehen hatte. Eigentlich hatte sie erwartet, in die Lubjanka gebracht zu werden, jenes massige Hauptquartier des NKWD am Dscherschinskiplatz, wo dieser törichte Fehler rasch aufgeklärt werden würde. Aber nein, dies war bestimmt nicht der Weg zur Lubjanka.

Vorne erschien eine Mauer, die sich über eine ganze Straßenlänge erstreckte. An beiden Enden ein runder Turm, zwar nicht hoch, doch von beachtlichem Umfang. Durch massive Tore fuhren sie hinein. Das Hauptgebäude zu betreten, war, wie augenblicklich von der Nacht in den Tag zu gehen. Der breite Flur war außergewöhnlich hell beleuchtet und fleckenlos sauber. Kleine gelbe Fliesen bildeten eine helle Straße bis zum entfernten anderen Ende. Zu beiden Seiten waren die Wände bis über Manneshöhe grün gekachelt. In diesen Wänden waren auf der ganzen Länge Türen eingesetzt, eine nach der anderen. Erika glaubte nicht, daß das Türen zu Büroräumen waren.

Der Eintritt in diese Anstalt fing mit langem Warten an. Hilflos und verwirrt stand Erika da, während Gummistempel gehandhabt, Papiere und Unterschriften ausgetauscht wurden.

Die NKWD-Männer gingen. Mit einem Mal war Erika todmüde. Sobald man sie in eine jener Zellen steckte, würde sie sich hinlegen und schlafen. Dann wäre sie am nächsten Morgen wenigstens wach und ausgeschlafen. Man hatte sie verhaftet, also mußte sie versehentlich irgendeines Vergehens verdächtigt werden. Daher mußte sie morgen auf der Höhe sein, um denen klar zu machen, das dies alles nur ein schrecklicher Fehler war. Weswegen sie auch verdächtigt wurde, sie war unschuldig, und alles würde aufgeklärt werden.

Doch sie kam nicht direkt in eine Zelle. Erst führte man sie in ein Empfangszimmer.

„Ausziehen." Erika war sich nicht sicher, ob sie richtig gehört hatte. „Ausziehen!" Es war unglaublich. Es war unerhört. Sie hatte keine Wahl. „Dawai!" Der Befehl, sich zu beeilen, war der am meisten gebrauchte Ausdruck im Wortschatz der Wächter. Erika zog ihre Oberkleidung aus. Die Wächter amüsierte es, darunter das Nachthemd zu sehen. „Das auch!" Es war erniedrigend. Gewiß war dies nicht, was die Partei beabsichtigte. Selbst wenn sie eine schuldige Gefangene wäre, konnte dies nicht richtig sein. Für eine Frau im fruchtbaren Alter gab es Tage, an denen sie sich genieren würde, selbst wenn ihre eigene Mutter sie nackt sähe. Es war eine Leibesvisitation. Grotesk, unnötig, unmenschlich. Eine Verletzung.

Was um Himmels willen konnten diese Schweine zu finden meinen? Schweine? Erika war entsetzt darüber, daß sie sich erlaubt hatte, andere Genossen, wenn auch nur in Gedanken, mit einer solchen Bezeichnung belegt zu haben. Später allerdings sollte sie zu der Einsicht gelangen, daß sie durch diesen Vergleich eher die Tierwelt beleidigt hatte.

Als man mit ihr fertig war, warf Erika ihre Kleidung wieder über. Als sie das Empfangszimmer verließ, starr vor Schock und Erniedrigung, nahm sie nicht einmal die beiden Gruppen NKWD-Männer wahr, die weitere Gefangene gerade an der Stelle ablieferten, wo auch sie übergeben worden war.

In ungeduldiger Erwartung, allein in einer Zelle zu sein, eilte Erika neben den Wächtern her, die sie entlang der Türenreihe führten. Eine Zelle war Zuflucht, eine Zelle war Ungestörtheit. In einer Zelle konnte sie sich erholen, ihre Scham und Empörung auslöschen – oder es wenigstens versuchen. Es war wichtig, jene Ausgeglichenheit wieder herzustellen, die sie bei ihrem Auftritt vor ihren Anklägern nötig haben würde. Die Wächter hielten an einer Tür, die sie mit einem Schlüssel von einem großen Schlüsselbund öffneten. Erika konnte sich nicht gedulden, drinnen zu sein, allein zu sein, eine schwere Tür zwischen sich und diesen Kreaturen zu wissen. Eine Zelle war Sicherheit. Als sie an den Wächtern vorbei trat, fing sie beinahe zu rennen an. Hinter ihr fiel die Tür in dem Augenblick ins Schloß, als ihr klarwurde, daß sie sich irrte. Ein dumpfes Zuschlagen, das Rasseln eines Schlüssels im Schloß. Dies war keine Zelle. Abstellschrank wäre eine bessere Bezeichnung dafür. Man konnte stehen. Man konnte sich an die Wand lehnen. Man konnte hocken, und den Rücken gegen die Wand stützen. Liegen aber war unmöglich. Ein senkrechter Sarg. Die Bezeichnung schoß ihr durch den Kopf wie ein schlechter Witz. Hundehütten wurden diese Minizellen von denjenigen genannt, die sie kannten. Wie eine Hundehütte eng um den Tierleib saß, ohne viel Platz für Bewegung zu erlauben, so paßten auch diese Menschenbehälter gerade um den Gefangenen, mehr nicht.

Dies war das Butyrka-Gefängnis, mit seinen 25.000 Insassen eine Stadt für sich. Den Neuankömmlingen waren die Hundehütten vorbehalten. Unter den Zaren war Butyrka wegen seines repressiven Regimes anrüchig geworden. Während der eigentlichen, vorkommunistischen Revolution im Frühjahr 1917 eiferten Arbeiter dem Sturm auf die Bastille nach, indem sie Butyrka-Gefangene aus ihren Zellen befreiten. Jetzt, unter den Bolschewiken, war diese Anstalt noch schrecklicher geworden. Zusammen mit der Leibesvisitation wirkte sich die Einsperrung in etwas, was wenig mehr als ein Kasten zu sein schien, verwirrend und erdrückend aus. Erika rang um Beherrschung, kämpfte darum, Empörung und Zorn zu unterdrücken.

Dann schien das Gefängnis zu erwachen. Von oben her hallten die Schritte der Wächter. Türen wurden auf- und wieder zugeschlossen. Einen gedämpften Hintergrund zu diesem Trappeln bildete ein beinahe ununterbrochenes Dröhnen von Befehlen.

Füße kamen gußeiserne Treppen herunter. Viele Füße, die lauter wurden, wenn sie sich Erika näherten. An ihrer Tür vorbei. Einige mit festem Schritt, viele schlurfend. Es dauerte vielleicht eine Viertelstunde, bevor alle Fußtritte aufhörten. Erika konnte spüren, daß viele Menschen nun auf der anderen Seite der sie einsperrenden Tür versammelt waren. Vielleicht genug Menschen, um den Hauptflur auf seine gesamte Länge zu füllen. Es hatte sich angehört, als hätte ein Bataillon Soldaten von einem Ende des Flurs zum anderen Posten bezogen, so daß jetzt vor jeder einzelnen Tür ein Mann stand.

Wenigstens hatte diese Bewegung den Vorteil, daß Erika aus ihrer Starre wachgerüttelt wurde. Sie gab ihr etwas, worauf sie ihre Gedanken konzentrieren konnte, lenkte sie von der Wut und Entrüstung über ihre eigene Situation und von den Krämpfen ab, unter denen sie litt. Was machten wohl all diese Leute da draußen? Es war ein Rätselraten, und Erika fand keine Lösung außer der, daß ein Appell durchgeführt wurde. Gedämpft kamen Worte durch die schwere Tür. Aus dem Rhythmus der Töne konnte Erika herauslesen, daß Namen nachgeprüft wurden. Etwa eine Stunde lang dauerte diese Prozedur, dann begannen die Füße, sich zu entfernen. Ein zweites Mal gingen sie an ihrer Tür vorbei, Hunderte von Füßen, immer leiser werdend, bis wieder völlige Stille herrschte.

Erikas Beine, insbesondere die Knöchel, waren taub geworden. Sie zwang sich, nicht an ihre Beschwerden zu denken, sondern nur an das, was sie bei ihrem Verhör sagen würde. Die Schwierigkeit bestand darin, daß sie noch keine Ahnung davon hatte, welche Klage überhaupt irrtümlich gegen sie aufgebracht worden war. Was es aber auch wäre, sie würde ihre Kläger von ihrer völligen Unschuld überzeugen können. Erika war diszipliniert, treu, gehorsam und einsatzfreudig. Gewissenhaft hatte sie alles ausgeführt, was die Partei von ihr verlangt hatte. Vielen Lehrgängen über den Marxismus-Leninismus, die Geschichte der sowjetischen Kommunistischen Partei und viele andere Themen hatte sie beigewohnt und auch energisch an ihnen teilgenommen.

Alles von Lenin und Genosse Stalin Geschriebene, was sie in die Hand bekommen konnte, hatte sie gelesen oder hatte es noch vor. Willig war sie zu jeder Versammlung gegangen, bei der ihr Beisein gewünscht worden war. Bei Demonstrationen am Roten Platz hatte sie führende Rollen gespielt, hatte sich halb zu Tode gefroren, während sie ein Plakat trug, das die Todesstrafe für Konterrevolutionäre forderte. Einst hatte sie das Bild einer riesigen Faust getragen, auf dem die Parole stand: „Es lebe der NKWD, die gepanzerte Faust der Revolution!" Nun hatte diese gepanzerte Faust sie irrtümlich verhaftet – und behandelte sie schlechter, als man mit einem Tier umgehen würde. Für Erika war es Ehrensache, zu dienen und zu gehorchen. Sie war Musterkommunistin, das ideale Parteimitglied.

Welcher absurde und ungerechtfertigte Verdacht auch immer gegen sie erhoben worden war, ihre Unschuld konnte Erika mit Leichtigkeit beweisen. In der Sowjetunion konnte keiner, der unschuldig war, verurteilt werden. Schließlich befand man sich weder im zaristischen Rußland, noch war man in Nazi-Deutschland. Dem Himmel sei Dank, daß sie da heraus war.

Man holte sie spät ab. Durch Steifheit in ihren Knöcheln, Knien und Hüftgelenken konnte sie anfangs kaum gehen. Darauf nahmen die Wächter keine Rücksicht, zwei von ihnen führten sie rasch durch eine Reihe von Gängen zu einem Zimmer, in dem ein dicker Mann in Zivil hinter einem schlichten Tisch saß, zu beiden Seiten ein Uniformierter. Meistens hatten dicke Männer fröhliche oder wenigstens gütige Gesichter. Dieser hatte die grausamsten Augen, die Erika jemals gesehen hatte.

180

„Genossin Erika Iwanowna Wolf" – ihr Vater hieß Johann, in Rußland nannte man sie Tochter von Iwan, des russischen Johann – „Sie haben zu Ihren Schülern gesagt, Sie würden es bedauern, daß Charles Chaplins Film *Der Große Diktator* in der Sowjetunion nicht gezeigt würde."

War das eine Frage gewesen? „Ja."

„Was waren Ihre Gründe, dies zu sagen, Genossin?" Die Frage brachte Erika aus dem Gleichgewicht. War es das, worüber man mit ihr sprechen wollte? Und sie hatte geglaubt, gegen sie sollte Anklage erhoben werden.

„Chaplins Arbeit habe ich stets bewundert. Meine Schüler und Schülerinnen auch. Insbesondere habe ich…"

„Ihre Schüler haben Chaplin bewundert, sagen Sie. Wie heißen diejenigen, die ihn bewunderten?"

„Ich… Das haben sie alle. Ich bin mir sicher, daß jeder der gleichen Meinung war."

„In jeder Ihrer Klassen?"

„In denen, in denen wir überhaupt über Filme sprachen, ja."

„Welche Klassen waren das?"

„Also, ich… im Laufe der Jahre redeten wir in all meinen Klassen über seine Filme."

„So. Erklären Sie, Genossin, was war es an Chaplin, das Sie und Ihre Schüler bewunderten?"

„Insbesondere sein Lächerlichmachen des Kapitalismus in seinem früheren Streifen *Moderne Zeiten*, nicht nur der Arbeiterausbeutung in Amerika, sondern auch noch der Unterdrückung progressiver und demokratischer Bewegungen durch die Imperialisten. Wenn Sie diesen Film gesehen haben, Genosse Kommissar, werden Sie sich daran erinnern, daß Chaplin verhaftet wird und ins Gefängnis kommt, nur weil er eine rote Fahne trägt."

„Also bewunderten Sie *Moderne Zeiten*. Warum bedauerten Sie, *Den Großen Diktator* nicht zu sehen?"

Das war einfach. „Genosse Kommissar, Sie wissen, daß ich Aktivist der deutschen Kommunistischen Partei war, und vom Zentralkomitee die Anweisung bekam, aufgrund Hitlers Verfolgung

181

Deutschland zu verlassen. Ich hatte gelesen, daß *Der Große Diktator* Chaplins Satire über Hitler war, also wollte ich sehen, was er mit diesem Thema anfangen würde, ob es so gut sein würde wie *Moderne Zeiten* und seine anderen Filme."

Nun konnte Erika sehen, daß die grausamen Augen durch einen Mund verstärkt waren, der genauso gnadenlos war. Hatte dieser Mann jemals gelacht?

„Genossin Wolf, Sie wissen, daß *Der Große Diktator* aufgrund einer Entscheidung der Sowjetregierung nicht gezeigt wurde."

„Das wußte ich nicht, aber..." Dies war töricht, und sie wußte es. Alles, was in diesem Land geschah oder nicht geschah, war die Folge einer Regierungsentscheidung.

„Es war eine Entscheidung der Sowjetregierung, und Sie haben versucht, Ihre Schüler dazu zu bringen, sich dieser Entscheidung zu widersetzen."

„Nein. Ich habe einfach..."

„Was war der Beruf Ihres Vaters?"

„Er war Lehrer."

„Sie haben einen Liebhaber gehabt, Claus-Dieter von Erlenbach. Welchem Klassenstand gehört er an?"

Man machte also vor gar nichts Halt. „Er ist Heeresoffizier." Das mußten sie schon gewußt haben.

„Ich habe nicht nach seinem Beruf gefragt. Erlenbach ist Kapitalist."

„Er ist Offizier."

„Er ist Gutsbesitzer und Arbeitgeber. Er ist Reaktionär und Adeliger, Klassenfeind und Polizeispitzel." Klassenfeind? Claus war doch der toleranteste und liebevollste Mensch. „Im Jahre 1929 griff Erlenbach ein verdientes Mitglied der Rotfront auf einer Straße in Berlin an, schlug ihn bewußtlos und lieferte ihn der reaktionären Polizei aus. Dieser Genosse starb später in Polizeigewahrsam." Doch Claus hätte genauso reagiert, wenn es sich um einen bewaffneten Nazi gehandelt hätte. Dies aber schien nebensächlich zu sein.

Nach dem Verhör ging es nicht, wie Erika befürchtet hatte, zur Hundehütte zurück. Es wurde noch schlimmer. Man führte sie zu einer Zelle, die für fünfundzwanzig Gefangene vorgesehen war. Bisher waren 108 darin. Die an drei Wänden angebrachten fünfundzwanzig Betten waren heruntergeklappt, um als Fundament für einen angehobenen Holzboden zu dienen. Ganz vorne neben der Tür gab es gerade noch Platz für Erika und ihren Rucksack. Am anderen Ende war das Gitterfenster auf der Innenseite mit undurchsichtigem Glas verdeckt, damit die Insassen weder Sonne noch Himmel sehen konnten. In dieser Zelle wurde im Halbdunkel gelebt. Einige der Frauen schienen dauernd unterwegs zu sein, stets krochen sie von einer Gruppe Mitgefangener zur nächsten. Aufrechtgehen war nicht einmal denkbar, aber zumindest war es möglich, sich zu bewegen, solange jede saß.

Wenn man schlief, oder zu schlafen versuchte, kam Bewegung nicht infrage. Von Wand zu Wand packten die Frauen den Boden aus, jeder stand eine knappe Fußbreite zu. Weder Matratzen noch Decken gab es, und oben hing eine einzige Glühbirne, deren Dauerbrennen das Einschlafen erschwerte.

Tags darauf wurde Erika aus der Zelle abgeholt und wieder zum Verhör geführt. Noch einmal saß der gleiche dicke Grimmige hinter dem Tisch.

„Genossin Erika Iwanowna Wolf, Sie haben gestanden, sich an antisowjetischen Tätigkeiten beteiligt zu haben, indem Sie unter den Ihnen anvertrauten Schülern eine oppositionelle Bewegung ins Leben zu rufen versucht haben." Gestanden? Oppositionelle Bewegung? „Sie sind bürgerlichen Ursprungs und die Liebhaberin eines reaktionären kapitalistischen Adeligen und Klassenfeindes. Bewiesen ist, daß Sie für die Sicherheit der Sowjetunion eine Gefahr darstellen. Das Urteil lautet auf zehn Jahre Freiheitsstrafe."

Bürgerlichen Ursprungs? Erikas Eltern waren doch Arbeiterklasse, hatten ihr Leben lang hart gearbeitet. Noch ehe sie die Worte einer Antwort formen konnte, faßten sie zwei Wächter an den Armen und führten sie aus dem Zimmer.

Zehn Jahre? Es konnte doch nicht wahr sein. Das war keine Gerichtsverhandlung gewesen. Wo war das Gericht? Es hatte nur ein Verhör stattgefunden, und selbst das war Unsinn gewesen. Erika hatte nichts verbrochen. Charlie Chaplin sehen zu wollen – das sollte antisowjetisch sein? Und sie bürgerlich zu nennen. Das Ganze war grotesk. Eine solche Ungerechtigkeit konnte in der Sowjetunion doch nicht vorkommen. Es war ein Irrtum. Was die anderen hier

Eingesperrten auch getan haben mochten, sie zumindest war unschuldig. Die anderen Frauen in der Zelle versuchten, es ihr klar zu machen. Sie alle waren unschuldig. Erika konnte es nicht verkraften. Verkrampft, wie sie war, fiel sie dennoch in den Schlaf der Erschöpfung.

Wochen darauf wurde die Zellentür vor Tagesanbruch aufgerissen. Man rief Erikas Namen. Schon waren draußen Füße zu hören, es schien die gleiche Regung zu sein, die sie am ersten Morgen von innerhalb der Hundehütte gehört hatte. „Heraus!" Als Erstes gab es die Erniedrigung einer weiteren Leibesvisitation. Dann wurde Erika mit ihrem Rucksack in die große Empfangshalle beordert.

Schon waren Gefangene entlang beider Seiten angetreten. Manche hatten kleine Koffer bei sich, die meisten klammerten sich an Bündel. Weitere Gefangene kamen die eisernen Treppen herunter und schlossen sich aus beiden Richtungen den Reihen an.

Erika wurde befohlen, sich dem Ende der auf ihrer Hallenseite angetretenen Reihe anzuschließen. Zwanzig Minuten später war die lange Halle von einem Ende zum anderen mit zu beiden Seiten in vier Reihen stehenden Gefangenen gefüllt. Diese Reihen gingen Wärter entlang, die Listen von Namen überprüften. Dies war es also, was Erika hinter ihrer Tür gehört hatte. Am entferntesten Ende gingen massige Türen auf, die vierfachen Gefangenenreihen begannen, unter den Mündungen einiger Dutzend Waffen in den frühen Morgen hinaus zu gehen.

Die Fahrt, die jetzt begann, stellte eine Fortsetzung des Albtraums dar. Sie dauerte mehrere Tage. Die Gefangenen wurden in den Viehwagen eines langen Zuges eingeladen. Es wurden soviele Gefangenen in jedem Wagen zusammengepfercht, daß an Liegen überhaupt nicht zu denken war, nur Hocken war möglich. Selbst das Atmen ging schwer. Jeden Tag hielt der Zug an, den Gefangenen wurden Wasser und Brot gereicht. Dadurch bot sich ebenfalls Gelegenheit, die Leichen derer hinauszuwerfen, die seit dem Vortag gestorben waren.

Mit Erreichung seines Ziels hielt der Zug an, den Gefangenen wurde befohlen, abzusteigen. Sogleich fielen die meisten ohnmächtig zu Boden, so viel Luft zu kriegen, waren sie nicht mehr gewohnt. Auch Erika mußte gegen Schwindel kämpfen. Als sie sich gefangen hatte, wurde sie von einem Eindruck des endlosen Raumes überwältigt. Nach den Erstickungen der Hundehütte und des Viehwagens war dies eine unglaubliche Befreiung. Erika stand – gerade konnte sie überhaupt noch stehen – mitten in einer Landschaft, in der kein Baum, kein Busch zu sehen war. In jeder Richtung war der Boden leer und flach.

Der oft wechselhafte Himmel Moskaus war gegen das prächtige blaue Gewölbe Kasachstans ausgetauscht worden. Wirklichkeit war dieser Himmel nicht, er war nichts als eine unerreichbare Decke. Hier unten lag die Wirklichkeit, hier, wo Erika nichts mehr war als Mitglied einer Gefangenenkolonne, die sich in ein riesiges Lager hineinbewegte.

Dies war Karaganda, welches mit seinen 170.000 Gefangenen selbst Butyrka klein erschienen ließ. Karaganda war nicht ein einziges Lager, sondern eine Reihe von Lagern. Für Männer und Frauen gab es getrennte Baracken. Nichts, was zu sehen war, ließ die Ankömmlinge die mehrfachen Unternehmungen Karagandas ahnen. Neben Kupferminen und einer vollständigen Kupferindustrie schloß Karaganda Silber- und Eisenerzminen und vor allem auch Kohlenbergwerke ein.

Butyrka glich einer Stadt, Karaganda dagegen war eine Großstadt. Dies war mehr als eine Metapher. Karaganda konnte tatsächlich als Großstadt angesehen werden, denn es organisierte sich weitgehend selbständig. Es hatte eine eigene Agrarwirtschaft. Hier wurden genug Lebensmittel produziert, um die Gefangenen am Leben zu erhalten. Ausreichend, damit sie bei der Arbeit maximale Leistung hervorbrachten. Mehr nicht.

Wenn bei einem unschuldig Eingesperrten überhaupt von Glück die Rede sein kann, so konnte man meinen, daß Erika Glück hatte. Aus keinem ihr verständlichen Grund entging sie Karagandas Minen und Fabriken, und wurde stattdessen zur Aufsicht eines Togs eingesetzt. So hießen die von Gras befreiten Stellen auf der Steppe, auf denen Getreide gereinigt und gelagert wurde. Hier war Diebstahl an der Tagesordnung, und Erika sollte dies verhindern.

Hielt der NKWD Erika etwa für so ehrlich, daß sie selbst nie etwas stehlen oder sich an einem Diebstahl anderer beteiligen würde? Oder stellte man ihr schlicht eine Falle? Räumte man ihr einfach die Möglichkeit ein, ein tatsächliches Verbrechen zu begehen, damit man ihre Haftstrafe verlängern konnte?

185

Vierzehn Stunden täglich, sieben Tage die Woche, tat Erika ihren Dienst. Dennoch gelang es ihr nicht, alle Diebstähle zu verhindern. Hierfür wäre eine Wache nötig, die niemals schlief oder sich aus überhaupt einem Grund wegdrehte. Bald entdeckte Erika, daß Gefangene aus den Männerbaracken Getreide stahlen, es mit Steinen zu Mehl „verarbeiteten", Wasser hinzutaten und das Gemisch in Dosen zu einer Art Brei kochten.

Erika besaß eine eigene Dose, zusammen bildeten diese und ein Holzlöffel die Summe der Utensilien, die ihr zur Verfügung standen. Sie benutzte ihre Dose nie dazu, gestohlenes Getreide zu kochen. Zwar war der Hunger ihr ständiger Begleiter, Erika aber widersetzte sich jeder Versuchung. Manchmal fragte sie sich, ob sie vernünftig handelte. Machte es überhaupt etwas aus? Sobald der NKWD herausbekam, daß Getreide gestohlen worden war, wäre sie sowieso dran.

Es hatte sie zwar sieben Jahre Exil in der Sowjetunion gekostet, doch nun hatte Erika endlich eine elementare Wahrheit erkannt: Schuldig zu sein war, nicht notwendig, um bestraft zu werden. Allein die Existenz der sich in Karaganda befindenden „Ehefrauenlager" machte dies deutlich. Dort hausten die Gattinnen von Männern, die hingerichtet worden waren. In der Sowjetunion war es ein Verbrechen, mit dem falschen Mann verheiratet zu sein.

Der Winter, warnten die Insassen Erika, war die am meisten zu fürchtende Jahreszeit. Frauen, die in Karagandas Gemüsegärten arbeiteten, waren sich einig, daß man trotz der vierzehnstündigen, siebentägigen Woche drei Jahreszeiten überleben konnte. Im Winter aber mußten sie den Schnee zusammenschaufeln und auf den Äckern und Beeten haufenweise verteilen. Diese Maßnahme nannte man Schnee-Erhaltung, dadurch sollte eine Art Wasservorrat für den Fall geschaffen werden, daß es im Frühjahr nicht genug regnete. Diese war eine Arbeit, die den Körper frieren, den Geist abstumpfen und die Zahl der Gefangenen schrumpfen ließ. Doch Erika blieb nicht lange genug in Karaganda, um den Winter dort zu erleben.

Als die Wächterinnen kamen, um sie zum Natschalnik zu führen, dem Chef des NKWD in ihrem Lager, nahm Erika an, daß sie wegen Getreidediebstahls, an dem sie unschuldig blieb, verurteilt werden würde. Nun bedauerte sie, von dem Vorrat doch nichts gegessen zu haben. Die von dem Natschalnik erhaltenen Befehle lauteten aber ganz anders. Erika war nach Moskau zurückzuschicken. Diesmal gab es keinen überfüllten Viehwagen, sondern einen normalen Zug mit Holzsitzen. Hatte der NKWD endlich seinen Irrtum erkannt? Sollte sie auf freien Fuß gesetzt werden? Ihre Eskorte war ernst und schweigsam. Das war keine Überraschung. Erika hatte bereits vor langer Zeit gelernt, von Staatsdienern irgendwelchen Ranges weder Informationen noch Antworten auf Fragen zu erwarten.

Das Auto, in welches man sie am Moskauer Bahnhof schob, fuhr direkt zur Lubjanka. Von dem riesigen gelben Bau mit der neoklassischen Fassade sagte man, daß er über die weiteste Aussicht Moskaus verfügte. Selbst von seinen Kellern aus konnte man Sibirien sehen. Erika aber war gerade von Sibirien gekommen. Nach Moskau zurückgebracht zu werden, mußte etwas Gutes bedeuten. Der Irrtum ihrer Verurteilung war entdeckt worden. Das konnte Begnadigung heißen. Und eine Entschuldigung.

Erika wurde ohne Erklärung in einer Zelle mit einem halben Dutzend verängstigter Frauen eingesperrt. Das wirkte nicht wie eine Begnadigung. Nicht zum ersten Mal mußte sich Erika wegen ihrer Naivität verfluchen.

Am nächsten Morgen wurde Erika erneut einer Leibesvisitation unterzogen. Daß sie inzwischen daran gewohnt war, machte diese Marter keineswegs leichter. Das war die Vorstufe zur Versetzung. Etwa dreißig an der Zahl waren es, Männer und Frauen, die von der Lubjanka zum Zug gebracht wurden. Die Gruppe wurde in einem einzigen Wagen untergebracht und unter NKWD-Aufsicht gestellt. Erika erkannte sechs oder sieben Gesichter, es waren deutsche Kommunisten, darunter einige prominente Parteiintellektuelle, die im Hotel Lux gewohnt hatten. Alle Menschen dieser Gruppe hatten vor den Nazis Zuflucht gesucht, alle waren sie in Rußland unter irgendeinem Vorwand verhaftet worden. Unterwegs spekulierten drei oder vier der Reisenden darüber, ob sie von Russen oder ihren eigenen deutschen Exilgenossen denunziert worden waren. Eine der Frauen schaute zu Erika hinüber. „Ich weiß, wer Sie denunziert hat." Erika erstarrte. „Dieses Schwein Preiß war es." Eine halbe Minute lang konnte Erika kein Wort hervorbringen. Ja, Preiß. Natürlich. Sie hatte ihm einen Korb gegeben, Denunziation war seine Rache. Preiß hatte gehört, wie Erika das Verbot von Antinazischriften und dem Chaplin-Film kritisierte. Sich überhaupt gegen eine amtliche Verfügung zu widersetzen, war allzu leicht als antisowjetische Agitation auszulegen. „Jedenfalls", fuhr die Frau fort, „hat ihn die strafende Gerechtigkeit eingeholt." Anscheinend war Preiß inzwischen selbst verhaftet worden. Wie üblich hatte man seitdem nichts mehr von ihm gehört. „Geschieht dem Biest recht", schloß die Frau ab.

Nun wurde lebhaft über ihr jetziges Reiseziel spekuliert. Einer aus der Gruppe fragte ihre Bewacher. „Das werdet Ihr bald genug erfahren", war alles, was man zur Antwort bekam.

Als der Zug anhielt und die Gruppe auszusteigen aufgefordert wurde, herrschte allgemeine Erleichterung. Der Zug befand sich nicht irgendwo in den Weiten Rußlands, sondern am Rande einer Stadt. Erika hob den Rucksack auf, der mit ihr seit dem Verlassen ihrer Heimat überall hingefahren war, und sprang vom Wagen herunter.

Auf die Gruppe warteten Männer in den schwarzen Uniformen von Hitlers SS. Der Schock hätte nicht größer sein können, wenn man aufgeblickt und einem Erschießungskommando gegenübergestanden hätte.

„Dawai!" Eine NKWD-Hand im Rücken stieß Erika den SS-Männern entgegen. Schafe, die von Hunden zusammengepfercht werden, sagte sich Erika. „Dawai!"

Von den Sowjets nicht mehr gewünschte deutsche Emigranten waren zur Demarkationslinie bei Brest-Litowsk gebracht worden. Sie wurden in ihr Heimatland zurückgeschickt. Wohl eine Art Kulanz. Schließlich hatten die Deutschen Dimitroff und andere Genossen in die Sowjetunion abgeschoben.

Zwei Tage darauf kam Erika im Frauenkonzentrationslager Ravensbrück an.

Umkehr

WAS zum Teufel dachte sich Hitler überhaupt? Zuerst wollte er die Armee auf 120 Divisionen reduzieren. Am Tag nach dem deutschen Einmarsch in Paris befahl er dann auch noch die Auflösung von vierzig Divisionen. Gleichzeitig ordnete er eine bedeutende Verringerung der Rüstungsproduktion an. Fortan sollten die Bedürfnisse von Kriegsmarine und Luftwaffe das Hauptgewicht künftiger Waffenherstellung bestimmen. Die höchste Priorität sollten Flugzeug- und U-Boot-Bau genießen.

Diese Maßnahmen waren eindeutig gegen Großbritannien gerichtet. Offenbar sah Hitler keine weiteren militärischen Unternehmungen zu Lande im großen Rahmen vor. Er würde die Briten durch Seeblockaden und die Zerstörung ihrer Kriegskapazität durch Luftangriffe zum Friedensschluß zwingen.

Nun aber widerrief Hitler seine Befehle. Nicht nur waren keine Divisionen aufzulösen, für 1941 sollte das Heer ausgebaut werden. Was war geschehen?

Als Erstes gab es die sowjetischen Forderungen an Rumänien. Dann war der britische Botschafter, Sir Stafford Cripps, in Moskau mit dem Versprechen erschienen, beim Abschluß eines gegen Deutschland und Italien gerichteten Militärbündnisses der Sowjetunion freie Hand auf dem Balkan zu garantieren. Freie Hand auf dem Balkan? Dies würde Rumänien einschließen, dessen Ölfelder für Deutschlands Kriegführung unentbehrlich waren. Molotow ließ die Einzelheiten des britischen Angebotes an Berlin weiterleiten. Bei Hitler löste der Bericht die Erkenntnis aus, daß Stalin sich noch für einen Seitenwechsel entscheiden könnte. Schließlich wurde der hierfür angebotene Preis stets verlockender.

Stalin, so rechnete sich Hitler aus, hatte sich bis jetzt mit Deutschland verbündet, weil dieser Kurs ihm mehr versprach als ein Pakt mit irgendeiner anderen Macht. Sollte nun aber den Pragmatikern des Kremls klarwerden, daß sie woanders besser abschneiden könnten, würden sie ohne zu zögern ihr Bündnis mit Deutschland verwerfen.

Hitler ordnete eine Revision des Heeresrüstungsprogramms an. Je mehr er darüber nachdächte, so erklärte er seinen Oberbefehlshabern, desto überzeugter sei er, daß die Briten nur deswegen so trotzig blieben, weil sie auf sowjetische Hilfe hofften. Die britische Entschlossenheit, weiterzukämpfen, ließe sich nur durch so etwas wie eine Versicherung aus Moskau erklären. Sobald aber Rußland geschlagen wäre, würde damit auch die letzte Hoffnung Londons schwinden.

Molotow kam für zweitägige Verhandlungen nach Berlin. Wegen der britischen Luftwaffe fanden die Besprechungen unter ominösen Umständen statt. Zweimal mußten die Gesprächspartner im Luftschutzkeller des Auswärtigen Amtes Sicherheit suchen. Molotow bat um freie Hand bei der Erpressung von Truppenbasen von der Türkei. Hitler versuchte, Moskaus Interesse in Richtung Asien umzulenken, er lud Rußland ein, sich der Berlin-Rom-Tokio-Achse anzuschließen. Die sowjetische „Interessensphäre", so schlug er vor, könnte in Südasien liegen, Richtung Indischer Ozean. Dies interessierte Molotow nicht. Stattdessen verlangte er mehr in Europa: neben der Türkei auch Bulgarien, Ungarn, Jugoslawien und Griechenland. Dann, sagte er, gäbe es auch noch die Frage Schwedens.

Binnen zwei Wochen bestätigte Stalin seine Forderungen schriftlich. Er erwartete von Deutschland Teilnahme an gemeinsamen „militärischen Maßnahmen" gegen die Türkei, sollten die Türken es ablehnen, Basen in den Dardanellen und am Bosporus abzutreten. Auch suchte er Unterstützung für eine südliche Expansion zwischen Batumi am Schwarzen Meer und Batu am Kaspischen bis hin zum Persischen Golf. Außerdem forderte Stalin Hoheitsrechte in der Ostsee bis zum und einschließlich des Skagerraks – mit anderen Worten, bis zum Eingang zur Nordsee.

War Hitler naiv gewesen, von Stalin zu erwarten, daß dieser sich mit dem Gewinn zufriedengeben würde, den er bereits einkassiert hatte? 1937 zählte die Rote Armee 1.433.000 Mann. Nun näherte sich ihr Personalbestand den vier Millionen. Im Laufe der vergangenen zwölf Monate waren 125 neue Divisionen der Roten Armee aufgestellt worden. Während die deutsche Waffenfertigung sank, war die Sowjetische Kriegsproduktion in vollem Gange.

Im Gegensatz dazu hatte Amerika alle Mühe, die Rolle des „großen Arsenals der Demokratie" zu erfüllen, welches Präsident

Roosevelt zu seinem Credo gemacht hatte. Stalins Anhänger in den USA meinten, eine andere Aufgabe erfüllen zu müssen als die von Roosevelt vorgesehene. In Kalifornien brachte der kommunistische Gewerkschaftsführer Wyndham Mortimer zwei Flugzeugwerke zum Stillstand. Die Armee mußte eingesetzt werden, um die Fertigung wieder in Gang zu bringen. In Cleveland organisierte Edward Cheyfitz Streiks, welche die Flugzeugindustrie Aluminiumgußteile im Wert von 60.000.000 Dollar kosteten. Andernorts legten auf Geheiß von John Anderson, der als Kommunist für das Amt des Gouverneurs von Michigan kandidierte, weitere 5.000 Beschäftigte der Aluminiumindustrie die Arbeit nieder. Durch die sechsundsiebzigtägige Streikwelle, die vom Genossen Harold Christoffel initiiert wurde, wurde Amerikas Zerstörerbauprogramm um drei Monate zurückgeworfen. Zwar wurden weiterhin in den Werken, welche Amerikas Kommunisten nicht zum Stillstand gebracht hatten, Waffen hergestellt. Daher wurden nun aber hartnäckige Versuche unternommen, Schiffe daran zu hindern, diese nach Großbritannien zu bringen. Vor dem Weißen Haus standen immerzu Demonstranten, die „Frieden" riefen und dabei lediglich gegen eine amerikanische Unterstützung für den britischen Kampf gegen Hitler waren. Unter diesen befanden sich Seeleute, die Transparente mit der schlichten Parole „Keine Konvois!" trugen.

Demonstrationen gegen eine amtliche Regierungspolitik, ohne daß die Menschenmenge angeschossen wurde? Erika und ihren Mitgefangenen in Karaganda sowie in weiteren sowjetischen Lagern und Gefängnissen wäre der bloße Gedanke daran als rein utopisches Hirngespinst vorgekommen.

Eine Woche vor Weihnachten 1940 gingen vier Exemplare von Hitlers Weisung für die Kriegführung Nr. 21 an die Oberbefehlshaber der Wehrmacht. Sie schrieb vor: „Die deutsche Wehrmacht muß darauf vorbereitet sein, auch vor Beendigung des Krieges gegen England Sowjetrußland in einem schnellen Feldzug niederzuwerfen."

Doch warum sollte sich Hitler ausgerechnet gegen seinen unentbehrlichen Partner und Materialienlieferanten wenden? Gerade gegen die Sowjetunion Krieg zu führen – besonders, wenn man auch noch immer gegen die Briten kämpfte – käme doch dem Durchschneiden der eigenen Schlagader gleich. Es hatte noch nie soviel Handel zwischen Deutschland und Rußland gegeben wie während der ersten einundzwanzig Monate des Krieges. Seit Kriegsbeginn hatte Stalin große Mengen Baumwolle, 1.500.000 Tonnen Getreide, eine ähnliche Menge Öl und tausende Tonnen wertvoller Erze und Metalle wie Chrom, Mangan und Platin an Hitler geliefert. Auch waren mehrere Sonderzüge der Transsibirischen Eisenbahn eingespannt worden, um 4.000 Tonnen Kautschuk nach Deutschland zu bringen. Lieferungen aus Rußland kamen außerordentlich zügig. Hitler konnte mit seinem Partner eigentlich nur zufrieden sein.

Erst im Januar waren neue Abmachungen ausgehandelt worden, denen zufolge der Umfang sowjetischer Lieferungen erhöht werden sollte. Nun wurde ein weiterer Vertrag abgeschlossen. In Rußland sollten Deutsche eine Fabrik errichten, eine erste Zahlung von 10.000.000 Mark in Gold sollte am 1. Juli erfolgen.

Die Abwicklung solcher internationaler Geschäfte – wenn auch freilich nicht genau dieser – stellte inzwischen die tagtägliche Beschäftigung des Rolf Albrecht, Major a.D., dar. Das New Yorker Bankhaus, das ihn eingestellt hatte, war kein Geldinstitut von der Art, bei dem Bares über eine Theke hin- und herging. Über seine Bank wurden Geschäfte zwischen Regierungen und Großfirmen erledigt. Albrecht hatte seinen Wert bei Transaktionen bewiesen, welche die Schweiz und die skandinavischen Länder betrafen. Er hatte sich bei der Bank inzwischen gut eingelebt und fühlte sich wohl. Inzwischen waren er, Julia und die Kinder amerikanische Staatsbürger geworden.

Jüdische Emigranten durften nicht mehr als 200 Mark aus dem Reich mitnehmen. Die Albrechts aber hatten Glück. Julias Eltern waren schon vor Hitlers Amtsantritt verstorben und hatten ihrer Tochter ein ansehnliches Vermögen auf einem Konto in der schweizerischen Stadt Kreuzlingen hinterlassen. Dieses Konto eröffnet zu haben, hatte ihres Vaters Besitz nicht nur vor der Deutschland während der zwanziger Jahre zweimal schwer treffenden Inflation bewahrt, sondern ebenfalls vor etwaigen Zugriffen der Naziregierung.

Nun besaßen die Albrechts ein Haus auf Long Island und waren Mitglieder eines dortigen Country Clubs. In seinen mittleren Jahren hatte Rolf eine neue Sportart entdeckt, die ihm die Jagd in der Schorfheide ersetzte. Golf spielte er nun an jedem Wochenende. Er wähnte sich glücklich, die ideale Freizeitbeschäftigung gefunden zu haben. Dies war eine Unterhaltung, die ihm bis ins verhältnismäßig hohe Alter Bewegung an der frischen Luft erlauben würde. Allerdings erlaubte ihm die seiner Kriegsverwundung entstammende Steifheit keine volle Körperdrehung beim Schwung. Daher hatte er sich eine Kompromißtechnik ausgearbeitet, einen halben Schwung, bei dem er gar nicht erst versuchte, den Leib gänzlich zu drehen. Er hob den Schläger nur auf halbe Höhe an und schwang ihn dennoch voll durch. Mit der Zeit wurde er trotz eines kürzeren Ballfluges zu einem fähigen und zuverlässigen Golfer. Als Spielpartner war er beliebt, und sowohl er als auch Julia wurden zu gerngesehenen Klubmitgliedern. Für beide stellten die Wochenenden im Klub eine der Hauptfreuden ihres Lebens in Amerika dar.

Ihre Kinder hatten Erfolg in der Schule und waren mittlerweile derart amerikanisiert geworden, als wären sie jenseits der Atlantik zur Welt gekommen. Es wäre möglich gewesen, die Albrechts als glücklich zu beschreiben, wenn sie sich nur nicht so viele Sorgen um die Geschehnisse in Europa machten. Ihrem deutschen Vaterland war Julia genauso sehr zugetan wie ihr Ehemann. Durch den Ausbruch des Krieges waren beide in ein Gefühlschaos und eine intellektuelle Zwickmühle geraten. Zwar wünschten sie den Sturz Hitlers, konnten sich aber nicht dazu bringen, auf eine deutsche Niederlage zu hoffen. Auf alle Fälle nicht auf die Art Niederlage, die wahrscheinlich notwendig sein würde, um das Hitlerregime zu vertreiben. Zu erwarten, daß ohne die vollständige Zerschlagung Deutschlands Frieden abgeschlossen werden würde – beide wußten instinktiv, daß dies eine Utopie wäre. Die Nazis würden bis zum bitteren Ende kämpfen, und für Deutschland würde dieses Ende die totale Zerstörung bedeuten.

Wenn Hitler nur einem Attentat zum Opfer fallen würde! Ob dann sein Nachfolger vernünftig genug sein würde, um Frieden zu schließen?

Die Albrechts verfolgten alle Nachrichten über den Krieg mit fieberhaftem Interesse. Mit Entsetzen erfuhren sie vom Zusammensturz Frankreichs, einem Ereignis, welches den Eindruck erweckte, daß nichts die Hitlermaschine stoppen konnte. Mehrere Wochen lang fürchteten sie, die Briten könnten sich mit Hitler arrangieren. Dann würde der Diktator auf Lebzeit im Sattel sein. Man konnte sich ausmalen, wieviel menschliches Leid er dann noch verursachen würde.

Churchills in die USA übertragene Reden hatten sie beide beruhigt und ermutigt. Churchill war nun ihr Idol. Julia hatte ein Bild von dem Premierminister erworben und es zuhause an die Wand gehängt. Ihre ganzen Hoffnungen lagen nun bei den Briten. Wenn die Briten nur ausharrten, wäre es vielleicht doch noch möglich, Hitler und sein verhaßtes Regime zu brechen, ohne daß dabei die völlige Verwüstung Deutschlands notwendig wäre. Wenn dieser Krieg bis zum Ende ausgefochten werden müßte, das wußten sie beide, würden diesmal die dem Reich auferlegten Friedensbedingungen sogar noch wesentlich schlimmer sein als die Rachsüchtigkeit von Versailles.

Das Treiben der Amerikanischen Friedensmobilisation war ihnen beiden zuwider. Sinn dieser etwas unbeholfen betitelten Bewegung war es, Washingtons Unterstützung der britischen „Imperialisten" zu bekämpfen. Von diesen Leuten hörte man nur „Helft Stalins Friedenspolitik", „Stoppt die kriegstreibende Hilfe an Großbritannien" und „Haltet Amerika aus dem Krieg heraus." Jegliche Kritik am Hitler-Stalin-Bündnis wurde als „kapitalistische Lüge" zurückgewiesen.

Für Rolf und Julia blieb die willentliche Blindheit von Menschen, die sichtbar gescheit genug waren, es doch besser zu wissen, gänzlich unverständlich. Sowjetische Verbrechen wurden gerade von vielen jener Menschen entschuldigt, zu denen die große Masse des Publikums mit Bewunderung aufschaute, und auf deren Urteilsvermögen und Weisheit sie sich verlassen zu dürfen meinte.

Chaplins Filmsatire *Der Große Diktator* bot ein wunderbares Gegengift zu solcher Naivität. Zwar wurde der Film schon zwei Jahre zuvor gedreht, er kam aber erst 1940 in die Kinos. Die Albrechts und auch ihre Kinder wohnten einer der ersten Aufführungen bei. Am meisten lachten die Kinder, zum Schluß standen ihre Eltern auf und klatschten Beifall.

Im Country Club hörte Julia zum ersten Mal von dem Hilfe-für-Britannien-Komitee. Am kommenden Sonntag sollte diese Gruppe eine Großversammlung in New York veranstalten, und Julia entschloß sich, mit Rolf daran teilzunehmen. „Tut mir leid", entschuldigte sich Rolf. Trotz seiner Hoffnung auf die Beendigung des hitlerschen Regimes vermochte Rolf sich dazu nicht durchzuringen, sich an gegen sein Heimatland gerichteten Tätigkeiten zu beteiligen. Eine konkrete Unterstützung der britischen

Kriegführung wäre unvereinbar mit dem elementarsten Ehrenbegriff. Außerdem waren Versammlungen solcher Art politisch, und in die Politik mischten sich Offiziere sowieso nicht ein. Daß er sich schon seit Jahren im Ruhestand befand, änderte nichts an seiner Einstellung. Eigentlich war es das, was Julia erwartet hatte. Sie selbst aber war durch keinen solchen Kodex gebunden und fuhr am Sonntag allein zu der Versammlung hin.

Die vor dem Veranstaltungsort versammelte Menschenmenge war feindlich und laut. Der gewohnte Haufen kommunistischer Demonstranten ließ seine Verurteilung britischen Widerstands gegen Hitler hinaus donnern, die sattbekannten Transparente wurden hochgehalten. Die Demonstranten planten einen Marsch von New York bis Washington.

Julia zögerte. Mit ihrem knappen 1,50 Meter konnte sie sich kaum durch eine solche Menge hindurchkämpfen. Andererseits wollte sie verdammt sein, wenn sie sich von diesen Leuten daran hindern ließe, an einer legitimen Versammlung teilzunehmen. Ein großer Mann mit einem grauen Hut nahm sie beim Arm. „Sie wollen da hinein, Lady? Kommen Sie mit." Der Mann schritt durch die Menge, als würde sie nicht existieren. Julia war drin.

Nichts, was Julia seit Churchills „Wir-werden-uns-niemals-ergeben"-Rede erlebt hatte, fand sie so ermutigend wie die zwei Stunden dieser Versammlung. Ihr wurde klar, daß es unter dem amerikanischen Volk an gesunder Vernunft nicht mangelte. Julia klatschte und klatschte, jubelte und jubelte.

Nach der Versammlung nahm sie der gleiche hochgewachsene Mann in Obhut. „Keine Bange", sagte er ihr. „Wir kommen durch." Julia schaute sich ihren Schutzengel an. War er FBI-Mann? Kommunisten und Nazibewunderer, das wußte sie, behielt das FBI im Auge. Dieser Mann hatte das gleiche Gebaren und die gleiche Selbstsicherheit wie Rolf. Bei dem Mann untergehakt, trat Julia mit ihm in Erwartung eines Spießrutenlaufes auf die Straße.

Doch das Geschrei war verebbt. Keine Transparente waren mehr zu sehen. Die Demonstranten waren verschwunden. Verwundert schauten die Teilnehmer der Versammlung in der Halle um sich, schauten einander an. „Sie sind schon nach Washington gestartet", meinte jemand.

Das waren sie nicht. Während der probritischen Versammlung war eine Nachricht eingetroffen. Hitler hatte seinen russischen Verbündeten angegriffen. Mit einem Mal fanden Kommunisten weltweit an Großbritanniens Kampf gegen den Nazidiktator doch nichts mehr auszusetzen.

Im Laufe der ersten sechs Monate jenes Jahres waren in amerikanischen Rüstungsindustrien rund 2.500.000 Arbeitsstunden durch Streiks verlorengegangen. Im April waren bei von Kommunisten organisierten Streiks acht Amerikaner durch Gewalt ums Leben gekommen. Nun konnten Stalins Bewunderer in den USA die streikenden Arbeiter gar nicht schnell genug wieder in die Fabriken und auf die Werften zurückpeitschen, um jene Waffen für Rußland herzustellen, welche sie den Briten vorzuenthalten versucht hatten.

Die Nachricht über den Angriff auf Rußland brachte Claus aus dem Gleichgewicht. Seines Erachtens war gerade Rußland das Land, welches Deutschland nicht zum Feind haben sollte. Die natürlichen Feinde Deutschlands, diejenigen, die ihm jegliche Weltgeltung mißgönnten, befanden sich in Westeuropa. Die sicherste Richtung für Deutschland auf der Weltbühne war, glaubte er, Partnerschaft mit Rußland. Den größten Teil seines Soldatenlebens hatte Claus diesem Ziel gewidmet, welches weise Männer – vor allem dachte er an Hans von Seeckt – als Deutschlands sinnvollsten Kurs ausgerechnet hatten. Claus wunderte sich, daß sich der Führer, zu dem er normalerweise volles Vertrauen hatte, ausgerechnet mit seinem zuverläßigsten und nützlichsten Verbündeten anlegte. Trotzdem mußte Claus davon ausgehen, daß der Führer gut wußte, was er tat. Für die Invasion Rußlands gab es bestimmt einen guten Grund. Claus kam zu dem Schluß, daß es sich um einen Präventivschlag gehandelt haben mußte. Sowjetische Streitkräfte mußten einen Angriff auf Deutschland geplant haben, dem der Führer glücklicherweise zuvorgekommen war.

Sein Instinkt – oder war es folgerichtiges Denken? – irrte nicht. Anfangs sah die Invasion Rußlands zwar so aus, als hätte Deutschland den sowjetischen Kräften quasi im Schlaf das Messer in den Rücken gestochen. Einige sowjetische Divisions- und Korpshauptquartiere in Frontnähe wurden derart rasch überwältigt, daß Pläne, Akten, Befehle, Karten und Unterlagen jeder Art massenweise in deutsche Hand fielen. Wie Heeresnachrichtenstellen

196

berichteten, wurde darunter aber ein mehr als zwanzig Seiten umfassender, vervielfältigter Befehl vorgefunden, wonach die Vorbereitungen auf einen Überfall auf die deutschen Streitkräfte vor Spätsommer oder Herbst 1941 abzuschließen waren. Eine bei dem sowjetischen XX. motorisierten Korps vorgefundene Karte zeigte den Weg des geplanten Vorstoßes: über den Bug, weiter durch das deutsch besetzte Polen südlich von Warschau, über die Weichsel.

Dies alles schien die Bewertung des sowjetischen Regimes zu bestätigen, die Hitler seinem Wehrmachtsadjutanten, General Rudolf Schmundt, zuvor dargelegt hatte: Stalin und seine Genossen säßen schon eine Generation hindurch an der Macht – Zeit genug, um sich die Treue der jungen Generation gesichert zu haben. Mit Auflösung des österreichisch-ungarischen Reiches sei Rußlands herkömmlicher Feind von der Bildfläche verschwunden. Es habe keine Bedrohung Rußlands gegeben – gewiß nicht durch die lächerliche 100.000-Mann-Reichswehr. Dennoch hätten die Sowjets die 20er und 30er Jahre damit verbracht, eine gigantische Rote Armee mit einer Friedensstärke von mehr als einer Million Mann aufzubauen. Dies alles sei passiert, bevor Deutschland 1935 mit der Gründung seiner Wehrmacht begonnen hätte. Daher könne von einer notwendig gewordenen defensiven Maßnahme keine Rede sein. Warum sich die sowjetischen Streitkräfte immer weiter ausgebaut hätten? Daraus könne Hitler nur einen Schluß ziehen: Über kurz oder lang beabsichtigte Stalin, Europa zu überrennen.

Gewiß stimmte es, daß der Aufbau sowjetischer Kräfte in monumentalem Umfang geschah. In Stockholm ließ die sowjetische Botschafterin, jene von Erika bewunderte Alexandra Kollontai, die Bemerkung fallen, noch nie in seiner Geschichte hätte Rußland so viele Truppenkontingente entlang seiner westlichen Grenzen aufgestellt wie jetzt. Diese Äußerung wurde nach Berlin weitergegeben.

Basis Nord, die der deutschen Kriegsmarine wertvolle Dienste geleistet hatte, wurde nun zum Zielhafen britischer Konvois, die Rußland versorgten. Hierin verloren die Briten keine Zeit. Bereits im Juli gingen von den Britischen Inseln 200 Flugzeuge, 20.000 Tonnen Gummi und zwei bis drei Millionen Feldstiefel an die Sowjetunion.

Britische Konvois auf dem Weg nach Murmansk – dem unangenehmsten und gefährlichsten Seeverkehr des Krieges – erlitten verheerende Verluste. Sie hätten sich erübrigt, wenn es möglich gewesen wäre, Rußland über Land von Nordnorwegen aus zu versorgen. Norwegen aber war fest in deutscher Hand.

Claus wunderte sich, daß er nicht zu einer Einheit versetzt wurde, die an der Invasion Rußlands beteiligt war. Sicherlich könnte er dort dem Reich am nützlichsten sein.

In rascher Folge trafen die Meldungen ein. Panzer vor den Toren Moskaus. Leningrad isoliert und unter Belagerung. Massive Vorstöße im Süden.

Claus begann, sich zu grämen. Er sollte in Rußland sein. Sein Versetzungsbefehl sollte eintreffen. Nicht, daß er sein Regiment verlassen wollte, das als Einheit gut funktionierte und in dem er gute Freunde gefunden hatte. Dennoch schien es Claus, als hätte ihn alles in seinem Leben darauf vorbereitet, dem Reiche in Rußland zu dienen.

Es kam kein Versetzungsbefehl. Bis Dezember wurde klar, daß es keine friedliche Besetzung der Sowjetunion geben würde. Es schien, als würde kein Bedarf an russischsprechenden Verbindungsoffizieren bestehen. Claus fand sich damit ab, dort zu bleiben, wo er war – zumindest, solange sein Regiment dort blieb. Schließlich war Norwegen gar nicht das schlechteste Einsatzland. Er war ein vergleichsweise bequemer Posten, den Claus innerhalb der Besatzungstruppe bekleidete. Bergen war ein schöner Ort. Die Altstadt, mit ihrer Reihe hölzerner Kleinläden direkt am Ufer, ergänzte auf entzückende Weise die moderne Großstadt mit ihren Theatern und Parkanlagen. Seite an Seite standen wunderschöne Berge und das Meer. Nicht weit von der Stadt entfernt war Troldhaugen, das Haus von Edvard Grieg. Claus hatte das Haus besucht und am Klavier des Komponisten gesessen.

Viele seiner Kameraden waren bei norwegischen Familien einquartiert. Claus aber hatte das Glück, sich mit seinem Regimentskommandanten ein Haus zu teilen. Es handelte sich um eine Residenz, welche bei der deutschen Landung leergestanden hatte und zum Kauf angeboten wurde, da sein Besitzer und alleiniger Bewohner kürzlich verstorben war. Bequem in einer zentralen Lage nahe dem Hafen gelegen, war der Bau umgehend von den Deutschen requiriert worden. Claus und sein Kommandant hatten ihre Ordonnanzen mit im Haus, Tag und Nacht tat eine bewaffnete Wache Dienst.

Norwegische Widerstandskämpfer waren erstaunlich zäh und mutig, Claus selbst war aber noch nicht in ernsthafte Schwierigkeiten geraten. Zwar schloß er sich von Zeit zu Zeit einer Patrouille auf dem Land oder in der Stadt an, als Regimentsadjutant aber war er meistens wieder mit Schreibtischarbeiten beschäftigt. Daten und Berichte, Berichte und Daten.

Claus mochte das norwegische Volk sehr, auch brachte er es nicht fertig, es ihm zu verübeln, daß seine Bewunderung nicht erwidert wurde. Zu gut erinnerte er sich daran, wie ihm selbst zumute gewesen war, als ein Teil seines eigenen Heimatlandes von ausländischen Truppen besetzt war.

Bedeutend ausgedehnt wurde der Krieg durch Japans gleichzeitige Angriffe auf Hong Kong, Malaya, Thailand und die amerikanische Marinebasis Pearl Harbor. Japan erklärte dem Britischen Königreich und den Vereinigten Staaten den Krieg, und getreu seinem Bündnis mit Tokio erklärte nun auch Hitler den USA den Krieg. Japans Handlungen wickelten das Reich in einem Kampf gegen Amerika ein, den Deutschland sicherlich nicht gewinnen konnte. Was Industrie oder Wirtschaft betraf, war Claus alles andere als ein Fachmann. Trotzdem wußte er davon genug, um zu erkennen, daß ihre Fertigungskapazität und Personalstärke die USA praktisch unschlagbar machten.

Dennoch mußte der Führer, wie bei der Invasion Rußlands auch, für seine Handlungen einen guten Grund gehabt haben. Neben dem Bündnis mit Tokio waren es wahrscheinlich die Waffen, welche Amerika bekanntlich an die Briten lieferten, die den Führer zu diesem drastischen Schritt gezwungen hatten. Angeblich waren die Vereinigten Staaten neutral, hinter ihrer Neutralität aber war ihre Feindschaft zum Reich unmißverständlich zu erkennen. Nun mußten die USA die Maske fallenlassen, was allerdings für Deutschland alles nur noch schlimmer machte.

Claus aber hatte dringendere Sorgen als die breitangelegten Überlegungen der Großstrategie. Es hatte sich ihm die Möglichkeit geboten, nach Hause zu fliegen, nun aber sah es so aus, als würde ihm der Flug doch nicht gelingen. Wenigstens noch nicht. Heute war der Himmel dicht bewölkt, die Luft war voll Schneeregen, die Meteorologen rieten vom Fliegen ab.

Für die in der Wolfsschanze erwarteten höheren Offiziere aber kam ein Nichtstarten nicht infrage. Hitlers Hauptquartier lag tief in einem ostpreußischen Wald nahe der russischen Grenze. Selbst bei idealen Wetterverhältnissen würde der Flug von Norwegen lange Zeit in Anspruch nehmen. Soweit konnte die gute alte Tante Ju nicht fliegen, ohne aufzutanken. Eine Zwischenlandung auf einem Luftwaffenflugplatz in Norddeutschland würde unerläßlich sein. Dies würde zusätzliche Zeit kosten. Hinzu kam, daß ihre Flugzeit bei dem heutigen Kopfwind sowieso um eine bis zwei Stunden länger werden würde. Je früher man startete, desto besser.

Claus war nicht zur Wolfsschanze bestellt worden, doch war ihm wieder Heimaturlaub – zwölf ganze Tage – gewährt worden. Seit seiner Ankunft in Bergen war Claus nur einmal zuhause gewesen. Kurz nach der Geburt seines Sohnes hatte ihm sein Regimentskommandant acht Tage Urlaub gewährt. Dem Jungen hatten sie nach Marions Vater den Namen Alexander gegeben. Sein Quartier in Bergen war inzwischen regelrecht tapeziert mit Fotografien von dem Kleinen, die in Marions Feldpostbriefen eingetroffen waren.

Ein Oberst im Generalstab, der die Garnison Bergens besucht hatte, war einer von denen, die zu Hitler fliegen sollten. Er lud Claus ein, mitzufliegen. „Sie können von der Wolfsschanze mehr oder weniger gleich wegkommen", sagte ihm der Oberst. „Ständig fährt Transport ein und aus. Wenn Sie weder Auto noch Laster kriegen, wird Sie jemand wenigstens bis zum Bahnhof Rastenburg bringen." Der war nur rund 120 Kilometer von Marion und Alexander entfernt. Nun, im Dezember 1942, stand der zweite Geburtstag des Jungen bevor. Als Geschenk nahm Claus einen Plüschseehund mit. Ebenfalls in seinem Koffer lag eine reichlich gezierte Strickjacke für Marion.

Beim Start in Stavanger hämmerte der Schneeregen auf den Rumpf der Maschine wie Nieten beim Schiffbau. Gleich stieß die Junkers in dichte Wolken hinein. Innerhalb einer Stunde setzten Pannen mit den Instrumenten ein. Dann fing die Maschine an, schwerfällig auf die Steuer zu antworten. Tragflächen vereist, das war klar. Die Gegenmaßnahme hieß Heruntergehen. Wenn die Maschine tief genug flog, würde das Eis zu schmelzen beginnen, man würde wieder richtig steuern können.

Das Eis bildete sich heute schon ab 150 Metern Höhe. So niedrig über Berge zu fliegen, kam aber nicht infrage. Die richtige Höhe zu finden, war kritisch und eine Sache des Kompromißes. Flöge man zu hoch, würden die Tragflächen total vereisen, das Flugzeug würde heruntergezogen. Zu niedrig, dann…

Sie mußten über das Meer fliegen. Weder Höhen- noch Fluggeschwindigkeitsmesser ergaben ein zuverläßiges Bild. Sehen konnte man nichts als Wolken. Als einziges nicht von dem Wetter beeinträchtigtes Instrument blieb der Kompaß. Das Meer lag in Richtung Süden. Das Überhöhen in die Kurve bedeutete einen Kampf gegen die festgefrorenen Querruder. Man mußte mit den Motoren jonglieren. Trotz der von ihnen verlangten, schon weit über der Reisegeschwindigkeit liegenden Leistung büßten die drei BMW-Motoren nichts von dem ihnen eigenen Rundlauf ein. Von dem Backbordmotor mußte man nun aber noch mehr verlangen. Die Kursänderung begann.

Ein plötzliches Krachen wie Kanonenfeuer, ein gewaltiger Ruck nach vorne. Mit absurder Langsamkeit drehte sich dann die Maschine auf den Kopf. Kopfunter prallte sie auf den Boden und fing dann, nach unten zu rutschen. Ein zweites, geringeres Krachen. Die Maschine schauderte kurz und bewegte sich nicht mehr. Ein Vorschlaghammer traf Claus auf die Stirn.

Affront

ERIKA." Kaum hatte Claus den Namen ausgesprochen, stutzte er. Warum war sein erstes Wort nicht Marion gewesen?

Das sich über ihm beugende Mädchen war eine blauäugige Blondine. Als sie sah, daß er die Augen aufmachte, lächelte sie, und ihr Lächeln erinnerte ihn an Erika. Dies wenigstens war eine Erklärung, die er sich für seinen Lapsus geben konnte. Ähnelte das Mädchen aber nicht auch Marion?

„Hallo." Das Mädchen schaute in seine Augen und suchte nach Anzeichen dafür, was mit seinem Schädel passiert war.

Er versuchte, Kopf und Schulter anzuheben, auf halbem Weg brachte ein plötzlicher Schmerz an seiner linken Schläfe jede Bewegung zum Stehen. Das Mädchen legte ihm beide Hände auf die Schulter und drückte ihn sanft zurück. „Versuchen Sie, sich nicht zu bewegen", riet sie ihm. „Noch wissen wir nicht, welche Verletzungen Sie haben."

Wo zum Teufel bin ich, wunderte sich Claus. Er lag auf dem Rücken, auf einem begrasten Hang, und schaute nach oben zu einem mit grauen Wolken bedeckten Himmel hinauf. Egal, nach welcher Seite er den Kopf drehte, sah er nur schwere Wolken. Er fror.

„Wie fühlen Sie sich?"

„In Ordnung."

„Natürlich sagen Sie das. Bald aber kommt ein Arzt, der Sie untersuchen wird. Bevor wir versuchen, Sie vom Berg herunter zu bringen, müssen wir erst wissen, was Ihnen fehlt."

Vom Berg herunter? Was hatte er auf einem Berg zu suchen? Nun wurde ihm schwindelig. Wieder verlor er das Bewußtsein. Als er erwachte, war das Mädchen noch da, sie saß weniger als einen Meter weg. Ein junger Mann war auch da, mit einem milden, freundlichen Gesicht und einer sanften Stimme. „Das an Ihrem Kopf sieht böse aus. Halten Sie still, während ich mir den Rest anschaue."

Dies also war der Arzt. Wie alt konnte er sein? Siebenundzwanzig, achtundzwanzig?

Die Untersuchung war langsam und gründlich. Neben dem Gefühl, sein Kopf wäre vorne um etwa drei Zentimeter angeschwollen (was eigentlich nicht der Fall war), konnte Claus noch spüren, daß seine beiden Füße und Knöchel gestaucht waren. Man setzte seine Augen Lichtstrahlen aus, maß seinen Puls und Blutdruck und bewegte seine Gliedmaßen, um die Grenzen ihrer Beweglichkeit festzustellen. Währenddessen fing Claus an, sich zu erinnern. Die Fahrt nach Stavanger, an der Küste entlang. Scheußliches Wetter, das ihn nicht im geringsten störte, da er an nichts anderes denken konnte, als daß er zu Marion und Alexander unterwegs war. Die Junkers mit laufenden Motoren und der Hinweis, angeschnallt zu bleiben. An mehr als das konnte er sich nicht erinnern.

Der Arzt richtete sich auf. „Also, nichts gebrochen. Nur eine Gehirnerschütterung, kann ich zum Glück sagen. Allerdings eine schwere."

„Ist das Flugzeug abgestürzt?"

„Ich fürchte, ja. Eine Tragflächenspitze stieß gegen einen Berg. Sie haben großes Glück gehabt."

„Wie weit sind wir geflogen?"

„Sie sind in Kristianstad."

„Ganz an der südlichen Spitze."

„Nein, das ist Kristiansand, in Norwegen. Hier ist Kristian*stad*. Sie sind in Schweden."

Schweden! Ein neutrales Land. Die neutralen Staaten ließen Kombattanten internieren. Hier würde er bis zum Kriegsende bleiben müssen, jahrelang würde er Marion und Alexander nicht mehr sehen.

„Was ist mit den anderen?"

„Wir sind noch dabei, alle zu untersuchen. Wie viele waren Sie?"

Claus mußte nachdenken. „Elf Mann. Dazu die Besatzung, und da bin ich mir nicht sicher. Drei, glaube ich."

Zwei starke Männer, die aus dem nichts erschienen waren, deckten Claus mit einer Wolldecke zu, hoben ihn auf eine Tragebahre und gingen mit ihm den steilen Hang hinab. Erinnerungen von 1916 kamen Claus zurück. Damals mußten die

Träger möglichst rasch im Zickzackkurs über unebenen Boden gehen. Diese Männer konnten nicht schnell vorankommen, sie mußten mit den immensen Schwierigkeiten eines steilen Bergabhangs kämpfen. Das Mädchen begleitete sie.

Es war kein Krankenhaus, sondern ein Chalet, wohin man ihn brachte. Ein größeres Holzhaus, ein gutes Stück auf dem Weg zum Tal hinunter. Von dessen Tür führte ein steiniger Weg nach unten. In dem Zimmer, wo man ihn ins Bett steckte, bot das Fenster einen Blick nach oben auf die Bergspitzen. Das Mädchen wusch die Wunde an seinem Kopf, brachte ihm dann Tee, Schinken und Roggenbrot mit Butter.

Bis dahin war sich Claus gar nicht bewußt gewesen, wie leer sein Magen war. Er setzte sich aufrecht, um zu essen, lehnte sich dann zurück und schloß die Augen. Wie sehr das Mädchen ihn an Erika erinnerte, wenn es lächelte! Es wurde schon dunkel, durch das Fenster war wenig zu sehen. Da hörte er, wie Leute das Haus betraten, Stimmen waren zu vernehmen, auf der Treppe tönten Schritte, Türen gingen auf und zu.

Der junge Arzt, inzwischen müde aussehend, kam herein und setzte sich neben das Bett. „Wie fühlen Sie sich, Major?"

„Sehr wohl, danke. Ich bin Ihnen sehr dankbar."

Claus betrachtete die rustikale Einrichtung des Zimmers. „Wo sind wir?"

„Dieses Haus ist die Basis für die hiesigen Bergrettungsmannschaften – sozusagen eine Zwischenstation auf dem Weg ins Krankenhaus. Erst morgen schicken wir Sie dorthin."

Claus kam die ernsthafte Weise bekannt vor, auf die der Arzt sich nun auf seinem Stuhl nach vorne beugte. Ein Déjà vû? Hatte Claus diese Szene bereits im Traum erlebt? Jetzt erinnerte er sich. An seinem Berliner Krankenbett hatte sich Himmler diese vertrauliche Pose ebenfalls an den Tag gelegt.

„Wollten Sie desertieren, Major?"

Claus konnte nicht richtig gehört haben."Wie bitte?"

„Ob Sie dabei waren, Fahnenflucht zu begehen? Sind Sie nach Schweden geflogen, um zu desertieren und stürzten dann durch das schlechte Wetter ab, bevor Sie einen Flugplatz erreichen konnten?"

Die Frage war unerhört. „Fahnenflucht? Nein!" Claus fühlte sich in einem Maß beleidigt, wie er es sich nicht hätte vorstellen können. Er rang nach Worten.

„Planten die anderen Fahnenflucht?"

„Ich... ich weiß es nicht. Keiner sagte etwas. Nein, ich bin mir sicher, daß keiner so etwas tun würde." Allein der Gedanke war äußerst beleidigend.

„Ihre Armeekameraden vielleicht nicht, die Flugzeugbesatzung aber schon."

Woher wollte er das wissen? Claus glaubte das jedenfalls nicht.

„Ich frage Sie, weil wir nur vier Überlebende gefunden haben. Da die anderen drei schwere Verletzungen haben, werden sie mit ziemlicher Sicherheit nach Deutschland repatriiert werden. Sie sollten aber wissen, daß Sie nicht zurückgeschickt werden müssen. Wenn Sie in ein normales Internierungslager kommen, werden wahrscheinlich auch Sie nach Hause geschickt werden. Es gibt aber auch ein Sonderlager für Deserteure und Flüchtlinge aus Deutschland. Möglicherweise wird man Ihnen nichts davon erzählen. Ich will aber, daß Sie hiervon wissen und die Wahl haben, falls Sie nicht nach Deutschland zurückwollen."

Claus spürte, wie die Wut in ihm aufwallte. „Selbstverständlich will ich nach Deutschland zurück. Ich muß meine Pflicht erfüllen." Jetzt schrie er beinahe.

Der Arzt zündete eine Lampe an und holte eine Spritze hervor. „Etwas, um die Schmerzen zu lindern, dann werden Sie gut schlafen. Denken Sie darüber nach. Morgen sehen Sie die Sache vielleicht anders. In der Früh können Sie mir Bescheid sagen."

„Ich kann es Ihnen jetzt sagen. Ich werde mein Heimatland niemals in Stich lassen." Dies war die ultimative Ehrenfrage, insbesondere, wenn sich das Vaterland im Krieg befand.

„Schon gut, Major. Ich habe mich nur deswegen gewundert, weil Ihre Maschine gar nicht über Schweden fliegen mußte. Leider konnten wir die Besatzung nicht nach ihrer Absicht fragen. Alle drei, neben sieben der Passagiere, sind bedauerlicherweise tot."

In der Früh kam ein Krankenwagen der schwedischen Armee die steinige Straße hoch. Claus mußte mit widersprüchlichen

Empfindungen kämpfen. Auf der einen Seite war er verpflichtet, dem Arzt für die gute Behandlung mit ebensoviel Herzlichkeit zu danken, wie er auch dem Mädchen danken würde. Andererseits fühlte er sich durch die Fragen des Arztes und deren Unterstellungen zutiefst beleidigt. Schließlich mußte sich Claus daran erinnern, daß er Diplomatensohn war. Er verabschiedete sich mit der gleichen Höflichkeit von dem Arzt und dem Mädchen.

Die Sanitäter im Krankenwagen waren freundlich, die ersten Etappen der Fahrt über einem nichtgepflasterten Weg holprig. Nicht ins Lazarett ging es, sondern ins Hauptkrankenhaus von Kristianstad. Hier wurde Claus von einem Arzt untersucht, der mindestens sechzig Jahre alt war. Der Mann sprach ausgesprochen gut Deutsch und schien mit dem Ergebnis seiner Untersuchung zufrieden. „Wir werden Sie ein paar Tage hierbehalten müssen, um sicher zu sein", erklärte er Claus. „Aber ich denke, es ist unwahrscheinlich, daß Sie bleibende Schäden erlitten haben."

Im gleichen Krankenhaus wurden auch die drei anderen Überlebenden behandelt. Einem von ihnen hatte man ein Bein amputieren müssen. Alle vier standen unter Bewachung.

Doch wie sich herausstellte, war die Bewachung nicht der Rede wert. Zwei Soldaten saßen im Flur, tranken jede Tasse Kaffee, die ihnen angeboten wurde, lasen von Zeit zu Zeit das *Svenska Dagbladet*, und kokettierten des Öfteren mit einer der vorbeigehenden Krankenschwester. Eine zeitweilige Unterbrechung erlitten diese Vergnügungen durch die Ankunft eines Hauptmanns und eines Feldwebels des schwedischen Nachrichtendienstes. Jeder der deutschen Patienten war in einem eigenen Zimmer untergebracht. Der Hauptmann nahm sie sich einzeln vor, während sich der Feldwebel Notizen machte. „Ihre Botschaft ist benachrichtigt worden", wurde Claus vom Hauptmann mitgeteilt, „und das Internationale Rote Kreuz."

Selbstverständlich war man schon über jeden im Bilde. Als Claus in der Früh zu Bewußtsein gekommen war, trug er schon einen Krankenhausumhang. Also hatte man seine Uniform, Soldbuch und Papiere. Darunter auch Marions Briefe und seine kostbaren Fotografien. Wenigstens sagten ihm aber nun die schwedischen Offiziere, was ihm das Krankenhauspersonal verschwiegen hatte: den Ort des Absturzes. Scheinbar nur etwa dreißig Kilometer südwestlich von Kristianstad. Unter den Toten befand sich der Oberst, mit dem Claus von Bergen zusammen abgefahren war.

Der schwedische Hauptmann trug Claus die Internierungsbestimmungen vor. Auf eine Erwähnung von möglicher Fahnenflucht hatte sich Claus innerlich vorbereitet, das Thema erwähnte der Mann aber nicht. Schwerverwundete Kombattanten würden repatriiert werden. Das betraf den Offizier, dem man ein Bein amputieren mußte. Was die anderen anging, so lag es im Ermessen der schwedischen Regierung, ob auch sie vor Ende der Feindseligkeiten nach Hause kämen.

Die Worte waren nichtssagend, doch ließ das Verhalten des Hauptmanns eine grundlegende schwedische Freundschaft zum Reiche ahnen. „Jemand von Ihrer Botschaft wird sie besuchen."

Doch es kam keiner. Fünf Tage nach dem Absturz wurden drei der verletzten Deutschen, darunter Claus, zur Internierung nach Stockholm gebracht. Nur der Beinamputierte, der sich weiterhin von der Operation erholte, war noch nicht in transportgeeignetem Zustand.

Der ranghöchste Überlebende war ein General, den man mit mehrfachen Knochenbrüchen, jedoch ohne seine für Hitler in der Wolfsschanze bestimmten Geheimpapiere ins Lager brachte. Diese befanden sich in schwedischer Hand. Sie würden fotografiert werden, Kopien konnten an irgendeinen beliebigen oder an alle Feinde Deutschlands weitergeleitet werden. Selbst wenn die Stockholmer Regierung weitgehend unter deutschem Einfluß stand, wer konnte wissen, inwieweit die schwedischen Sympathien in Wirklichkeit bei den Briten und Amerikanern liegen konnten?

Alle Papiere vom Flugzeug würden, versprachen die Schweden, schließlich zurückgegeben werden. Dies beruhigte aber wenig, da ihr Inhalt nun nichtig geworden war.

Für die Internierung waren alle Uniformen gereinigt, gebügelt und wo nötig repariert worden. Soldbücher wurden zurückgegeben, zusammen mit allen persönlichen Papieren, Tascheninhalten und Gepäck. Claus hatte Marions Briefe und die Fotografien wieder.

Claus zürnte mit sich selbst, daß er seine Tage im Krankenbett mit Gedanken an Erika verbracht hatte. Zwar hatte er sich wirklich angestrengt, Erikas Bild in seinen Gedanken durch das von Marion zu ersetzen, doch kehrte Erikas Antlitz stets zurück. Erika lachend.

Erika ernst, die Frauengleichheit bestreitend. Erika mit zusammengezogenen Augenbrauen, wie sie sich auf das Korrigieren von Schulheften konzentrierte. Erika entspannt und zufrieden mit geschlossenen Augen und dem Anflug eines Lächelns auf den Lippen. Das Mädchen auf dem Berg hatte er für diese Fülle von Erinnerungen verantwortlich gemacht. Ließ sich aber nicht noch eine andere Erklärung finden? War das Mädchen vielleicht nicht mehr als ein Auslöser gewesen, der etwas in ihm freigegeben hatte, etwas derart tief in seiner Psyche Verankertes, daß es ein Teil von ihm war, etwas, was niemals sterben würde, niemals sterben konnte, bevor er selbst nicht starb? Egal, wie Claus die Sache betrachtete, er mußte sich schämen, daß seine Gedanken nicht gänzlich Marion und seinem Sohn galten.

Trotz Bewachung durch schwedische Soldaten verlief die Eisenbahnfahrt von Kristianstad nach Stockholm reibungslos. Zumeist herrschte Schweigen. Die deutschen Überlebenden wurden in einem einzigen Abteil der ersten Klasse untergebracht, zwei schwedische Offiziere blieben auf heruntergeklappten Sitzen im Korridor. Claus kam das Unternehmen vor wie eine komfortablere Ausführung von Lenins Sonderzug. Ungeachtet der entspannten Atmosphäre schien keinem seiner Mitreisenden nach Unterhaltung zumute, eher neigte man zur Nachdenklichkeit. Fieberte denn nicht jeder Offizier wie Claus einer schnellstmöglichen Rückkehr nach Deutschland entgegen? Repatriierung war wahrscheinlich, so hatte man ihnen zu verstehen gegeben. Doch es hatte den Anschein, als würde sich keiner auf eine Vorladung zur Wolfsschanze freuen, wo wohl mit Vorwürfen zu rechnen wäre.

In Stockholm überraschte ihre Behausung Claus. Er wußte zwar nicht, was sich die anderen vorgestellt hatten, seine eigenen Erwartungen jedoch waren dahin gegangen, in ein normales Gefangenenlager eingeliefert zu werden, möglicherweise in eine Kaserne, die man für Internierungszwecke umgebaut hatte. Man brachte sie in einem großen Haus am Rande der Hauptstadt unter, wo jedem sein eigenes Zimmer zugeteilt wurde. Die beiden schwedischen Offiziere blieben, sie trugen zwar Pistolen, dennoch gab es keine gewehrtragenden Wächter, keine unerklimmbaren Einfassungszäune, keine Maschinengewehrtürme und keine Suchscheinwerfer. „Sie werden nur ein paar Tage hier sein, während die Vorkehrungen für ihre Repatriierung getroffen werden", eröffnete ihnen der Ranghöhere der schwedischen Offiziere.

„Sie wollen uns verhören", warnte der General.

Jeder von ihnen war entschlossen, Stillschweigen zu bewahren.

Die Verpflegung war erstklassig, eine Krankenschwester war zur Hand, zur Verfügung standen Spielkarten, Tischtennis und ein Billardzimmer. Man konnte sogar deutschen Rundfunk hören.

Tags darauf erschienen zwei Beamte von der deutschen Botschaft, die bestätigten, daß eine Repatriierung bevorstand. Die Leichen der zehn Männer, die beim Absturz starben, wurden ins Reich überführt, ihre Habe an die Familien übergeben.

Die Botschaftsleute zeigten sich äußerst zufrieden, daß deutsche Offiziere so vornehm behandelt wurden. Zuvor war noch keiner in einer solch erstklassigen Umgebung untergebracht worden, nein, auch nicht Alliierte, dessen waren sie sich sicher. Die günstige Handhabung der Situation maßen sie der Tatsache bei, daß der ranghöchste Überlebende General im deutschen Oberkommando war. Hierin wollten die Diplomaten ein Zeichen schwedischer Sympathie für das Reich erkennen.

Ein Verhör gab es nicht. Abgesehen von Besuchen bei der Krankenschwester zwecks Untersuchung, Verbandsaustausch und weiterer Behandlungen durften die Männer sich selbst beschäftigen.

Obwohl seine Kopfwunde ihm nicht mehr zu schaffen machte und er nun wieder gut zu Fuß ging, wurde Claus routinemäßig zur Krankenschwester bestellt. Diese schloß die Zimmertür und eröffnete ihm: „Sie haben einen Besucher." Das Rote Kreuz? „Er sagt, er sei ein alter Schulfreund." Ein alter Schulfreund hier? Also gab es doch mehr als nur die drei Mann in dieser komfortablen Internierung. Die Krankenschwester lächelte und verschwand in ein angrenzendes Zimmer. Würde der alte Freund sich als Heeressoldat erweisen? Kriegsmarine? Oder vielleicht sogar Luftwaffe? Claus versuchte, sich daran zu erinnern, was er von den Wehrmachtslaufbahnen seiner Mitschüler gehört hatte.

Durch die von der Krankenschwester benutzte Tür kam ein robuster, kahlköpfiger Mann in Zivil herein, den Claus für älter als sich selbst gehalten hätte. „Claus!" Das Gesicht sagte ihm nichts. „Erinnerst du dich, Claus?" Der Mann sprach russisch. Es war das Letzte, was Claus zu hören erwartet hatte. „Fyodorow. Aus der Schule in Sankt Petersburg. Gleiche Klasse, sechs Jahre lang." Fyodorow? Auch der Name sagte ihm nichts. „Alexei

Mikhailowitsch Fyodorow." Wenn er sich anstrengte, vermochte Claus sich an etwa die Hälfte seiner Sankt Petersburger Klassenkameraden zu erinnern. Fyodorow war nicht dabei. War dies ein weiteres Schwindelmanöver wie damals mit Kandelaki? Gewiß war dieser Kerl hier um einige Jahre älter als Claus. Nein. Moment mal. Claus konnte sich doch an ihn erinnern. Das heißt, er erinnerte sich an einen Klassenkameraden namens Fyodorow, und dieser war ein Alexei gewesen. Was Mikhailowitsch betraf, da war sich Claus gar nicht so sicher. War dieser wirklich der gleiche Bursche oder jemand, der sich des Namens bediente? Gewiß war der Mann Russe, soviel stand fest.

Innerhalb von fünf Minuten hatte der Besucher Claus davon überzeugt, daß tatsächlich der waschechte Fyodorow vor ihm stand. Er rief Claus Besonderheiten von Klassenkameraden und Lehrern ins Gedächtnis. Je mehr Claus in das Gesicht des Mannes hineinschaute, desto sicherer wurde er, daß es sich doch um den richtigen Kerl handelte. Aber wie ihn die Jahre verändert hatten! Ein Glück, sagte sich Claus, daß wenn wir uns als Jungen ansehen, wir das nicht zu ahnen vermögen, was wir eines Tages werden. Er ist kahlköpfig, und ich werde grau. Es war Fyodorow, keine Frage. Was aber tat er hier, unter internierten feindlichen Soldaten mitten in einem Krieg, der sich offenbar zu einem Kampf der Nationen auf Leben und Tod entwickelte? „Claus, ich habe einen sehr wichtigen Auftrag für dich." Fyodorow war sowjetischer Diplomat. Wie er erklärte, war Claus in Moskauer außenpolitischen Kreisen gut bekannt. Anscheinend hatten die Russen dank seiner jahrelangen Arbeit in Abteilung R eine dicke Akte über Claus zusammengetragen. In Moskau hatte man jeden Schritt seiner Laufbahn verfolgt. „Wir wissen", sagte ihm Fyodorow, „was du für ein guter Freund der Sowjetunion bist."

„Das war ich einst."

„Claus, wir befinden uns auf neutralem Boden. Hier sind du und ich keine Feinde. Ich bitte dich, an das zu denken, was wir beide gemeinsam haben."

„Solange wir im Kriege sind, können wir nichts gemeinsam haben."

„Nein, Claus, du liegst falsch. Was wir gemeinsam haben, ist, daß wir beide das wollen, was für unser Volk am besten ist. Ich weiß, daß es so ist. Nun bitte ich dich, Claus, Pragmatiker zu sein. Was wäre für dein Land das Beste, und für meines auch?"

„Daß Deutschland siegt und eure abscheuliche Regierung davonjagt." Das hatte gesessen. Fyodorow zeigte sich erschüttert.

„Nein, Claus. Unsere Regierungen sind die richtigen für unsere beiden Völker. Was unsere Länder brauchen, ist Frieden. Ich denke, das Beste für uns wäre, diesen Krieg möglichst bald zu beenden. Meinst du nicht auch?"

Claus schaute den Russen an, ohne zu antworten. Daß dieser kaum erkennbare alte Klassenkamerad ihn duzte und beim Vornamen nannte, begann ihn zu ärgern. Es war nicht etwa so, als wären sie Freunde gewesen. Eine Zeitlang hatten sie im gleichen Zimmer die Schulbank gedrückt, das war alles – und das nicht mehr seit 1912, um Himmels willen. Großer Gott, das was vor nunmehr dreißig Jahren!

„Claus, du redest von einem deutschen Sieg. Meinst du wirklich, daß Deutschland siegen kann?"

„Selbstverständlich, und das werden wir auch."

„Claus, die Briten habt ihr nicht besiegen können. Die Luftwaffe erlitt eine Niederlage, über den Kanal überzusetzen gelang Euch nicht. Ginge es jetzt? Glaubst du, daß ihr die Briten jetzt besiegen könnt?" Claus antwortete nicht. „In Afrika haben euch die Briten besiegt. Das Afrikakorps ist in die Flucht geschlagen worden. Ich sage dir, Claus, so weit, so schnell hat Montgomery das Afrikakorps zurückgejagt, es muß ein Weltrekord sein, das schnellste Vorstürmen einer Armee der Weltgeschichte. Und Ihr sollt noch siegen?"

„Das war eine Runde, nicht der ganze Kampf."

„Und in Rußland seid ihr zum totalen Stillstand gekommen. Demnächst werdet ihr zurückgejagt. Eure 6. Armee ist in Stalingrad eingekesselt. Es ist nun nur noch eine Frage der Zeit, bevor sie vernichtet wird. Die 6. Armee wird gänzlich verlorengehen, genau wie eure Kräfte in Afrika. In Rußland wird es für euch keine Vorwärtsbewegung mehr geben, Claus. Es geht nur noch rückwärts. Und demnächst werden die Amerikaner in Europa sein." Fyodorow lehnte sich nach vorne. Er kam Claus unangenehm nahe. „Wir sind alte Freunde." Das hätte Claus nicht behauptet. „Wir können offen miteinander sein. Du weißt genauso gut wie ich, wie grausam man

Deutschland das letzte Mal mißhandelt hat, in Versailles. Was meinst du, blüht euch diesmal, angesichts des letzten Males, als ihr besiegt wurdet? Wollt Ihr wirklich weiterkämpfen, damit Deutschlands Feinde euer Land völlig zerstören können?" Claus konnte nicht sprechen. Fyodorow lehnte sich wieder zurück. „Claus, ich bin hier im Auftrag des Genossen Stalin und des Außenkommissariats der Sowjetunion. Ich bin ermächtigt, dir zu sagen, daß Deutschland innerhalb einer Woche Frieden im Osten haben kann. Die Sowjetregierung und das sowjetische Volk wollen Frieden. Deutschland braucht Frieden im Osten, damit ihr eure Kräfte gegen eure wirklichen Feinde konzentrieren könnt, die westlichen Imperialisten. Die Sowjetregierung ist bereit, Deutschland diesen Frieden zu geben. Es ist in unserer beiden Länder Interesse."

„Frieden innerhalb einer Woche?" Die Absurdität der Vorstellung hatte seine Zunge wieder gelöst.

„Ja, Claus, das ist die Mitteilung, welche du nach Deutschland überbringen sollst. Sie ist der Grund, weshalb du hierher gebracht worden bist. Sie ist der Grund, warum ich hier bin."

„Wie meinst du, der Grund, warum ich hierher gebracht worden bin? Ich bin doch internierter Kombattant in einem neutralen Land."

Fyodorow lächelte. Es war, das mußte sich Claus gestehen, kein häßliches oder unheimliches Lächeln. Der Mann konnte ziemlich charmant sein, in der Diplomatie war er gewiß nicht falsch am Platz. „Claus, dies ist kein üblicher Internierungsaufenthalt, wie du sicher schon bemerkt hast. Dieses Haus gehört einem reichen schwedischen Plutokraten, der sich dazu berufen fühlt, als Vermittler zwischen Regierungen zu fungieren. Er will Frieden stiften und Frieden erhalten. Der Mann besitzt viele Häuser, dieses hat er der schwedischen Regierung als sicheren Ort für diplomatische Verhandlungen zur Verfügung gestellt. Auch die schwedische Regierung will Frieden."

„Heißt das, wir wurden nur deswegen hierher gebracht, damit wir beide uns treffen können?"

„Genau das, Claus, ja. Die anderen wären schon in einem Internierungslager, wenn du nicht dabei gewesen wärst. Die Schweden hielten es für besser, euch alle beisammenzuhalten. Es hätte Verdacht erregt, wenn sie dich allein irgendwohin gebracht hätten."

„Aber wie hat man gewußt…?"

Noch einmal jenes Lächeln, diesmal wissend. „Sobald deine Personalien Stockholm erreichten, kamen sie zu uns. Wahrscheinlich wußte Madame Kollontai – sie ist unsere Botschafterin hier – daß du bei dem Absturz dabei warst, noch bevor überhaupt jemand in Deutschland es wußte. Irgendeiner erkannte, wer du warst, wir baten sofort um ein Treffen." Fyodorow lachte. „Wir brauchen nur das Zauberwort Frieden zu sagen, da reißen sich die Schweden darum, zu helfen."

„Ich bin aber kein Diplomat. Irgendeiner muß mich mit meinem Vater verwechselt haben. Ich bin Adjutant eines motorisierten Infanterieregiments, mehr nicht."

„Nennt sich jetzt Panzergrenadierregiment, nicht wahr? Umbenannt worden. Wir wissen doch schon, daß dein Vater vor Jahren in Ruhestand ging, und Claus, es tut mir leid, daß er tot ist. Mein Vater ist auch gestorben. Du, Claus, bist der Mann, den wir brauchen."

„Wie? Ich besitze absolut gar keinen Status."

„Du kannst aber mit den richtigen Leuten reden. Du kennst die richtigen Leute."

„Ich kenne niemanden."

Fyodorow ignorierte dies. „Das Angebot ist einfach. Die Sowjetunion will sofort Frieden schließen, und stellt nur die eine Bedingung. Deutschland muß die Grenzen anerkennen, die wir 1939 untereinander ausgemacht haben. Zieht eure Truppen hinter diese Linie zurück, das ist alles, und dann könnt ihr eure ganzen Anstrengungen darauf konzentrieren, die Briten und Amerikaner aus Europa rauszuhalten."

Es war kaum zu glauben. „Hier im Hause ist doch ein General, um Himmels willen. Noch dazu ist er im Oberkommando. Er ist dein Mann."

„Den kennen wir nicht. Wir wissen nicht, wie er unser Angebot behandeln würde, ob er es beim Weiterleiten an Hitler nicht verdrehen würde. Wir wissen nicht einmal, ob er es überhaupt weiterleiten würde. Dich kennen wir. Wir wissen, daß du ein Ehrenmann bist. Wir wissen, daß du unser Angebot auf ehrliche Weise weiterleiten wirst. Claus, denk daran, was dies für unsere

214

beiden Völker bedeuten wird. Deutschland kämpft schon mehr als drei Jahre. Weiterzumachen kann nur zur Erschöpfung führen."

Anstatt Claus nur eine einzige Hand hinzureichen, griff Fyodorow die Rechte seines Gegenübers mit seinen beiden. Fürchtete er, fragte sich Claus, daß ich seine nicht nehmen würde?

„Noch eines, Claus. Wenn du mit Deutschlands Antwort zurückkommst, übernachte nicht im Grand Hotel. Dort gehen alle Diplomaten hin, und ich brauche dir wohl nicht zu sagen, daß wir die üblichen Wege umgehen. Wo du dich auch niederläßt, ich werde es ziemlich schnell wissen. Bleibe bloß in deinem Hotel. Wo es auch ist, dort nehme ich Kontakt zu dir auf."

Der Russe war weg, die Krankenschwester kehrte zurück. Benommen ging Claus auf sein Zimmer zurück.

Schon wieder Kollontai! Claus grollte dieser Frau und ihren verdammt unsinnigen Ideen nicht mehr. Schließlich hatte sie ihn davor bewahrt, Erika zu heiraten, wodurch ihm dann frei gestanden hatte, sich mit Marion zu vermählen. Eigentlich mußte er der sowjetischen Gesandtin dankbar sein.

Trotzdem setzten seine Kopfschmerzen nun wieder ein.

Wolfsschanze

DER Besuch Fyodorows gab Claus mehr zu denken als irgendetwas anderes seit seiner Rückkehr zum Regimentsdienst. Die erste Frage, die ihn beschäftigte, war, was um Himmels willen die Russen dazu verleitet haben könnte, ihn für jemanden zu halten, der überhaupt Kontakt zu Deutschlands Führung hatte. Selbst was seine Arbeit bei Abteilung R betraf, überschätzten sie seine Rolle. Er hatte eine untergeordnete Position bekleidet und das ausgeführt, was andere bestimmten. Bedeutende Entscheidungen zu fällen, lag außerhalb seiner Befugnisse.

Mit wem erwartete man eigentlich, daß er nun Kontakt aufnehmen sollte? Ribbentrop war er nie begegnet, und Hitler hatte er nur aus der Ferne gesehen. Dachten die Russen etwa, daß er mit irgendeiner Sekretärin einen Termin ausmachen und sich dann beim Führer mit der Mitteilung melden könnte: Die Russen möchten Frieden schließen?

Es war ein absurder Gedanke, daß man ihn überhaupt bei Ribbentrop vorsprechen lassen würde. Claus war ein sich im Urlaub befindender Soldat der Besatzungskräfte von Norwegen, mehr nicht. Würde sein Vater noch leben, hätte er ihn mit Sicherheit gewarnt, die Finger davon zu lassen, Fyodorows Besuch zu vergessen, Moskaus Annäherung sozusagen ad acta zu legen. Sobald er nur konnte, sollte er nach Hause fahren, seinen Urlaub genießen, und anschließend, seelisch und körperlich erfrischt, zum Dienst beim Regiment zurückkehren.

Noch eines war Claus ein Rätsel. Seine Sankt Petersburger Schule hatte nur Kinder der herrschenden oder vermögenden Schichten aufgenommen. Folglich entstammte Fyodorow einer Familie, die unter den Zaren gut situiert war. Wie war es möglich, daß so einer einen höheren Posten in der kommunistischen Diplomatie bekleidete? Diese Überlegung machte Claus so lange zu schaffen, bis er sich daran erinnerte, daß Tuchatschewski einer adligen Familie angehörte und als Offizier in einem Garderegiment des Zaren gedient hatte. Alexandra Kollontai selbst war die Tochter eines Generals, der Flügeladjutant des Zaren gewesen war. Weder der Marschall noch die Gesandtin hatten Schwierigkeiten damit, treue Kommunisten zu

217

werden, also war Fyodorow doch kein so verwunderliches Phänomen.

Die Repatriierung erfolgte zwei Tage nach Fyodorows Besuch. Alle Aktentaschen samt Inhalt wurden zurückgegeben, doch welchen Wert hatten diese Unterlagen noch?

Daß die kleine Gruppe anstelle eines Lageraufenthaltes unter einer Art Hausarrest gestanden hatte, erfreute den General. Diese Tatsache schrieb er seiner eigenen Bedeutung als Mitglied des deutschen Oberkommandos bei. Er deutete beiläufig an, daß die anderen Glück gehabt hätten, mit ihm zusammen gewesen zu sein.

Ein deutsches Zivilflugzeug – ebenfalls eine Ju52, diesmal aber mit Lufthansa-Kennzeichen – brachte die vier von Stockholm nach Tempelhof.

Für Soldaten, die aus einer Internierung oder einem Kriegsgefangenenlager zurückkehrten, war ein Verhör Routine. Welche Fragen wurden ihnen in schwedischer Haft gestellt? Was hatte man besonders begierig zu wissen verlangt? Wie raffiniert waren die schwedischen Verhörmethoden? Welche Drohungen wurden ausgesprochen, welche Versprechen? Welche Versuche wurden unternommen, die Deutschen zu einer Kollaboration zu bewegen? Wie waren die Verhältnisse im Lager und im Allgemeinen in dem Lande? In welche Richtung schienen die Sympathien der Leute wirklich zu gehen? Alle diese und viele weitere Fragen würden den Überlebenden des Absturzes normalerweise gleich nach ihrer Wiederkehr auf einer Wehrmachtsnachrichtenstelle gestellt werden. Weil aber zwei von ihnen sich gleich in Hitlers ostpreußischem Hauptquartier melden mußten, wurden sie dieser Prozedur nicht unterzogen. In der Wolfsschanze würden sie Fragen genug zu beantworten haben.

Claus, der einen Urlaubsschein in der Tasche hatte, wurde ins Kriegsministerium, wie das Reichswehrministerium neuerdings wieder hieß, beordert. Dort sollte Claus einen schriftlichen Bericht verfassen. Es war wie in den guten alten Zeiten. Oder wäre es gewesen, wenn er nicht darauf brannte, nach Hause zu Marion und dem Jungen zu fahren.

In der Bendlerstraße fand er nur neue Gesichter vor. Weniger als vier Jahre war Claus weg, trotzdem sah er niemanden, den er erkannte. Fragen nach alten Freunden bestätigten das Ausmaß des Personalwechsels.

Es machte wenig aus. Claus wußte sowieso von niemandem im Ministerium, an den er Fyodorows Angebot weiterreichen konnte. Wer hatte heutzutage die richtigen Beziehungen nach oben? Der Krieg hatte so viele Veränderungen mit sich gebracht. Er hatte Menschen, die nichts anderes waren als unausgebildete Emporkömmlinge, auf mächtige Positionen befördert. Auf der anderen Seite hatte man sich gerade jener Männer von Erfahrung, Gelehrsamkeit und Urteilsvermögen entledigt, die jetzt, da das Reich um seine nackte Existenz kämpfen mußte, eigentlich unentbehrlich waren.

Claus hatte vorgehabt, nach Hause zu fahren, sobald er seinen Bericht geschrieben hatte. Nun aber setzte bei ihm die Erkenntnis ein, daß er das nicht so einfach tun durfte. Es lag ein Friedensangebot vor. Ob es ernst gemeint war oder nicht, war vorerst zweitrangig. Fest stand: Claus durfte die Gelegenheit nicht verstreichen lassen. Egal, wie dringend seine persönlichen Angelegenheiten waren, es wäre schier ehren- und verantwortungslos, eine Aufgabe von möglicherweise so enormer Tragweite zu vernachlässigen.

Hatte ihm sein Vater nicht einst gesagt, daß die Diplomatie im Kriege noch wichtiger war als zu Friedenszeiten? Mochte diese Angelegenheit auch noch so zwielichtig erscheinen, so stellte sie doch einen Ansatz dar, den man weiterverfolgen sollte. Claus würde die richtige Person für das Weiterleiten von Fyodorows Angebot finden müssen. Erst dann durfte er überhaupt daran denken, nach Hause in den Urlaub zu fahren.

Einen Mann gab es, der zu den richtigen Stellen Zugang besaß und dem Claus mehrere Male begegnet war. Baron Konstantin von Neurath war Ribbentrops Vorgänger als Außenminister gewesen. In Falkenstein war er zum Begräbnis seines Vaters gekommen. Nach der Beisetzung hatte Neurath fast eine halbe Stunde damit verbracht, sich mit Claus über dessen Jahre in Bern zu unterhalten. Er hatte damals gewußt, daß Claus inzwischen im Reichswehrministerium tätig war, ihm aber darüber keine Fragen gestellt.

Neurath, ebenfalls Württemberger, war ein guter Freund seines Vaters gewesen. Er war ein Anhänger der alten Schule, höflich, diskret und ein Kriegsgegner. Nominell war er noch Reichsprotektor von Böhmen und Mähren.

Vor mehr als einem Jahr aber war Neurath beurlaubt worden, weil er für Berlins Geschmack nicht hart genug mit den Tschechen umging. Staatsgeschäfte in Prag lagen nun in den Händen des Reichssicherheitshauptamtes.

Ein von Haus Schwaben aus getätigter Telefonanruf brachte die Bestätigung, daß Neurath immer noch beurlaubt, zu Hause in Württemberg und bereit war, Claus zu empfangen.

Dies bot Claus die Möglichkeit, vor seiner Weiterreise nach Ostpreußen noch kurz Falkenstein zu besuchen. Seine Mutter hatte er seit seiner Hochzeit nicht mehr gesehen, und das lag schon drei Jahre zurück.

Baron von Neurath war ein stark gebauter Mann von glattem, gepflegten Aussehen, mit einem kurzgeschnittenen Schnurrbart. Er empfing Claus mit der ihm eigenen Verbindlichkeit. In diplomatischen Kreisen war bekannt, daß Neurath während seiner Jahre als deutscher Botschafter in Rom trotz seiner Ablehnung des italienischen Faschismus zu jeder Zeit durchaus korrekt mit Mussolini umgegangen war. Neurath war der Inbegriff von Takt, einer Eigenschaft, die ihm zwei Jahre als Gesandter in London eingebracht hatte. Schon unter zwei Kanzlern vor Hitler war Neurath Außenminister gewesen. Bis 1938 behielt ihn Hitler im Amt, dann aber stellte sich Neurath gegen eine Politik, die, wie er meinte, zum Krieg führen mußte. Ribbentrop löste ihn als Außenminister ab, trotzdem war Neurath noch Minister ohne Geschäftsbereich und Mitglied des Reichsverteidigungsrates.

Nach den üblichen persönlichen Fragen – wie es seiner Mutter gehe, wie viel Zeit er vor seiner Rückkehr zum Regiment wohl mit seiner Familie verbringen würde – erzählte Claus Neurath alles, was sich in Stockholm abgespielt hatte. Er beschrieb die überraschenden Umstände der kurzen „Internierung" und gab Fyodorows Worte so genau wieder, wie er sie in Erinnerung hatte.

Beide Männer saßen in Ledersesseln in einem komfortablen und aufgeräumten Arbeitszimmer. Jeder hatte ein Glas Courvoisier-Cognac in der Hand.

Neurath hörte zu, ohne jegliche Reaktion zu zeigen. Er schwieg einige Augenblicke nachdenklich, schaute Claus dann direkt in die Augen, und sprach mit Bedacht. „Sie müssen verstehen, daß ich kein Fachmann für Rußland bin. Wahrscheinlich sind Sie besser befähigt als ich, russisches Verhalten zu beurteilen. Von zwei Jahren in der Türkei abgesehen, habe ich hauptsächlich in westlichen Ländern Botschaftserfahrung gesammelt. Auch als Außenminister hatte ich keine ernsthaften Geschäfte mit Rußland abzuwickeln. Mein Wissen basiert also nur auf den unbedeutenden Beziehungen, die ich mit dem russischen Gesandten unterhielt, zuzüglich dessen, was ich von Schulenburg und anderen gehört habe. Unter Berücksichtigung dieser Wissensgrenzen kann ich also Folgendes sagen: Die Begegnung mit Fyodorow, wie Sie sie beschrieben haben, scheint mir genau dem Modus zu entsprechen, welchen die Russen für eine solche Annäherung einschlagen würden. Sie ziehen den indirekten Weg vor. Aus irgendeinem Grund scheinen sie eine Aversion dagegen zu haben, sofort mit ihren Anliegen herauszurücken, wohl für den Fall, grob gesagt, daß sie auf die Nase fallen. Sie ziehen es vor, eine Sache auf scheinbar harmlose Weise schräg anzufassen, es fast wie einen Zufall aussehen zu lassen. Scheint das Ihnen eine akkurate Einschätzung der russischen Mentalität zu sein?"

„Allerdings. Als ich beim Ministerium war, machten wir wiederholt genau diese Erfahrung."

„Also. Sich über Funk mit Berlin in Verbindung zu setzen, oder jemanden mit einer weißen Fahne dorthin zu schicken, wäre den Russen zu direkt. Falls ihnen Deutschland eine schlichte Abfuhr erteilt, würden wir dann die ganze Episode in die Welt hinausposaunen, und sie würden ziemlich dumm dastehen. Insbesondere würden sie in den Augen der Briten und Amerikaner völlig unglaubwürdig erscheinen, auf deren Hilfe sie noch angewiesen wären, wenn sie weiter gegen uns kämpfen müßten. Nein, die Russen würden es niemals riskieren, vor der Welt dumm dazustehen. Sie wollen sicher sein, daß sie Erfolg haben, bevor sie überhaupt etwas anfangen. Deshalb ist ihnen der Weg um fünf Ecken lieber. Wenn etwas schief geht, dann können sie dementieren, daß die Angelegenheit überhaupt amtlich gewesen ist." Neurath unterbrach seine Gedanken. „Wenn ich mich nicht irre, sah ich gerade einen Gedanken durch Ihren Kopf schießen."

„Ich dachte an Heß."

„Genau. Heß flog für den Versuch, vor der Invasion Rußlands Frieden mit den Briten zu schließen, nach Schottland. Er scheiterte, wie es auch jeder Kenner des britischen Charakters erwarten müßte, und wir haben die Sache glatt geleugnet. Er sei auf eigene Faust hingeflogen, davon habe der Führer nichts gewußt, sein Geisteszustand müsse in Frage gestellt werden, und so weiter. Das war unsere amtliche Darstellung, und es ist genau das, was die Russen über Fyodorow sagen werden, wenn Ihre Unterhaltung je an die Öffentlichkeit dringen sollte. Daß die Schweden Fyodorow unterstützen, bedeutet zweierlei. Erstens haben sie großes Interesse am Frieden, sind Friedensstifter wie die Schweiz. Zweitens muß Fyodorow auf höchster Ebene mit der schwedischen Obrigkeit bekannt sein. Das heißt, es ist so gut wie sicher, daß Alexandra Kollontai durch ihn handelt. Sie ist eine sehr ranghohe Persönlichkeit. Ich weiß nicht, ob Sie es wissen, aber Kollontai ist das einzige überlebende Mitglied des ersten Kabinetts Lenins von 1917. Alle anderen hat Stalin umbringen lassen, er schickte sogar jemanden nach Mexico, um Trotski zu töten. Allein Madame hat überlebt. Man sagt ihr nach, daß sie irgendwas gegen Stalin in der Hand hat, daß sie irgendwo auf Lager Beweismaterial gegen ihn hat, Daten über die Methoden, mit denen er sich an die Macht brachte und dergleichen. Sollte sie eines unnatürlichen Todes sterben, käme das alles an die Öffentlichkeit. So lautet wenigstens der Klatsch. Unabhängig davon, wieviel Wahrheit in diesen Gerüchten steckt, es bleibt Tatsache, daß Madame Kollontai genau die Person ist, die Moskau für solche Verhandlungen einsetzen würde. Die einzige Alternative wäre wohl Astachow, der in Berlin wohlbekannt und nun Botschafter in der Schweiz ist. Auch in der Schweiz könnten die Russen diskret mit uns verhandeln. Folglich dürfen wir davon ausgehen, daß das Angebot amtlich und echt ist. Ergibt sich die Frage, was die Männer im Kreml wirklich wollen. Sofern ich sehen kann, gibt es zwei Möglichkeiten: Entweder wollen sie Deutschland bei irgendeinem Spiel gegen ihre westlichen Verbündeten einsetzen, ihnen also damit drohen, mit uns einen Separatfrieden zu schließen, um von den Briten und Amerikanern noch mehr Konzessionen zu erpressen. Meines Erachtens ist dies sehr wahrscheinlich. Ohne Zweifel will Stalin weit mehr, als Roosevelt und Churchill bereit sind, ihm zuzugestehen. Seine Vorstellungen werden dahin gehen, soviel wie möglich von Europa einzukassieren, von Finnland über Polen und die weiteren slawischen Länder bis hin zum Mittelmeer. Das bedeutet den gesamten Balkan, einschließlich Griechenland. Die Türkei auch. Rußland will die Dardanellen und die Ostsee beherrschen. Solange die Rote Armee noch gezwungen ist, gegen uns weiterzukämpfen, werden die Westmächte niemals in solche Annexionen einwilligen. Anders werden sie aber denken – und handeln – sollte es Stalin gelingen, sie fürchten zu lassen, daß er Rußland aus dem Krieg herauszieht, wobei sie dann uns, die Italiener und die Japaner auf sich alleine gestellt bekämpfen müßten." Der Baron nippte an seinem Courvoisier. „Die zweite Möglichkeit ist natürlich, daß ihr Friedensangebot ernst gemeint ist. Dies ließe sich leicht auf die Probe stellen. Wir brauchen einfach mit einem Gegenvorschlag an sie heranzutreten und dann auf ihre Reaktion warten – wenn sie überhaupt darauf reagieren. Eines ist sicher. Dieses Angebot, wenn es ein ernsthaftes Angebot ist, dürfen wir nicht einfach unter den Tisch fallen lassen. Aus purer Menschlichkeit müssen wir alles tun, was im Rahmen unserer Möglichkeiten liegt, um diesem Schlachten ein Ende zu bereiten. Dabei müssen Sie aber verstehen, daß mir die Hände ziemlich gebunden sind. Ich mag zwar noch Minister sein, habe aber weder Macht noch Einfluß. Ich bin schon solange aus der Führungsetage heraus, daß ich Hitlers derzeitigen Kurs nur schwer einschätzen kann. Es gibt nur eine Möglichkeit. Ich werde Ribbentrop um einen Termin bitten. Er mag mich nicht, und ich kann nicht dafür garantieren, daß er uns empfängt. Außerdem habe ich meine Zweifel, ob Ribbentrop überhaupt Einfluß auf Hitler hat. Eine Entscheidung wird allein von Hitler kommen, fürchte ich."

Claus bewegte sich in seinem Sessel. „Sie sagten, uns empfangen."

„Aber selbstverständlich. Ich kann unmöglich zu Ribbentrop gehen, sagen, irgendjemand hat mir so und so gesagt, und ihn dann bitten, den Fall Hitler vorzutragen. Nein, Sie werden mit mir kommen müssen, und ihm genau das erzählen, was Ihnen Fyodorow gesagt hat. Ich nehme an, Sie haben es niedergeschrieben?"

„Das wagte ich nicht, weil ich nichts bei mir haben wollte, was in die falschen Hände geraten könnte. Zwar dachte ich, daß die Schweden sowieso Abhörgeräte in dem Zimmer haben könnten, in dem ich mit Fyodorow sprach. Trotzdem habe ich alles nur im Gedächtnis behalten. Soweit ich konnte, habe ich es mir Wort für Wort eingeprägt, nachdem Fyodorow weg war."

„Gut. Sie können sich noch genau daran erinnern – Wort für Wort, soweit wie Ihnen möglich?"

„Oh ja. Das war keine Unterhaltung, die man so leicht vergißt."

„Natürlich. Eine Einmal-im-Leben-Angelegenheit. Ich muß Ihnen jetzt sagen, daß das, was ich von Hitler weiß, mich davon überzeugt, daß er lieber mit dem Westen Frieden haben möchte. Ich bin mir sicher, daß er gegen Rußland weitermachen will. Wogegen wir zu kämpfen haben, ist Besessenheit. Alle Besessenheiten sind gefährlich, sie lassen Leute gegenüber der Wirklichkeit blind werden, wodurch sie nicht länger pragmatisch handeln können. Bei Hitler handelt es sich zum Teil um das, was er als seine Mission sieht, den Bolschewismus vernichten zu müssen. Es geht aber auch um seine Vorstellung von Lebensraum für das deutsche Volk. Hitler erwartet im Laufe der nächsten hundert Jahre einen Zuwachs von fünfzig Prozent in der deutschen Bevölkerung, und ist davon überzeugt, daß das Reich nach Osten ausgedehnt werden muß, um Platz für diesen Zuwachs zu schaffen. Also, selbst wenn die kommunistische Regierung über Nacht verschwände, würde er wahrscheinlich weiterkämpfen wollen, um Rußland Territorium abzunehmen."

Bevor Claus anschließend nach Falkenstein fuhr, telefonierte Neurath mit Ribbentrops Adjutanten und sprach dann mit dem Außenminister selbst. Ribbentrop gab ihnen einen Termin in zwei Tagen. Nach Berlin fuhren sie zusammen, der Baron und der Major. Ribbentrop empfing Neurath in seinem palastartigen Büro ohne Wartezeit. Claus aber blieb im Vorzimmer. Hier kamen ihm alte Erinnerungen hoch. So hatte alles vor einem Vierteljahrhundert angefangen, mit Warten im Vorzimmer eines Ministeriums.

Claus hatte erst eine Viertelstunde gewartet, da wurde auch er zum Außenminister bestellt. Unter vier Augen hatten Neurath und Ribbentrop gesprochen. Kein Dritter war im Zimmer. Ribbentrop empfing Claus mit höflicher, aber ernster Miene. Er schaute Claus gründlich in die Augen und bat ihn, sich hinzusetzen. Sein Gedächtnis ließ Claus nicht im Stich. In seinen Gedanken war das Bild von Fyodorow beinahe Wirklichkeit, er konnte seine Worte zitieren, als würde er unmittelbar dolmetschen. Ribbentrop hörte zu, bedankte sich und beeilte sich, die Frage zu stellen, die ihm offenbar die wichtigste war. „Diesen Fyodorow kennen Sie aus der Schule in Sankt Petersburg, sagen Sie?"

„Ja."

„Ist er Jude?" Claus fand die Frage nicht nur nebensächlich, sondern auch anstößig. Bilder von Julias Leiden beim Verlassen

Deutschlands schossen ihm durch das innere Auge. Wie konnte sich jemand erdreisten, vom Judensein zu sprechen, als wäre dies ein Verbrechen an sich?

„Nein. Russisch-orthodox. Ich glaube nicht, daß wir überhaupt Juden in meiner Klasse hatten."

„Gut. Solange Sie sich dessen sicher sind."

„Ich bin mir ganz sicher."

Ribbentrop schaute auf seinen Schreibtisch hinunter. Es schien, als würde er fast mit sich selbst sprechen. „Sieben Tage. Der Führer muß sofort in Kenntnis gesetzt werden."

Aber Ribbentrops „Sofort" war nun nicht mehr in seiner alten Wörtlichkeit zu verstehen. Selbst für den Reichsaußenminister war heutzutage der Zugang zum Führer nicht mehr die Selbstverständlichkeit von einst.

Claus sah, wie sich Ribbentrops Kopf wieder erhob und sich die hellblauen Augen auf die seinen richteten. „Sie werden mit mir kommen müssen, Major." Claus wurde angewiesen, seinen Urlaub wie vorgesehen fortzusetzen. Man würde ihn in Mohrungen verständigen, sobald der Termin mit Hitler ausgemacht worden war. Er sollte Ostpreußen nicht verlassen, wenn nötig würde sein Urlaub verlängert.

Claus wunderte sich, daß Neurath nicht auch die Einladung erhalten hatte, Ribbentrop zur Wolfsschanze zu begleiten. Der Baron selbst war darüber aber keineswegs überrascht. „Ich war nur der Mittelsmann, um Sie mit Ribbentrop zusammenzubringen", erklärte er. „Ich kann nichts dazu beitragen, was Sie Hitler zu erzählen haben. Nicht ich habe Fyodorows Angebot angehört."

„Sicherlich aber können Sie Rat beisteuern, wie man das Angebot zu handhaben hat. Ihre Erfahrung…"

„Hitler braucht keinen Rat. Er weiß selbst, was zu tun ist." Etwas an Neuraths Ton ließ Claus aufhorchen.

„Ich bin zwar kein Rußlandexperte", sagte Neurath, „weiß aber, daß Stalin einen Gegenvorschlag erwarten wird. Bin mir aber gar nicht sicher, ob Hitler das versteht. 1939 willigte er viel zu rasch in Stalins Forderungen ein."

„Kann es schlecht sein, wenn wir sofort in einen Waffenstillstand im Osten einwilligen? Kann so etwas je zu schnell erfolgen?"

„Sofortiger Frieden wäre wünschenswert – aber nach Stalins Richtlinien? Wir müssen daran denken, was des Kremls nächster Zug sein wird, wenn wir uns einmal hinter die Grenzen von Neununddreißig zurückziehen. Wir werden dann unsere gesamten Kräfte gegen die Briten und Amerikaner richten. Meinen Sie, daß die Rote Armee dann herumsitzt und zuschaut?"

„Natürlich nicht."

„Die Grenze von 1939 wurde entlang polnischer Flüssen gezogen. Hitlers Gegenvorschlag sollte eine Grenze sein, die entlang tief in Rußland stehenden Flüssen liegt. So etwas wird Stalin von ihm erwarten, dann kann er mit dem Feilschen anfangen." Neurath überlegte einen Augenblick. „Wenn ein Separatfrieden überhaupt abgeschlossen werden kann, dann nur mit den Russen. Mir scheint es unmöglich, daß der Westen jemals mit Hitler verhandeln wird. Eigentlich haben wir gar keinen Grund, überhaupt Krieg gegen den Westen zu führen. Hitler brachte das Kunststück fertig, sich und uns trotz berechtigter Forderungen Feinde zu machen. Versailles war ungerecht, und die Briten wußten das. Hätte Hitler die Diplomatie weitergeführt, hätte er wahrscheinlich binnen zehn Jahren eine Revision der polnischen Frage, das Ende des Korridors und eine Wiederkehr zu den Grenzen von 1914 erreicht. Vor 1950 sagen wir. Sein eigentlicher Fehler war es, sein Wort über die Tschechoslowakei zu brechen. Das Sudetenland, sagte er, wäre seine letzte territoriale Forderung gewesen. Daraufhin besetzte er dann die Resttschechei. Somit ließ er die ganze Welt wissen, daß ihm und seinem Wort nicht zu trauen waren. Damit bereitete er die Briten und Franzosen quasi darauf vor, uns bei seinem nächsten Fehltritt den Krieg zu erklären. Sie haben praktisch darauf gewartet, daß er Gewalt gegen Polen anwenden würde."

Es mußte etwas zu bedeuten haben, überlegte sich Claus, daß Neurath nicht von „dem Führer" sprach, sondern schlicht von „Hitler".

Der Zug, mit dem Claus nach Ostpreußen fuhr, schien ihm der langsamste zu sein, mit dem er je gefahren war. Freilich – dies erkannte er auch – war dies eine der Ungeduld entsprungene Illusion. Dennoch brachte ihm das Wiedersehen mit Marion eine Freude, die sogar jede Erwartung übertraf. Alexander war eine wahre Wonne.

Stundenlang spielte Claus mit dem Jungen. Draußen lag tiefer Schnee, nur im Hause konnte man sich mit ihm austoben. Claus und Marion machten Spaziergänge, aber damit Marion sich nicht unterkühlte, sah Claus zu, daß sie nicht zulange draußen blieb. Die Liebe war Wonne, die Liebe war auch Fürsorge.

Seine Spiele mit Alexander waren es, die in Claus eine unerwartete Sehnsucht nach Frieden aufkommen ließen. Frieden möglichst bald, dann keine weiteren Kriege, nie wieder. Auf der ganzen Welt verstreut waren Kinder wie seines, Mädchen und Jungs, und die mußten in einer Welt aufwachsen, in der Krieg etwas war, was die Menschheit hinter sich gelassen hatte, ein Irrtum der Vergangenheit, wie Hexenverbrennungen oder der Glaube, die Erde sei eine Scheibe.

Claus war Soldat. Sein Leben hatte er dem Soldatentum gewidmet. Es war Ehrensache gewesen, seinem Land in dessen Notzeit zu dienen. Dennoch hoffte er inbrünstig, daß Alexander niemals eine Uniform anziehen mußte.

Was hatte Seeckt gesagt? Vielleicht war es möglich, einen Zustand zu erreichen, der ruhiger Überlegung und gewichtigem Zuspruch Zeit und Raum sichert, „bevor der eine dem anderen an die Gurgel fährt."

Aus einer Erinnerung an seine Schulzeit kamen Claus die Worte Shakespeares wieder in den Sinn: „'s ist ein Ziel, aufs innigste zu wünschen."

Die telefonische Bestellung zur Wolfsschanze kam erst nach fünf Tagen. Ein Wagen vom Fuhrpark des Ministers würde Claus am Vormittag abholen, keinem durfte er sein Fahrziel verraten. Die Fahrt dauerte zweieinviertel Stunden. Über rund zweieinhalb Quadratkilometer verteilt wurde die Wolfsschanze von zehn Kilometern Stacheldraht und etwa 55.000 Minen umringt, die in einem fünfzig bis hundertfünfzig Meter breiten Gürtel lagen. Den Kontrollposten war die Ankunft des Wagens im Voraus angekündigt worden, der Fahrer trug schon die zur Einfahrt in die große Anlage berechtigenden Pässe.

Mit dem Einfahren durch den Stacheldraht in die äußere Sicherheitszone war man noch nicht am Ziel. Als Nächstes kam ein innerer Zaun, an dem die Kontrollen noch strenger waren. SS-Posten waren überall zu sehen. Um die innerste Zone herum befand sich noch ein dritter Zaun. Um durch jeden dieser drei Zäune zu gelangen, war jeweils ein eigener Passierschein notwendig. Naturgemäß waren die Sicherheitsmaßnahmen im Herzen der Anlage am allerstrengsten. Hier befanden sich das Führerbegleitbataillon, die Oberbefehlshaber der Wehrmachtsteile und führende Männer der Nazipartei bei Hitler.

Mehr als 2000 Menschen wohnten innerhalb der Wolfsschanze mit ihren rund vierzig Baracken, Verwaltungs- und Wirtschaftsgebäuden. Neben diesen Bauten umfaßte die Anlage sieben wuchtige und vierzig weniger massive Stahlbetonbunker. Die Decken der wuchtigsten Bunker waren acht bis neun Meter dick, auf dem Dach wiesen sie einige Flugzeugabwehrkanonen und Maschinengewehrnester auf.

Eisenbahnschienen führten direkt durch das Herz der Anlage. Jeden Abend fuhr ein Sonderzug von Berlin hierher. Auch besaß die Wolfsschanze zwei Flugplätze, einen davon für leichte Maschinen. Hitlers Hauptquartier stand in dauerndem Telefon- und Funkkontakt mit Berlin und mit sämtlichen Frontabschnitten.

Innerhalb der zentralen Zone unterhielt Ribbentrop seinen eigenen Bürokomplex, eine Art Außenstelle des Außenministeriums mit seinem Verbindungsstab. Hier hielt der Wagen an, hier mußte Claus sich noch einmal ausweisen.

Ribbentrop war nervös, so viel war klar. Er begrüßte Claus mit sichtbarer Erleichterung, als hätte er befürchtet, sein Zeuge würde nicht erscheinen und er müßte allein vor den Führer treten.

Tatsächlich wurde der Außenminister alleine zu Hitler bestellt, und das erst spät am Nachmittag. Während Claus in einer anderen Baracke wartete, ließ er sich die Unterhaltung mit Fyodorow wiederholt durch den Kopf gehen. Würde Hitler nur die genauen Worte des Russen hören wollen, oder würde er Claus um seine Meinung, eine Auslegung, bitten? Claus hatte noch lange über die Angelegenheit gegrübelt und war zu dem Schluß gekommen, daß Fyodorow und das Angebot durchaus ernstzunehmen waren. Wenn ihn Hitler danach fragte, würde er ihm dies mit Nachdruck sagen.

Eine volle Stunde wartete Claus auf die Rückkehr Ribbentrops, der ihn dann mit auf ein Zimmer nahm, in dem sie sich unter vier Augen aussprechen konnten. „Der Führer", begann Ribbentrop, „hat mich gebeten, Ihnen seinen Dank für Ihre Bemühungen auszurichten.

Selbstverständlich sieht der Führer das Gesamtbild. Er weiß, daß der Westen in einem mit Rußland abgeschlossenen Frieden ein Zeichen der Schwäche sehen würde. Deshalb wird der Führer überhaupt erst nach einem bedeutenden militärischen Sieg an Friedensverhandlungen denken. Im Frühjahr wird das Heer noch einmal vorstoßen. Nachdem wir dann einige spektakuläre Gewinne zu verzeichnen haben, wird es an der Zeit sein, das russische Angebot zu behandeln. Jetzt ist nicht die richtige Zeit, das heißt, nicht der richtige Zeitpunkt im Kriegsverlauf." Das war es also. Claus sollte nicht zum Führer bestellt werden. Wie stand aber die Angelegenheit? Fyodorow erwartete doch eine Antwort.

Seit ihrer ersten Begegnung in Berlin hatte sich Ribbentrop offenbar Erkundigungen über Claus eingezogen. Nun gratulierte er ihm zu der Arbeit, die er bei Abteilung R geleistet hatte, und lobte seinen verstorbenen Vater, von dem er zwar sehr viel Gutes gehört, den er aber leider nicht kennengelernt hatte.

Ribbentrop war begierig darauf, Hitler einen Erfolg zu vermelden. Daß Hitlers Wunsch Frieden im Westen war, wußte er nur zu gut. Sollte dieser aber unerreichbar sein, würde es die Geltung Ribbentrops innerhalb von Hitlers Gefolge wiederherstellen, wenn er dem Führer wenigstens den Abschluß eines Friedens mit Rußland liefern könnte. Aufgrund der Entwicklungen im Kriege und durch die Verdienste anderer war der Status des Außenministers unvermeidlich gesunken. Gerade durch Stalins Angebot wurde nun Ribbentrop eine Chance geboten. Jetzt ging es darum, einen bedeutenden deutschen Sieg an der Ostfront abzuwarten. Bis dahin würde er sich seine Verbindungen über Fyodorow und Madame Kollontai offen halten.

„Wie viel Urlaub haben Sie noch, Major?"

„Neun Tage. Wegen meiner Verletzungen ist er auf Genesungsurlaub ausgedehnt worden."

„Ja, natürlich. Fahren Sie nun nach Hause, genießen Sie Ihren Urlaub und warten Sie auf weitere Befehle. Der Wagen wird Sie jetzt zurückbringen."

Drei Stunden später war Claus wieder bei Marion. Alexander war gerade zu Bett gegangen. Claus ging ins Kinderzimmer, um seinen schlafenden Sohn zu betrachten. Die Plüschrobbe, die Claus aus Norwegen mitgebracht hatte, lag am oberen Ende des Kinderbettes, die Hand des Kleinen berührte sie. Etwa zehn Minuten lang blieb

Claus stumm stehen und betrachtete den Jungen. Jawohl, man mußte diesen Krieg beenden, er müßte aber auch auf solche Weise beendet werden, daß es nie wieder zu einem anderen kommen konnte. Keine Rachsüchtigkeit wie in Versailles. Man mußte einen Frieden stiften, der gerecht und frei von bleibendem Groll sein würde. Dies war ihre Pflicht gegenüber ihren Kindern.

Am vierten Tag nach seinem Besuch in der Wolfsschanze trafen Befehle für Claus ein. Das Heer wies ihn dem Auswärtigen Amt als Sonderattaché zu. Er würde dem Reichsaußenminister zur Verfügung stehen. Offenbar hatte Ribbentrop nicht seinen ganzen Einfluß eingebüßt. Claus bedauerte, sein Regiment zu verlassen, nicht nach Norwegen zurückzukehren. Doch im Gegensatz zu seiner damaligen Reaktion auf die Zuweisung in die Schweiz grollte Claus diesmal nicht wegen seiner Abkommandierung. Wenn er überhaupt auf irgendeine Weise zum Abschluß eines Friedens beitragen könnte, würde er dies mit selbstverständlicher und freudiger Hingabe tun.

Er sollte sich am 25. Januar 1943 persönlich bei Ribbentrop melden.

Eine Konferenz der „Großen Drei", Churchill, Stalin und Roosevelt, war für Mitte Januar in der marokkanischen Stadt Casablanca geplant, um den Kurs ihrer künftigen Großstrategie auszuarbeiten. Nur Churchill und Roosevelt trafen ein, Stalin benutzte die sich nunmehr seinem Ende zuneigende Schlacht von Stalingrad als Vorwand für seine Abwesenheit. Der wahre Grund für Stalins Fernbleiben von Casablanca war, daß er das Ergebnis seiner nach Hitler ausgestreckten Friedensfühler abwartete. Eigentlich gab es nicht den geringsten Grund für den Sowjetdiktator, in Rußland zu bleiben. Bei Stalingrad war Deutschlands 6. Armee von nicht weniger als zehn sowjetischen Armeen eingekesselt worden. Mit oder ohne die Anwesenheit Stalins auf russischem Boden war der Ausgang dieses Kampfes schon vorprogrammiert.

Gerade als Claus dabei war, vor seiner Meldung im Reichsaußenministerium eine Überprüfung seiner Uniformen und Ausrüstung durchzuführen, traf eine Nachricht aus Casablanca ein.

Ihre Beratungen hatten Churchill und Roosevelt mit der Ankündigung abgeschlossen, daß sie von Deutschland, Italien und Japan bedingungslose Kapitulation verlangen würden. Die einzige Hoffnung auf Frieden, sagte Roosevelt, läge in einer vollständigen Entmilitarisierung Deutschlands und Japans.

Damit lagen die Karten offen. Im Westen mußte der Krieg bis zum Ende ausgefochten werden. Mehr denn je war es nun nötig, Frieden mit den Russen zu schließen.

Federball

WAS Claus bei seiner Abfahrt nach Berlin in Marions Augen erkannte, war das Gleiche, was er vor einem Vierteljahrhundert im Gesicht seiner Mutter gesehen hatte, als er damals in den Zug Richtung Schweiz stieg. Es war dieselbe Erleichterung darüber, daß er nicht zur Front zurückkehren würde.

Ribbentrop empfing Claus unter vier Augen. Erlenbach war sein Sonderattaché, der sich nur bei ihm melden würde. Kein Dritter sollte in die Transaktionen eingeweiht worden, bevor nicht etwas an Hitler selbst zu berichten war. Wenn es soweit gekommen war, würde es Ribbentrop sein, der dem Führer Bericht erstattete. Claus hatte den Eindruck, daß Ribbentrop bedrückt war – wahrscheinlich durch die Bekanntmachung aus Casablanca – und sich in emsige Betriebsamkeit setzte, um dieses Gefühl zu bezwingen.

„Sie müssen bei Fyodorow herausfinden", wies ihn der Außenminister an, „ob die Russen ihr Angebot noch offen halten, oder ob sie sich dieser Forderung nach bedingungsloser Kapitulation anschließen."

Claus erwiderte, daß die Russen Pragmatiker von vorne bis hinten seien und sich die Hände nicht binden lassen würden. Mit hoher Wahrscheinlichkeit würden sie sich kaum an dem Unsinn von bedingungsloser Kapitulation beteiligen. Das war nicht nur seine feste Überzeugung, sondern auch das, was der Außenminister hören wollte.

„Stellen Sie fest", legte ihm Ribbentrop nahe, „wie weit zu gehen sie bereit sind, wie ernst sie dieses Angebot meinen. Selbstverständlich wird Ihnen diplomatischer Status verliehen werden müssen."

Das stellte sich jedoch als schwieriger heraus als gedacht. Trotz der Sympathien der schwedischen Regierung war sie nicht bereit, einen Berufssoldaten, der erst Wochen zuvor ein den Internierungsbestimmungen der Genfer Konvention unterliegender Kombattant gewesen war, als angeblich frischen Diplomaten in Stockholm zu akzeptieren. Es wurde der Vorschlag gemacht, daß das Heer Claus pro forma auf gleiche Art und Weise entlassen könnte, wie während der Kollaborationsjahre Offiziere für die Dauer ihrer Rußlandaufenthalte vorübergehend entlassen worden waren. Gerade wegen der beim Junkers-Absturz erlittenen Verletzungen könnte man ihn doch aus Gesundheitsgründen aus dem Heer entlassen. Aber es waren schwedische Ärzte gewesen, die Claus behandelt hatten. Diese wußten zu gut, daß seine Verletzungen weit davon entfernt waren, eine Entlassung aus dem Dienst zu rechtfertigen, vor allem im Kriege. Die Lösung erfand Claus selbst. Dank seiner Jahre bei Abteilung R war er im Umgang mit solchen Probleme geübt. Man beantragte ein Transitvisum. Claus sollte deutsche Truppen in Finnland besuchen. Sowohl die Hin- als auch die Rückreise würde er jeweils für eine Nacht in Stockholm unterbrechen. Dies war durchaus zulässig. In fünf Tagen war das Visum da. Von Tempelhof nach Stockholm flog Claus in Zivil.

Die Ankunft in Schweden ähnelte dem Austritt aus einem Tunnel. Die allgemeine Atmosphäre war voll Helligkeit und Heiterkeit, nach den Entbehrungen im Reich glich diese Landung beinahe einer Ferienreise. Am Stockholmer Flughafen schaute ein Polizist Claus zwar mißtrauisch an, und auch die Zollbeamten ließen durchblicken, daß sein Gepäck gründlich durchsucht werden würde. Dies alles war aber durchaus normal und ohne Bedeutung.

Ribbentrop wünschte, daß die deutsche Botschaft in Stockholm nichts von Erlenbachs Besuch erfahren sollte. Wer konnte wissen, welche Berichte vom Gesandten an weitere Amtsstellen im Reich gehen würden? Beispielsweise an Himmler, der durch Andeutungen alte Rechnungen begleichen könnte, Ribbentrop würde hinter dem Rücken des Führers mit dem Feind verhandeln.

War es aber überhaupt möglich, fragte sich Claus, seine Reisen geheimzuhalten? Fyodorow hatte Mittel und Wege, seinen Aufenthaltsort zu erfahren. War etwa Deutschlands Sicherheitsdienst weniger tüchtig?

Wie dem auch sei, Claus befolgte Fyodorows Rat. Er mied das übliche von Diplomaten benutzte Hotel, und trug sich stattdessen im ruhigeren, direkt am Ufer gelegenen Strand-Hotel ein, dessen Zimmer einen schönen Blick aufs Wasser boten.

Der Krankenhausaufenthalt in Kristianstad und jene paar Tage im Stockholmer Haus hatten Claus bereits eine kurze Rückkehr zu der Auswahl und Fülle einer Friedenswirtschaft gewährt. Jetzt freute er sich schon auf die reichlichen Portionen schwedischer Kost, schämte sich aber, als er sich an die Verhältnisse zuhause erinnerte. Selbst in der Wolfsschanze, hatte Claus erfahren, herrschten Einschränkungen. Hitler bestand auf Wehrmachtszuteilungen.

Claus würde es nicht riskieren, im Hotelrestaurant oder sonst wo mit Fyodorow zusammen gesehen zu werden. Er besuchte das Restaurant frühzeitig, speiste, ohne sich am Tisch unnötig aufzuhalten, und ging sofort auf sein Zimmer zurück. Der Russe sollte zu ihm kommen.

Fyodorow traf am frühen Abend ein. Er war aufgeregt und schüttelte Claus energisch die Hand. „Hast du die Nachrichten gehört, Claus?"

Claus hatte nichts gehört.

„Paulus hat in Stalingrad kapituliert."

Es war zwar nicht unerwartet, dadurch aber nicht weniger erschütternd. Unter keinen Umständen durfte Claus durchblicken lassen, daß der Ausgang dieser Schlacht in irgendeiner Weise Deutschlands Stellung schwächte. Er ging zur Offensive über. „Ihr habt Frieden mit einer Rückkehr zu den neununddreißiger Grenzen angeboten. Diese Grenzen erfüllen nun nicht mehr die Bedürfnisse des Deutschen Reiches. Die minimalen Forderungen, die als Verhandlungsbasis dienen könnten, schließen das gesamte Territorium des in Versailles aufgestellten polnischen Staates ein. Ich betone, daß dies einer minimalen deutschen Forderung entspricht, weil das Reich auch die Bedürfnisse seiner treuen Verbündeten berücksichtigen muß. Das im Frieden von 1940 an die Sowjetunion abgetretene Territorium Finnlands muß an die Finnen zurückgegeben werden."

„Claus, du verlangst Unmögliches!"

„Als Gegenleistung will das Deutsche Reich die Aspirationen der Sowjetunion in anderen Richtungen unterstützen, vorausgesetzt, daß diese die legitimen Bedürfnisse des deutschen Volkes nicht beeinträchtigen." Ribbentrop hatte ihn gar nicht angewiesen, irgendetwas dergleichen vorzutragen. Der Außenminister hatte gar keinen Vorschlag beigetragen. Entweder hatte er selbst keine Ideen, oder zog er es vor, Claus alles zu überlassen, damit er sich dann im Falle eines Scheiterns von dem Ganzen distanzieren konnte. Da er gezwungen war, aus dem Stegreif zu reden, hatte sich Claus an das erinnert, was ihm Neurath von einem Gegenangebot gesagt hatte. In

Ermangelung einer spezifischen Stellungnahme Hitlers mußte Claus doch etwas sagen, um nach Ribbentrops Auftrag herauszubekommen, wie weit die Russen zu gehen bereit waren. Claus war sich sehr wohl bewußt, daß seine Handlungen als Hochverrat ausgelegt werden konnten. Doch das Risiko war ihm einerlei, solange sich die geringste Möglichkeit eines Friedens bot.

„Wenn man dich in Berlin dies zu sagen beauftragt hat", konterte der Russe, „dann ist eure Forderung längst überholt. Ihr seid überhaupt nicht mehr in der Lage, irgendwelche Forderungen zu stellen. In Stalingrad habt ihr eine ganze Armee verloren, wir sind es, die jetzt fest im Sattel sitzen."

Claus weigerte sich zuzugeben, daß die Ereignisse in Stalingrad sich überhaupt entscheidend auf den Ausgang der Feindseligkeiten auswirken müßten. Im Gegenteil, betonte er, Moskaus Friedensfühler ließen durchblicken, daß der Kreml die Schwäche der sowjetischen Lage anerkannt hatte.

„Ihr könnt doch gar keine Bedingungen stellen", beharrte Fyodorow. „Die Sowjetunion hat ein sehr großzügiges Angebot gemacht."

Beinahe drei Stunden lang stritten sich die beiden. Während Claus in Finnland war, würde Fyodorow an Madame – so nannte er stets die sowjetische Gesandtin – Bericht erstatten. Wenn Claus auf dem Heimweg noch einmal in Stockholm übernachtete, würde Madame, so versprach er, eine Antwort bereithalten.

Möglicherweise war der Gegensatz zwischen Stockholm und Helsinki noch krasser als der zwischen Stockholm und dem kriegsverdunkelten Berlin. Nach Helsinki zu fliegen war, wie wieder in den Tunnel hineinzugelangen. Die finnische Hauptstadt fand Claus düster vor, das tägliche Leben voller Entbehrungen und die Stimmung des Volkes verbissen. Mehr als achtzehn Monate schon kämpften die mutigen Finnen um Wiedergewinnung dessen, was ihnen die Russen 1940 abgenommen hatten. Den Verlängerungskrieg nannten sie ihn. Was sie wirklich motivierte, war nicht so sehr die Wiedergewinnung des verlorenen Territoriums selbst, vielmehr ging es den Finnen darum, ihre Unabhängigkeit als Nation zu erhalten.

Claus meldete sich im Hauptquartier der finnischen Streitkräfte und beim Oberbefehlshaber der deutschen Truppen in Finnland. Diese Besuche waren von fraglichem Wert. Angeblich war er

Verbindungsoffizier zum deutschen Auswärtigen Amt. Die Informationen, die er erhielt, und die ihm vorgetragenen Beschwerden betrafen allerdings Angelegenheiten, die außerhalb von Ribbentrops Amtsbereich lagen.

Eine Tatsache, die ihm zu Ohren kam, interessierte Claus sehr. Alle anderen Länder, die an Deutschlands Seite kämpften, schlossen sich der Nazipolitik an, indem sie ihre Streitkräfte von Juden „befreit" hatten. Lediglich die finnische Regierung widersetzte sich jedem deutschen Druck. In Finnlands Armee kämpften Juden mit.

Sechs Tage, nachdem er aus dem Stockholmer Strand-Hotel ausgezogen war, trug sich Claus dort wieder ein. Fyodorow ließ ihn nicht lange warten. Madame, berichtete Fyodorow, wollte wissen, welche spezifischen sowjetischen Aspirationen von Deutschland unterstützt werden würden. Die Sowjetunion erwarte mehr als das, was im Abkommensentwurf vom November 1940 stünde. Außerdem kämen deutsche Forderungen bezüglich Polen nicht in Frage. Claus war überfordert. Von einem neunzehnhundertvierziger Abkommen wußte er nichts. Alles, was er tun konnte, war ein weiteres Treffen unter gleichen Umständen zu versprechen.

Hatte Claus das erreicht, was Ribbentrop von ihm erwartete? Hatte er festgestellt, ob die Russen wirklich Ernst machten, wie weit sie zu gehen bereit waren, und ob sie ihr Angebot verwerfen und sich der westlichen Forderung nach bedingungsloser Kapitulation anschließen würden? Wollte die Kollontai nicht einfach nur Zeit gewinnen? Und was um Himmels willen stand in dem Abkommen von 1940? Mit diesen Fragen rang Claus während des ganzen Rückfluges nach Berlin. Das Gefühl, völlig versagt zu haben, wechselte sich mit der tröstenden Überlegung ab, daß Madame Kollontai die Tür wenigstens nicht verschlossen hatte. Die Auslegung lag sowieso bei Ribbentrop. Claus war bloß der Überbringer.

Ribbentrop war entsetzt. Der Abkommensentwurf vom November 1940 war unter strengster Geheimhaltung aufgezogen worden. Es handelte sich um ein unter Verschluß gehaltenes Dokument, von dessen Existenz buchstäblich nur eine Handvoll Leute überhaupt wußten. Wenn dieser Fyodorow in das Geheimnis eingeweiht worden war und es bei Verhandlungen einsetzte, blieb nun Ribbentrop nichts anderes übrig, als Major von Erlenbach von seinem Inhalt zu erzählen.

Der Entwurf war der eines vorgeschlagenen Paktes zwischen Deutschland, Italien, Japan und der Sowjetunion. Dieser Pakt wurde nicht geschlossen, er existierte nur im Konzept. Bei dem ersten von zwei geheimen Zusatzprotokollen wurden in groben Umrissen Interessensphären festgelegt. Das zweite Protokoll betraf die Türkei, es sah vor, daß Rußland jene lang ersehnten Hoheitsrechte in den Dardanellen erhalten sollte. Dies war es also, wovon Moskau nun sagte, daß es nicht mehr genügte.

Die Tatsache, daß Madame Kollontai über das vorgesehene Abkommen in Kenntnis gesetzt worden war, war zugleich ein Beweis, daß sie auf direkten Geheiß von Stalin und Molotow handelte. Reichte das aber aus, um das Friedensangebot als echt anzunehmen? Das Ganze konnte eine List sein, um den Abzug deutscher Kräfte aus Rußland zu erreichen, damit die Rote Armee Möglichkeit bekäme, umzugruppieren und zu überwältigender Stärke zu gelangen.

Und dann? Das Spiel dauerte ein ganzes Jahr. Noch viermal flog Claus nach Helsinki mit Reiseunterbrechungen in Stockholm. Viermal noch führten Ribbentrops anschließende Besprechungen mit Hitler nirgendwohin. Dies jedenfalls waren die Worte, die der Außenminister Claus gegenüber gebrauchte. In Wahrheit hatte Hitler weitere Friedensverhandlungen mit den Russen kategorisch verboten. Die Reisen des Major von Erlenbach fanden nun ohne das Wissen des Führers statt. Ribbentrop hielt Claus in der Hoffnung am Gängelband, daß der Kriegsverlauf Hitler dazu bringen würde, es sich anders zu überlegen. Sollte Claus Erfolg haben, dann würde er, Ribbentrop, derjenige sein, der dem Führer das liefern konnte, was er wollte. Andererseits aber würde bei einer Blamage Claus als Sündenbock dastehen.

Japan, das sowohl mit Deutschland als auch mit Rußland einen Pakt hatte, bot Berlin seine Vermittlungsdienste an. Dies war es, was Ribbentrop und Hitler davon überzeugte, daß die Russen tatsächlich ernst machten. Stalin war so begierig auf Frieden, daß er mit seinem Hilfegesuch an Tokio herangetreten war. Hitler aber lehnte das japanische Angebot dankend ab. Nun schrieb Mussolini an Hitler mit der Empfehlung, angesichts der Unnachgiebigkeit des Westens wenigstens mit Rußland Frieden zu schließen. Die Türkei, neutral aber deutschfreundlich, empfahl den gleichen Kurs. All diese Angebote wies Hitler von sich.

Fyodorow wurde ungeduldig. Claus, beschwerte er sich, würde nur seine Zeit vergeuden. Die Deutschen schienen nicht zu wissen, was sie wollten. Aber Hitler wußte sehr wohl, was er wollte. Über seine Ziele konnte er allerdings nicht mit Stalin diskutieren. Sie waren nur durch einen entscheidenden militärischen Sieg zu erreichen. Für Hitler stand eine Rückkehr zum status quo im Osten außer Frage. Was Deutschland brauchte, um den Kampf fortzusetzen, waren Stalins Ölfelder im Kaukasus.

Im Sommer ließ Hitler eine massive Offensive vom Stapel, welche an der Überlegenheit der sowjetischen Panzerverbände zerbrach. Die Wehrmachtsverluste bei Kursk waren katastrophal, und mitten in dieser Schlacht traf dann auch noch die Nachricht ein, daß britische und amerikanische Streitkräfte den Krieg nach Sizilien gebracht hatten. Nur zwei Monate nach dem Verlust seiner ganzen afrikanischen Streitkräfte war Hitler erneut einem Landkrieg in Europa ausgesetzt – diesmal allerdings erschwerten die hinzu-gekommenen amerikanischen Truppen die Lage.

„Nun", drängte Fyodorow, „müßt ihr über Frieden reden". Seinem alten Klassenkameraden gegenüber empfand Claus beinahe das Bedürfnis, sich zu entschuldigen. Auch er war durch den Mangel an Fortschritten ungeduldig geworden. Dem Verlust einer ganzen Armee in Stalingrad war ja die Niederlage bei Kursk gefolgt. Da hatten die Russen allen Grund zu der Annahme, Hitler würde seine Verluste schmälern und den Krieg allein gegen die Westmächte führen wollen. Hegte Hitler vielleicht Zweifel, wunderte sich Fyodorow, bezüglich Verhandlungen mit Madame? Wenn es die Deutschen vorzögen, könnte man in der Schweiz über Astachow verhandeln, den man in Berlin gut kannte.

Zudem gab es auch noch die schwedische Regierung, schlug Claus vor. Offenbar wollten die Schweden helfen, schließlich hatten sie die beiden Gesprächspartner zusammengeführt.

Fyodorow lachte. „Die Schweden wollen Frieden sehen, ja, in diesem Stadium des Krieges aber wollen sie sich selbst heraushalten. Seitdem wir uns in jenem Haus trafen, hat sich die Lage verändert. Wenn die Schweden jetzt helfen, daß Deutschland nunmehr seine ganzen Kräfte gegen die Briten und Amerikaner einsetzen kann, werden sie den Westmächten gegenüber schlecht dastehen. Sie haben bereits die Nachkriegswelt im Blick." Fyodorow goß sich einen Cognac ein. „Nein, Claus, von denen ist nichts zu holen. Es liegt an uns beiden." Inzwischen hatte Claus seinem alten Klassenkameraden gegenüber doch einige Sympathie entwickelt. In der Schule hatte er keine besondere Notiz von Fyodorow genommen. Nun aber konnte er erkennen, daß der Junge sich zu einem gutmütigen, belesenen Begleiter mit sehr viel Charme entwickelt hatte. Lieber als Wodka trank Fyodorow französischen Cognac. Er hatte einen imposanten Durst, war aber nicht einer von denen, die durch Alkohol überfreundlich, prahlerisch, laut oder aggressiv wurden. Die beiden Männer verstanden sich nun sehr gut. Jeder führte seine Aufgabe mit dem gebührenden Ernst aus, ohne dabei die Grundhöflichkeiten zu vergessen oder die gegenseitige Achtung zu verlieren.

Gegen Ende November sollte sich Stalin in Teheran mit Churchill und Roosevelt treffen. Vorher unternahm er noch einmal den Versuch, die Sowjetunion aus dem Krieg herauszunehmen. Fyodorow gab Claus eine Abschrift der für die Teheraner Konferenz vorgesehenen Tagesordnung, dazu noch die Mitteilung für Hitler, daß Stalin lieber mit Deutschland Verhandlungen wiederaufnehmen würde, als mit seinen westlichen Verbündeten weiterzumachen.

Gemäß dem wortbrüchigen Wesen Stalins verstießen diese Friedensfühler sowohl gegen seinen Pakt mit den Briten als auch gegen die Erklärung der Vereinten Nationen vom 1. Januar 1942, derzufolge Großbritannien, China, die UdSSR und die USA sich verpflichteten, miteinander zusammenzuarbeiten „und keinen separaten Waffenstillstand oder Frieden mit den Feinden abzuschließen."

Claus wartete. Ribbentrop wartete. Hitler zeigte keine Reaktion. Er vermittelte den Eindruck, daß ihm das, was die Alliierten in Teheran entscheiden würden, gleichgültig war. Was die Großen Drei in Teheran unter anderem unter sich ausmachten, war, daß im Mai 1944 westliche Streitkräfte gleichzeitige Landungen in Nord- und Südfrankreich unternehmen würden. Mit der Besiegung des Reiches sollte Polen nach Westen verschoben werden, um ganz Deutschland östlich der Oder und Neiße aufzuschlucken. Ostpreußen würde gänzlich verschwinden.

Auch dieser Ausgang der Konferenz wurde Claus zwecks Weiterleitung an Berlin übergeben. Der Westen, meinte Fyodorow, würde mit Deutschland niemals verhandeln, egal ob das Reich von Adolf Hitler oder von einem Kardinal der römisch-katholischen Kirche geführt würde. Deutschlands einzige Möglichkeit, einigermaßen heil davonzukommen, wäre, mit Rußland einen schnellen Frieden zu schließen. Die Grenzen von 1939 wären besser als die in Teheran beabsichtigten, und Frieden im Osten würde Deutschland die Möglichkeit geben, die für Mai vorgesehenen Invasionen im Westen abzuwehren.

Dem kann ich nicht widersprechen, sagte sich Claus auf dem Heimflug nach Berlin. Hierin würde auch Ribbentrop, da war er sich sicher, mit ihm übereinstimmen. Es hing nun alles davon ab, ob der Außenminister Hitler diesmal endlich von der Zweckmäßigkeit eines Friedens im Osten überzeugen konnte.

Die Lufthansamaschine kreiste langsam um Tempelhof, etwa eine Minute lang konnte Claus einen herrlichen Blick auf die Reichshauptstadt genießen. Dann setzte die Junkers zur Landung an, der Boden schien sich rasch nach oben emporzuheben. Ein Rasseln, ein Schaukeln, ein Rauschen, dann spürte man, wie die Bremsen betätigt wurden. Auf Schrittempo kam man herunter, dann drehte sich die Tante Ju und begann, gegen die Flughafengebäude zu rollen. Einer nach dem anderen wurden die BMW-Motoren abgestellt, die Fluggäste erhoben sich, die Tür wurde geöffnet.

Claus schritt den Laufgang herunter und wurde sofort von fünf Männern umstellt. Gestapo, das war ihnen deutlich anzusehen. Einer der fünf nahm Claus seine Aktentasche aus der Hand, er wurde zu einem schwarzen Mercedes geführt. Die Prinz-Albrecht-Straße, da fanden die Verhöre statt, in den Kellern der Gestapo. Seine früheren Besuche erfolgten nach Einladung, diesmal machten fünf Männer und ein Auto die Angelegenheit zu einer Verhaftung. Danach wahrscheinlich ins Gefängnis nach Plötzensee, dort wurden die Hinrichtungen durchgeführt. Für ihn war ein Konzentrationslager unwahrscheinlich. Was er getan hatte, ließ sich ohne weiteres als Paktieren mit dem Feind auslegen. Kein Zweifel, das war Hochverrat.

Die Fahrt ging schnell. In die Prinz-Albrecht-Straße bog man aber nicht ein. Der Wagen fuhr auf den Hinterhof eines Palastes. Es ging nicht in die Keller. Der Mann hinter dem großen Schreibtisch aus edelstem Holz empfing Claus höflich mit ruhiger Stimme, bat ihn, sich ihm gegenüber hinzusetzen, und schaute ihn ein paar Sekunden schweigend durch seinen Kneifer an. Diesmal schaut er mich auf eine ganz andere Weise an, sagte sich Claus, als bei unserer letzten Begegnung.

„Nun, Erlenbach", fragte ihn Heinrich Himmler schließlich, „wie ist der Stand der Dinge mit diesem Fyodorow?"

Claus schaute in die Augen, die ihn erwartend musterten. Sie waren ruhiger als die des Außenministers. Dieser Mann, sagte er sich schnell, weiß wohl schon alles. Auf jeden Fall hat es keinen Zweck, ihn anlügen zu wollen. Mit diesem Kerl ist nur eines möglich: reinen Tisch zu machen. „Soeben hat mir Fyodorow über die Beschlüsse der Alliierten in Teheran berichtet."

„Hat er sie Ihnen schriftlich gegeben?"

„Nein, Reichsführer."

„Gesehen haben Sie sie aber schriftlich?"

„Gesehen, ja, in russischer Fassung. Ich wollte mir aber keine Kopie davon machen. Am schwedischen Flughafen wollte ich nichts Schriftliches bei mir haben."

Völlig ohne Gesichtsausdruck schaute ihn Himmler an. „Sie haben alles in Erinnerung?"

„Jawohl, Reichsführer." Claus sah Himmler direkt in die Augen und erzählte von den künftigen deutschen Grenzvorstellungen der Alliierten sowie von den für Mai beabsichtigten Landungen in Frankreich. Himmler vermochte nicht zu verbergen, daß er erschüttert war. Eine Weile sagte er nichts, zog seinen Kneifer ab, polierte die Linsen eine nach der anderen und setzte sie wieder auf. Dieser Mann begann, sich Sorgen zu machen.

„Erlenbach, das Spiel, das Sie betreiben, kann Sie unter Umständen Kopf und Kragen kosten. Sie haben aber im Auftrag des Reichsaußenministers gehandelt, es ist daher nicht anzunehmen, daß es gegen die Wünsche des Führers geschehen ist. Künftig aber, Erlenbach, melden Sie sich nach jedem weiteren Kontakt mit den Russen nicht zunächst beim Reichsaußenminister zurück. Als Erstes erstatten Sie mir darüber Bericht. Haben Sie mich verstanden?" Himmler starrte Claus ernsthaft an, sprach aber weiter in zuvorkommendem Ton. „Dies ist ein freundlich gemeinter Rat, Erlenbach."

Niemals zuvor war Claus die frische Luft so sauber vorgekommen. Noch niemals war ihm Berlin – selbst das in grauer Kriegsaufmachung nüchtern dreinblickende Berlin – so schön erschienen wie beim Verlassen des Palastes des SS-Oberhauptes. Der

Reichsführer hatte die Akte Erlenbach eingehend und sorgfältig studiert. Gegen den Major war nicht das Geringste einzuwenden, er verkörperte sogar den vollkommenen Typus des selbstlosen Dieners des Reiches.

Ribbentrop, das wußte Himmler, war nicht in Berlin, und bis übermorgen würde Erlenbach untätig herumsitzen und auf seinen Herrn warten müssen. Mittlerweile aber würde er, Heinrich Himmler, die Neuigkeiten aus Teheran als Erster dem Führer überbringen. Schon wieder ein Triumph für den Nachrichtendienst der SS. Erlenbach konnte da sehr nützlich für ihn sein. Ginge bei den weiteren Kontakten etwas schief, so würde das eine Blamage für das Heer sein, schließlich war Erlenbach Soldat, nicht SS-Mann. Und Ribbentrop wäre der Sündenbock. Vor dem Abflug nach Rastenburg würde Himmler noch ein Stündchen mit Hedwig verbringen. Nachdem er sich endgültig von Margarethe, seiner acht Jahre älteren Ehefrau, getrennt hatte, lebte er nun mit seiner Sekretärin zusammen.

Ende März 1944 flog Claus wieder mit Unterbrechung in Stockholm nach Helsinki. Wie üblich übernachtete er im Strand. Gebucht hatte er sein Zimmer im Voraus, daher würde Fyodorow über sein Eintreffen im Bilde sein. Wie immer speiste Claus früh und ging dann mit einer Flasche Remy Martin auf sein Zimmer. Dieser war, wie er wußte, Fyodorows liebster Cognac. Claus stellte zwei Sessel vor das Fenster, goß sich ein Glas ein und machte es sich bequem, während er die Aussicht am Ufer genoß. Wenn er in Bergen dafür Zeit gehabt hatte, hatte Claus dort gerne Seevögel beobachtet. Das Tauchen der Kormorane mit ihren langen, biegsamen Hälsen hatte ihn fasziniert, ebenso die Fähigkeit der Möwen, mit einem Mindestaufwand an Flügelschlägen auf dem Wind zu gleiten. Nun schaute er den Möwen in Stockholm zu, wie sie hoch über dem Wasser auf Streife gingen, durch einfaches Seitwärtsneigen ihre Richtung änderten, von links nach rechts und wieder zurück, wie eine patrouillierende Wache. Um in der gewünschten Höhe zu bleiben, brauchten sie nur ab und zu einen einzigen sanften Schlag mit den Flügeln zu tun.

Während er sich einen dritten Cognac eingoß, fiel Claus auf, wieviel Zeit bereits verstrichen war, ohne daß Fyodorow sich blicken ließ. Er entschloß sich, die Spirituose nicht zu trinken. Wenigstens noch nicht. Bei der Unterredung mit Fyodorow mußte er einen klaren

Kopf behalten. Das Glas würde er erst leeren, wenn sein Gast wieder gegangen war.

Es war noch recht hell, in Berlin aber würde es schon dunkel sein. Claus hatte es immer gewundert, daß eine Entfernung von wenigen hundert Kilometern zwischen Nord und Süd einen so großen Unterschied in der Länge von Tag oder Nacht ausmachen konnte.

Im Laufe der nächsten zwei Stunden nahm der Verkehr im Hafen immer mehr ab, zwischen den leichten Kräuselungen des Wassers wurden die Schatten länger. Es hatte den Anschein, als würde der Russe nicht eintreffen. Mit dem Verschwinden des Sonnenlichts schienen die Lichter der Stadt heller zu brennen. Mittlerweile war Claus sich sicher, daß Fyodorow nicht mehr kommen würde. Claus trank seinen Cognac aus und bereitete sich auf das Bett vor. Morgen mußte er noch einmal in das Dunkel tauchen, zu dem Helsinki im Kriege geworden war.

Drei Tage später befand sich Claus auf seinem Rückweg wieder im Strand. Noch einmal saß er in seinem Zimmer mit einer Flasche Remy Martin, schaute auf das Wasser und die Seevögel und bewunderte beim Versinken der Sonne im Meer die Veränderungen im Himmelsrot.

Fyodorow kam nicht. Deutschland hatte eine Gelegenheit verpaßt. Stalin hatte seine geheimen Kontakte ein volles Jahr hindurch gepflegt. Offenbar war Hitler entschlossen, den Krieg bis zum bitteren Ende auszufechten. Es sah nun so aus, als würde ihm Stalin keine Chance mehr geben. Dies war, fand Claus, ein Grund zur Trauer. In dieser Nacht trank Claus mehr Cognac als in anderen Nächten.

Himmler nahm seine Meldung ohne Kommentar hin, bedankte sich aber mit der ihm üblichen Höflichkeit. Claus sah ihm an, daß der Reichsführer nunmehr ernsthaft besorgt war. Das Gleiche galt für Ribbentrop, der nun einzusehen gezwungen war, daß er keinen Frieden liefern konnte. Die Zukunft Deutschlands lag allein in den Händen der Wehrmacht.

Claus wurde in Urlaub geschickt, er sollte seine Abkommandierung abwarten. Durch den Vormarsch der Roten Armee in Richtung Ostpreußen schienen Marions Eltern um fünfzehn Jahre gealtert zu sein. Marion selbst hatte abgenommen und sah blaß aus. Alexander wiederum strahlte regelrecht. Wie wunderbar, dachte sich Claus, nichts von dem zu wissen, was sich draußen in der Welt abspielt! Bei seinem letzten Aufenthalt in Mohrungen war der Boden von tiefem Schnee bedeckt gewesen. Nun war der Frühling soweit fortgeschritten, daß er an Sommer erinnerte. Claus und Marion unternahmen lange Spaziergänge mit Alexander, saßen beisammen in der Sonne unter Bäumen, die anfingen, ihre Blüten zu zeigen, und versuchten, sich gegenseitig von den Kriegsereignissen abzulenken. Der letzte Tag seines Urlaubs war herzzerreißend. Claus litt Qualen beim Gedanken, Marion und den Jungen einer Invasion der Roten Armee ausgesetzt zu wissen, die kommen mußte.

Den erwarteten Angriff auf Frankreich brachte der Mai jedoch nicht. War die von den Russen vermittelte Auskunft mit Absicht irreführend gewesen? Oder war es die Härte deutschen Widerstands in Italien, welche die Briten und Amerikaner zu einer Verschiebung gezwungen hatte?

Die Landung erfolgte Anfang Juni. Bis dahin war Claus von seinem Posten in Ribbentrops Stab entlassen und zum Hauptquartier einer Heeresgruppe an der Ostfront abkommandiert worden. Er sollte wieder dolmetschen. Seine Aufgabe war es, Gefangene zu verhören. Aus diesen Verhören ein Bild sowjetischer Vorbereitungen und Dispositionen zusammenzubauen, war unschwer. Genauso einfach war es, den hohen Grad der Oppositionellen zum Sowjetregime innerhalb der Roten Armee festzustellen. Daß ein großer Anteil sowjetischer Streitkräfte für das Überlaufen in General Wlassows Freie Russische Armee reif war, ließ sich ohne Schwierigkeit erkennen, doch dafür hatten die Alliierten schon zu sehr die Oberhand. In diesem Stadium des Kampfes würde kein vernünftiger russischer Soldat mehr die Seite wechseln. Davon abgesehen hatte deutsche Härte in den besetzten Gebieten der Sowjetunion viele abgestoßen, die früher für einen antikommunistischen Kreuzzug vielleicht zu gewinnen gewesen wären.

Durch Gefangene erfuhr Claus zum ersten Mal von den krassen Fehlern, die von Männern wie Erich Koch begangen worden waren. Koch war von Hitler mit dem Titel Reichskommissar als Zivilverwalter der Ukraine eingesetzt worden. Kochs Brutalität aber hatte Millionen, die 1941 Wehrmachtssoldaten als Befreier mit Blumen empfangen hatten, zu verbissenen Feinden Deutschlands gemacht. Nackter Unverstand war es gewesen, der für Deutschland eine einmalige Gelegenheit zerstört hatte, sich dringend benötigte Freunde anzuwerben. Das Ausmaß an Dummheit war mit der ignoranten Behandlung des stalinschen Status-quo-Angebotes vergleichbar.

Nun endlich überlegte sich Hitler ernsthaft, einen separaten Frieden an der Ostfront zu schließen. Westliche Streitkräfte hatten ihre Brückenköpfe in der Normandie ausgebaut und waren dabei, landeinwärts zu dringen.

Der japanische Botschafter in Berlin, Hiroshi Oshima, überbrachte Hitler persönlich eine dringende Mitteilung seines Kaisers Hirohito. Sollte es Hitler wünschen, war der Tenno bereit, jederzeit einen Frieden zwischen Deutschland und der Sowjetunion zu vermitteln. Dieses Angebot schlug Hitler zumindest nicht direkt aus.

Auch Claus erreichte eine wichtige persönliche Mitteilung. Im ersten Monat des neuen Jahres erwartete Marion ihr zweites Kind.

Flucht

EINE der tschechischen Frauen war es, die den Kopf verlor, es hätte aber auch jeder anderen passieren können. Es war die alte Geschichte. Eingesperrt zu sein, vor allem zu Unrecht, konnte jedermanns Verstand leicht aus dem Gleichgewicht bringen. Von Zeit zu Zeit lief eine dem Zaun entgegen, vielleicht fantasierte sie, daß die Kugeln vorbeifliegen und der Zaun zusammenbrechen würden. Oder aber möglicherweise machte sie sich darüber gar keine Gedanken, vielleicht hoffte sie sogar auf den Tod.

Was die Tschechin dazu verleitet hatte, das würde keiner jemals wissen. Sie war Mitglied einer Arbeitsgruppe, die den offenen Platz überquerte. Mit einem Mal brach sie ab und raste dem Einfassungszaun entgegen.

Inzwischen war Erika zum alten Hasen geworden. Ihre Erfahrungen in Karaganda hatten sie schon immun gemacht gegenüber jener inneren Qual, welche die arme Tschechin nun um den Verstand brachte. Nach dem ersten Schock der plötzlichen Einsperrung in Butyrka hatte Erika gelernt, ihre Gefühle abzustellen und allein für den Augenblick zu leben.

In Ravensbrück funktionierte das Zuflüstern von Nachrichten sehr gut. Jeder wußte, wie es mit dem Kriegsverlauf bestellt war. Nur noch ein paar Monate, versprach sich Erika, dann würde die Rote Armee sie befreien. Zunächst überraschte es sie, daß ihre Reaktion auf diesen Gedanken der Wunsch war, daß lieber zuerst die Amerikaner oder die Briten in Ravensbrück eintreffen sollten.

Was mochten ihr die Russen wohl antun? Möglich war auch, daß sie gar nicht lange genug leben würde, um Alliierte Soldaten überhaupt zu sehen. Würde die SS das Lager vor Eintreffen des Feindes nicht auflösen, und mit ihm auch die Gefangenen liquidieren?

Hatte Claus bis jetzt überlebt? Würde Claus bis zum Ende überleben? Diese Fragen beschäftigten Erika mehr als jede Sorge um ihre eigene Zukunft. Und wenn er durchkäme, würde sie ihn in dem Chaos jemals wiederfinden, in welches Deutschland ohne Zweifel verwandelt würde?

247

Nacht für Nacht hörte sie die irgendein Ziel in Deutschland anfliegenden britischen Bomber. Sie konnte das Flakfeuer hören und, wenn das Ziel nicht allzuweit entfernt war, auch die Bomben. Die Suchscheinwerfer konnte sie sehen, und von Zeit zu Zeit das rotglühende Licht einer brennenden Stadt am Horizont.

Am Tag kamen die Amerikaner. Wenn die Gefangenen im Freien arbeiteten, hielten sie dann inne und blickten nach oben auf die Kondensstreifen der großen viermotorigen Maschinen. Dies machte die Wächterinnen wütend, sie schrien die Frauen an, nach unten zu schauen und ihre Arbeit fortzusetzen. Je lauter aber die Wächterinnen schrien, desto mehr fürchteten sie sich. Dies wußten die Gefangenen, und es freute sie. Die Schlinge zog sich fester um die Kehle des Dritten Reiches.

Eine Wächterin hatte Erika beordert, eine Akte von einem Büro zur Hauptverwaltung zu tragen. Als sie so über den Hof schritt, dachte sie an Claus. Er würde sie schützend in seinen Armen halten, ihr Gesicht mit seinem Mund nur so leicht berühren wie ein warmer Hauch, ihre Haare mit unglaublicher Sanftheit durch seine Handfläche streifen, ihr liebkosende Worte ins Ohr flüstern.

Die Tschechin kreischte und raste vor ihr umher. Erika warf sich auf die Frau, um dem Wahnsinn ein Ende zu machen. Die erste von dem Turm abgefeuerte Kugel ging glatt durch Erikas Schädel, Gehirn und Blut spritzten beinahe einen Meter weit. An den nächsten drei Schüssen starb die Tschechin.

Gerade an jenem Morgen dachte Claus an Erika. Sollte Deutschland am Ende dem Druck aus Ost und West nicht standhalten können, würde dann Erika, mit all den anderen Exilkommunisten zusammen, auf triumphale Weise nach Deutschland zurückkehren, um mittels der Roten Armee irgendeine Machtstellung zu erlangen?

Merkwürdig war, daß sowjetische Kräfte, die vor Warschau zum Stillstand gekommen waren, noch nicht zur Endoffensive gegen das Reich angetreten waren. Die Rote Armee blieb solange in Polen stehen, bis die westlichen Alliierten die deutschen Grenzen erreicht hatten.

Es hatte den Anschein, als würde Stalin erst eine Antwort auf Hirohitos Vermittlungsversuch abwarten, als gäbe er Hitler doch noch eine letzte Chance auf Frieden. Doch selbst unter diesem Druck ließ Hitler die Friedensverhandlungen im Sand verlaufen – die letzte

Chance war vertan. Stalin hatte lange genug gewartet. Am 12. Januar 1945 setzte er 1.350.000 Rotarmisten gegen deutsche Kräfte ein, denen sie zahlenmäßig sechs zu eins überlegen waren. Die deutsche Front zerbarst.

Zu Clausens Heeresgruppe gehörte ein SS-Panzerkorps. Mit dem SS-Verbindungsoffizier im Hauptquartier hatte Claus selbst wenig zu tun gehabt, bevor ihre verschiedenen Dienstaufträge sie in den gleichen Dienstwagen zusammenbrachten. Rund sechzig Kilometer nordwestlich Mohrungens fuhr ihr Mercedes, da erspähte der Fahrer sowjetische Panzer.

„Fahr nach Norden!" Steine sprühten, ein Hinterrad rutschte von der Fahrbahn ab, Erde flog. Die beiden Offiziere auf der Rückbank mußten sich an den Türen festhalten. Das schwere Auto raste Richtung Ostsee. Hier, gegen Elbing an der Nogatmündung, war die Landschaft flach, die Aussicht weit. Fünf Kilometer weiter machten sie einen zweiten Verband russischer Panzer aus, und diese waren noch näher.

Es wurde zu einem Rennen zurück ins Hauptquartier. Weitere drei Kilometer, da waren noch mehr Panzer. Hier war die Sicht schlecht, der Bodennebel wurde dicht. Die Panzer konnten auch deutsche sein. „Halt! In Deckung!" Hinter einem großen Backsteinbau, einem leeren Lagerhaus, ließ der Fahrer den Mercedes mit quietschenden Bremsen anhalten. Claus packte seine Ferngläser und rannte mit dem SS-Offizier eine Holztreppe bis zum obersten Stockwerk hinauf.

Es bestand kein Zweifel. Die ersten russischen Panzer hatten Elbing erreicht. Ostpreußen wurde effektiv vom Rest des Reiches abgeschnitten. Vielleicht eine halbe Million Mann standen jetzt zwischen Claus und seiner Familie.

Claus ließ den Fahrer in das obere Stockwerk kommen und stellte ihn an einem anderen Fenster auf, von wo aus er nach Süden und Westen Ausschau halten konnte. Der SS-Offizier und Claus waren sich einig. Falls es überhaupt eine gab, war ihre einzige Möglichkeit, ihr Hauptquartier von Süden zu erreichen.

Ihr Wagen stand zwar vor den Russen verborgen, das Lagerhaus war aber in Reichweite der russischen Geschütze. Wie beide Männer wußten, mußte der Feind davon ausgehen, daß in einem solchen Gebäude zumindest ein deutscher Beobachtungsposten stand, wenn nicht eine ganze Geschützstellung. Für die Panzer wäre es reine Routinesache, den Bau vor dem Weiterrücken zu zerstören. Sollte sich andererseits der Mercedes jetzt in Bewegung setzen, würde er zur raschen Vernichtung einladen, wenn nicht durch die Panzer, dann aus der Luft. Inzwischen hatte die Rote Armee den deutschen Blitzkrieg studiert. Sie bewegte sich unter dem Schutz von Sturmowiks, jenen zweisitzigen Jagdbombern, die in erster Linie im Tiefflug Panzerfahrzeuge angriffen.

An einem Weiterrücken nach Westen zeigten sich die Russen nicht interessiert, was auch verständlich war. Sie zogen nach Norden, um Elbing zu besetzen und die Küste zu erreichen. Es war klar, daß sie nicht weiterrücken würden, bevor sie ihre dortigen Stellungen nicht gefestigt hatten.

In einer Stunde würde es dunkel sein. Die beiden Offiziere einigten sich darauf, daß sie auf die Dämmerung warten und dann in dem Mercedes losrasen würden. Ja, bestätigte der Fahrer, der Wagen hatte noch genug Benzin, um etwa 200 Kilometer zu fahren.

Während man die Bewegungen der Russen beobachtete, redete der SS-Mann. Dieser Österreicher namens Steinegger hatte eine Flasche billigen Cognacs dabei, die er den Fahrer aus dem Auto holen ließ. Den ersten angebotenen Trunk nahm Claus an, mehr aber lehnte er ab. Er wollte einen klaren Kopf behalten. Steinegger führte die Flasche immer wieder an den Mund. Mit dem Trinken wurde sein Gerede immer vertraulicher und weniger diskret. Er war, dachte sich Claus, wie ein Russe, der sich zuviel Wodka genehmigt.

Zur Waffen-SS hatte sich Steinegger bei Kriegsausbruch freiwillig gemeldet. Seit dem Anschluß Österreichs an das Reich, erinnerte sich Claus, hatte er mehrere Österreicher kennengelernt, die anscheinend bestrebt waren, sich preußischer als die Preußen zu zeigen. Die Waffen-SS war ein Wehrmachtsteil, der vor allem in schwierigen Lagen als Elite neben dem Heer kämpfte. Wächter in Konzentrationslagern und dergleichen wurden von der allgemeinen SS gestellt.

In fünf Jahren Krieg hatte sich Steinegger auf dem Schlachtfeld eine rasche Beförderung verdient, und als Offizier eine russische Kugel durch das Knie hingenommen. Während er sich von seiner Verwundung erholte, erlebte er im Lazarett den Besuch eines höheren SS-Befehlshabers, der ihm klar machte, daß er sich den Rest des Krieges nicht mehr würde ausruhen können. Solange er noch nicht frontverwendungsfähig war, würde er anderen Pflichten zugewiesen werden. Das Ergebnis war Steineggers vorübergehende Zuweisung in ein Konzentrationslager, wo er als Fahrer eingesetzt wurde.

„Pionierarbeit habe ich geleistet", prahlte er nun. „Es waren die Kastenwagen, die ich fuhr, die bewiesen, daß man Benzin braucht, nicht Diesel. Mit Diesel hätte es den ganzen Tag und die ganze Nacht gedauert, und das hat jeden überrascht, weil der Rauch vom Diesel so schwarz ist. Das aber hat gar nichts zu sagen. Was wirkt, ist in den Benzinabgasen, nicht im Diesel."

Wovon um Himmels willen redete der Mann? Es war ein Fehler, ihn danach zu fragen. Die hinten im Kastenwagen eingeschlossenen Gefangenen. Das in den Innenraum umgeleitete Auspuffrohr. Die Rundfahrt durch die Landschaft. Dann ins Lager zurück, um die Leichen herauszuholen. Es waren Russen, die man für die Versuche verwendet hatte, inzwischen aber hatte man eine bessere Methode erfunden. Man brauchte nicht mehr herumzufahren, nun wurden die Leute schon in Lagern erledigt.

War der Mann wahnsinnig? Welche Lager? Welche Leute?

Die Juden. Die Verschleppten, denen man erzählt hatte, sie würden in den Osten umgesiedelt.

Es war unmöglich. Die Juden waren doch in den Osten umgesiedelt worden, oder? „Nein, das sage ich dir doch. Wir haben riesige Lager in Polen, wo man die Juden zu Tausenden in großen Gaskammern erledigt. Pestizide, das verwendet man jetzt. Schädlingsbekämpfungsmittel. Was würde man auch sonst bei Juden verwenden?"

Seit seiner Kindheit hatte Claus nicht mehr die Beherrschung verloren. Bis jetzt. „Du Schweinesau!" Mit beiden Händen packte Claus Steinegger am Kragen. Bei der in ihm aufgekommenen Wut vermochte er nicht einmal zu merken, wie ihm dabei die kantigen Ecken der metallenen Rangabzeichen in die Hände stachen. „Mörder!" Der Kragen war zwar ohne Aufschläge, aber nicht weit genug, um Claus einen Dauergriff zu erlauben.

Ohne Mühe zog sich Steinegger frei. „Was zum Teufel ist mit dir los?"

Noch einmal griff Claus nach dem SS-Mann. „Wir töten keine Gefangenen. Wir bringen Menschen nicht um, nur weil sie Juden sind."

„Idiot! Was meinste, was wir die letzten Jahre gemacht haben? Natürlich rotten wir die Juden aus." Claus schwang seine Rechte. Er traf Steineggers Kinnspitze, schwang seine Linke. Der Österreicher taumelte nach hinten, landete flach auf seinem Rücken am Boden.

Claus sprang ihm nach wie ein Berserker. „Ihr Mörder! Ihr habt alles verdorben! Deutschland habt Ihr verdorben!" Er setzte an, sich auf den liegenden SS-Mann zu werfen. Steinegger zog seine P38 und schoß. Claus fiel Gesicht nach unten in den Staub toter Industrie.

„Schwächling! Kein Wunder, daß wir verlieren." Steinegger stand auf, rief den Fahrer und eilte die Holztreppe herunter. Der Mercedes raste nach Süden, ohne die Aufmerksamkeit der Russen auf sich zu ziehen.

Sowohl in dem amtlichen sowjetischen Werk *Woinna*, zu deutsch *Der Krieg*, als auch in der Soldatenzeitung *Krasnaya Swesda* wurden Rotarmisten belehrt: *„Deutsche sind keine Menschen. Es gibt nichts Lustigeres für uns als deutsche Leichen. Tötet den Deutschen!"* Am 12. Januar 1945 verfügte der Tagesbefehl der Roten Armee: *„Deutschland muß in eine Wüste verwandelt werden. Es wird keine Gnade geben – für niemanden."* Es war eine amtliche Verfügung zum Massenmord. Sie war eine Regierungspolitik, die sich gegen die Zivilbevölkerung richtete, gegen Frauen, gegen Kinder, gegen Alte, Kranke und Gebrechliche.

Was zu den großen Trecks wurde, begann mit einigen Familien. Dann auf einmal schwoll die Zahl derer, die ihre Heimstätten verließen, an. Fast alle waren alt oder ältlich, Frauen und Kinder, die mit Karren und Kinderwagen auf die Straßen gingen. Sie trugen nur das allerwichtigste oder das ihnen wertvollste ihres irdischen Hab und Guts bei sich. Bald waren alle nach Westen führenden Straßen mit scheinbar endlosen Flüchtlingskolonnen verstopft.

Erst drei Wochen alt was das neue Jahr, da blieb alles in dem Gebiet um Danzig stecken. Es wurde unmöglich, weiter westlich zu gelangen. Südlich davon standen die Russen schon viel weiter westlich, tief in deutschem Land. An mehreren Stellen hatten sie die Oder erreicht, Breslau wurde bedroht. Von Osten her rollte die Masse der Roten Armee stets näher heran.

Wie durch einen nichtausgesprochenen Befehl fing die Masse der frierenden und hungernden Flüchtlinge an, sich nördlich von Danzig Richtung Gotenhafen zu bewegen. Rund vier Jahre hindurch standen schon große Kreuzfahrtschiffe an den Piers von Gotenhafen. Mehr als ein Dutzend weitere Schiffe, hauptsächlich Frachter, befanden sich im gleichen Hafen. Wenn sie dort blieben, wurden sie bald zu Zielscheiben für die Raketen, Bomben und Bordkanonen der Sturmowiks.

Die Marine hatte Wunder gewirkt, hatte schon zigtausende Flüchtlinge von den Ostseehäfen abgeholt und zu Häfen weit westlich der heranrollenden Russen gebracht. Nunmehr sollten die Kreuzfahrtschiffe seeklar gemacht werden.

Es dauerte drei Tage, während derer sich die tausenden Wartenden auf den zugefrorenen Kais dicht zusammendrängten. An Bord wurde alles minuziös organisiert. Das größte Schiff hatte eine eigene Borddruckerei, wo nun Fahrkarten, Essens- und Milchmarken angefertigt wurden. Da sich unter der zitternden Menge auf den Kais einige hochschwangere Frauen befanden, wurde im Schiffslazarett eine Entbindungsstation eingerichtet.

Normalerweise trug dieses Schiff an die 1.500 Passagiere, ihre Besatzung zählte mehr als 400. Es stand fest, daß diesmal viele Menschen mehr an Bord kommen mußten. Verpflegung für etliche tausend wurde geladen.

Als endlich mit der Einschiffung begonnen wurde, fing die Besatzung an, Fahrkarten, Essens- und Milchmarken sowie Schwimmwesten auszuhändigen. Bald waren die Schwimmwesten aufgebraucht. Von da an wurden nur noch die Karten und Marken verteilt. Beim Abschluß der Einschiffung waren nicht weniger als 7.956 Passagiere registriert, an Bord war bereits das erste Kind zur Welt gekommen. Die vollständige Passagierliste wurde bei der Hafenverwaltung abgegeben.

Um 12.30 Uhr am 30. Januar legte das Schiff ab. Es war noch nicht weit gefahren, als der Kapitän schon wieder anhielt. Mehrere kleinere Schiffe, darunter die Gotenhafener Fähre, eilten über das Wasser auf das große Schiff zu. Sie waren voll alter Menschen, Frauen und Kinder. Die Frauen hielten ihre Kinder hoch und riefen: „Nehmt uns mit!"

Kapitän Friedrich Petersen ließ Strickleitern herunter und schickte Matrosen nach unten, um den Flüchtlingen an Bord zu helfen. Unter den Neuankömmlingen war noch eine hochschwangere Frau, die sofort nach unten ins Lazarett gebracht wurde. Von einem anderen Boot kamen auch noch einige verwundete Wehrmachtssoldaten an Bord. Das waren zusätzlich etwa 500 Menschen, deren Personalien an Land nicht festgehalten worden waren. Petersen war schon auf offenem Meer, da traf ein Funksignal aus Gotenhafen ein. Kehrt zum Hafen zurück und holt zusätzliche 2.000 Flüchtlinge.

Es war unmöglich, und das hätte der Hafenkommandant wissen müssen. Petersen hatte schon rund 8.500 Menschen an Bord eines für maximal 2.000 gebauten Schiffes. Es war schon jetzt in gefährlichem Maße überladen.

Ab sieben Uhr wurde in den beiden Schiffsrestaurants gruppenweise das Abendessen serviert. Die Verpflegung hob die Moral der Passagiere an. Man entfernte sich schnell von den Russen, und nach der Kälte der gefrorenen Kais waren sie jetzt warm und gesättigt.

Auf der Entbindungsstation gebar die schwangere Frau, die unterwegs von einem kleineren Schiff an Bord gekommen war, ein gesundes Mädchen. „Sie stehen nicht auf der Passagierliste", sagte die Krankenschwester. „Darf ich Ihren Namen wissen?"

„Erlenbach. Na, eigentlich von Erlenbach."

„Ihr Vorname?"

„Marion. Marion Elisabeth."

„Der Name des Vaters?"

„Major Claus-Dieter von Erlenbach."

„Ihr Kind ist wunderschön und wird eine außergewöhnliche Eintragung auf seiner Geburtsurkunde haben. Geburtsort: *MS Wilhelm Gustloff.*"

„Oh. Ich wußte gar nicht, wie das Schiff heißt."

„Haben Sie schon einen Namen für das Kind?"

„Also, ich habe gar keine Gelegenheit gehabt, mit meinem Mann darüber zu reden. Ich weiß nicht, ob er eine besondere Vorliebe für irgendwelche Mädchennamen hat, und ich selbst habe nicht wirklich darüber nachgedacht." Marion überlegte einige Augenblicke. „Erika. Das ist ein schöner Name. Den habe ich immer gemocht. Ich weiß allerdings nicht, ob mein Mann ihn mögen wird. Ich weiß aber, daß er meinen Namen mag, also sollte ich sie vielleicht Erika Marion nennen. Ja, Erika Marion. Ich bin sicher, daß er das mögen wird."

„Erika Marion von Erlenbach", wiederholte die Krankenschwester, den Namen niederschreibend. „Ja, das hört sich schön an. Ihrem Mann wird der Name sicher gefallen."

„Schwester, kann mein Junge…?"

„Aber selbstverständlich."

Marion war erschöpft. Die Krankenschwester holte ihr Alexander, Marion klemmte ihn unter ihren Arm. Wenigstens drei von ihnen waren in Sicherheit. Was aber war mit Claus? Marions letzte Gedanken vor dem Einschlafen kreisten um ihn. Sie schlief rasch ein, Alexander und das Baby auch.

Es schneite, die Sichtweite änderte sich dauernd zwischen anderthalb und fünf Kilometern. Der russische Seemann Zweiten Grades Winogradow von der Baltischen Flotte, der Wache hielt, vermochte nichts mehr zu sehen als eine schwarze Form und die Tatsache, daß das Schiff sehr groß war. Kommandantkapitän Alexander Iwanowitsch Marinesko schätzte das deutsche Schiff auf 20.000 Tonnen, wenn nicht mehr. Er entschloß sich, ein gefährliches Spiel zu treiben.

Um mit dem Kreuzfahrtschiff Schritt zu halten, mußte er seine Dieselmotoren einsetzen. Dies würde bedeuten, auf der Oberfläche zu bleiben, damit die Motoren atmen konnten. Auch die Deutschen hatten Wachen, also tauchte Marinesko gerade genug auf, um seinen Turm über Wasser zu halten.

Für die Motorenatmung mußte die Luke offenbleiben – bei dem schweren Seegang eine riskante Sache. Beim geringsten Fehler in dem Höhensteuer würde das Boot durch die Luke überflutet werden. Es würde sofort untergehen. Marinesko befahl volle Kraft voraus. Bald war er etwa sechs Kilometer weiter westlich als der große Passagierdampfer. Nun hielt er an, ließ die Luke schließen, ging auf Seerohrtiefe runter und wartete.

Im Lazarett der *Wilhelm Gustloff* war ein Sanitäter dabei, Verbände zu kontrollieren. Es war ein gemischter Haufen, der von jenem kleinen Boot in dem Augenblick an Bord gekommen war, als man gerade die offene See erreicht hatte. Infanteristen, Panzersoldaten, Artilleristen, Nachrichtenpersonal, sogar zwei Luftwaffenmechaniker. Auch die Art ihrer Verwundungen stellte ein richtiges Gemisch dar. Das Einzige, was die Männer gemeinsam zu haben schienen, war, daß sie kampfunfähig geworden waren.

Einer der Männer redete wirr. Er fantasierte, daß er von einem Offizierskameraden angeschossen worden war, redete von „Ehre" und „Schande" daher. Seine Wunde war nicht tödlich. Den Mann würden sie am Leben halten, mittlerweile aber schwankten seine Gedanken von einer Besessenheit zur anderen hin und her. Eine Zeitlang verfluchte er die Schande und den Verrat an allem, wofür ein anständiger Deutscher kämpfte. Im nächsten Augenblick verlangte er danach, sofort wieder zur Front zu fahren. Deutschland würde den Krieg verlieren, jetzt mehr denn je sei es Ehrensache für jeden Mann, auf seinem Posten zu bleiben.

Der Offizier war in irgendeinem Gebäude verwundet worden. Er war eine Treppe hinuntergestolpert, oder eher gestürzt. Stolpernd hatte er begonnen, sich zu Fuß zu seinem Hauptquartier durchzuschlagen. Auf der Straße liegend hatte man ihn vorgefunden, er wurde in einen Krankenwagen gesteckt, der Verwundete nach Westen brachte.

Als der Transport steckenblieb, wurden die Verwundeten auf ein kleines Boot verladen, das von Oxhöft ausgelaufen war, um dieses große Schiff abzufangen. Diesen Mann würden sie im Auge behalten müssen. Er war von der Sorte, die sich, sobald man an Land ging, sofort wieder in Richtung Front bewegen würde.

Marinesko hatte zehn Torpedos an Bord. Davon schoß er im Abstand von jeweils zwei Sekunden vier ab. Der erste riß Marion, Alexander und das Töchterchen, von dem Claus nichts wußte, in Stücke. Der zweite traf den Schiffsrumpf weiter nach hinten, der dritte genau Mittschiffs.

Der vierte klemmte im Torpedorohr. Er würde dort explodieren. Seemann Kurockin kroch in das Rohr hinein. Durch unglaubliche Kraftanwendung gelang es ihm, den Torpedo zur Entschärfung herauszuziehen. Die gesamte Besatzung der *S-13* jubelte.

Durch den dritten Treffer entzweigebrochen, versank die *Wilhelm Gustloff* Bug voraus. Eisen stöhnte, ächzte, zerbrach. Schon war die

Entbindungsstation nicht mehr, nun wurde das, was vom Lazarett übrigblieb, von Wasser überflutet.

Es war merkwürdig. Claus hatte sich vorgestellt, das letzte Bild, das er beim Sterben in Gedanken sehen würde, wäre Marions schönes Antlitz. Doch das war es nicht. Das war es ganz und gar nicht. In voller Deutlichkeit sah Claus eine hölzerne Gedenktafel, auf der ein geschnitztes Bild und eine Widmung standen. Ein Bild der *S-13*, wie sie ein großes Schiff zerstörte, und die Worte „Zehn glorreiche Jahre sowjetisch-deutscher Kameradschaft".

ENDE

Die Originalunterlagen, die den sowjetischen Anteil an der Verschwörung zur „Planung, Vorbereitung, Einleitung und Führung eines Angriffskrieges" belegen (so die Anklage gegen die deutsche Führung in Nürnberg), werden in dem zweibändigen Werk „...*die Polen verprügeln*" (ISBN 3-921-730-33-3 und 3-921-730-34-1) wiedergegeben. Diese Bücher erschienen im Askania-Verlag.

Wer sich die Vorwürfe anhört, die in Nürnberg gegen die Deutschen vorgebracht wurden, ohne sich vor Augen zu führen, welche Verbrechen unter anderem auch von den Russen begangen wurden, der läßt sich mit Scheuklappen durch die Welt gehen.

Gordon Lang
zu Carnoustie/Schottland im Jahre 2014

www.ingramcontent.com/pod-product-compliance
Lightning Source LLC
Chambersburg PA
CBHW060313260626
47160CB00007B/2585